TIL PETERSEN

FAHR NICHT FORT, STIRB AM ORT!

KRIMISATIRE

Early Bird Books

www.earlybirdbooks.de

Die Handlung in diesem Werk und alle darin auftretenden Personen sind frei erfunden. Ebenso die fiktive Gemeinde Ingelrein. Ähnlichkeiten mit noch lebenden oder bereits verstorbenen Personen sind rein zufällig.

Bibliografische Informationen: Die Deutsche Nationalbibliothek verzeichnet diese Publikation in der Deutschen Nationalbibliografie; detaillierte bibliografische Daten sind im Internet über http://dnb.dnb.de abrufbar.

2. Auflage 2023

ISBN 978-3-98576-019-0

Titelgestaltung: CommPoint – Kommunikation / Buch / Hörbuch
Zeichnung für Titel: Josef Zahs, Z-Design Zahs
Lektorat: Birgit Böckli
Buchgestaltung & Layout: Kreativbüro Freiraum
Gedruckt in Europa

Dieses Werk wurde gefördert durch ein Stipendium der Verwertungsgesellschaft Wort.

Die Beauftragte der Bundesregierung für Kultur und Medien

VG WORT

NEU START KULTUR

Allen Menschen gewidmet, die sich im Klaren darüber sind,
dass keiner von uns hier lebend rauskommt.

»Sterben kann gar nicht so schwer sein -
bisher hat es noch jeder geschafft.«

Norman Mailer

1 Tag 0 – Ich

Das Bestattungswesen gilt gemeinhin als krisenfest. *Gestorben wird immer* ist eine Binsenweisheit. Und tatsächlich hat die zuverlässige Frequenz, mit der das Ableben die Mitmenschen ereilt, unserem Institut über drei Generationen hinweg ein annehmbares Auskommen beschert. Abgesehen von verkraftbaren saisonalen Schwankungen. Während bevorzugt im Februar, gefolgt vom Januar verschieden wird, ist die Sommerflaute zwischen Juli und September ein bekanntes Phänomen. In der feuchtkalten, dunkel-depressiven Jahreszeit stirbt es sich einfach leichter als in kurzen, lauen Sommernächten.

Immense Fortschritte in der Medizin, Fitnessstudios und nicht zuletzt ein um sich greifender Veganismus haben jedoch in den zurückliegenden Jahren die Amplitude der menschlichen Lebenserwartung unnatürlich verändert.

Und das, während zeitgleich die Lebensdauer von Fernsehern, Waschmaschinen und Toastern künstlich, aber legal begrenzt wird.

Das ist nicht fair!

Nicht zu unterschätzen ist zudem der wachsende Konkurrenzdruck. Angefangen beim polnischen Discountbestatter über die Eis-, Wasserfontänen- oder Wikingerbestattung bis hin zu der dann doch sehr skurrilen Malerei mit der Asche der Verstorbenen. Letzteres, wie könnte es auch anders sein, ein Internetangebot aus den USA.

All das wäre ja noch erträglich und kaufmännisch halbwegs kalkulierbar, wäre da nicht der Sommer vor zwei Jahren gewesen. Die Welt schien stillzustehen in jenen Monaten. Aus der Sommerflaute wurde ein Sommerloch. Es wurde nur noch gelebt, aber nicht mehr gestorben.

Es war zum Verrücktwerden.

Ich spürte förmlich den Hohn und den Spott der unzähligen rüstigen Silbernacken, wie sie an den Wochenenden mit ihren wohlgemerkt neuen Trekkingbikes (welch ein Optimismus) zu stundenlangen Ausflügen aufbrachen. Oder beim Einkauf. Dieses braun gebrannte, faltige, aber hämische Grinsen an der Kasse, das mir eindeutig sagen wollte, heute bekommst du mich nicht und morgen nicht gleich, während zuckerfreier Joghurt, Biogemüse und reihenweise mehrfach ungesättigte Fettsäuren eingetütet wurden.

Niemand schien in diesen Sommerwochen der schwülen Hitze zu erliegen, ermüdet in einem Badesee zu ertrinken oder einfach nur aufgrund fortgeschrittenen Alters von seinem Ableben Gebrauch machen zu wollen. Zumindest bekam ich so gut wie nichts davon mit.

Nun, es könnte sein, dass auch die ein wenig außer Kontrolle geratene Beisetzung von Erwin Sackmann im April dieses Jahres den ein oder anderen Kratzer an unserem bis dato makellosen Firmenimage hinterlassen hatte. Das übergroße und fröhlich-bunte Blumenbukett mit der roten Schärpe und der Aufschrift *Alles Gute zum Einzug*, welches die Trauergemeinde nach der Aussegnung am offenen

Grab empfangen hatte, war dabei sogar das kleinste Übel gewesen.

Die Zusammenarbeit mit dem Blumenstübchen Krause haben wir übrigens beendet, ebenso wie Frau Giesecke aus der Sandstraße. Der Kranz mit den weißen Lilien und der Schleife mit dem gedruckten Wunsch für die neue Wohnung, sie möge in Frieden ruhen, hatte nicht ganz ihren Geschmack getroffen.

Und all das ausgerechnet in diesem Jahr. Die teure, neue Kühlung – kaum benutzt – schlug monatlich mit horrenden Beträgen zu Buche und der Gesetzgeber hatte just im Januar befunden, ich müsse nun auch unserem Leichenwäscher den Mindestlohn bezahlen.

In diesem Zustand konnte ich das Familienunternehmen nicht in die Hände meiner Tochter legen. Ich war es ihr schuldig, alles zu geben und dieser finanziell prekären Situation etwas Positives abzugewinnen. Getreu dem Motto, *wenn dir einer Zitronen schenkt* ... na ja, Sie wissen schon, sah ich diesen Engpass als Chance an, begriff ihn als Herausforderung für mich als Unternehmer, Arbeitgeber und Vater.

Marketing sollte es richten. Die Werbung ein wenig aufpeppen. Ich war es ehrlich gesagt auch schon leid, dieses pietätvolle Foto in dezenten Graustufen, auf dem meine durchaus bezaubernde Tochter Susanne und ich freundlich jeden Samstag in der Tageszeitung potenziellen Kunden entgegenlächelten.

Als hätten die noch was zu lachen.

Markiger sollte es werden, herausstechen aus der Masse. Um es gleich vorwegzuschicken, ich hatte mir das deutlich kommoder vorgestellt. Ein Glas Rotwein, zwei, drei Blatt Papier und eine ruhige, abendliche Stunde mit Ben Webster oder Art Pepper. Pustekuchen. Dieser Spätjuniabend eskalierte. Neben zwei vollends geleerten Flaschen Spätburgunder waren gegen ein Uhr nachts ein zu drei Vierteln sezierter Collegeblock und seine herausgerissenen, zusammengeknüllten Blätter stumme Zeugen dieser Eskalation.

Intellektuell und kreativ war der Abend weit hinter den Erwartungen zurückgeblieben. Die Qualität der Ergüsse meiner geistigen Arbeit sank bemerkenswert in direkter Abhängigkeit zum steigenden Alkoholpegel:

In der Kiefer schläft er tiefer!
Wir brennen für Sie!
Zu guter Letzt!
Rest at best!
Praktisch denken, Särge schenken!

So weit meine Top fünf der Chronik eines geistigen Stillstandes. Wobei ich den Versuch, der Reklame ein wenig Lokalkolorit zu verleihen, zunächst in einer engeren Wahl hatte. Schlussendlich erschien mir jedoch

Fahr nicht fort, stirb am Ort!

eher unschicklich für eine zielgruppengerechte Ansprache. Da sich aus zwingenden monetären Gründen der Einkauf externer Hilfe verbat, beschloss ich noch in derselben Nacht, meine Denkweise zu ändern und ganz klassisch auf eine Optimierung des Vertriebs zu setzen.

Aber halten Sie mich jetzt bitte nicht für naiv. Trotz des zunehmend spürbaren Weines war mir von vorneherein klar, dass es hier mit gutem Zureden alleine nicht getan sein würde. Und so begann ich ernsthaft über lebensverkürzende Maßnahmen nachzudenken.

Aber verzeihen Sie die Unhöflichkeit; während ich hier plappere, vergaß ich ganz, mich vorzustellen. König, mein Name. Hermann Thaddäus König. Bestattungsunternehmer und beinahe käuflicher Lebensbeender.

2 Tag 1 – Manfred

Mit einer unerwartet schnellen Handbewegung verscheuchte Manfred die grünlich schimmernde Fliege, die seit fast einer Stunde versuchte, dort Halt zu finden, wo einst buschige Augenbrauen gewachsen waren. Die gelben Flügel der Kanüle im kreidefarbenen Handrücken schienen für einen Moment mit abheben zu wollen.

»Vorsicht, Manfred! Nicht, dass du dir die Nadel rausreißt …«

»Und wenn schon.« Die Stimme war einsilbig und flach. »Rechts ist nur dafür da, dass ich nicht vertrockne. Hier«, er hob leicht den linken Arm, »hier läuft das gute Zeug durch!«

Ich hatte die zweite Kanüle mit den blauen Plastikflügeln bis dahin gar nicht wahrgenommen. Fast unsichtbar schlängelte sich von der linken Hand meines besten Freundes der transparente Kunststoffschlauch hinauf zu den Apparaten, aus denen in festgelegten Mengen pro Zeit die verschiedensten Ingredienzien in Manfred gepumpt wurden.

»Dieser Oberarzt, dieser Dr. Schnösel …«

»Schnelzel, er heißt Dr. Schnelzel«, korrigierte ich.

»Und? Wen kümmert's? Für mich ist das ein Schnösel. Er hat jedenfalls gemeint, der Schnaps da würde jeden Tag so etwa dreitausend Euro kosten. Als ob mich das noch interessiert. Sollen sie es doch ausschalten, wenn's zu teuer wird.«

Zum dritten Mal in den zurückliegenden zwei Jahren lag Manfred Rademacher hier im Schwetzinger Klinikum. Schon zweimal hatten die Ärzte ihm versprochen, sie hätten den Tumor in der Speiseröhre komplett entfernt. Diesmal waren sie vorsichtiger gewesen. Die dritte OP, die anschließende Chemo und die Bestrahlung hatten meinen Freund gebrochen, diesen einstigen Fels in der Brandung. Ein Meter neunzig geballte Kraft gepaart mit einem unbeugsamen Willen. Aus dem Nichts hatte Manfred in den Neunzehnhundertsechzigern in unserem gemeinsamen Heimatort Ingelrein die Schlosserei Rademacher gegründet. Fünfundzwanzig Leute hatte er mal beschäftigt. Ich war einer von ihnen gewesen.

Neunzehnhunderteinundsiebzig hatte mich mein Vater im Alter von sechzehn Jahren bei Manfred in die Lehre geschickt. Er war der Meinung gewesen, eine betriebsfremde Ausbildung habe Vorteile. Ich hatte ihn eines Besseren belehrt und meine Ausbildung nach einem Jahr abgebrochen. Manfred hatte es damals imponiert, dass ich, der kleine, schmächtige Hermann, die Chuzpe gehabt hatte, mich gegen Anton König, den herrischen Patriarchen, aufzulehnen.

Die Fliege versuchte ihr Glück bei mir, während Manfred meine Gedanken zu lesen schien.

»Ich wünschte, du wärst damals geblieben und hättest

die Emma genommen. Dann gäb's den Laden heute noch. Stattdessen muss ich zusehen, wie ich hier elend verrecke und diese Missgeburt von Schwiegersohn sich auch noch das private Rademacher-Vermögen unter den Nagel reißt!«

Soweit es seine Kräfte zuließen, erhob Manfred die Stimme immer dann, wenn es um Siegfried ging, den einstigen Hoffnungsträger im dunkelblauen Zweireiher, dem Tochter Emma schneller zu Füßen gelegen hatte als Auslegware in einem Teppichgeschäft. Dass Siegfried Jörgensen, bekannt auch als *Siegfried der Schöne*, unternehmerisch völlig unbelastet von jeglichem Talent war, hatte sich recht schnell gezeigt. Absurde Großunternehmerphantasien hatte die Hausbank nach nur einem Jahr Jörgensen-Herrschaft erstickt, und unter Tränen hatte Manfred mit ansehen müssen, wie aus der Insolvenz mangels Masse eine krachende Pleite wurde. Wie *seine* Belegschaft in die Arbeitslosigkeit glitt und Tochter Emma sich nicht mehr nur den Schlägen ihres Gatten, sondern auch der Übermacht des Alkohols beugte.

Seither setzte Siggi seine ausgeprägten Fähigkeiten überraschend erfolgreich im Investmentgeschäft ein. Seine größte Stärke bestand darin, schmierig zu sein und Versprechungen zu machen, die hinterher nicht gehalten wurden. Aber dazu später mehr.

Eine Träne rollte über Manfreds weiße, pergamentdünne Wangenhaut und folgte, wie von Geisterhand geführt, einer der unzähligen sich dort abzeichnenden blauen Adern.

»Und bei dir? Erfolgreich wie immer?« Mit brüchiger

Stimme versuchte Manfred davon abzulenken, wie tief ihn diese Entwicklung verletzte.

»Du weißt doch, gestorben wird immer!« Ich lächelte ihn bittersüß an und drückte seine kalte Hand. Es wäre unangemessen, ja geradezu töricht gewesen, ihn jetzt, in dieser Situation, auch noch mit meinen Problemen zu belasten. Immerhin, es war schon der zwanzigste in diesem Juni und wir hatten bisher erst sechs Bestattungen gehabt. Neun waren das Minimum, um gerade so mit einer schwarzen Null hinzukommen.

»Ach Hermann, wenn's nur endlich schon vorbei wär bei mir. Ich mag nicht mehr!« Manfreds feuchte Augen starrten an die Decke.

»Manfred!«, ich versuchte, gedämpft entrüstet zu wirken, »so was darfst du nicht sagen. Wenn der Herrgott das hört. Der schickt dich in die Hölle!«

»In die Hölle hat er mich schon vor zwanzig Jahren geschickt, dein Herrgott!« Manfred löste meine Hand langsam, aber bestimmt von der seinen und sah mich vorwurfsvoll an. »Erst holt er sich Trudel, DEIN Gott! Dann schenkt er mir diesen verlogenen Schläger Siegfried als Schwiegersohn, DEIN Gott, und schließlich diesen Krebs. Ich glaub, ich hab ein paar Sünden gut bei DEINEM Gott.«

Ich wagte nicht zu widersprechen. Zumal ich es auch nur so dahergesagt hatte. Also diese Sache mit Gott. Ich hatte da selbst so meine ganz eigenen Zweifel ... und das als Kirchengemeinderat! Der zu frühe Verlust unserer Ehefrauen hatte Manfred und mich noch enger zusammengeschweißt. Auch wenn sich die Tragik in meinem Fall durchaus in Grenzen gehalten hatte. Ich lenkte vom Thema ab. »Die Musikerkollegen lassen grüßen – sie vermissen dich!«

»Quatsch!« Ein Lächeln huschte über sein Gesicht. »Ihr könnt es nur nicht ertragen, dass niemand da ist, der Karlheinz' falsches Gebläse übertönt!« Ich wollte schon mitlachen, da verzog sich sein Lächeln zu einer schmerzverzerrten Grimasse. Selbst die aufsässige Fliege fühlte sich mit einem Mal unwohl und wandte sich brüsk ab.

»Manfred? Was ist? Warte, ich hole den Arzt!«

»Lass gut sein, Hermann. Die Schmerzen kommen alle halbe Stunde.«

Ich stand auf und begann, etwas hilflos von einem Bein auf das andere zu wippen. »Dann brauchst du mehr Schmerzmittel. Vielleicht was Stärkeres!«

»Setz dich wieder hin!« Für einen kurzen Moment klang Manfreds Stimme wie gewohnt. Kräftig. Gefasst. Charismatisch. »Was Stärkeres gibts nicht. Und mehr geben sie mir nicht. Es könnte mich ja umbringen!« Aus zusammengekniffenen Augen warf Manfred einen spöttischen Blick auf die Tür seines Einzelzimmers. »Es geht zu Ende, Hermann. Aber es geht nicht schnell genug!«

Das stimmliche Aufbäumen hatte nur kurz angehalten. Ängstlich und irgendwie flehentlich blickten mich die leeren Augen an. Manfred weinte. »Hermann, ich kann nimmer. Ich will nimmer.«

Es dauerte ungefähr zehn Minuten. Auf den ersten Blick war kein Unterschied auszumachen. Der zuvor schon völlig entkräftete Körper lag immer noch regungslos da, als ich die Infusionspumpen mit dem Diazepam und dem Fentanyl wieder auf die Ursprungsdosierung zurückstellte. Ohne Gegenwehr war Manfred eingeschlafen. Er konnte und er wollte nicht mehr leben.

Ich erschrak ein wenig, als ich wieder zu mir kam und mit einem Mal die Herzfrequenztöne hörte. Ohne weiter darüber nachzudenken, nahm ich den Pulsmesser wieder von meinem Zeigefinger und steckte ihn zurück an Manfreds Hand. Der fiepende Dauerton, der die Nulllinie auf dem Monitor akustisch untermalte, hatte fast etwas Beruhigendes.

Ich hatte mich gerade wieder gesetzt, als sich die Tür des Krankenzimmers öffnete. Mit einem milden Lächeln trat Schwester Gudrun an das Bett und strich mit dem Handrücken sanft über Manfreds Wange.

»Hat er es endlich geschafft, der Herr Rademacher.« Mit einer Mischung aus Mitgefühl und Zuversicht sah mich die kleine, pummelige Intensivschwester an. »Ist er friedlich eingeschlafen?« Eine Antwort wartete sie nicht ab. »Das hat er verdient, der Gute. Während sein bester Freund bei ihm ist.«

Ich nickte zustimmend und lächelte freundlich zurück.

Beim Hinausgehen erschlug ich noch die Fliege. Es schien mir nur logisch, jegliche Mitwisser auszuschalten. Und ein Mörder war ich ja bereits.

3 Tag 2 – Emma

Emma roch nach Weihnachten.

Seit ich sie am ersten Weihnachtstag neunzehnhundertsechzig zum ersten Mal gesehen hatte, war sie für mich Weihnachten. Damals war ich fünf gewesen und sie zwei. Doch ich hatte von Anfang an diesen Duft in der Nase gehabt. Diese Mischung aus Zimt und gebrannten Mandeln, einem Hauch Anis und einer Ahnung von Orange. Und auch wenn an jenem Morgen, fünfundfünfzig Jahre später, das Odeur einer frühen und viel zu starken Margarita dominierte, Emma blieb für mich der Inbegriff des Festes der Liebe. Daran änderten auch die fast fünfundzwanzig Grad nichts, die an diesem Sonntagmorgen einen weiteren heißen Sommertag ankündigten.

Es ist durchaus nicht unüblich in unserer Branche, auch an Sonntagen mit Hinterbliebenen die ersten Arrangements für eine würdevolle Beisetzung zu treffen. Normalerweise übernimmt meine Tochter Susanne diese Termine, während ich als Kirchengemeinderat meine sonntäglichen Pflichten erfülle. Und obgleich sie wusste, dass sich Emma Jörgensen schon am Vorabend angekündigt hatte, war sie einigermaßen erstaunt zu hören, dass ich diesen Termin selbst übernehmen würde. Aber zum einen ließ ich praktisch nie eine Gelegenheit aus, Emma nahe zu sein, zum anderen wäre es mir an diesem Sonntag ein wenig unangenehm gewesen, dem Herrgott in seinem Haus unter die Augen zu treten. Außerdem hatte ich es Emma nie vergessen, dass sie nach dem Tod meiner Frau immer für mich da gewesen war.

Ansonsten war ich erstaunlich entspannt. Ich hatte sogar eine ausgesprochen erholsame und erquickliche Nacht hinter mir. Ich hatte von Manfred geträumt und davon, wie er mir für meine Großtat dankte. Absurd, ich weiß. Aber es waren auch alle noch so nett zu mir gewesen nach seinem Dahinscheiden. Schwester Gudrun hatte mich zum Nachmittagskaffee mit Kuchen ins Schwesternzimmer der Intensivstation eingeladen und sogar dieser Dr. Schnelzel war auf ein Schwätzchen hereingekommen. Nebenbei bemerkt, so schnöselig ist der gar nicht. Nur jung und ein wenig unsicher.

Schwarz war schon immer Emmas Farbe gewesen. Schwarz betonte ihre fragile und durch die stets blässliche Haut geradezu morbide Erscheinung. Trotz ihrer auch schon fast sechzig Jahre hatte Emma sich ihren zierlichen, schlanken Körper bewahrt. Mit Disziplin und dank der mitunter handfesten Motivation ihres Gatten Siegfried. Alles über fünfundvierzig Kilo bei einer Körpergröße von etwa einem Meter sechzig bezeichnete er als adipös.

Ich erinnere mich noch gut an ein Grillfest der Kirchengemeinde vor gut zwanzig Jahren. Es war einer der wenigen unbeschwerten, ja fast euphorischen Momente in Emmas Leben. Sie schien glücklich gewesen zu sein, gelöst, und sie hatte tatsächlich mit einer zweiten Bratwurst geliebäugelt. *Siggi, der Große, Siggi der Schöne* hatte ihr diese Idee sogleich vergällt. Schweinisch grunzend war er an ihr vorbei schwadroniert, nicht ohne eine üppige Wampe anzudeuten.

Emma hatte gehorcht. Wie immer.

»Ich bin froh, dass gerade du bei ihm warst.« Emma zupfte mit ihrer winzigen Hand am Ärmel meines Jacketts und griff sich das weithin sichtbare weiße Katzenhaar. »Egal, wo du hingehst, Hades ist dabei.« Ein verstohlenes Lächeln huschte über ihre schmalen Lippen.

Im Gegensatz zu mir mochte Emma den *Dicken*, wie sie ihn immer liebevoll nannte. Renate, meine verstorbene Frau, hatte irgendwann die Aufnahme des Haustieres beschlossen. Wohl in Anbetracht unserer zwar äußerst zweckmäßigen, aber eher leidenschaftslosen Ehe. Damals hatte sie ihn *Purzel* genannt. Für ein Tier, das bis heute so aussieht, als hätte man es nach der Geburt mit Wucht gegen die Wand geworfen, um diesen dauergrimmigen Gesichtsausdruck zu generieren, reichlich unpassend. Angesichts seiner beachtlichen Körperfülle und des Habitus, eines Despoten schien der Name zunehmend deplatziert. Nach Renates Tod vor zehn Jahren war ich offen gestanden kurz versucht gewesen, Purzel, den Perser, nach altägyptischem Vorbild seiner Herrin als Grabbeigabe mitzugeben, hatte mich aber eines Besseren besonnen. Ich wollte dem Kater stattdessen das schenken, woran ihm in den bis dahin acht Jahren offensichtlich so viel gelegen hatte: Die Freiheit! Heute noch dröhnt bisweilen Renates schrilles »Tür zu, sonst läuft der Kater weg« in meinen

Ohren. In einem Anfall posthumen zivilen Ungehorsams hatte ich ganz aus Versehen am Tage nach Renates Beisetzung die Tür zu unserer kleinen, rückwärtig gelegenen Veranda offenstehen lassen. Purzels Interesse an den Freuden der weiten Welt war zu meiner Enttäuschung jedoch stark limitiert gewesen. Ich unternahm jedenfalls fortan keinen weiteren Versuch, mich des Katers zu entledigen. Vermutlich auch wegen der Vorhaltungen meiner Tochter Susanne:

»Du hast die Tür aufgelassen ...«

»Weißt du eigentlich, was hätte passieren können?«

»Du hast Purzel ja nie geliebt ...«

Purzel und ich hatten daraufhin ein Arrangement getroffen. Ich fütterte ihn und säuberte seine Katzentoilette, dafür beschränkte er seine Allüren auf das Verbreiten von Katzenhaaren und akzeptierte den Namen *Hades*. Das mit dem Namen war erstaunlicherweise kein Problem. Er hört auf *Hades* bis heute genauso wenig wie auf *Purzel*.

»Ach ja, der Kater.« Ich wandte mich auch gedanklich wieder Emma zu. »Auch ein Kämpfer. Wie Manfred.« Sanft drückte ich dabei Emmas eiskaltes Händchen. Erst jetzt fiel mir die übergroße Sonnenbrille auf, die ihr schmales Gesicht fast vollends verdeckte.

»Hat er sehr gelitten zum Schluss?« Hinter dem schwarzen Rand der Brille kullerte eine dicke Träne hervor und rollte über Emmas zarte Wange. Ich trocknete sie mit einem Taschentuch. Emma zuckte zurück und untermalte den empfundenen Schmerz mit einem hörbaren Einsaugen der Luft durch ihre Zähne.

»Nein. Er ist friedlich eingeschlafen«, versuchte ich, dieses zitternde Etwas mir gegenüber zu beruhigen. Verschämt verdeckte Emma den jetzt sichtbaren blauen Fleck und die leichten Abschürfungen unter ihrem rechten Wangenknochen mit der Hand. Sie wusste, dass ich mit dem Taschentuch die Spuren freigelegt hatte, mit denen sich Gatte Siegfried einmal mehr in ihrem Gesicht verewigt hatte.

»Tu das bitte nicht, Hermann ...« Nur halbherzig wehrte Emma meine Hände ab, als ich ihr die Sonnenbrille vom Gesicht nahm. Ihre grünen Augen starrten mich ausdruckslos an, während ein schmaler Bach aus Tränen die gepuderte Camouflage in bräunlichen Streifen mit sich riss. Die Platzwunde an der Augenbraue und der lila schimmernde Ring um das Auge waren nur ansatzweise kaschiert. »Ich ... war ... selbst ... schuld ...«, stammelte Emma, während sie deutlich hörbar den Rotz in ihre Nase hochzog.

Während Emma einmal mehr unzählige Ausreden bemühte, um mir zu erklären, warum ich denn Verständnis dafür haben müsse, dass Siegfried ab und zu mal die Fassung verliere, stand meine Entscheidung längst fest. Der schöne Siggi würde bald Geschichte sein. Wenn ich es schaffte, meinen besten Freund vom Leben in den Tod zu befördern, würde es bei meinem besten Feind umso leichter sein.

Natürlich nicht sofort. Das wäre zu auffällig gewesen. Außerdem brauchte ich hier einen Plan. Siegfried war nicht nur über eins neunzig groß, er stand auch gut im Futter und war für seine einundsechzig Jahre im Gegensatz zu mir recht athletisch. Aber mir würde etwas einfallen.

Hundertprozentig sicher war ich mir hingegen, dass Siggi für mich tot mehr wert sein würde als lebendig. Obwohl er sich noch am Vorabend bei seiner Frau schlagkräftig für eine sparsame Beisetzung des Schwiegervaters stark gemacht hatte, hatte Emma erwartungsgemäß das komplette Premiumpaket mit Trauerrednerin, Granit-Grabstein und dem amerikanischen Truhensarg in schwarzer Klavierlackoptik gebucht. Auch bei den Blumenarrangements und den Todesanzeigen war nur das Beste gut genug.

Aus rein wirtschaftlicher Sicht hatte Manfred unserem kleinen Unternehmen in diesem Juni einen echten Freundschaftsdienst erwiesen.

4 Tag 2 — Susanne

Es war immer noch nicht völlig dunkel, als ich gegen zehn Uhr am Abend vom Frühschoppen nach Hause kam. Ich weiß, was Sie jetzt denken, aber angesichts des Todes eines derart geachteten Mitbürgers unserer kleinen Landgemeinde wie Manfred Rademacher bewegte sich die kollektive Trauerarbeit in durchaus ortsüblichen Bahnen. Zunächst erfolgte am späten Vormittag, Emma hatte mich gerade verlassen, im Gemeindesaal das Trauerblasen der Ingelreiner Harmonia mit anschließender Ausgabe spiritueller Getränke. Jeder hatte im Übrigen Verständnis dafür gezeigt, dass ich angesichts der bedeutungsvollen Vorbereitungen von Manfreds Aussegnung dem Gottesdienst nicht hatte beiwohnen können. Außer Hansjürgen, aber der hatte eh immer an allem etwas auszusetzen. Noch auf dem Fußweg in Richtung *Pollo*, der Gastwirtschaft des Kleintierzuchtvereins, wohin ich mich zum Absingen bei der Liedertafel begab, setzte ich den hochnäsigen stellvertretenden Filialleiter der hiesigen Sparkasse auf meine virtuelle To-die-Liste.

Sie werden es vielleicht nicht glauben, aber versuchen Sie es mal. Es ist unglaublich befreiend, Menschen, deren Anwesenheit man tendenziell als unangenehm oder gar hinderlich empfindet, auf ein solches geistiges Stück Papier zu setzen. Nur, um die Namen in Gedanken abzuhaken oder durchzustreichen. Je nachdem, was man präferiert.

Ein wenig war ich vor mir selbst erschrocken. Es war noch nicht mal ein Uhr an diesem Sonntag gewesen, und ich hatte schon zwei Namen auf meiner Liste gehabt.

Das bläuliche Licht des Fernsehers, das im Gaubenfenster unseres Hauses zur Hauptstraße hin flackerte, signalisierte mir, dass Susanne zu Hause war. Zu meiner großen Überraschung. Und Enttäuschung. Sie hätte jetzt eigentlich an dieser Beachbar am Weiher in Lambsheim in der Pfalz sein müssen, um mit Freunden zu feiern. Vor allem mit ihrem Freund. Daniel, David, Dirk, Dieter? Ich weiß es nicht mehr. Es waren so viele in letzter Zeit. Heute war ganz offensichtlich der *ich-erzähle-dir-was-ich-beruflich-mache-Tag*. Statistisch gesehen ist dieser Tag in siebzig Prozent der Fälle für das jähe Dahinscheiden praktisch aller Kurzzeitbeziehungen in unserer Branche verantwortlich. Zunächst stellen die Kandidaten jede Form von Körperlichkeit ein, dann finden sie obskure Ausreden, warum das Treffen jetzt umgehend abgebrochen werden müsse. Omas fast vergessener Geburtstag rangiert dabei knapp vor plötzlicher Übelkeit auf Platz eins.

Erfahrungsgemäß war es für beide Seiten peinlich, Susanne in solchen Situationen zu stören. Auch wenn sie wusste, dass ich immer nur ihr Wohlergehen im Sinn hatte, wollte meine Tochter in diesen Momenten alleine gelassen werden. Meist tinderte sie an diesen Abenden, so heißt das, glaube ich, wenn man Fotos von Gesichtern und anderen

Körperteilen auf dem Smartphone nach rechts oder links wischt, je nach Ge- oder Missfallen. Das Gefallen äußerte sich nicht selten in späten geräuschvollen Aktivitäten, die aus dem Obergeschoss unseres hellhörigen Hauses bis in mein Schlafzimmer drangen.

Auch wenn es sich dabei um emotional eher flache Freuden für meine Tochter handelte, so gönnte ich ihr diese zeitweilige Abwechslung vom ständigen Zurückgewiesen-Werden von Herzen. Schnelle Befriedigung, keine Verpflichtungen und schon gar nicht die Notwendigkeit, sich zu erklären, warum man denn den Beruf der Bestatterin ergriffen habe. Kein *Wie war dein Tag, Schatz?* am Abend. Was soll man da auch erzählen?

Es war ruhig heute?

Der letzte Kunde war ein wenig steif?

Keine Reklamationen beim Schminken?

Details aus der Thanatopraxie (ja, so heißt das im Fachchinesisch, was wir machen) möchte ja niemand hören. Ich habe das mit Renate – Gott hab sie selig – oft genug erlebt, wenn sie von ihrer Arbeit bei der Bank nach Hause kam. Nur an Tagen einer Bestattung selbst war auch bei ihr das Interesse groß gewesen.

Wer denn dagewesen sei. *Ach, die Müllers? Die waren doch total zerstritten mit dem Schmidt. Wie? Die Elshols hat dunkelblau getragen? Das muss die Hexe mit Absicht gemacht haben ...*

Na ja, viele Freunde hatte Renate im Ort nicht.

Ich erinnere mich noch gut, wie ich schwankte und nur mit Mühe und nach mehreren Anläufen in der Lage war, die Haustüre zu öffnen. Wie gesagt, Manfred war bekannt, und ohne unsere Kehlen feucht zu halten, wäre es unmöglich gewesen, die Geschichten und Geschichtchen, Anekdoten und Anekdötchen im Gedenken an ihn wieder und wieder zu erzählen.

»Wow, Papa!« Zu meiner Überraschung kam mir Susanne mit einem breiten Grinsen aus der Küche entgegen. Sie sah verschwommen aus und es erschien mir irgendwie, als wäre ihr linkes Bein kürzer als das rechte. Und sie redete so dumpf. »Hast du den kompletten Umsatz von Jörgensen im Wirtshaus gelassen oder bleibt noch was übrig, um endlich die Krematoriumsrechnung zu bezahlen?«

Ja, so ist sie, meine Susanne. Kann einem mit wenigen Worten den Spaß verderben. Das hat sie von ihrer Mutter, Gott hab sie ... na ja, Sie wissen schon. Aber die Sanne – so hat sie sich selbst als Kind immer genannt – kann auch anders. Zumindest wenn sie gute Laune hat. Und davon schien sie weit entfernt an diesem späten Abend.

»Sorry, Papa. War nicht so gemeint.« Spontan nahm sie mich in den Arm. »Das war unfair. Ich weiß doch, wie viel Manfred dir bedeutet hat.« Sie drückte mich, gab mir einen Kuss auf die Wange und ergänzte: »Jetzt wäre es aber gut, wenn du dich zurückziehst. Du schwankst wie eine Boje im Zentralatlantik und riechst wie ein Schnapsladen. Dennis müsste jeden Moment kommen!«

Dennis! Ich spürte, wie der langsamste jemals gemessene Geistesblitz von Synapse zu Synapse durch mein Hirn kroch. Ich hatte doch gewusst, dass es irgendwas mit D gewesen war. »Wieso? Hat er was vergessen?« Zu meiner lallenden Sprache sowie der geistigen und körperlichen Trägheit gesellte sich eine unsensible Ehrlichkeit. »Er weiß noch nich, wassu beruuflich ...« Weiter kam ich nicht.

»Doch Papa, er weiß, was ich beruflich mache, und er möchte trotzdem die Nacht mit mir verbringen«, schnippisch schnitt mir Susanne das Wort ab und bugsierte mich dabei Richtung Treppe. Erst jetzt fiel mir auf, dass sie nicht nur ihren kürzesten roten Rock und die höchsten in ihrem Besitz befindlichen Pumps trug, sie hatte auch ihre lange blonde Haarpracht wild und frivol gestylt und ein blumiges Eau de Parfum aufgetragen. Das feminine Odeur von Bergamotte und Rosen stieg mir angenehmen in die Nase. Ein derartiger Aufwand war ungewöhnlich. Es schien ihr tatsächlich etwas an diesem Dennis zu liegen. Ich hoffte inständig, es möge auf Gegenseitigkeit beruhen. Mit fast dreiunddreißig hatte sie es wirklich verdient.

Ich brummelte skeptisch vor mich hin, während ich, angetrieben von meiner Tochter, die Stiegen Richtung Schlafzimmer hinaufschlurfte.

Es muss etwa zwei Jahre her gewesen sein, da gab es diesen Kevin oder Konrad oder ... ach, irgendwas mit K. Jedenfalls waren die beiden ein Herz und eine Seele, und ein bisschen mochte ich diesen *K.* sogar. Er nahm unsere Arbeit ernst, interessierte sich für Details und machte einen intelligenten Eindruck. Tja, bis wir herausfanden, dass *K.* einfach nur ein nekrophiler kleiner Pisser war, der die Besuche bei Susanne im Bestattungsinstitut oft und gerne für einen

Abstecher ins Kühlhaus nutzte. Ich hatte damals schon gedacht, so oft und lange muss doch keiner aufs Klo. Auf jeden Fall hatte Susanne die Beziehung recht schnell gelöst, nachdem *K.* ein Selfie zusammen mit der dahingeschiedenen Oma Petzke bei diesem Instadingens gepostet hatte.

Wie genau ich nach diesen Überlegungen in mein Schlafzimmer gekommen bin, weiß ich offen gestanden nicht mehr. Die nächsten verfügbaren Erinnerungen stammen vom Morgen des darauffolgenden Montags. Und auf diese würde ich gerne verzichten.

5 Tag 10 – Siegfried

Ein Mittelhandknochen von Siggis voluminöser rechter Faust hatte mich punktgenau zwischen Oberlippe und Nase getroffen. Kräftige Schläge auf das Philtrum haben in der Regel zumindest eine kurze Ohnmacht zur Folge. Offen gestanden war mir das in diesem Moment sogar recht. Während sich mein Kopf den Morgen über angefühlt hatte, als würde eine ganze Armada von Wespen versuchen, mit Presslufthämmern in zentrale Hirnareale vorzudringen, hatte sich dieser noch verkraftbare Schmerz unter Jörgensens Geschrei ins Unerträgliche potenziert. Der Schlag ins Gesicht hatte dieses Problem gelöst. Zumindest kurzzeitig.

Ob ich Sekunden, Minuten oder Stunden weggetreten war, weiß ich ehrlich gesagt nicht genau. Offensichtlich aber lange genug, um mir noch einmal jene Gedanken in Erinnerung zu rufen, die mich beim beginnenden Abbau des Restalkohols vom Aufstehen über das Zähneputzen bis zum einsamen Morgenkaffee begleitet hatten.

Schon am Morgen nach dem Tag von Manfreds Beisetzung war mir schlagartig bewusst geworden, dass ich ein Unrecht begangen hatte. Ein großes Unrecht sogar. Mir allen Ernstes Gedanken darüber zu machen, Menschen vom

Leben zum Tod zu befördern, um einen wirtschaftlichen Vorteil zu erlangen, erschien mir im Zuge meiner sprichwörtlichen Ernüchterung mit einem Mal als das, was es war. Böse!

Nicht die Sache mit Manfred. Da hatte ich einem guten Freund den letzten Wunsch erfüllt. So etwas tun Freunde doch. Nein, ich hatte mich mit den presslufthämmernden Wespen in meinem Kopf darauf geeinigt, fürderhin auf weitere Gedankenspiele zu verzichten, in denen es um ein aktives Ableben aus betriebswirtschaftlichen Erwägungen gehen würde. Ich hatte beim Verlassen des Hauses im Geiste sogar feierlich jene verwerfliche To-die-Liste in Flammen aufgehen lassen. Auf Papier gedruckt wäre sie schon gut und gerne drei Seiten lang gewesen.

Sie sehen, eine geraume Zeit dürfte es schon gewesen sein, in der ich mich genötigt sah, meinem Unterbewussten dem Bewussten Vorrang zu geben. Das Nächste, was ich sah, war das sorgenvolle Gesicht meiner Tochter. Das Nächste, was ich hörte, waren ihre unflätigen Worte, die dem mit quietschenden Reifen davonrasenden Siegfried Jörgensen galten.

»Was fällt diesem blöden Arschloch eigentlich ein? Du zeigst ihn doch an, oder?« So zornig hatte ich Susanne lange nicht erlebt. »Bläht sich hier auf, dieser schleimige Lackaffe. Das kann er doch nicht machen, oder? Blutest du etwa?«

Die Fragen galten mir. Ich hatte im ersten Moment ernsthafte Mühe, die Ereignisse vor dem Schlag ins Gesicht aus dem Kurzzeitgedächtnis abzurufen. Mein Schädel dröhnte.

Über die Oberlippe rann ein wenig Blut in meinen Mund. Die Wespen waren zu Hornissen mutiert, die Pressluft- zu Dampfhämmern. *Was konnte Siggi nicht machen?*

Es musste etwas von gewaltiger Tragweite sein. Immer wenn etwas aus Susannes Sicht Ungeheuerliches geschah, stellte sie diese kurzen Fragen, die mit diesem nervigen *oder* endeten.

Nur langsam und schemenhaft, wie durch die Seitenwände der Bruchglasbowle betrachtet, die seit der Hochzeit mit Renate als Staubfänger im Wohnzimmer diente, gesellte sich Bild an Bild.

Wutschnaubend war Siggi durch die filigran verzierte Glastür in unser Institut gepoltert. Er hatte mich angebrüllt, mich einen Strauchdieb, einen Gauner und sogar Hundsfott genannt. Und dann? Ach ja, dann hatte er die Rechnung für Manfreds Beisetzung vor meinen Augen in der Luft zerrissen.

Im Wissen um unsere prekäre finanzielle Lage hatte Emma mich geradezu genötigt, die Forderungen des Instituts zeitnah zu Papier zu bringen. Und so hatte ich ihr den unscheinbaren Umschlag beim Gang vom Friedhof zum nahegelegenen *Pollo* zugesteckt. Und ganz nach Murphys Gesetz hatte Siggi das natürlich mitbekommen. Erst ein missbilligender Blick, dann der Griff nach dem Kuvert, das er seiner Frau fast beiläufig aus der Hand riss. Ich hätte im Grunde also gewarnt sein müssen. Immerhin war ein fünfstelliges Sümmchen zusammengekommen. Im Nachhinein betrachtet noch viel zu wenig. Angesichts der verbalen Ergüsse, die der Schwiegersohndarsteller den Trauergästen am offenen Grab zugemutet hatte, wären zehn Prozent Aufschlag absolut gerechtfertigt gewesen. Eine Art Schmerzensgeld. Nicht, dass Siggi betrunken gewesen oder ausfällig geworden wäre. Noch nicht. Dazu kommen wir später. Nein, es war schlimmer gekommen. Salbungsvoll, geradezu schwärmerisch hatte Siegfried Jörgensen dem Dahingeschiedenen ein rednerisches Denkmal gesetzt, das vor allem die weiblichen Trauernden zu Tränen und schluchzender Verzückung rührte. Freilich war alles gelogen. Angefangen von der tiefen Freundschaft, die Manfred und ihn weit über die familiären Bande verbunden hätte, über die gemeinsamen wirtschaftlichen Erfolge und zuletzt die Liebe zu Emma, der Tochter und Frau, die sie beide innig geeint habe.

Ich hätte im Strahl ... na ja, Sie wissen schon. Ich bin mir auch sicher, gehört zu haben, wie Manfred wütend im Sarg rotierte. Am meisten hatte mich geärgert, dass Susannes stimmungs- und stilvolle Trauerrede in der Aussegnungshalle angesichts von Siggis verbalem Walkürenritt zu einer blassen Randnotiz geraten war.

Immerhin hatte *Siggi der Schleimige* zu fortgeschrittener Stunde alkoholbedingt sein wahres Gesicht gezeigt. Bemerkenswerterweise hatte der Rest der Gesellschaft willfährig mit Siggi immer wieder das Glas erhoben auf Manfred den Geizigen oder Emma, das blasse Rührmichnichtan. Eine promillebedingte Massenpsychose.

Es scheint etwas dran zu sein an der alten Regel, nach der Kinder und Betrunkene der Wahrheit bisweilen näherstehen als nüchterne Erwachsene.

»Papa? Papa!« Vor meinen Augen bewegte sich etwas im

Takt zu Susannes Rufen. Saß ich schon wieder? Lag ich noch? Auf eine seltsam entspannte Art war mir das gerade völlig gleichgültig.

»Papa!« Wieder Susanne. Diesmal besorgter. »Soll ich Dr. Schober rufen?«

Das waren die magischen Worte. Schlagartig war ich wieder bei Sinnen. »Dann kannst du auch gleich den Jörgensen zurückholen«, entgegnete ich, während ich bemüht war, mich aufzurappeln, »der bringt mich wenigstens schnell um.«

Okay, dazu muss ich jetzt, glaube ich, eine Erklärung liefern. Dr. Dieter Schober ist unser Dorfarzt. Offiziell Humanmediziner. In meiner Eigenschaft als Bestatter würde ich ihn jetzt nicht direkt als Lieferanten bezeichnen, wer sich jedoch Chancen auf Heilung welchen Leidens auch immer erhofft, ist selbst beim Schamanen aus dem Nachbarort besser aufgehoben.

»Was machen wir jetzt mit dem Jörgensen?« Meine Tochter holte mich nun vollends zurück ins Leben. »Wir brauchen das Geld. Dringend sogar. Ich wollte dich nicht damit belasten, aber wenn nicht bald was aufs Konto kommt, wird es gesperrt.«

Ich stand auf, klopfte den Staub von meinem schwarzen Anzug und tupfte mir mit einem Taschentuch das Blut von der Oberlippe. Mit der Zunge stellte ich fest, dass meine Kauwerkzeuge noch vollzählig waren. »Wir schaffen auch das.« Behutsam nahm ich Susanne in den Arm. »Ich spreche mit Emma. Und mit der Bank.« Das Telefon unterbrach uns. Ein Anruf, der für Entspannung sorgen sollte. Wenigstens vorübergehend.

6 Tag 10 – Elvira

Die Nachmittagssonne tauchte die weiß getünchte Villa der von Pößnecks in ein Licht, wie ich es sonst nur aus Hollywoodstreifen kannte. Alles schien unnatürlich überzeichnet, angefangen bei dem roten Mercedes Cabrio in der Einfahrt bis hin zu den perfekt geschnittenen Buchsbaumkugeln rechts und links der Marmortreppe.

Punkt fünfzehn Uhr klingelte ich bei Elvira von Pößneck, verwitwete von Auerbach, verwitwete Rahmstetter, verwitwete Ballreich.

Ja, ich weiß, was Sie jetzt denken, aber die Verflossenen wurden leider ausnahmslos durch meinen Mitbewerber aus der Nachbargemeinde zu Grabe getragen. Lars von Bindeling, Schickimicki-Bestatter mit eigenem Funeral Home nach amerikanischem Vorbild und standesgemäß mit einem angeheirateten Adelstitel.

Ach, das meinten Sie gar nicht? Sie dachten eher an eine Schwarze Witwe? Tja, den herzschwachen Gatten mit Gurkenmaske und Lockenwicklern zu Tode zu erschrecken, gilt hierzulande nicht als Straftat. Und etwas Tödlicheres hatte man Elvira von Pößneck nie nachweisen können. Nicht, dass man es nicht versucht hätte. Vor allem die Kinder des zweiten verblichenen Ehemannes, des Fabrikanten Eduard Rahmstetter. Sie hatten sich nicht mit dem Umstand anfreunden können, dass ihr Vater, ein ehemaliger Leistungsschwimmer auf Olympianiveau, ausgerechnet im eigenen Whirlpool das Zeitliche gesegnet hatte. So ging das Toilettenpapierimperium *PoPosition* eben durch zwei.

Aber ich schweife schon wieder ab. Der Anruf von Frau von Pößneck in unserem Institut war jedenfalls überraschend gekommen. Mit vierundneunzig war bei dem alten von Pößneck zwar durchaus damit zu rechnen gewesen. Zumal er, wenn das Dorfradio noch funktionierte, seit drei Jahren in einer Art Wachkoma im eigenen Haus gefangen war. Aber wie bereits erwähnt, war Frau von Pößneck bislang Stammkundin bei von Bindeling gewesen.

Artig hatte ich, wie bei dieser Art Besuch üblich, mein ausdrucksstärkstes Betroffenheitsgesicht aufgesetzt und meine Hände über der schlanken Aktentasche im Schoß gefaltet, als sich das Portal der Villa öffnete.

»König. Hermann Thaddäus König. Wir waren verabredet!«

»Mein Gott, Sie kommen im schwarzen Anzug? Bei diesem Wetter? Ist jemand gestorben?« Da stand sie, Elvira von Pößneck. Wie eine Tüte Studentenfutter mit einem deutlich zu hohen Anteil an Rosinen. Hotpants, bauchfreies Bustier, hochtoupierte, rotbraune Haare, Hals und Hände dekoriert mit glitzerndem Tand von Scharkowsky und Blöökler. Alles eingehüllt in ein Durchsichtiges – ich weiß bis heute nicht, wie man so etwas nennt. Zweiundsiebzig Jahre überschminkte Lebensfreude lachten mich übertrieben an. Zumindest Teile dieser Erscheinung hatten dieses Alter erreicht. Das Lachen war eigentlich eher ein Krächzen, das direkt aus den zu dunkel gerösteten Halsfalten zu dringen schien.

Ich war akut überfordert, schwitzte wie ein Braten auf höchster Garstufe und kam mir insgesamt völlig deplatziert vor. »Verzeihen Sie, Frau von Pößneck, als Sie am Telefon sagten, *es sei an der Zeit, die entsprechenden Schritte einzuleiten*, da dachte ich ...«

»Sie dachten, es sei soweit mit Karl?« Sie krächzte wieder. Lauter. Vor allem schriller. Das Geräusch beschwor in mir das Bild einer verschreckten Opossumherde herauf.

»Karl geht es gut, zumindest piept das Ding an seinem Bett noch.« Mit den überlangen, pink lackierten Fingernägeln deutete sie auf einen unbestimmten Ort irgendwo im Haus, während sie sich auf ihren Highheel-Pantoletten geräuschvoll umdrehte. Erst jetzt bemerkte ich das Champagnerglas in ihrer rechten Hand. »Ich brauche das für meinen Kreislauf. Sie auch ein Gläschen? Kommen Sie mit rein, hier ist es ja unerträglich heiß.«

Ohne sich weiter um mich zu scheren, stöckelte Elvira von Pößneck durch das mediterran geflieste Entree. Bedröppelt tappte ich hinterher. Ein gutes Geschäft sah ich noch nicht, aber die Kühle des angenehm klimatisierten Hauses lockte. Die Hitze hatte mir ganz offensichtlich stärker zugesetzt, als mir bewusst war. Anders ließ sich der Satz, der meinen Mund verließ, nicht erklären. »Wenn ich jetzt etwas trinke, steigt mir das sicher sofort zu Kopf. Und dann erliege ich vielleicht noch Ihren Reizen, Frau von ...«

»Nennen Sie mich Elvira«, unterbrach sie mich verheißungsvoll zwinkernd. »Geschäftstüchtig, gutaussehend und charmant. Frau Jörgensen hat ja mächtig untertrieben, als ich sie nach Ihren Qualitäten gefragt habe.«

Keine Ahnung, ob Sie Science-Fiction-Filme mögen, aber der Blick, den die von Pößneck zwischen den Wangenimplantanten und der dank Botox spiegelglatten Stirn regelrecht abschoss, hatte etwas von einem Traktorstrahl, mit dem die Borg die Enterprise fixieren. Und ich war mir auch völlig sicher, ich würde jetzt auf der Stelle assimiliert werden.

»Wenigstens einen Eistee?« Unvermittelt fand ich mich auf einem edlen Teakholzgartenstuhl auf der Terrasse der von Pößnecks wieder. »Ich werde nachher noch ein wenig schwimmen, daher habe ich mich etwas bequemer angezogen«, überhäufte mich die Gastgeberin mit unverlangt eingereichten Informationen, während Eistee in ein Glas vor mir plätscherte. »Vielleicht kann ich Sie ja nach Abschluss des Geschäftes von diesem ausgezeichneten Champagner überzeugen.« Sie prostete mir zu.

»Welches Ge...«

»Frau Jörgensen sagte mir«, ich kam nicht wirklich zu Wort, »man könnte bei Ihnen eine Bestattung auch im Voraus bestellen – oder wie man das nennt?«

»Sie möchten für sich also einen Bestattungsvorsorgevertrag abschließen?« Da war sie wieder, die Borg. Nur diesmal sendete das Mutterschiff keinen Traktorstrahl aus, sondern eher eine Art Vernichtungslaser. So interpretierte ich jedenfalls den entrüsteten Blick, den mir die sonnengegerbte Erscheinung ad hoc zuwarf. Und dann kam sie, die Frage aller Fragen. Die Frage, die du als Mann niemals beantworten darfst.

»Was glauben Sie denn, wie alt ich bin? Sehe ich etwa so aus, als müsste ich schon an meine Bestattung denken?«

Demonstrativ und mit einem weinerlichen Gesichtsausdruck wandte sich Elvira von Pößneck von mir ab, starrte auf das glitzernde Wasser des Swimmingpools und leerte unter tiefem Seufzen den Sektkelch.

Ich musste schnell handeln. Vor meinem geistigen Auge erschien mir Susanne. Fordernd rieb sie den Daumen sowie Zeige- und Mittelfinger der rechten Hand aneinander. *Hole die Kuh vom Eis! Denke an das Geld!* Ich handelte. Spontan, geistesgegenwärtig und, wie ich meine, klug.

»Wenn ich Sie ansehe, Elvira ...« Ich nahm die ledrige Hand, die sie demonstrativ in meine Richtung gekehrt auf dem Tisch hatte liegen lassen. »Wenn ich Sie betrachte, sehe ich natürlich eine Frau in der Blüte ihres Lebens.« Ich machte eine kurze Pause. »Vor allem aber sehe ich eine kluge Frau.«

»Ach ja, Hermann!« Die toupierten Haare wippten wie eine Sprungfeder, als sich die Angesprochene wieder mir zuwandte. Angestrengt rang sie den aufgespritzten Lippen ein Lächeln ab. »Sie glauben, ich bin klug?« Verheißungsvoll legte sie ihre andere Hand auf die meine. »So etwas Nettes, hat noch nie jemand zu mir gesagt!«

Spontan hatte ich das Gefühl, duschen zu müssen.

»Aber natürlich sind Sie klug, Elvira.« Vorsichtig zog ich meine Hände vom Tisch und griff nach meiner Aktenmappe, die auf dem Stuhl neben mir lag. »Nur kluge Menschen sind umsichtig und bauen vor.« Ich hatte sie gewonnen. Gebannt hing sie an meinen Lippen. »Sie möchten, wenn ich das richtig verstanden habe, jetzt schon Vorsorge für Ihren Gatten treffen. Wenn ich indiskret fragen darf, gibt es Anlass zur Eile?«

»Schön wär's.« Sie kicherte kindisch. »Wenn Karl so weitermacht, überlebt er uns noch alle. Nein, das ist nicht der Grund. Aber bevor wir weitermachen, hole ich noch etwas von dieser leckeren Brause.«

Keine zwei Minuten später kam Elvira von Pößneck zurück. Während sie ihre Shorts wohl in einem Moment der Unachtsamkeit verloren hatte, was den Blick auf die Andeutung eines Stringtangas freigab, der sich bizarr um ihren faltigen Schoß schlängelte, trug sie stolz eine weitere Flasche Dom Perigon und einen zweiten Sektkelch vor sich her. Während sie den Champagner geübt entkorkte, drang ein blumiger Duft zu mir. Die Gastgeberin hatte aufgelegt. Ein überraschend frisches Eau de Parfum. Ich resümierte: Champagner für über zweihundert Euro, das eh schon dürftige Beinkleid entsorgt und eingehüllt in eine Wolke, die jeder Blumenwiese Konkurrenz machen würde – das alles entwickelte sich zu einem Ball der einsamen Herzen und meine Gastgeberin hatte mich auf das komplette Tanzkärtchen eingetragen. Zeitgleich schoss mir der Gedanke an das noch zu führende Gespräch mit unserem Bankberater durch den Kopf.

Die Summe der Überlegungen ließ mich zur Flasche greifen.

»Darf ich um Ihr Glas bitten, Elvira?«

Ich versuchte, den vielsagenden Augenaufschlag zu ignorieren.

»Wir waren bei Ihren Beweggründen stehen geblieben, bezüglich der Vorkehrungen, die Sie für Ihren Mann treffen möchten.«

»Seine undankbaren Blagen, selbstverständlich!«

Ich stutzte.

»Karls Kinder haben bereits klargemacht, dass sie trotz des Berliner Testaments, das Karl und ich gemeinsam aufgesetzt haben, nach seinem Ableben umgehend die Hälfte des kompletten Erbes beanspruchen werden. Sie könnten ja warten, bis ich auch dran bin, und dann alles kassieren. Das Dumme ist, ich bin nicht nur jünger als die beiden, sondern auch ... na ja, das sehen Sie ja selbst. Jedenfalls dachte ich mir nach dieser wirklich zauberhaften Beisetzung vom Rademacher, einen Teil des Geldes könnten wir doch jetzt schon sinnvoll anlegen. Was ich jetzt investiere, muss ich später nicht teilen.« Mit abgespreiztem Finger ließ sie ihr Sektglas gegen meines stoßen. Ich nahm einen Schluck.

»Und an was, liebe Elvira, hatten Sie gedacht, um Ihrem Gatten stilvoll die letzte Ehre zu erweisen?«

»Wissen Sie, Hermann ...« Elvira von Pößneck ließ nun auch den über den Schultern hängenden Hauch von nichts vom Körper gleiten. »Ein stilvoller Gentleman wie Sie wird das sicher selbst entscheiden können.« Sie stand auf, beugte sich über mich und ich bekam es ein wenig mit der Angst zu tun. Ihre Hand glitt an mir vorbei. Aus den Augenwinkeln erkannte ich, dass das Manöver nicht mir, sondern einer Mappe auf einem Tisch hinter mir galt. »Ich mache Ihnen einen Vorschlag.« Ihr Ton wurde mit einem Mal geschäftsmäßig. »Ich weiß von Emma Jörgensen, was die Beerdigung ihres Vaters gekostet hat.« Sie schlug die Mappe auf und zog tatsächlich ein Scheckbuch heraus. »Ein Spottpreis, wie ich meine. Wenn ich denke, was Ihr Kollege von Bindeling dagegen in Rechnung stellt. Jedenfalls, dieser Rahmen wäre durchaus auch für Karl angemessen.« Die Zähne hinter den aufgespritzten Lippen schienen mich anknabbern zu wollen. »Sagen wir, ich verdopple diese Summe.« Sie schrieb tatsächlich fast auf den Cent genau das Doppelte des Rechnungsbetrags auf den Verrechnungsscheck, wegen dem mich Siggi am Morgen verprügelt hatte. Wovon, das sei am Rande bemerkt, dank der thanatologischen Schminkkünste meiner Tochter nichts mehr zu sehen war.

»Und dann?«, fragte ich naiv.

»Dann, mein lieber Hermann, legen Sie den Teil für die Beisetzung beiseite und den Rest teilen wir uns.« Sie taxierte mich. »Was halten Sie von siebzig zu dreißig? Ach nein, das wäre schnöde, sagen wir ... sechzig zu vierzig?«

Das war einer der wenigen Momente in meinem Leben, in denen ich gerne meinen Körper verlassen hätte, nur um mir mein eigenes blödes Gesicht anzusehen. Ich hatte ja mit einem unmoralischen Angebot gerechnet. Schon beim Betreten des Hauses. Unmoralisch und vor allem unappetitlich. Aber das, ja das war schon ... verlockend.

Nur nichts anmerken lassen, war das Erste, was mir durch den Kopf ging. Entspannt lehnte ich mich auf dem weich gepolsterten Teakholzstuhl zurück und ließ lässig das Sektglas in der Hand kreisen. »Es ist äußerst unüblich«, ich starrte demonstrativ an Frau von Pößneck vorbei auf die glitzernden Wellen des Pools etwas unterhalb der Terrasse, »das Bestattungsunternehmen bereits im Vorfeld zu bezahlen. Normalerweise wird das Geld bis zum Bedarfsfall auf einem Treuhandkonto geparkt.«

»Mein lieber Hermann.« Elvira von Pößneck lehnte sich zu mir herüber und flötete mir ins Ohr. »Ich möchte Sie nicht in Verlegenheit bringen, aber ich weiß von Emma Jörgensen auch, dass Sie derzeit finanziell ein wenig klamm sind. Und ein besseres Angebot bekommen Sie heute nicht. Außerdem – ist es nicht auch unüblich, auf der Sonnenterrasse einer verheirateten Frau Champagner zu trinken und mit ihr die Bestattung des noch lebenden Gatten zu besprechen?«

Gut, da hatte sie natürlich vollkommen recht. Skurriler wäre die Situation nur noch gewesen, wenn vor der Terrasse der Duracellhase mit scheppernden Becken vorbeigehoppelt wäre. Auf der Flucht vor Chuck Norris. Um es kurz zu machen, ich nahm den Scheck und versprach artig, in vierzehn Tagen wiederzukommen. Meine neue Kundin versicherte mir, das handhabe sie so auch mit der Autowerkstatt, der Gärtnerei, dem Malerbetrieb ... »Es ist ja noch so viel zu erledigen im Hinblick auf Karls Besitztümer«, raunte mir die mittlerweile leicht angeschickerte Elvira zu. Ihre Versuche, dabei lasziv mit den Wimpern zu klimpern, hatten dabei etwas von einer drohenden Gesichtslähmung.

Der Trauermarsch aus Beethovens dritter Sinfonie rettete mich aus diesem sich zuspitzenden Tête-à-Tête. Ich nahm das Handy aus meiner Aktenmappe.

»Hallo?« Am anderen Ende hörte ich Emma bitterlich weinen. »Was ist passiert? Was? Wie denn? Bist du sicher, dass Siegfried …« Ich unterbrach mich selbst. »Ich bin in zwanzig Minuten da. Rühr nichts an.«

7 Tag 10 – Siegfried

Wie? Sekt auf der Terrasse?«, zickte Emma mich an. Obwohl sie dazu keinerlei Recht hatte und das im Übrigen auch wusste, ging es ihr gehörig gegen den Strich, dass ich Zeit mit Elvira von Pößneck verbracht hatte. Dass ich den Sekt zu Champagner korrigierte, machte die Situation nicht wirklich besser. Gut, statt der versprochenen zwanzig Minuten hatte es dann doch eine gute Stunde gedauert, bis ich endlich in der Waldstraße angekommen war. Elvira von Pößneck hatte mich einfach nicht früher gehen lassen. Und der Verbleib hatte sich gelohnt. Ich hatte sie immerhin davon überzeugen können, auch für den eigenen Todesfall vorzusorgen, was ihre Vorteile kurzfristig verdoppeln würde.

»Wusste gar nicht, dass du neuerdings auf gedörrte Barbiepuppen stehst«, echauffierte sich meine einstige Jugendliebe, als wäre ich nachts um drei volltrunken aus einem Stripclub nach Hause gewankt. »Und wie du riechst. Sicher, dass das Schampus war?«

Gedörrt ... Das Bild mit dem Studentenfutter machte sich wieder in meinem Kopf breit. »Ich war geschäftlich bei Frau von Pößneck ...

»... pah, geschäftlich«, fiel mir Emma schnippisch ins Wort. »Hat sie sich einen Sarg bestellt? Wegen mir. Verbrennen kann man so ein Silikonmonster ja nicht einfach. Oder?«

Ich hätte ihr jetzt einen Vortrag darüber halten können, dass bei der Verbrennung von Silikon lediglich Wasser und Kohlendioxid anfielen, versuchte jedoch den Blick auf das aktuell Wesentliche zu lenken.

Siggi. Sein Körper lag regungslos am Fuß der geschwungenen Marmortreppe. Das rechte Bein machte den Eindruck, als sei es einmal um dreihundertsechzig Grad gedreht worden. Das linke Schulterblatt schickte sich dagegen an, den Körper zu verlassen. Es stach grotesk aus dem blauen Hemd hervor, mit dem Siggi beim Sturz offenbar an dem schmiedeeisernen Treppengeländer hängen geblieben war. Die Manschette des rechten Ärmels war aufgerissen, der goldene Manschettenknopf hatte sich irgendwo im weitläufigen Entree verloren.

»Könnten wir uns jetzt vielleicht diesem Problem widmen? Wieso hast du keinen Arzt gerufen?« Obwohl ich meine Forderung mit einer gewissen Strenge vortrug, starrte Emma Jörgensen unbeteiligt, ja fast gelangweilt durch das Rundbogenfenster hinaus auf den Waldrand, an dem die Straße in einen unbefestigten Weg überging.

»Wieso sollte ich?«, antwortete sie mit schwacher Stimme. »Er ist doch tot. Und dafür bist du jetzt zuständig.«

»Bist du sicher, dass er tot ist? Hast du den Puls gefühlt?« Ich sah Emma fordernd an.

»Ich hab es immer vermieden, das Schwein anzufassen, als es sich noch bewegt hat. Und einen Toten? Na ja, wenn du das kannst.« Sie sah mich fragend an. Ich blickte verstört zurück. Ja, genau wie Sie jetzt, die Sie das lesen. Ich dachte mir die Situation einfach schön und schrieb diese schräge Bemerkung einem möglichen Schockzustand Emmas zu. In dürren Worten hatte sie mir nach meinem Eintreffen geschildert, wie es dazu gekommen war, dass Siggi jetzt etwas ungemütlich und verdreht auf dem kühlen Marmor lag. Streit habe es gegeben. So weit nichts Neues. Handfest wie immer. Natürlich wegen der Rechnung für Manfreds Beisetzung. Getrunken habe Siggi an diesem Tag auch. Wie immer. Doch dann sei es passiert. Bei seinem letzten Versuch, ihr wieder mal ins Gesicht zu schlagen, habe Emma selbst die Hand gehoben. Sie habe dieses Vieh von sich stoßen wollen. Wie so oft. Plötzlich sei er nicht mehr dagewesen. Sei die Treppe heruntergepurzelt. Wie diese Federschlangen, die wir früher Stufe für Stufe hatten abwärtshüpfen lassen. Emma hatte emotionslos von dem *Vorfall*, wie sie es nannte, berichtet.

»Begleitest du mich heute Abend ins *La Fontana*?« Sie stand immer noch ungerührt am Fenster und spielte mit der Perlenkette an ihrem Hals. Ihre Haut wirkte noch blasser als sonst.

»Hä?« Ich muss ein Gesicht gemacht haben wie ... Ja, wie schaut man schon, wenn auf eine Ungeheuerlichkeit gleich die nächste folgt? »Dein Mann liegt tot in eurem Haus«, eher halbherzig suchte ich bei Siggi nach einem Puls, »und du denkst daran, mit mir heute Abend essen zu gehen?« Ich registrierte überrascht, wie warm der vor mir liegende Körper noch war. Wobei mir in diesem Moment alles warm vorkam. Ich hatte immer noch das schwarze Jackett an. Auch wenn die großzügige Diele einen gewissen Schutz vor der Hitze draußen bot, schwitzte ich wie ein Braten. Die Psyche! Da war ich mir sicher. In meinem Kopf rotierte es, während ich immer noch dabei war, den Körper vor mir nach Lebenszeichen abzusuchen. Immer, wenn ich glaubte, ein Pulsieren des Herzschlags zu fühlen, erkannte ich, dass es meiner eigener war. Außerdem hätte alles andere vorausgesetzt, Siggi hätte ein Herz gehabt. Im physischen Sinne natürlich. In Form einer Pumpe. Im übertragenen Sinne habe ich bis heute allerdings niemand Herzloseren kennengelernt als Siegfried Jörgensen. Unvergessen der Tag, an dem er seine letzten fünf Mitarbeiter kündigte. Per SMS, spät am Abend und sturzbesoffen im *Pollo*. Er war sogar noch so perfide gewesen, alle Schlösser im Firmengebäude der Schlosserei Rademacher am Vormittag unter einem fadenscheinigen Vorwand von der zu feuernden Belegschaft austauschen zu lassen. Dem hochgewachsenen Arschloch hatte es nicht nur an Sitte und Anstand, sondern auch an jeglicher handwerklichen Fähigkeit gemangelt.

»Ich meinte ja nur.« Emmas zarte Stimme holte mich aus meinen Erinnerungen. »Siggi kann ja jetzt nicht mehr, und du weißt doch, wie schwer man einen Tisch im *La Fontana* bekommt.«

Ich stand auf. Meine Knie schmerzten. Mir gar nicht bewusst gewesen, dass ich so lange bei Siggi gekniet hatte. Langsam ging ich zu Emma und fasste sie von hinten sanft an ihren schmalen Schultern. Sofort hatte ich dieses weihnachtliche Aroma von Mandeln und Apfelsinen in der Nase. Im Bruchteil einer Sekunde sah ich uns wieder als Kinder vor Nikolaus und Knecht Ruprecht stehen. In den Sechzigern, zitternd wie Espenlaub. Damals hatte man noch mächtig Angst vor der Rute und setzte alle Hoffnung auf das goldene Buch. Auch damals hatte ich hinter Emma gestanden. Hatte sie an den Schultern gehalten, um sie zu beschützen, sollte der garstige Kerl im schwarzen Mantel die Rute heben. Diesmal lag der garstige Kerl hinter uns auf dem Boden. Der hob keine Rute mehr.

Nicht, dass Sie mich jetzt für einen kaltschnäuzigen Witwentröster halten. Mir war einfach längst klar, dass Emma einen Schock erlitten hatte. Sie brauchte jetzt Zuspruch, Trost und Ruhe. Auch wenn sich ihre Trauer verständlicherweise in Grenzen hielt, den plötzlichen Tod deines Ehepartners musst du erst mal verwinden. Ich erinnere mich noch an jenen Tag vor zehn Jahren, als Renate von uns ging. Der erste Gedanke, der mir damals durch den Kopf schoss, war tatsächlich: *Verflucht, ich muss mich um die Beerdigung kümmern.* Gut, Sie haben ja schon mitbekommen, dass Renate und ich uns nicht soo nahestanden. Jedenfalls wollte ich Emma einfach ein wenig Trost spenden. »Klar gehen wir ins *La Fontana*«, flötete ich ihr ins Ohr. »Aber jetzt rufe ich erst einmal Dr. Schober an. Einer muss ja offiziell den Tod von Siggi feststellen. Und dir könnte er was zur Beruhigung geben.«

»Diese hysterische Kuh braucht nichts zur Beruhigung. Die braucht höchstens einen Anwalt!«

Für seine durchaus stattliche und imposante Erscheinung hatte Siegfried Jörgensen schon immer eine eher hohe, leicht schrille Stimme gehabt. Diesmal hatte sie ein klägliches, geradezu jämmerliches Timbre. Das änderte jedoch nichts an dem Umstand, dass meine Hitzewallungen von eben in eine Art Schüttelfrost umschlugen. Der Schweiß unter meinem Hemd kühlte die Haut nicht mehr, er legte sich wie eine hauchdünne Eisschicht darüber. Ich blieb stumm und starr. Emma dagegen brachte einen Ton heraus. Und was für einen Ton. Der Schrei, den Emma ausstieß, hätte selbst Janet Leigh unter der Dusche von Bates' Motel beeindruckt. Für einen kurzen Moment hatte ich größere Angst vor einem Tinnitus als vor Siggi, der im Begriff war, sich trotz des verdrehten Beins aufzurappeln.

»Und du, Totengräber, du fährst mit in den Bau.« Noch während ich darüber nachdachte, ob Siggi inzwischen nur lauter sprach oder ob er sich die vier oder fünf Meter zu uns vorgekämpft hatte, spürte ich bereits seinen warmen Atem in meinem Nacken. Verbraucht roch er, nach Resten von Alkohol und den Zigarren, die er hin wieder geraucht hatte. Oder noch rauchte. Nur allmählich gewöhnte sich mein Gehirn daran, das Leben des Siggi Jörgensen nicht mehr nur rückblickend, sondern mit der Perspektive auf eine Zukunft zu betrachten. Derweil sah ich meine Perspektiven schwinden. Siggis klosettdeckelgroße Hand legte sich auf meine Schulter und wanderte an meinem Hals hinauf. Er versuchte nicht etwa, mich zu würgen. Nein, Siggi suchte Halt. Siggi war schwach. Während das Gewicht auf meiner Schulter unangenehm schwer wurde, begann Emma, die immer noch zitternd aus dem Fenster starrte, zu zappeln.

»Mach, dass es aufhört. Hermann. Mach, dass dieses Schwein sich wieder hinlegt ...«

Ich denke, ich muss nicht beschreiben, wie unwohl ich

mich fühlte, in diesem Sandwich aus Wut hinter und der Hysterie vor mir. Selbst eingequetscht in einem der monströsen Schraubstöcke der Schlosserei Rademacher hätte ich mich in diesem Moment wohler gefühlt.

»Ja, genau, Hermann, mach doch, dass es aufhört!« Siggis whiskeygeschwängerter Atem waberte an mein Ohr. »Dann kannst du die sanfte Emma ganz für dich alleine haben. Das willst du doch. Oder?« Er stützte sich mit seinem ganzen Gewicht auf meine Schultern. Es schien ihm hörbar große Schmerzen zu bereiten, auf den Beinen zu stehen. »Hattest schon gedacht, der Weg ist frei zum Liebchen.« Zu dem Schmerz in seiner Stimme gesellte sich Wahnsinn. »Ich weiß ja nicht, was du von der zarten Emma erwartest. Sie ist eine beschissene Köchin. Und im Bett ist sie steifer als ein Schürhaken ...«

Keine Ahnung, ob Sie sich daran noch erinnern oder ob Sie es überhaupt gesehen haben. Es gab mal eine Folge *Wetten, dass?*, in der Jackie Chan mit einem rohen Ei in der Hand mehrere Blöcke aus aufeinandergeschichteten Ytong-Steinen zertrümmerte, ohne das Ei dabei zu beschädigen. Genau diese Szene hatte ich vor Augen, als ich vorsichtig meinen rechten Arm hinter Emmas Kopf vorbeizog und mich mit ausgefahrenem Ellenbogen geschmeidig wie eine Katze nach rechts drehte. Siggi konnte seine ein Meter zweiundneunzig nicht komplett ausgefahren haben, sonst hätte ich ja seinen Mund nicht an meinem Ohr gespürt. Folgerichtig musste ich also mit meinem Ausflug in den asiatischen Kampfsport den angeschlagenen Siegfried Jörgensen am Ohr treffen. Von einigen Ohrfeigen meines

Vaters her wusste ich, dass ein gut platzierter Treffer am Hörorgan große Schmerzen verursachen kann. Und ich hatte ja noch einen Schlag gut vom Vormittag.

Um es kurz zu machen, das Ganze funktioniert nur, wenn Sie auch die nötige Kraft dafür aufbringen können. Und zu meinem Leidwesen muss ich eingestehen, an der Stelle das ein oder andere Defizit zu haben.

Siggi glotzte mich jedenfalls an wie eine Kuh, wenn es Schweine regnet, als ich versuchte, meine Drehung zu vollenden. Mit dem Arm blieb ich in seinem knallroten, dick angeschwollenen Gesicht hängen. Der Sturz die halbrunde Treppe hinunter hatte dem schönen Siegfried mächtig zugesetzt. Auf seiner Stirn prangte eine imposante Beule, das Areal um das linke Auge hatte die Farbe reifer Pflaumen angenommen und auf einer der Stufen hatte er außer einem Manschettenknopf auch den rechten oberen Eckzahn eingebüßt. Das linke, offenbar unverletzte Bein weit von sich gestreckt, hing Jörgensen wie der Glöckner höchstselbst an mir und grinste mich abfällig an.

»Wolltest du mich etwa hauen, Hermann? Da musst du schon ein bisschen früher aufstehen. Und vielleicht mehr Spinat essen.« Lachend spie er mir seinen Speichel entgegen. »Fräulein Rühr-mich-nicht-an hat es wenigstens geschafft, mich die Treppe runterzuwerfen. Hätte ich nicht gedacht, dass du den Mumm hast ... Aaaaahhh!« Siggi schrie vor Schmerz auf. Er hatte den Blick von mir abgewandt und versuchte, Emma zu fixieren. Emma?

Unbemerkt hatte sie sich längst von mir gelöst. Sie stand jetzt halb neben, halb hinter Siegfried Jörgensen und hieb die Absätze ihrer flachen Pumps in das verdrehte Bein ihres

Mannes. Der ließ von mir ab, drehte sich auf dem Boden, packte Emma am Bein und brachte sie zu Fall. Röchelnd und wimmernd vor Schmerzen rollte sich der eins neunzig große Koloss auf das zarte Persönchen. Er begann sie zu würgen. Die beiden befanden sich exakt an der Stelle, wo eigentlich sein lebloser Körper hätte liegen sollen.

Ich musste handeln, und zwar schnell. Ich musste dieses Vieh von Emma runterbekommen. Von *meiner Emma*, schoss es mir durch den Kopf, meiner zarten Emma. Ich weiß, der Moment war denkbar ungünstig für romantische Gefühle, aber manches passiert einfach. Die Situation wurde noch skurriler, als dass ich mich mitten in dieser Phase emotionaler Inkontinenz mit einer verblüffenden Selbstverständlichkeit nach dem schweren, messingfarbenen Türstopper in Form eines Vogels bückte. Siggi hatte das hässliche Teil angeblich online bestellt. Genau wie die mondän aussehende Haustüre in Stahloptik und das albanische Einbauteam. Letzteres hatte dafür gesorgt, dass die Tür immer schneller zuschlug, als es einem lieb war. Diese Erinnerung zauberte mir offenbar ein Lächeln ins Gesicht. Zumindest verspürte ich ein leichtes Ziehen in den Mundwinkeln, während ich die knapp zwei Kilo Metall auf den Kopf des grunzenden Berserkers schlug. Einmal, zweimal, dreimal.

Wie auf Knopfdruck erschlaffte Siggis Körper, seine Hände lösten sich von Emmas Hals. Nur ihr ersticktes Würgen durchbrach die augenblickliche Stille. Ungelenk schälte sie ihren zierlichen Leib unter der Masse hervor. Blut sickerte aus Siggis grauem Haarschopf und tropfte auf den hellen Marmor. Erschöpft hockte sich Emma so breitbeinig, wie es ihr schwarzes Kleid zuließ, neben ihren Mann und stützte sich dabei mit den Ellbogen auf der untersten Treppenstufe ab.

»Willst du immer noch Dr. Schober anrufen?«

8 Tag 10 – Dieter

Die Sonnenterrasse im *La Fontana* war brechend voll. Die übliche Klientel. Eben die, die es sich erlauben konnte, an einem Montagabend die letzten Sonnenstrahlen zu genießen und den Blick dabei Prosecco schlürfend über die Weiten des Golfplatzes und des angrenzenden Sees schweifen zu lassen. Bevorzugt Privatiers und rüstige Rentner, jene potentielle Kundengruppe, die ich noch vor wenigen Tagen im Fokus meiner etwas abseitigen Marketingüberlegungen gesehen hatte. Sie erinnern sich vielleicht. Ich musste jedenfalls daran denken, auch wenn mich im Moment ganz andere Probleme beschäftigten. Immerhin galt es, einen Totschlag zu vertuschen. Genau genommen den zweiten innerhalb von zehn Tagen.

Der Plan für diese Vertuschung mag aus heutiger Sicht nicht meine beste Arbeit gewesen sein, aber angesichts der etwas angespannten zeitlichen Disposition mussten wir damit leben. Im Grunde ging es bei der Farce, die sich an jenem Abend zu entwickeln begann, darum, möglichst vielen Menschen vorzugaukeln, dass Siggi zu dem Zeitpunkt, als er beim Sturz von der Treppe unglücklich auf den Türstopper fiel, noch lebte. Obwohl ich auf Emmas gehässige Frage in Bezug auf Dr. Schober spontan mit einem *selbstverständlich* reagiert hatte, besannen wir uns eines anderen. Das heißt, ich besann mich und Emma tat, was ich ihr auftrug.

Zunächst einmal mussten wir das Haus verlassen. Die Lage des Jörgensen-Anwesens begünstigte unsere Flucht. Niemand befuhr an diesem Vorabend die aus Ingelrein herausführende Straße. Nur etwas weiter oben am Waldweg stand ein herrenloser Mercedes. Ich stieg in meinen Peugeot Kombi, Emma folgte mir im Abstand von etwa drei Minuten in ihrem silbernen Focus. Sie liebte den kleinen Flitzer. Siggi hatte sie immer verspottet für den aus seiner Sicht nicht standesgemäßen Wagen.

Emma und den Focus unbemerkt über die hintere Zufahrt in den Hof unseres Privathauses zu bugsieren, war leicht. Mit dieser Überführung war Teil eins meines Plans erledigt: Das Alibi.

Danach bestand Emmas Aufgabe darin, im *La Fontana* anzurufen und aus dem reservierten Tisch für zwei einen Tisch für vier zu machen. Hier zahlte es sich aus, dass Siggi Jörgensen häufig mit sogenannten Geschäftspartnerinnen bei dem Nobelitaliener gespeist hatte. Wichtig bei diesem Telefonat war, sich beim vermeintlich noch lebenden Siegfried bezüglich der Uhrzeit zu versichern. Hier kam ich zum Zug. In Vertretung des Toten raunte ich von der Seite, genervt, wie man es von Siggi gewohnt war, Zustimmung ins Telefon.

Schritt drei: Susanne informieren. Ihr gaukelte ich am Telefon vor, dass sich Siggi bei mir für sein rabiates Auftreten am Vormittag mit einem Abendessen entschuldigen wolle. Emma sei gerade bei mir und habe mir die Einladung überbracht. Susanne reagierte zwar überrascht, saß aber wie bestellt um kurz nach halb neun mit Emma und mir auf der Terrasse des *La Fontana.*

Schritt vier: Genervt sein. Davon, dass Siggi einfach nicht auftauchte. Typisch sei das, echauffierte sich Emma künstlich, erst großspurig etwas ausmachen und einen dann versetzen. Wutschnaubend orderte sie – aus meiner Sicht dramaturgisch ein wenig überbordend – bei Giusi den dritten Aperol-Spritz binnen zwanzig Minuten, während Susanne in ihrer zwangsläufigen Naivität bemüht war, die Situation zu entschärfen. Es sei sicher ein wichtiger Telefontermin dazwischengekommen, weshalb sich Emmas Gatte verspäte.

Noch zehn Minuten, so der Plan, wollten wir warten, um dann nach zwei oder drei weiteren ergebnislosen Versuchen, Siggi auf dem Handy zu erreichen, das Lokal zu verlassen. Dabei würde ich Emma anbieten, sie nach Hause zu begleiten, um vor Ort nach dem Rechten zu sehen. Schockiert und völlig überrascht würden wir Siggi am Fuß der Treppe auffinden.

Und genau an dieser Stelle hatte der hektisch zusammengeklöppelte Plan eine Schwachstelle: Olga.

Olga Schostakova war dreiundzwanzig, einen Meter zweiundsiebzig groß, blond, schlank und, wie Siggi sie immer nannte, *ein Leckerli.* Offiziell war sie die schlechteste Reinigungsfachkraft südlich des Nordpols, inoffiziell polierte sie mit Vorliebe Siggis ... na ja, Sie können es sich ja denken.

Kurz bevor der besorgte Aufbruch auf dem Plan stand, meldete sich jedenfalls Emmas Handy. Am anderen Ende war eine völlig aufgelöste Olga, die ihrer Chefin wortreich schilderte, warum sie eben noch mal ins Haus der Jörgensens gegangen sei – es handelte sich um einen vergessenen Geldbeutel – und wie sie Herrn Siegfried gefunden habe. Die Polizei habe sie schon gerufen. Aber er sei bestimmt trotzdem tot. Da sei Blut und so. Ob sie trotzdem am nächsten Tag zum Putzen kommen solle, wollte Olga noch wissen, bevor sie das Telefonat abrupt beendete.

Ich empfand es zwar als Schande, die köstlich aussehende Bruschetta, die Giusi gerade als Gruß aus der Küche kredenzte, einfach mit Verachtung zu strafen, aber die Situation verlangte eben Opfer.

***

»Hat Olga wirklich gesagt, sie hätte die Polizei gerufen?« Ängstlich klammerte ich mich an den Haltegriff auf der Beifahrerseite des Focus, den Emma in halsbrecherischer Geschwindigkeit über die Bundesstraße prügelte. Normalerweise war die Strecke vom *La Fontana* ins heimische Ingelrein bei entspannter Fahrt in zwanzig Minuten zu bewältigen. Emma versuchte es in der halben Zeit.

»Ja, verflixt noch mal. Jetzt habe ich einen toten Ehemann im Flur und die Bullen im Haus!«

Die Bullen! Über ihren Fahrstil an normalen Tagen konnte ich mich zu diesem Zeitpunkt nicht kompetent äußern, die Ausdrucksweise jedoch kannte ich so von Emma nicht. Diese Aggression, dieses Geladene, irgendwie machte es mich an. Emma roch gerade nicht nach Weihnachten. Eher nach Silvester. Nach Rauch, nach Kampf, auf eine bizarre Art nach Leben. Obwohl ich mich bereits in Häftlingskleidung in der Hochzeitssuite der JVA Mannheim sitzen sah – selbstredend würde ich als Gentleman jede Schuld an Siggis Tod auf mich nehmen – und ich mir ob ihres Fahrstils beinahe in die Hosen machte, so ein klein wenig hatte ich dieses Bonnie-und-Clyde-Feeling. Allerdings hoffte ich, dass diese Autofahrt nicht wie jene 1934 in Louisiana mit einhundertsiebenundsechzig Gewehr- und Pistolenkugeln im Wagen und in unseren Leibern enden würde.

Und tatsächlich, die Ankunft an der Jörgensenvilla am Waldrand gestaltete sich weit unspektakulärer als erwartet. Dort wartete lediglich ein Streifenwagen der Polizei, kein Blaulicht, stattdessen ein gelangweilt herumstehender Uniformierter. Unsere Ankunft quittierte er mit der typischen polizeilichen Handbewegung, die eine Weiterfahrt unterbinden sollte. Emma war das völlig gleichgültig. Keine drei Meter vor dem Beamten riss sie den Kleinwagen nach links und brachte ihn ruckartig unter der Pergola vor der Doppelgarage des Hauses neben Siggis standesgemäßer S-Klasse zum Stehen. Einen unscheinbaren Motorroller hätte sie dabei fast gerammt.

Kaum war ich zitternd aus dem Auto ausgestiegen, sah ich das Rennrad unter dem Licht neben der offenstehenden Eingangstür. So langsam brach die Nacht über Ingelrein herein.

Schober war schon da. Dr. Dieter Schober, Sportmediziner, Hausarzt gut eines Drittels aller Ingelreiner, in der Grundschule mein Sitznachbar und aus meiner Sicht – ich habe es bereits erwähnt – eher unbelastet von medizinischem Talent. Ich war mir sicher, dass Schober einen bösartigen Tumor nicht von einem überfahrenen Hamster unterscheiden konnte. Gut, vielleicht urteilte ich zu hart. Hatte mit Renates plötzlichem Ableben zu tun. Das gehört jetzt aber nicht hierher. Jedenfalls fing meine Nasenspitze angenehm an zu jucken, als mir klar wurde, dass auch diese Leichenschau unprofessionell und oberflächlich ablaufen würde. Seien wir doch mal ehrlich, auch wenn ich persönlich eine gewisse Erfahrung in Sachen Tatorte mitbrachte – immerhin hatten wir es in den zurückliegenden vierzig Jahren mit vier unnatürlichen Todesursachen zu tun gehabt –, irgendwas vergisst man immer. Ein Blutfleck auf der falschen Seite des Körpers, ein Fingerabdruck auf der Tatwaffe, eine Glasscherbe ... Auch wenn Emma und ich vor Verlassen des Hauses peinlich genau auf alle Details geachtet hatten, es war beruhigend zu wissen, dass da einer war, der nicht so genau hinsah. Ich war nur gespannt darauf, wie mein alter Schulfreund Dieter diesmal eine seiner beiden Lieblingstodesarten, Herzinfarkt und Schlaganfall, auf dem Totenschein erklären wollte.

Fast übermütig kraulte ich mir mein Dreitage-Oberlippenbärtchen, während ich innerlich beschwingt, äußerlich aber natürlich mit der distinguierten Haltung des Bestatters hinter Emma in jenen Hausflur trat, den ich erst vor Kurzem verlassen hatte. Der junge Polizeibeamte hatte sich ohne Weiteres davon überzeugen lassen, dass hier die Gattin des Verblichenen anrollte. Eventuell lag es auch an Emmas schnödem *weg da*, das sie mit einer abfälligen Handbewegung in Richtung des Beamten unterstrich.

»Guten Tag, Frau Jörgensen, mein herzliches Beileid. Das hier sollten Sie aber wirklich nicht sehen.« Mit der

Grazie eines Erdhörnchens brachte Schober seine schlaksigen knapp zwei Meter in Stellung, versuchte den Blick auf den Toten zu verdecken und reichte Emma gleichzeitig die Hand.

»Hallo, Hermann.« Eher beiläufig sah Dieter zu mir rüber. »Du wirst dich noch ein wenig gedulden müssen, bis es für dich etwas zu tun gibt. Was machst du überhaupt schon hier? Hat dich Frau Jörgensen etwa von unterwegs schon ...«

Weiter kam Schober nicht. Rüde fiel ihm Emma ins Wort: »Herr König hatte mich zum Abendessen begleitet, als mir Frau Schostakova telefonisch mitgeteilt hat, mein Mann sei die Treppe hinuntergestürzt. Ist er wirklich tot?«

»Aha, ja dann ...« Dieter Schober war sichtlich überfordert mit der Information, die gerade erhalten hatte. »Und ja, Ihr Gatte ist tatsächlich verstorben. Ob aber durch den Sturz von der Treppe, das kann ich so nicht bestätigen. Also ... noch nicht.«

Das angenehme Kribbeln an der Nasenspitze war verschwunden. Schlagartig. Ebenso wie die beschwingte Heiterkeit. Stattdessen begann es unter meiner Nase zu hämmern. Auch wenn Susannes großartige Schminktechnik die Stelle, an der sich Siegfried am Morgen mit seiner Faust verewigt hatte, hervorragend kaschierte, den Schmerz vermochte die Camouflage nicht zu nehmen. Vor allem nicht, als mir das Blut in den Kopf schoss und damit die Erinnerungen an diesen, nennen wir es, verrückten, sehr lebendigen Tag. In toto konnte ich nur festhalten, es war nicht mein Tag. Morgens bekomme ich eine aufs Maul, mittags lasse ich mich auf einen halbseidenen Bestechungsdeal ein, am frühen Abend schlage ich den tot, der mir aufs Maul gehauen hat, und am späten Abend nimmt mein ehemaliger Hausarzt seine erste akribische Leichenschau vor.

»Wie meinen Sie das, Herr Dr. Schober?« Im Gegensatz zu mir blieb Emma erstaunlich ruhig und besonnen.

»Na ja …« Schober kratzte sich den fast kahlen Schädel. »Die meisten Verletzungen passen zu der Theorie, dass er die Treppe heruntergefallen ist. Auch, dass er immer noch riecht wie ein irischer Pub. Aber es fehlt etwas.«

Sofort scannte ich den Tat- beziehungsweise Unfallort. Und was soll ich sagen, mein alter Banknachbar aus der Schule hatte recht. Es fehlte etwas. Der unglaublich hässliche Türstopper aus Messing, dieser komische Vogel. Nicht Phoenix, nicht Adler, halb Pfau, halb Geck. Stattdessen hielt Schobers Notfallrucksack die Tür davon ab, wie sonst ins Schloss zu fallen.

»Ich habe in der Kopfwunde Ihres Mannes, die aus meiner Sicht die todesursächliche Verletzung darstellt, etwas Messingfarbenes gefunden. Sieht aus wie eine Farbabplatzung. Ich finde hier aber keinen Gegenstand mit einer Messingbeschichtung.« Bedröppelt starrte Schober von oben auf Emma herab.

In diesem Moment fiel auch bei ihr der Groschen. »Ich weiß, was hier fehlt. Wo ist Olga Schostakova jetzt?«

9 Immer noch Tag 10 – Olga

»Sagen Sie mal, Frau Schostakova, wollen Sie uns für dumm verkaufen? Frau Jörgensen hat dieses Messingding in Ihrer Tasche eindeutig als den Türstopper identifiziert, der am Tatort fehlte. Was soll das überhaupt darstellen?«

Sichtlich eingeschüchtert vom Beamten des Kriminaldauerdienstes sackte Olga Schostakova auf dem Küchenstuhl in sich zusammen. Mit beiden Händen hielt sie sich an dem geblümten Rucksack auf ihrem Schoß fest. Sie hatte den Kopf gesenkt. Ihre endlos langen Beine waren ständig in Bewegung, sie spielte nervös mit den Füßen herum, die hochhackigen Sommersandalen klackerten dabei nervtötend auf den Fliesenboden. Die Fußnägel waren perfekt lackiert, die Fingernägel auch, wie mir eben auffiel. Und das Kleid. Sommerlich, ja, aber zu fein, um mal eben mit dem Roller zu Jörgensen zu fahren und einen vergessenen Geldbeutel abzuholen. Sie hatte offenbar noch etwas vorgehabt. Hatte sich schön gemacht.

Sie tat mir ehrlich leid, wie sie da so kauerte unter dem strengen Blick des Kommissars, von Emmas verschlagenem Gesichtsausdruck ganz zu schweigen. Dass Emma keinesfalls dumm war, wusste ich ja, dass sie aber in der Lage war, ein belastendes Detail im Bruchteil einer Sekunde für die eigene Sache nutzbar zu machen, das war mir neu. So geistesgegenwärtig hatte ich sie die ganzen Jahre nicht erlebt.

»Okay, ick gelogen habe!«

Schlagartig richtete sich der Blick aller im Raum auf die Blondine mit dem russischen Akzent.

»Siggi mich hat geliebt. Ich war nicht hier wegen Haymon ... wie heißt Deutsch?« Sie wirbelte mit dem Kopf herum. »Beutel für Geld, jetzt ich weiß.« Stolz huschte über das junge Gesicht mit den vollen Lippen und den niedlichen, etwas zu großen Schneidezähnen. »Siggi wollte gehen essen mit mir und machen Schluss mit der da!« Sie zeigte auf Emma.

»Du dreckige russische Schlampe, er wollte das mit dir endlich beenden.« Emmas sonst blasser Teint schlug ins Rötliche um. Ich stellte mich hinter sie, wollte sie beruhigen. Sie streifte mich ab wie einen nassen Mantel. »Deswegen bist du hergekommen, du Flittchen, du hast ihn die Treppe runtergeschmissen und dann mit diesem hässlichen Ding da erschlagen!« Emma war wirklich überzeugend. Die dicken Tränen, die nach dieser Wutrede unter ihren leidlich getuschten Wimpern hervorkullerten, nahm sogar ich ihr ab.

»Frau Jörgensen, bitte mäßigen Sie sich.« Der Kommissar stellte sich demonstrativ zwischen Olga und Emma.

»Die weitere Befragung von Frau Schostakova werden wir auf dem Revier vornehmen. Sie möchte ich auch bitten, morgen in Schwetzingen vorbeizukommen. Sagen wir elf Uhr?« Mit sanften Handbewegungen drängte der Polizist Emma in Richtung Küchentür.

»Ick bin Usbekin, nix Russin«, rief Olga ins Nichts.

»Und das Ding ist nix komisch. Ist Khumo, Wappentier von meinem Land. War Geschenk für Siggi. Wollte ich mitnemme, nix gut für böse Frau Emma.«

Bevor Emma noch etwas sagen konnte, hatte uns die Polizei vollends aus der Küche gedrängt.

***

Eine halbe Stunde später war Ruhe in das Landhaus eingekehrt. Zwei Fahrer unseres Instituts hatten Siggis sterbliche Überreste in die Rechtsmedizin nach Heidelberg überführt, die Polizei hatte Olga zur weiteren Vernehmung mit nach Schwetzingen genommen und auch Schober war nach weiteren fünf Beileidsbekundungen endlich mit seinem Rennrad davongefahren. Mit Susanne hatte ich ebenfalls kurz telefoniert und ihr die Ereignisse des Abends geschildert.

Auch der Hinweis, dass sie mich noch nach Hause fahren müsse, hielt Emma nicht davon ab, sich schon nach fünf Minuten der Stille im Haus das zweite nicht unbeachtliche Glas Wodka-Feige einzugießen. Siggis Jörgensens Bar war bemerkenswert gut sortiert. So bescheiden seine Fähigkeiten als Ehemann und Arbeitgeber gewesen sein mochten, so erlesen war sein Geschmack bei hochprozentigen Alkoholika gewesen. Jedenfalls ich ließ mich dazu hinreißen, mir einen Godet Extra einzuschenken, dessen Flasche mich mehr an den Flacon eines edlen Parfums als an den eines hervorragenden Cognacs erinnerte. Nach weiteren vielleicht fünf Minuten brach ich das Schweigen, das seit Schobers Abgang zwischen Emma und mir geherrscht hatte.

»Ist das wahr, was Olga vorhin der Polizei gesagt hat?« Ich ließ mich in respektvollem Abstand neben Emma auf das elegante, beige Sofa nieder, das mit zwei identischen Geschwistern ein großformatiges U bildete, dessen Öffnung in Richtung Terrasse wies.

»Was?« Emma glotzte stumpf an die Decke des Zimmers. »Ob der komische Vogel das Wappentier Usbekistans ist? Keine Ahnung. Wird schon so sein.«

»Wollte Siegfried dich tatsächlich verlassen?«

»Jetzt, wo mein Vater tot ist, bin ich doch eine passable Partie. Jetzt gehört mir alles.« Sie ließ ein Feigenstückchen in ihrem Cocktailglas kreisen. »Und er hätte die Hälfte von allem bekommen. Und das junge hübsche Ding.«

Ich starrte sie fassungslos an. »Das heißt, es war gar kein ...«

»Ich konnte das nicht zulassen, Hermann. Ich habe ihn vor die Wahl gestellt: Die Schlampe oder ein sorgloses Leben in dieser Villa. Er hat nur gelacht. Meinte, ich würde schon gehen, wenn er es überall im Haus mit dem Bumsinchen treibt. Dieses Schwein. Tja, dann war da halt die Treppe.«

»Du hast Siegfried also vorsätzlich runtergestoßen. Du wolltest ihn tatsächlich umbringen?« Ich hielt kurz inne. War ich wirklich in der Position, einen moralischen Zeigefinger zu heben? Hatte ich nicht gerade vor wenigen Tagen aus weit geringeren Motiven meinem besten Freund das Lebenslicht ausgeblasen?

»Ach, komm.« Emma reichte mir das leere Glas. »Schenk mir bitte noch einen ein. Hast du nie darüber nachgedacht, bei dem ein oder anderen mal nachzuhelfen, um dein Geschäft anzukurbeln? Ich weiß doch, dass ihr Probleme habt. Du willst doch auch nur das Beste für Susanne. Oder?«

Ich strauchelte auf dem Weg zur Bar, hätte mich samt Glas beinahe langgelegt auf dem kunstvoll geknüpften Gebetsteppich, der den Weg hinter den hochglanzpolierten Tresen wies. Nur nicht darauf eingehen. Zitternd nahm ich eine Feige aus der angebrochenen Dose, zerteilte sie und übergoss die Frucht mit Wodka.

»Und für wen willst du das Beste, wenn du schon so fragst?«

»Na, für dich und für mich.« Mit einem ans Unheimliche grenzenden Grinsen nahm sie das Glas aus meiner Hand entgegen.

»Und dafür wirfst du eine junge, usbekische Putzfrau den Wölfen zum Fraß vor? Die kriegt vielleicht lebenslänglich!« Ich echauffierte mich. Aber nicht, ohne ein wenig geschmeichelt zu sein. »Nicht, dass ich nicht gerne mit dir zusammen wäre, aber so ...«

»Papperlapapp. Die Polizei hat doch nur Indizien. Damit wird die Schlampe nicht verurteilt. Aber die U-Haft wird ihr guttun. Komm, setzt dich zu mir.« Ich gehorchte, Emma legte ihren Kopf auf meine Schulter. »Du hattest übrigens recht. Ich kann definitiv nicht mehr Auto fahren.«

Ich schloss müde die Augen. Und war mir sicher, es roch nach Weihnachten.

10 Tag 16 – Ich und ein paar andere

Ich weiß, wie das jetzt aussieht. Im Moment komme ich bei oberflächlicher Betrachtung als ziemlicher Psychopath rüber. Aber gerade das im Endeffekt doch tragische Ableben von Siegfried Jörgensen zeigt uns, dass man immer bemüht sein sollte, das große Ganze im Blick zu haben.

Vorweg: Olga blieb nicht lange in Haft. Schon am Tag nach der vorläufigen Festnahme hatte der Haftrichter offenbar befunden, dass die Indizien zu schwach seien, um Olga Schostakova ein Kapitalverbrechen zur Last zu legen. Das war jedenfalls meine bescheidene Einschätzung, als die junge Usbekin am nächsten Vormittag wutschnaubend ihre Stellung kündigte und dabei mit einem ihrer Flipflops auf Emma einschlug. Sprachlich hatte ich aufgrund mangelnder Usbekisch-Kenntnisse auch eher geraten, worum es ging. Die schwung- und geräuschvolle Rückgabe der Schlüsselsammlung für das Jörgensen'sche Anwesen sowie das Fernbleiben der jungen Dame an den folgenden Tagen bestätigten jedoch meine Einschätzung. Emma hatte also recht behalten, und ich war offen gestanden erleichtert. Es hätte mich sehr geschmerzt, mitansehen zu müssen, wie das Leben einer jungen Frau aufgrund einer Unbeherrschtheit meinerseits einen allzu heftigen Knick bekam. Und es wäre schon eine Herausforderung gewesen,

Olga da rauszuboxen, ohne selbst Schaden zu nehmen. So sehr mir Emma auch am Herzen lag, wir hätten beide wenig davon gehabt, wenn ich den Rest meiner Tage hinter Gittern verbracht hätte. Hätte ich nur einmal auf Siggi eingeschlagen, wäre ich vielleicht mit Nothilfe davongekommen. Aber dreimal? Und wenn wir ehrlich sind, Siggi hatte es verdient. Er war wirklich ein richtiges Schwein. Schon in der Schule. Habe ich Ihnen erzählt, was er mit dem kleinen Andreas in der Grundschule gemacht hat? Er rieb ihm Chili in die Unterhose. Mitten in der Turnstunde, als Siggi angeblich austreten war. Der dicken Sonja, das war später auf der Realschule, schmierte er altes Bratfett in den Tornister. *Damit sie sich in der Schule wie zu Hause fühlt*, hatte der Widerling auch noch geprahlt. Aber ich möchte Sie nicht mit alten Geschichten nerven, auch wenn ich davon noch ein paar Dutzend auf Lager hätte. Jedenfalls war ich mir sicher, dass ich, hätte ich ebenso geprahlt wie der damals halbstarke Jörgensen, neben Kost und Logis auf Staatskosten auch das ein oder anderen Dankschreiben erhalten hätte. Und schlussendlich hatte ich ja nicht mehr getan, als Emma zu retten. Wer weiß? Der Grobian hätte sie vielleicht tatsächlich zu Tode gewürgt. Gut, ein Schlag auf den Kopf hätte eventuell gereicht. Aber wenn ich etwas mache, dann erledige ich die Dinge gründlich. Und drei Hiebe erschienen mir sicherer. Emma und ich waren uns jedenfalls am Abend des *Vorfalls* schnell darüber einig gewesen, dass das Hinzurufen von Hilfs- oder Ordnungskräften unseren Bedürfnissen nicht dienlich gewesen wäre. Am Ende hätte ein guter und engagierter Notarzt Siggi ein weiteres Mal ins Leben zurückgeholt. Mannomann, hätte der was zu erzählen gehabt. Daher hatten wir uns für die Charade entschieden. Mögliche Kollateralschäden hatten wir dabei allerdings nicht mit einkalkuliert.

Wenn ich hier übrigens von *wir* rede, dann nicht ganz ohne Grund. Auch wenn die *Vorfallsnacht* in jeder Hinsicht züchtig verlief – ich übernachtete auf Emmas Wunsch hin in der Villa, blieb aber auf dem Sofa –, schon beim Kaffee am Morgen entwickelte sich das, was ich so lange ersehnt hatte. Der Duft des frisch Gebrühten, ein flüchtiges Küsschen auf die unrasierte Wange, eine hauchzarte Berührung der Hand, als Emma mir eine Scheibe heißen Toast auf den Teller legte. Dazu ein unbeschwertes Gespräch. Kein Wort über den Vortag oder gar über die Notwendigkeit, das Blut im Flur vom Boden zu entfernen. Nein, sie interessierte sich ganz für mich. Was mein Posaunenspiel denn mache. Ob ich endlich besser geworden sei, wollte sie wissen. Dann redeten wir über Bücher. Ich hatte ganz vergessen, dass sie meine Leidenschaft für Krimis aus der Zeit Ende des neunzehnten, Anfang des zwanzigsten Jahrhunderts teilte. Dass sie hinter den Büchern von Arthur Conan Doyle, Maurice Leblanc oder Émile Gaboriau eben nicht nur Sherlock Holmes, Arsène Lupin oder Inspecteur Lecoq sah, sondern die Historie jener Zeiten, die sich darin besser als in jedem Geschichtsbuch widerspiegelten.

An diesem Morgen lernte ich Emma neu kennen. Falsch, ich begegnete jener Emma wieder, die sich vor vierzig Jahren als die inbrünstigste Julia aller Zeiten auf der Schulbühne Romeos Dolch ins Herz gerammt hatte. Vor mir stand, barfuß, gehüllt in einen leichten Morgenmantel, jene Emma, die aus purer Freude am Wissen als Beste ihres

Jahrgangs abgeschlossen und danach mit Leidenschaft und Lust Literaturwissenschaft studiert hatte. Alles war wie im Traum gewesen. Herrlich unbekümmert, leicht und voller Empathie.

Bis Olga vor der Tür gestanden hatte. Ihren herzhaften Auftritt hatte sie übrigens mit einer geräuschvollen Entfernung ihres Motorrollers aus der Garage sowie dem Hinterlassen einer Beule in der Beifahrertür von Emmas Focus beendet. Nach diesem ein wenig würdelosen Abgang beschloss ich, Emma für einige Zeit bei uns einzuquartieren. Ein Arrangement, das selbst Susanne zusagte. Sie fand schnell Gefallen an dem Gedanken, erst mal nicht mehr die einzige Frau im Haus zu sein. Außerdem hatte sie größtes Verständnis dafür, dass eine Frau zumindest vorerst nicht in dem Haus bleiben konnte, in dem der Gatte unter mysteriösen Umständen zu Tode gekommen war.

Fünf Tage waren seitdem vergangen. Fünf überaus harmonische Tage. Selbst Hades, der Kater, Sie erinnern sich an ihn, zog sich nicht mehr zurück. Im Gegenteil, er versuchte sogar, mir meinen Platz im Bett streitig zu machen. Die freie Bettseite, die dem adipösen und äußerst haarigen Mitbewohner in den letzten zehn Jahren als Nachtlager gedient hatte, war ja schließlich auch besetzt. Sie vermuten richtig: von Emma. Mit einer frappierenden Selbstverständlichkeit hatte Emma nicht nur ihre Toilettenartikel in meinem Bad drapiert, sondern auch ihre Reisetasche in mein Schlafzimmer getragen und als erste Amtshandlung ihren Morgenmantel auf einem Kleiderbügel vor eine der Türen des Schlafzimmerschrankes gehängt. Es hatte etwas von einem Statement. Wie bei Neil Armstrong, als er die amerikanische Flagge in die Oberfläche des Mondes rammte. Sie werden sicher Verständnis dafür haben, dass ich als Gentleman über die weiteren Vorgänge in diesen vier Wänden Stillschweigen bewahre.

Es war um die Mittagszeit dieses schwülen Sonntags, Emma servierte uns gerade einen äußerst erfrischenden Melonen-Schafskäse-Salat, als es unerwartet an der Tür klingelte. Für Susanne, eigentlich für uns alle, war klar, dass sich Kundschaft ankündigte. Wenn sie sonntags zu dir nach Hause kommen, dann handelt es sich meist um Todesfälle in der Nachbarschaft. Vielleicht wartete draußen die alte Frau Engel von schräg gegenüber. Ihr Mann hatte schon die ganze Woche sehr blass ausgesehen. Und die hohe Luftfeuchtigkeit der letzten drei Tage konnte einem schwachen Herzen schon mächtig zu schaffen machen. Insgesamt war die Woche nach Siggis Ableben erfreulich lukrativ verlaufen. Wir führten das tatsächlich vor allem auf den Wetterwechsel zurück.

Emma und ich zuckten synchron zusammen, als Susanne in Begleitung zweier Frauen ins Esszimmer zurückkehrte. Beide blond, die eine groß und schlank mit einem schicken Kurzhaarschnitt, die andere klein und unförmig, ihre halblangen Haare erinnerten mehr an Spaghetti aglio e olio denn an eine Frisur. In der Hand hatte die Kleine eine Jutetasche.

»Entschuldigen Sie die Störung.« Die Hochgewachsene hielt mir einen Polizeiausweis vors Gesicht. Ich kannte diese Frau irgendwoher. »Hauptkommissarin Cordes, das ist meine Kollegin Heller, sind Sie Frau Jörgensen?« Ihr eisiger Blick schien Emma wie ein Laserschwert in zwei Hälften teilen zu wollen. Mein Herz blieb fast stehen, Emmas dagegen schien wie die Pumpe einer gestressten Spitzmaus zu hämmern. Ihr sonst eher blasses Gesicht färbte sich karmesinrot.

»Ja!« Ihre Stimme klang brüchig. Verängstigt. Ich sah ihre Gedanken vor mir. Sah in grauen Bildern, wie sie sich vorstellte, im Frauengefängnis Körbe zu flechten und Besen zu binden. Und das mit ihrer empfindlichen Haut. Nur aus den Augenwinkeln sah ich, wie sich Susanne auf leisen Sohlen aus dem Zimmer stahl.

»Wir haben keine Zeit zu verlieren.« Die Kommissarin blieb schroff und kalt. »Es war nicht leicht, Sie zu finden. Kennen Sie den Aufenthaltsort von Olga Schostakova?«

»Nein. Was wollen Sie von Olga? Sie ist doch unschuldig.«

»Bevor Sie weiterreden, Sie müssen sich nicht selbst belasten. Wir fahnden nach Frau Schostakova. Sollten Sie ihr Unterschlupf gewähren, wäre das ab sofort Strafvereitelung«, schaltete sich die kleine Polizistin mit den Spaghettilocken und dem Jutebeutel ein.

»Nein, ich habe keine Ahnung, wo sie ist.« Emma hatte sich wieder gefangen, während ich mit einer Hirnhälfte noch im Frauenknast weilte. »Sie hat am selben Tag, an dem Sie sie aus der Haft entlassen haben, bei mir gekündigt. Und ich habe weiß Gott keinen Grund ...« Emma schluckte trocken und atmete leicht zitternd ein. »... sie zu beschützen. Wieso fahnden Sie nach ihr? Sie hat doch nicht etwa doch meinen Siegfried ...« Sie brach erstickt ab. Da war sie wieder. Bühnenreif wie vor vierzig Jahren, die inbrünstige Julia, die ihren pupstrockenen Augen sogar ein Tränchen entlockte. Selbst Hades, der übergewichtige Perser, schien für einen Moment nicht grimmig, sondern besorgt zu schauen, bevor sich wieder gelangweilt unter den Esstisch zurückzog.

Die Kleine, diese Kommissarin Heller, tat einen Schritt nach vorne und nahm Emmas zarte Hand in ihre kleine, aber fleischige Pranke. »Es tut mir sehr leid, aber wir haben tatsächlich neue Beweise gefunden.« Sie schob meinen Teller mit dem Melonen-Schafskäse-Salat etwas zur Seite, fasste in den Jutebeutel, zog einige Schmuckstücke heraus und legte sie auf den Tisch.

»Wir haben bei Frau Schostakova unter anderem diesen Schmuck gefunden«, meldete sich diese Cordes wieder zu Wort. »Bei unseren Ermittlungen haben wir festgestellt, dass Ihre Hausangestellte ...«

»Ehemalige Hausangestellte«, fuhr Emma grob dazwischen.

»Natürlich, ehemalige Hausangestellte. Jedenfalls gehen wir davon aus, dass Frau Schostakova an anderen Beschäftigungsorten Diebstähle begangen hat. Die Kollegen haben ihre Wohnung durchsucht und diverse Dinge gefunden. Einiges konnten wir bereits verschiedenen Arbeitgebern von Frau Schostakova zuordnen. Diese Sachen hier befanden sich in einem gesonderten Beutel, der die Aufschrift *Siggi* trug.« Die Kommissarin zeigte auf eine goldene, aber schlichte Halskette mit einem Jaguar als Anhänger, einen zweifarbigen Ring mit einem fünfcentstückgroßen, roten Stein und den dazu passenden, protzigen Ohrringen. Michaela Cordes machte ein angemessen betroffenes Gesicht. »Sind Ihnen diese Schmuckstücke bekannt?«

Emma schluckte noch einmal trocken und begann zu stammeln. Sie übertrieb es schamlos, zumindest für meine Begriffe. Die Kommissarinnen dagegen wirkten ernsthaft ergriffen. Ebenso wie Susanne, die bislang völlig geräuschlos neben den Frauen gestanden hatte, jetzt aber leise schluchzte. »Das waren Geschenke von meinem geliebten Mann. Den Ring und die Ohrringe habe ich zur Silberhochzeit bekommen.« Emma wimmerte herzerweichend. »Am Strand von Santo Domingo hat er sie mir geschenkt.« Sie schlug die Hände vor das Gesicht, weinte erstickt, sackte nach vorne – Vorhang.

Ich war offen gestanden kurz davor, zu applaudieren und ein begeistertes *da capo* in den Raum zu rufen.

Die kleine Kommissarin, die uns als Frau Heller vorgestellt worden war, setzte sich neben Emma auf Susannes freien Stuhl und legte schwesterlich den rechten Arm um Emmas Schultern. »Wir gehen davon aus, dass Ihr Mann mitbekam, dass Frau Schostakova Sie bestohlen hat. Dabei ist es dann wohl zu einer Auseinandersetzung gekommen. Die Obduktion Ihres Gatten hat ergeben, dass der Täter oder die Täterin nicht nur mehrmals auf seinen Kopf eingeschlagen hat. Der Körper wies mehrere Traumata und Frakturen auf. Wir gehen davon aus, dass Herr Jörgensen zunächst die Treppe hinuntergefallen ist, eventuell auch gestoßen wurde. Leider fehlt jede Spur von Frau Schostakova. Sie haben wirklich keine Ahnung, wo sie sein könnte?«

Emma, immer noch die Hände vorm Gesicht, schüttelte

verneinend den Kopf. »Wann kann ich denn meinen Siegfried endlich begraben?«

»Das ist die zweite Nachricht, die wir überbringen sollen. Die Leiche Ihres Mannes ist freigegeben.« Kommissarin Cordes war ebenfalls tief beeindruckt von Emmas grandiosem Schauspiel. Ihre Stimme klang mit einem Mal sanft und versöhnlich. »Den Schmuck können Sie leider nicht behalten. Noch nicht. Sie erhalten die Stücke zurück, wenn die Ermittlungen abgeschlossen sind.«

Deutlich leiser, als sie gekommen waren, verließen die Kommissarinnen das Haus. Susanne brachte sie zur Tür. Ich nutzte den kurzen Moment der spontanen Zweisamkeit. »War das nicht eine Spur zu dick aufgetragen? Wann warst du denn mit Siggi in der Karibik – und ist das wirklich dein Schmuck?« Ich hatte so viele Fragen. Emma grinste mich nur frech an und kicherte wie eine alte Hexe.

»Nein, niemals und nein!« Ich starrte Sie an. Sie präzisierte: »Nein, ich finde, ich war großartig, niemals war ich mit Siggi weiter weg als im Allgäu und nein, diese Nuttenklunker gehören nicht mir. Aber ich weiß, dass Siggi sie gekauft hat, um sie der Schlampe zu schenken.« Emmas Miene hatte plötzlich etwas Gespenstisches.

11 Tag 17 – Susanne

Du bist so still heute.« Susanne sah mich liebevoll an. »Sonst redest du doch immer gern mit unseren Gästen. Hast den Besuch der Polizistinnen wohl noch nicht ganz verdaut«, orakelte sie. Sorgfältig, wie es ihre Art war, verschloss sie Siggis Mund mit einer Ligatur, während ich damit beschäftigt war, dem Mann, den ich erschlagen hatte, das letzte Hemd anzuziehen.

»Das Verschließen kannst du dir sparen. Emma hat beschlossen, der Sarg bleibt zu.« Ich reagierte unwirsch. Ich hatte schon seit dem Aufstehen Bauchsausen. Ausgerechnet heute hatte Rüdiger Kozlowski Frühschicht in seinem zweiten Job als Amazonfahrer. Nicht, dass er es nötig gehabt hätte. Kozlowski sah das eher als entspannenden Ausgleich zu seiner Tätigkeit bei uns. Da würden sich die Kunden schließlich über die Kisten freuen. Wie auch immer, Rüdigers Fernbleiben nötigte es mir ab, Siggi zusammen mit Walter, unserem zweiten Fahrer, in der Rechtsmedizin in Heidelberg abzuholen. Eigentlich Routine. Aber in diesem Fall schon komisch. Wenn komisch das richtige Wort dafür ist. Und wenn Sie jetzt glauben, ich hätte eine ähnlich bizarre Situation ja schon bei Manfred Rademacher durchgemacht, irren Sie. Das war etwas völlig anderes. Manfred war mein Freund und er wollte ja, dass man ihm über den Jordan hilft. Irgendwie jedenfalls. Siggi wollte das ja eher weniger. Auf der anderen Seite erleichterte es mich, dass bei Toten aus der Rechtsmedizin einige unangenehme Dinge wegfielen, weil bereits erledigt. Das Entleeren der Blase zum Beispiel. Auf Siggis Pipi war ich definitiv nicht besonders scharf.

»Habe ich das richtig verstanden?« Susanne ignorierte meine schlechte Laune geflissentlich. »Frau Jörgensen hat sich für das Supersparpaket entschieden? Die Ehe war wohl nicht so glücklich.«

Letzteres war eher eine Feststellung als eine Frage. Die Tatsache, dass Emma seit knapp einer Woche das Bett mit mir teilte, war sicherlich auch für sie ein deutlicher Hinweis darauf, dass die Trauer nicht von großer Intensität gewesen war. Interessanterweise und, wenn ich ehrlich bin, zu meiner Erleichterung hatte Susanne den doch sehr plötzlichen Beginn unserer Beziehung nicht thematisiert. Noch nicht. Und obwohl sich die beiden Frauen augenscheinlich mochten, sprachen sich beide zwar mit Vornamen an, siezten sich aber. Noch.

»Nein, Siggi und Emma waren nicht glücklich. Er hat Emma hin und wieder auch sehr rüde angefasst.« Kaum hatte ich den Satz ausgesprochen, verspürte ich große Lust, den Arm, dem ich gerade einen Hemdärmel überstreifte, auszukugeln und mehrfach zu brechen. Ich erschrak vor meinen eigenen Gefühlen.

»Du meinst, er hat sie geschlagen?«, empörte sich Susanne. »Sieht gar nicht so aus, der Herr Jörgensen. Er wirkt so männlich, so souverän. Selbst jetzt noch. Aber dann verstehe ich natürlich, dass er so günstig wie möglich unter die Erde soll.«

»Er kommt nicht unter die Erde. Der Hitzkopf wird kremiert«, erwiderte ich. »Außerdem, mein Kind, sie sehen nie so aus. Im Übrigen war er schon immer ein Blender. Apropos, wie läuft es eigentlich mit diesem Daniel? Du bist gestern spät nach Hause gekommen.«

»Dennis, Papa. Er heißt Dennis. Wie oft denn noch?«

Genau, Dennis. Wieso konnte ich mir diesen einfachen Namen nicht merken? »Tut mir leid. Ich bin ein wenig neben der Spur. Das geht ja schon eine ganze Weile mit euch. Was Ernstes? Willst du ihn nicht mal zum Essen mitbringen? Was macht er eigentlich so?«

»Papa!« Susanne stemmte die Hände in die Hüften und baute sich auf ihrer Seite des Tisches entrüstet auf. »Was hatten wir zum Thema *Ausfragen* vereinbart?«

»Ich möchte nur, dass du weißt, dass ich besorgt um dich bin«, erklärte ich halbherzig, ohne sie anzusehen. Die nächsten zwei Minuten war es still. Bis Susanne die Schminksachen in ihren Thanatologiekoffer räumte und das Schweigen brach.

»Dennis ist Betriebswirt und arbeitet in der Firma seines Vaters. *Kurti Im- und Export.*«

»Kurti?« Vor Schreck ließ ich Siggis rechtes Bein auf den Tisch knallen. »Artan Kurti? Der Albaner Kurti?«

Susanne nickte.

»Der Kurti, der gepantschte Aspirintabletten importiert hat?«

»Das ist sehr lange her«, relativierte Susanne.

»Der Kurti«, setzte ich nach, »der Schafsmilch als Kuhmilch an Schulmensen geliefert hat?«

»Er wurde freigesprochen«, beschwichtigte Susanne.

»Der Kurti«, ich war gerade erst in Fahrt gekommen, »der defekte Heizdecken auf Butterfahrten verkauft hat?«

»So was machen die nicht mehr.« Susanne schaute mich grimmig an.

»Ach ja, seit wann?« Ich widmete mich wieder Siggis Bein und der Anzugshose.

Susanne hockte sich auf den schwarz gepolsterten Drehstuhl und sah mich vorwurfsvoll an. So vorwurfsvoll es eben ging mit ihren lieblichen, weichen Gesichtszügen. »Dennis hat mir von den ganzen Geschichten erzählt. Er führt jetzt die Firma quasi schon und er ist nicht wie sein Vater. Er importiert übrigens auch Trauerwaren und würde uns gute Preise machen.« Meine Tochter klimperte mit ihren Wimpern wie ein verliebter Teenager.

»Pff, gute Preise bekommen wir bei unserem Lieferanten auch. Da zahlt es sich aus, wenn man seit drei Generationen Kunde ist«, konterte ich.

»Was zahlen wir beispielsweise für diese Sargausstattung? Einfachste Qualität.«

»Keine Ahnung, ich habe auch nicht alles im Kopf!« Ich wurde wieder unwirsch.

»Aber ich!« Susanne grinste mich frech an. »Und ich weiß zufällig, dass wir alleine bei der Sargwäsche locker die Hälfte sparen könnten.«

»Und die Qualität?«, polterte ich. »Gute Ware hat eben ihren Preis!«

»Papa! Unsere Kundschaft ist tot. Denen ist es sicher ziemlich egal, ob eine Naht am Kissen zwei oder drei Wochen weniger lange hält. Meinst du nicht?«

Auch wenn das Gespräch nicht den gewünschten Verlauf

nahm, ein bisschen stolz war ich schon auf meine Tochter. Nur konnte ich es ihr in diesem Moment nicht zeigen. »Wir machen schon immer unsere Geschäfte mit Trauerwaren Lotzki, und solange ich etwas zu sagen habe, bleibt das auch so.«

»Jaja, Loyalität unter Musikfreunden. Dein Freund Holger sieht das lockerer als du. Wer hat denn seine Mutter beerdigt? Nicht wir hier am Ort. Es musste ein Unternehmen aus Heidelberg sein.«

»Papperlapapp, das sind vier Geschwister. Hätte Holger das alleine zu entscheiden gehabt, wäre der Auftrag natürlich an uns gegangen.«

Susanne hatte keine Lust, sich noch weiter zu streiten. Außerdem waren wir mit den Vorbereitungen für das Einsargen fast fertig. »Welche Urne hat sich Frau Jörgensen denn ausgesucht?«

»Ich soll irgendeinen Ladenhüter nehmen, meinte sie gestern Abend. Wir haben doch noch dieses hässliche Messingteil im Regal stehen. Ich glaube, die haben wir noch in D-Mark bezahlt. Die nehmen wir.«

»Weil wir gerade von Geld sprechen ...« Etwas verlegen drehte sich Susanne auf dem Stuhl hin und her. »Bevor ich gestern Abend zu Dennis gefahren bin, habe ich meinen Seidenschal in der Kommode gesucht. Dabei habe ich einen Umschlag mit einem Verrechnungsscheck gefunden. Ausgestellt von einer Frau von Pößneck. Es geht mich ja eigentlich nichts an, aber du weißt schon, dass wir trotz Aufwärtstrend noch mächtig in den Miesen sind. Das ist Geld, das wir dringend brauchen könnten.«

Ich zuckte angemessen zusammen. Das Geld von der

Pößneck hatte ich völlig vergessen und die unheilige Abmachung mit ihr auch. Ich blieb dennoch cool. »Gute Güte, das hatte ich ganz vergessen. Das ist eine Vorabzahlung. Der Scheck muss noch auf die Bank. Ich kümmere mich darum. Aber jetzt rufe ich erst mal Walter rein. Um den Brocken hier einzusargen, müssen wir zu dritt sein.«

Ich hatte Walters Namen kaum ausgesprochen, da stolperte der lange Lulatsch in die Katakombe, wie meine Tochter den Herrichtungsraum liebevoll nannte. »Chef!« Im Laufen wischte er sich mit einem Stück Papier wedelnd die Krümel des Frühstücks vom schwarzen Anzug. »Unser Kunde hier steht in der Zeitung.«

Tatsächlich! Siggi war der Aufmacher. Selbst im Tod schaffte er es noch auf die Bühne. Diesmal musste er sich den zweifelhaften Ruhm jedoch teilen.

BEKANNTER ANLAGEBERATER ERSCHLAGEN –
POLIZEI FAHNDET NACH VERDÄCHTIGEM
DIENSTMÄDCHEN

12 Tag 19 – Emma

Ich weiß ja nicht, ob Sie diese Erfahrung schon gemacht haben, aber es verändert einen Menschen, wenn man einen anderen ins Jenseits befördert hat. Anfangs dominiert natürlich die Angst, die Tat könne aufgedeckt und man selbst als Täter entlarvt werden. Bleibt dieser Umstand aus, entwickelt sich rasch eine gewisse Leichtfüßigkeit. Du weißt, du bist mit dem Undenkbaren schlechthin durchgekommen. Ab hier erscheint dir alles möglich. Diese neue Souveränität, und glauben Sie mir, jede Form von Souveränität war für mich zu diesem Zeitpunkt neu, überträgt sich interessanterweise auch auf andere. In meinem Fall auf Emma. Ich hatte schon fest damit gerechnet, dass das jähe Ableben von Siggi Jörgensen wieder die Emma zum Vorschein bringen würde, die als Kind einem Klingelstreich nie abgeneigt gewesen war und im Teenageralter auch gerne mal ein oder zwei Bier mehr getrunken hatte, aber die Veränderung, die ich – ach, was sage ich –, die ganz Ingelrein erlebte, war mehr als bemerkenswert. Es war nicht wie bei einer Echse, die die Haut ablegt und darunter nicht wirklich Neues zum Vorschein bringt, nein eher wie bei einer Raupe, die sich nach knapp sechzig Jahren endlich zum Schmetterling entwickelt. Zumindest äußerlich. Zwei Tage nach ihrem vorläufigen Einzug bei Susanne und mir begann sich Emma zu schminken. Erst dezent, sie borgte sich in Ermangelung eigener Kosmetik Lidschatten, Augenbrauenstift und Kajal von meiner Tochter, dann, pünktlich zu Siggis Einäscherung, knallig. Die sonst spröden, blassen Lippen und die kurz gefeilten Fingernägel funkelten verführerisch kirschrot in dem Licht, das durch die Buntglasfenster der Aussegnungshalle des Ingelheimer Friedhofs auf Siggis Billigsarg fiel. Da es eine eher bescheidene Trauerfeier war, erregte Emmas sprunghafte Metamorphose wenig Aufsehen. *Bescheiden* heißt übrigens, wir waren unter uns. Siggi, Emma und ich. Es hatte etwas geradezu Verschwörerisches, als Emma nach den wenigen Sekunden, die wir pietätvoll am Sarg verharrten, meine Hand nahm und mir zuraunte: »Wir haben es geschafft!«

Die Öffentlichkeit, darauf hatte Emma bestanden, war darüber im Unklaren gelassen worden, wann Siggi seinen letzten Gang antreten würde. Im Schaukasten am Rathaus war lediglich zu lesen gewesen, die Trauerfeier fände im engsten Familienkreis statt. Und selbst das war gelogen. Die frischgebackene Witwe an meiner Seite hatte es tunlichst vermieden, die beiden letzten Verwandten des Verblichenen über den Tod des Jörgensen'schen Stammhalters zu informieren. Es handelte sich um zwei Cousinen, die mit Mitte siebzig als alte Jungfern irgendwo in Lübeck, Siggis Geburtsstadt, lebten.

Die Überführung der sterblichen Überreste ins städtische Krematorium nach Mannheim übernahm Susanne zusammen mit Walter Hauptmann, ebenso die spätere Beisetzung der Urne in einem Friedwald in der Pfalz. Emma legte großen Wert darauf, ihr Leben ab sofort in größtmöglicher Entfernung zu Siggi zu verbringen. Ich teilte diesen Wunsch übrigens vollumfänglich.

Ihr schwarzes Kleid tauschte sie noch am selben Tag gegen ein rotes Sommerkostüm und damit ihr altes Leben gegen ein neues. Auch wenn es nicht ganz so verlaufen sollte, wie wir es uns zu jenem Zeitpunkt erhofften.

13 Tag 19 – Elvira

Als Elvira von Pößneck, verwitwete von Auerbach, verwitwete Rahmstetter, verwitwete Ballreich durch die Glastür mit dem aufgeklebten weißen Ölzweig in unser Institut trat, hätte ich jeden Eid geschworen, sie wäre über Nacht auch zur verwitweten von Pößneck avanciert. Daran änderte auch der gewohnt frivole Auftritt nichts. Die Erscheinung hatte etwas von einem mageren Brathähnchen, das man nach einem ausgedehnten Aufenthalt auf dem Drehspieß über Nacht in den Kühlschrank gesperrt hat. Die braune Haut runzelte sich über dem fettfreien, aber auch weitgehend fleischlosen Gerüst aus Knochen, dürftig verhüllt von einem weißen, recht durchsichtigen Top, die Hotpants von vor einer Woche hatte sie gegen einen Lederrock in Gürtelbreite eingetauscht. Die weiß lackierten Krallen der Vogelscheuche steckten in Plateausandalen, für deren Höhe aus meiner Sicht ein Bauantrag nötig gewesen wäre.

»Elvira, meine Liebe.« Mit dem falschesten Grinsen, das ich je gesehen hatte, stöckelte Emma in ihrem roten Kostüm aus dem Büro, eilte an mir vorbei und fing das Brathähnchen ab, noch bevor sich die Glastür wieder geschlossen hatte. »Ich hoffe doch, der unverhoffte Besuch ist privater Natur und nicht …«

»Nein, nein, Karl geht es gut, das sagen zumindest die

Maschine an seinem Bett und seine portugiesische Pflegerin.«

Der angedeutete Austausch von Luftküsschen unter den beiden Frauen war an Scheinheiligkeit nicht zu überbieten.

»Du bist sicher wegen der Beisetzung deines Mannes hier«, wurde Elvira von Pößneck sehr direkt. »Mein herzliches Beileid noch, ist ja schlimm, was ich in der Zeitung gelesen habe. Meinst du auch, dass es Olga war? Ich kann mir das gar nicht vorstellen, sie war immer so höflich und nett. Na ja, bei mir ist sie auch nicht mehr aufgetaucht. Und es ist doch so schwer, gutes Personal zu finden.« Sie schob die Sonnenbrille in ihren auftoupierten Haaren zurecht. »Wobei, so gut war sie nun auch wieder nicht. Aber wem erzähle ich das.« Sie musterte Emma von oben bis unten. »Aber das Witwendasein steht dir gut.«

»Herr Jörgensen«, mischte ich mich ein, »ist bereits in aller Stille den Weg alles Irdischen gegangen. Frau Jörgensen und ich haben im Nachgang noch einige Formalitäten zu klären. Wie kann ich Ihnen dienen, Frau von Pößneck?« Ich richtete den Blick auf Emma. »Meine Liebe, wenn du eine Minute im Büro auf mich warten könntest?« Beleidigt zog sie sich in den kleinen Raum hinter dem Besprechungstisch zurück. Emma war ohnehin gerade dabei, sich mit den Unterlagen vertraut zu machen. Noch am Vorabend hatte sie mir angeboten, Susanne und mir bei der Betriebsführung unter die Arme zu greifen.

»Elvira! Haben Sie das schon vergessen, mein lieber Hermann?« Die Vogelscheuche sah Emma überlegen lächelnd hinterher. Ihre langen, falschen Wimpern schienen mich aufspießen zu wollen. »Ich wollte nur noch einige Details bezüglich unseres kleinen Arrangements mit Ihnen besprechen.« Sie senkte ihre Stimme, flüsterte fast und zog die Zeitung des Vortags aus ihrer leinenen Umhängetasche. »Es haben sich da einige Aspekte ergeben, die mich dazu veranlassen, unsere Absprache ein klein wenig zu korrigieren.« Sie versuchte, die aufgespritzten Lippen zu schürzen, was ihrem Gesicht das Aussehen eines sinkenden Schlauchbootes verlieh.

»Ich gebe Ihnen da vollkommen recht, liebe Elvira.«

Die beiden Schlauchbootwürste öffneten sich zu einem erstaunten »Oh!«

»Wenn ich ehrlich bin«, setzte ich sofort nach, »habe ich mich nur aufgrund eines Liquiditätsengpasses zu dieser unüblichen Absprache hinreißen lassen. Den Engpass gibt es nun nicht mehr, daher sollten wir das Geschäft rückabwickeln.«

Die von Pößneck glotzte mich an. Erst überrascht, dann selbstgefällig. »Ich bin es zwar gewohnt, dass sich mir Männer schnell ergeben, aber das ist schon rekordverdächtig.«

Jetzt glotzte ich sie an. Voller Unverständnis, versteht sich. Sie plapperte ungerührt weiter.

»Sie haben den Artikel also gelesen. Sehr klug, nicht zu schachern.« Wieder wedelte sie mit Tageszeitung. Dann stand sie auf. »Aber nicht hier, während uns die Kleine belauscht. Obwohl es sie ja auch betrifft. Ich erwarte Sie um fünf bei mir. Bringen Sie das Geld mit. Und Zeit. Wir haben einiges zu besprechen. Sie kennen ja den Weg.«

14 Tag 19 – Emma

Du gehst auf keinen Fall noch einmal zu dieser Schlampe!«

So aufgebracht hatte ich Emma noch nie erlebt. Auch in unserer Jugend nicht. Sie war eifersüchtig. So richtig eifersüchtig. In zweiundsechzig Jahren war bisher nur eine einzige Frau wegen mir eifersüchtig geworden. Und das war Susanne. Da war sie sechs und hatte sich in den Kopf gesetzt, mich unbedingt heiraten zu wollen. Doch so sehr mir Emmas Gefühlsausbruch auch schmeichelte, ich hatte ganz andere Probleme. Erstens: Der Scheck von der von Pößneck war weg. Zweitens: Ich hatte endlich den ganzen Zeitungsartikel über Siggis Ableben gelesen. Bevor ich zu den Details komme, ein Tipp für Sie: Lesen Sie die wichtigen Dinge immer komplett. Vor allem dann, wenn die Presse über einen Totschlag berichtet, den Sie selbst begangen haben.

Schon im zweiten Absatz war jene scheinbare Nichtigkeit zu lesen, aus der die mit den falschen Wimpern klimpernde Dörrpflaume Emma und mir einen Strick drehen konnte. Ganz beiläufig hatte die Reporterin in dem Artikel dargelegt, wie die schockierte Ehefrau im Beisein des örtlichen Bestatters König, einem Freund der Familie, spät am Abend von dem Totschlag an Siegfried Jörgensen erfahren hatte. Nachdem Emma und ich den gesamten Nachmittag aus geschäftlichen Gründen gemeinsam verbracht hatten. Nun ja, so hatten wir es der Polizei erzählt, um ein lückenloses Alibi zu generieren. Und so hatte man es offenbar auch an die Presse weitergereicht. Datenschutz, das lernte ich an diesem Tag, war nicht zwingend eine Sache der Polizei. Wie dem auch sei, die von Pößneck mochte eine unangenehme Schreckschraube und zudem eine fürchterlich aufgetakelte Fregatte sein, dumm war sie jedoch nicht. Was sich alleine schon an der für sie recht günstigen Ehen-Witwen-Amplitude ablesen ließ. Sie musste nur eins und eins zusammenzählen, um zu wissen, dass da etwas gehörig faul war. Selbst diesem lackierten Schrapnell musste sofort klar geworden sein, dass Emma und ich nicht grundlos gelogen hatten. Daher war ich mir auch sicher, dass sie es bei einer Rückgabe der beträchtlichen Summe, die auf dem Verrechnungsscheck vermerkt war, nicht belassen würde. Aber ich hatte ja nicht mal den. Wo zum Teufel war dieser verflixte Fetzen Papier nur hingekommen? Ich zermarterte mir das Hirn, seit ich nach dem unangenehmen Gespräch meinen Peugeot die fünf Straßen regelrecht nach Hause geprügelt und die Kommode im Flur neben der Haustüre quasi seziert hatte. Eine der Schubladen hatte ich dabei komplett aus der Verankerung gerissen. Scheiß drauf. Ich mochte den Schrank eh nicht. Renate hatte das Siebziger-Jahre-Gedenkmöbel mit in die Ehe gebracht.

»Ich mache das.« Emma hob die Schublade auf, mit der ich um ein Haar Hades erschlagen hatte. Sie war mir zu Fuß gefolgt.

»Was?« Ich fixierte sie mit irrem Blick.

»Ich sagte, ich gehe zu dem missglückten Kunstwerk auf dem Krähenbuckel.«

Zum Verständnis, *Krähenbuckel 1* lautete tatsächlich die Adresse der von Pößnecks.

»Du kannst da nicht hin.«

»Aber du kannst es?« Emma verschränkte demonstrativ die Arme vor der Brust und sah mich leicht überheblich an. »Was meinst du denn, was dieser Vamp mit dir macht, wenn du ohne diesen blöden Scheck auftauchst? Die liefert dich eiskalt aus. Die lässt dich kalt lächelnd hochgehen.«

»Und warum glaubst du, dass sie dich nicht hochgehen lässt?« Ich war ein wenig sauer und äffte sie nach.

»Nun ja, ich kenne ihre Stieftochter. Siggi hat Geld für sie angelegt. Was glaubst du, was sie von Elviras Methode hält, das Vermögen des Vaters beiseitezuschaffen?«

Ich hielt kurz inne. »Das könnte funktionieren. Aber dir ist schon klar, dass du mich auch für die Tochter erpressbar machst?«

»Vertrau mir!« Emma strich mir zärtlich über die Wange. »Ich habe heute Morgen anhand deiner Unterlagen festgestellt, dass du nicht der brillanteste Kaufmann bist. Aber jetzt hast du ja mich.« Sprach's und kniff mir in die eben noch getätschelte Wange, als die Haustür aufflog.

»Hallo, Papa!« Susanne strahlte wie ein Honigkuchenpferd. »Das Trauergespräch mit der Sabitzke war ein Erfolg. Sie wünscht sich ganz großes Kino für ihren verstorbenen Gatten. Ach übrigens, ich habe den Verrechnungsscheck vorhin zur Bank gebracht und gleich ein paar offene Sachen bezahlt. Stell dir vor, wir haben im Moment keine offenen Rechnungen. Ist das nicht großartig?«

15 Tag 19 – Emma und Ich

Einerseits kratzte es massiv an meinem Ego, Emma das Feld namens Krähenbuckel überlassen zu haben, anderseits war ich nicht wirklich scharf darauf, Elvira heute noch einmal zu begegnen. Sie war in jeder Hinsicht unangenehm. Umso mehr überraschte es mich, mit welch guter Laune Emma schon kurz nach vier am Nachmittag in ihr kleines Auto stieg. *Sie habe noch etwas zu erledigen*, hatte sie den frühzeitigen Aufbruch gerechtfertigt. Susanne war ebenfalls bestens gelaunt und hatte von sich aus angeboten, den Notfalltelefondienst bis zum nächsten Morgen zu übernehmen. Es stand außer Frage, dass sie den *Notdienst* in den Armen dieses Dennis verbringen würde. Ich beschloss, mir diesen jungen Mann genauer anzusehen. Die Beziehung zwischen Susanne und ihm schien sich allen Erwartungen zum Trotz zu etwas Festem zu entwickeln.

Ich selbst nutzte den praktisch freien Nachmittag und zog mich in den Garten zurück. Im Schatten des Kastanienbaums, den mein Großvater Ernst Gustav Thaddäus König vor weiß Gott wie vielen Jahren gepflanzt hatte, war es angenehm kühl an diesem heißen Sommertag. Über dreißig Grad mochten es gewesen sein. Ganz gegen meine Gewohnheit hatte ich die Ärmel meines weißen Hemdes leger nach oben gekrempelt und fläzte mich mitten an einem Arbeitstag auf die in die Jahre gekommene Hollywoodschaukel. Die ehemals kräftigen Rot- und Blautöne des Bezugs waren längst einem zarten Rosa und einem Türkiston gewichen. Zu ihrem vierzigsten Geburtstag hatte ich Renate die Schaukel geschenkt. Sie hatte keine zwei Minuten darin sitzen können – sie war immer seekrank geworden.

Ich beobachtete ein Spatzenpärchen, das am Ufer unseres kleinen Gartenteiches trank und sich einem neckischen Spiel hinzugeben schien, während ich skeptisch aber interessiert den Katalog von *Kurti Trauerwaren* aufschlug. Öffentlich zugegeben hätte ich das natürlich nicht, aber Susanne hatte recht gehabt. Die Einkaufspreise für Sargwäsche, Urnen und Talare waren durchweg nicht mal halb so hoch wie bei meinem Freund Lotzki. Und die Qualität schien keinesfalls schlechter zu sein. Ich dachte daran, wie viel Umsatz uns schon entgangen war, weil sich immer mehr Hinterbliebene angesichts der teuren Sterbewäsche lieber für den abgewetzten Straßenanzug oder sogar für die Lieblingsjeans des Verstorbenen entschieden. Wussten Sie eigentlich, dass Sie für den letzten Gang so ziemlich jedes Kleidungsstück wählen dürfen? Sie werden es nicht glauben, aber nicht nur einmal mussten wir der geliebten Oma die Kuschelsocken anziehen, weil sie halt schon immer kalte Füße gehabt hatte. Selbst auf Unterwäsche bestehen die meisten Hinterbliebenen. Verstanden habe ich das nie. Liegt wahrscheinlich an der gesetzlich verordneten abendländischen Prüderie. Die europäische Bestattungsnorm sieht nämlich vor, dass man in jedem Fall bekleidet beerdigt werden muss. Von wegen *Wie er nackt ist von seiner Mutter Leibe gekommen, so fährt er wieder hin, wie er ge-*

kommen ist, wie es in *Prediger 5* im Alten Testament heißt. Da waren die alten Hebräer unserer Zivilisation zumindest in ökologischer Hinsicht schon mal weit voraus. Oder denken wir an Hiob, der vor lauter Gottesfurcht gar seine Kleider zerriss mit den Worten: *Ich bin nackt von meiner Mutter Leibe gekommen, nackt werde ich wieder dahinfahren.* Die Textstelle direkt danach wird dagegen sehr gerne bei Beerdigungen zitiert: *Der Herr hats gegeben, der Herr hats genommen.* Auch wenn ich selbst der Kirche der Arbeit wegen nur noch vordergründig zugetan bin, für mich ist das alles schon ein wenig bigott.

Während ich mit meinen Gedanken so abschweifte, war ich wohl eingenickt. Während ich Kurtis Katalog noch auf dem Schoß hielt, entwickelte sich das zärtliche Geschnäbel der beiden grauen Allerweltsvögel am Wasser zu einem unromantischen Gezänk um einen Regenwurm. Ich sah auf die Uhr. Es war schon nach sechs. Wo blieb Emma nur? Hatte sie sich etwa mit der von Pößneck verplauscht? Ich wurde ein wenig unruhig, holte mir ein Bier aus dem Kühlschrank und überlegte, ob es nicht angezeigt sei, sie auf dem Handy anzurufen. Es meldete sich sofort die Mailbox. Den Grund erkannte ich, als ich mit meinem Bier zu den zankenden Spatzen zurücklief. Es lag ausgeschaltet auf der am Mittag ausgeschlachteten Kommode.

Echte Unruhe überkam mich. Hatte man Emma in eine Falle gelockt? Eine Falle, die ursprünglich für mich bestimmt gewesen war? Hatten diese beiden Kommissarinnen bereits auf der Lauer gelegen? Dann würde die Polizei ganz sicher gleich bei mir vor der Tür stehen. Versteinert blieb ich im Flur stehen. Horchte. Auf der Hauptstraße nur der übliche Rückreiselärm der Berufspendler. Hin und wieder ein Hupen, ein LKW, dessen Luftdruckbremse beim Lösen zischte. Bei jedem Auto, das die Geschwindigkeit verlangsamte, stockte mir der Atem. *Jetzt kommen sie dich holen!* Unvermittelt ging mir dieser alte Song von Falco durch den Kopf. *Jenny* oder so ähnlich. Zur Melodie sang ich unhörbar mit. Pustekuchen *Sie werden dich nicht finden.* Alle würden mich finden, wie ich da so stand. Ein Häufchen Verzweiflung, Hose und Bier gleichermaßen geöffnet, in Socken auf die Haustür starrend. Plötzlich eine Autotür. Ich hatte den Wagen gar nicht vorfahren hören. Da, ein Schatten verdunkelte das schmale Waffelglasfenster der Türe. Ein Schlüssel bohrte sich fast geräuschlos ins Schloss. *Die Polizei hat keinen Schlüssel*, schoss es mir durch den Kopf, als die Tür schwungvoll gegen meine Wange krachte.

»O Gott, Hermann, was stehst du denn hinter der Haustür? Und wie siehst du aus? Komm, hilf mir beim Reintragen.«

Emma hatte eingekauft. Frischen Lachs, Sahne, Dill, Spinat und Kartoffeln sowie einen mehrfach prämierten Weißwein.

»Was feiern wir?«, fragte ich und trug das Mineralwasser ins Haus.

Emma hatte tatsächlich einen Großeinkauf getätigt. Und sie war in der Jörgensenvilla gewesen. Der Rücksitz ihres Fiesta quoll über vor Kleidern und Schuhen.

»Wann hast du das alles erledigt? Warst du bei der von Pößneck?« Ich hegte angesichts des Pensums, das hinter Emma bewältigt hatte, ernsthafte Zweifel.

»Ich sagte doch, ich habe noch etwas zu erledigen. Hast du auch ein Bier für mich?« Sie kickte ihre halbhohen Pumps achtlos in den Flur und tänzelte beschwingt in Richtung Terrasse. »Im Supermarkt war der Teufel los. Ich muss ein bisschen die Beine hochlegen. Im Garten ist es jetzt bestimmt wundervoll.«

So sehr ich die Stunden genossen hatte, in denen Susanne und Emma meine Anwesenheit kurzzeitig überflüssig gemacht hatten, jetzt wollte ich doch gerne wieder am Geschehen teilhaben. Beflissen organisierte ich ein zweites Bier, strümpfelte in den Garten und fragte noch einmal: »Warst du bei Elvira? Wie hat sie reagiert? Ist sie eine Gefahr für uns?«

Emma trank die Flasche in einem Zug zur Hälfte leer. Sie hockte in der Hollywoodschaukel, ihre nackten Füße lagen auf dem Gartentisch davor. Das elegante rote Kostüm wollte so gar nicht zu ihrem überaus legeren Verhalten passen. Obwohl sie die Jacke zur Hälfte aufgeknöpft hatte und neben dem schwarzen Spitzen-BH die abklingenden blauen Flecken von der letzten Begegnung mit Siggi auf Brust und Schulter sichtbar wurden. In den wenigen Tagen unseres Zusammenlebens hatte Emma immer wieder schamhaft versucht, die Andenken an ihre Ehe zu verbergen. Einige waren bleibend. Auch eine Zigarette hatte das Vieh schon auf ihrem Oberarm ausgedrückt. Die Scham wich von Tag zu Tag.

»Aah, tut das gut. Ich habe einen ganz trockenen Hals.« Sie klemmte die Flasche zwischen sich und das Seitenpolster der Schaukel. »Elvira wird uns nicht mehr belästigen. Ich sagte doch, du kannst mir vertrauen.«

Immer noch halb in der Terrassentür stehend nuckelte ich ungläubig an meinem Bier.

»Aber eines muss ich der Kuh lassen. Das Haus sieht aus wie geleckt. Wie die das macht ohne Haushälterin? Olga hat ja auch bei den von Pößnecks geputzt.« Emma bedeutete mir, mich neben sie zu setzen. »Ich weiß ja«, flötete sie mir ins Ohr, »dass Susanne sich redlich bemüht, den Laden hier sauber zu halten, aber ich glaube, wir brauchen auch jemanden, der hier für Ordnung sorgt. Wenn ich bei dir in der Firma mitarbeite, schaffe ich das nicht. Und wo ich gerade das Büro anspreche. Da ist es besonders nötig.«

Ich konnte ihr da nicht widersprechen. Im Institut lag einiges im Argen und hier im Haus sowieso. Was alleine der Kater an Haaren ließ. Wo war Hades eigentlich die ganze Zeit? Mir fiel ein, dass ich nach dem Futter schauen musste.

»Du hast ja recht, aber wovon soll ich denn eine Putzfee bezahlen? Wir sehen gerade wieder halbwegs Land.«

»Darüber mach dir mal keine Gedanken.« Emma zog einen Brief aus ihrer Handtasche. »Vom Anwalt. War in meinem Briefkasten in der Villa, muss gestern schon gekommen sein.« Sie faltete das zweiseitige Schreiben auseinander und las vor. »Sehr geehrte Frau Jörgensen, nochmals unser herzliches Beileid zum Tod Ihres Vaters, bla, bla, bla, teilen wir Ihnen mit, dass beim Nachlassgericht keine Einsprüche gegen die Ausstellung eines Erbscheins eingegangen sind. Wir haben wie vereinbart den Erbschein beim Standesamt Ingelrein beantragt, er müsste Ihnen in den nächsten Tagen postalisch zugehen.«

»Und wie viel …« Weiter kam ich nicht.

»Für eine Putzfee wird es sicher reichen«, schnitt mir

Emma das Wort ab und schnellte von der Hollywoodschaukel hoch. »Ich werde uns jetzt etwas zu Essen machen. Der Lachs sieht so appetitlich aus.«

»Vorsicht!«, rief ich ihr zu. »Du hättest beinahe deine Handtasche mit der Flasche darin umgeworfen.« Der Flaschenhals mit dem Schraubverschluss war mir erst eben aufgefallen. »Was ist das?«

»Ein kleiner Seelentröster. Habe ich auch in der Villa mitgenommen. Wäre für dich als Diabetiker aber tödlich. Zu viel Zucker.« Sie schlenderte barfuß ins Haus. »Du musst auf dich aufpassen.« Sie stoppte, hielt sich am Türrahmen fest und sah mich keck an. »Wir wollen doch noch ein paar schöne gemeinsame Jahre haben. Oder?«

Woher wusste sie das? Ich hatte es die ganzen Tage vermieden, mir in ihrer Gegenwart die Tabletten zu nehmen. Ich vermutete, Emma hatte die Medikamente im Badezimmerschrank gesehen. Ich lächelte vor mich hin. Renate hatte bestimmt drei Jahre gebraucht, bis sie halbwegs in der Lage war, meine Erkrankung wahrzunehmen. Und selbst danach kickte sie hin und wieder noch Würfelzucker in meinen Kaffee.

Renate – ich versuchte, mich zu erinnern. Mit jedem Jahr wurde das schwieriger. Die Bilder der Vergangenheit verblassten. Manche von ihnen hingen mittlerweile in Fetzen – wie alte Plakate. Das Anschneiden der Torte bei unserer Hochzeitsfeier vor fünfunddreißig Jahren zog an mir vorbei, der Tag von Susannes Geburt zwei Jahre später, Renates immer gleiche Frisur – Schnittlauchlocken mit einem mit dem Lineal geschnittenen Pony – und der Kittel.

Mein Gott war das ein hässlicher Kittel gewesen. Renate hatte ihn ständig getragen. Zum Putzen, Waschen und Kochen. So schmeckte das Essen meist auch. Hellblau war das Teil gewesen, knielang und leider aus unverwüstlicher Baumwolle. Und dann erst ihre Stimme. Grell, hoch und so durchdringend. Dieses lang gezogene e in Hermann. Es klang immer nach *komm her, Mann*. Ich hasste es. Im Großen und Ganzen war Renate, Gott hab sie selig, schon eine Laune der Natur gewesen, ein Pixelfehler im großen Schöpfungsprogramm. Warum ich sie geheiratet hatte? Nun, mein Vater drängte und ich muss gestehen, ich hatte nicht wirklich die große Auswahl zu jener Zeit. Klein, mit damals schon schütterem Haar und von Beruf Bestatter. Das dampft die Zahl der Frauen, die einen begehren, stark ein. Renate war ebenfalls klein, von gedrungener Statur und nicht gerade das, was man als heißen Feger bezeichnet, ergo verfügbar. Ja, aber Emma, werden Sie sich vielleicht fragen. Das habe ich wohl ganz allein verbockt. Offenbar habe ich die subtilen Signale falsch gedeutet oder erst gar nicht empfangen. So jedenfalls habe ich es vorletzte Nacht zu hören bekommen. Na danke für die Information nach über vierzig Jahren. An dieser Stelle ein kleiner Appell an euch Frauen da draußen: Subtilität ist nicht wirklich ein Männerding. Seid doch ein wenig deutlicher. Danke! Aber wir wollen nicht ungerecht sein, so lieblos die Ehe mit Renate auch gewesen sein mag, sie brachte Susanne hervor. Gäbe es sie nicht, die Welt wäre ärmer.

Auf einmal schossen mir Bilder von Renates Todestag vor zehn Jahren durch den Kopf. Sie war spät von einem Treffen der Landfrauen heimgekommen. Völlig überdreht, fiebrig und knallrot im Gesicht. Durst hatte sie, enormen Durst. Eine ganze Flasche Wasser hatte sie vor dem offenen Kühlschrank fast auf einen Zug getrunken. Dann war sie zusammengebrochen. Wir hatten kein Wort mehr miteinander gesprochen.

Während ich so sinnierte und mir aus der Küche der Duft des Knoblauchs in die Nase stieg, mit dem Emma den Spinat dünstete, klirrte es leise unter meinem Sitz. Das Klirren vermischte sich mit dem leisen Miauen von Hades. Bei dem Versuch, meine schwarze Anzughose umfassend mit rot-weißen Haaren zu dekorieren, hatte der Kater Emmas Handtasche umgestoßen. Der Seelentröster kullerte munter über den Terrassenboden. Hades sah ihm gelangweilt hinterher. Es war zu warm und er zu dick, um sich auf ein Spiel mit dem Ding einzulassen. Ich hob die Flasche auf. Kaum größer als ein Parfumflacon, das Glas durchsichtig, der Inhalt tiefrot und zäh fließend. Ja, das sah nach viel Zucker aus. Vorsichtig öffnete ich den messingfarbenen Schraubverschluss, schnupperte hinein. Ein tröstlicher Duft stieg mir in die Nase. Ich schätzte den Alkoholgehalt auf vierzig, vielleicht fünfundvierzig Prozent. Was ein Likör eben haben sollte. Das Tröpfchen roch angenehm nach Beeren. Was war das? Brombeere? Himbeere? Johannisbeere? Oder eine Mixtur aus allem? Die Neugierde war immens. Ein Schlückchen würde mich schon nicht umbringen.

Ich verlor zunächst die Likörflasche, dann den oberen rechten Eckzahn und schließlich meine Contenance. »Scheiße, aua, was soll das? Bist du noch ganz bei Trost?« Emmas Schlag ließ das Fläschchen in hohem Bogen über die Terrasse bis auf den Rasen fliegen. Der Zahn schaffte es nur neben mich auf die Sitzauflage. Während ich Emma wie versteinert anglotzte, entwickelte Hades plötzlich doch einen Spieltrieb. Wenn man das behäbige Sich-in-Bewegung-Setzen als solchen einordnen möchte. Noch mal würde ihm dieses glänzende Ding nicht entkommen. Tropfen für Tropfen des süßen Inhaltes ausblutend, wartete es im Gras liegend geduldig auf den Kater.

Dann ging alles ganz schnell. Emma versetzte Hades einen Tritt, das Tier stob fauchend davon, sie bückte sich, hob die Flasche vom Rasen auf und starrte diese an wie Gollum den Ring. Allerdings vernahm ich kein *mein Schaaaatz* sondern nur ein hysterisches: »Wie viel hast du davon getrunken?«

»Nichts«, brüllte ich sie an und brachte meinen Zahn in Sicherheit. »Was ist das für ein Zeug, das dich derart ausrasten lässt? Man könnte meinen, es wäre Sokrates' Schierlingsbecher!«

Sie schaute mich fragend an. »Du weißt schon, das Gift, mit dem sich Sokrates selbst umgebracht haben soll.«

»Ich weiß, was der Schierlingsbecher ist«, zickte Emma mich an, »ich habe Literatur studiert. Schon vergessen? Und er hat sich nicht selbst umgebracht, er wurde hingerichtet.« Sie nahm den Schraubverschluss der Flasche vom Tisch. »Hast du wirklich nichts davon getrunken? Hermann, schau mich an, das ist wichtig. Geht es dir gut?«

»Nein, verdammt!« Ich spuckte Blut auf die Steinfliesen. »Es geht mir nicht gut, du hast mir einen Zahn ausgeschlagen. Und nein, ich habe nichts davon getrunken. Mach doch bitte nicht so einen Terz wegen dem Diabetes.«

Sie sah mich finster an. »Es geht dabei doch um meinen Zucker. Oder?« Sie schwieg. Ich bekam es mit der Angst zu tun. »Was ist in der Flasche drin?«

»Es ist besser, wenn du es nicht weißt.« Emma schraubte den Deckel auf die Flasche.

»Was soll das heißen? Du wohnst hier, wir ... wir ...«, ich begann zu stammeln, »wir sind ein Paar ... glaube ich ... denke ich ...« Ich begann zu hyperventilieren. »Verdammt, ich habe deinen Mann erschlagen und du ...«

»Es ist Tollkirsche!«, platzte es aus ihr heraus.

»Bitte? Was?« Ich saugte den letzten Schluck aus der Bierflasche. Ich schmeckte nur Blut.

»Ein Likör aus Tollkirsche.« Emma begann leicht zu beben, ihr Mund verkrampfte sich. Sie wollte nicht weinen. »Sehr süß, offenbar sehr lecker u-u-und sehr tödlich.«

Es sickerte immer noch Blut aus meinem Mund. Es war mir egal. Ich ließ es laufen. »Wo hast du dieses Zeug her? Wie lange hast du das schon? Warum hast du es in deiner Handtasche?« Ich schloss die Augen. Klatschte mir auf die Stirn, die eh schon dröhnte. »Du warst bei Elvira. Du hast doch nicht etwa ... Mein Gott, du hast die von Pößneck ...«

»Was hätten wir denn deiner Meinung nach tun sollen?«

»Wir?«, protestierte ich lautstark.

In der Luft lag der Geruch von gegrilltem Lachs.

»Ja, was dachtest du denn, was ich bei der Kuh mache? Nett Kaffee trinken? Ihr glaubhaft versichern, dass es sich um ein Missverständnis handelt? Dass die Zeitung da was in den falschen Hals bekommen hat?«

»Ja, erdammt noch mal. Ielleicht ätte man erhandeln können. Du olltest chie och unker ruck etzen.« Mit der

Zunge versuchte ich das Loch im Kiefer zu verschließen. Ein Pochen löste das Bluten ab.

»Weißt du, wie sie mich empfangen hat, diese arrogante Schnepfe? ›Ach‹, hat sie gemeint, ›schickt Hermann seine Kleine vor. Wusste ich es doch, dass er ein kleiner Hosenscheißer ist.‹«

»Chie at mich einen Hosenscheicher genannt?« Ich war angemessen entrüstet. »Aber dach ist immer noch kein Grund, die Frau umzu... na ja, du weißt schon was.«

»Siehst du, du kannst es nicht mal aussprechen. U-M-Z-U-B-R-I-N-G-E-N.« Emma schrieb die Buchstaben übergroß in die Luft. »Und hör auf, so komisch zu reden. Das macht mich wahnsinnig.« Sie ließ sich auf den Gartenstuhl gegenüber der Hollywoodschaukel fallen und senkte ihre Stimme. Sie wirkte ermattet und sah mich mit traurigen Augen an. »Sie hätte uns bis ans Ende unseres Lebens erpresst. Oder dafür gesorgt, dass du ins Gefängnis wanderst.« Sie machte eine bedeutungsvolle Pause. »Das konnte ich nicht zulassen. Ich habe mir geschworen, diesmal nimmt dich mir keine andere weg. Diesmal nicht.« Krampfhaft umklammerte Emma das Fläschchen. »Ich liebe dich. Schon immer.«

In der Luft lag der Geruch von verbranntem Lachs.

16 Tag 20 – Ich

Um es vorwegzunehmen, weder der Lachs noch Elvira von Pößneck hatten den Vortag überlebt. Und ich hasse es wirklich, Lebensmittel wegzuwerfen. Aber der Hunger hatte sich nach den Ereignissen schnell verflüchtigt und der Appetit sowieso. Zudem hätte das Malheur mit dem rechten oberen Eckzahn den Genuss vermutlich nachhaltig beeinträchtigt.

Sie können sich sicher vorstellen, dass Emma und ich in den Stunden danach einigen Gesprächsbedarf hatten. Wobei mir schlussendlich Emmas Argumente einleuchteten, nach denen Elviras Ableben eine zwangsweise Folge ihrer angedeuteten Drohgebärde gewesen war. Zu dieser Erkenntnis mag der vorzügliche Grauburgunder beigetragen haben, den es eigentlich zum Lachs hätte geben sollen, vor allem aber das Wissen um meine finanzielle Situation. Obwohl sich die monetäre Lage auch dank des Arrangements mit Frau von Pößneck etwas entspannt hatte, hatten König-Bestattungen und insbesondere ich privat mehr Payback-Punkte in der App als Euros auf dem Konto. Und auch wenn die von Pößneck nicht mehr die Jüngste gewesen war, einen Erpressungsmarathon hätte das rosinenhäutige Botoxmonster schon eine Weile durchgehalten. Länger jedenfalls als ich mit meinen finanziellen Ressourcen, selbst wenn Emma mit ihrem Erbe finanziell eingesprungen wäre. Dazu aber später mehr.

Für mich persönlich viel schwerer wog der Umstand, dass Emma durch ihr Handeln, vor allem aber dadurch, dass sie mir das Handeln abgenommen hatte, einem alten Dämon die Tür zu meinem Kopf aufstieß. Ich war – zumindest der Meinung meines Umfelds zufolge – zu weich für diese harte Welt. Zu weich, um bei Manfred Rademacher eine Lehre als Schlosser zu machen, ich war zu weich für das Ringerteam im Dorf und selbst Susanne hielt mich für weich. Sie hatte es gutmütig genannt und gesagt, ich sei zu gut für diese Welt, als ich den Hinterbliebenen des alten Piet vor drei Jahren zum fünften Mal einen Aufschub für die Begleichung der Bestattungskosten gewährt hatte. Ich hatte ja nicht ahnen können, dass das ärmliche Leben des Verstorbenen nur die trügerische Fassade eines geizigen Miethais gewesen war und die gesamte Verwandtschaft ihm in dieser Hinsicht in nichts nachstand. Sei's drum. Ich beschloss noch in der Nacht, bei der nächsten Gelegenheit eine angemessene Härte walten zu lassen. Es war mir schon außerordentlich peinlich, gerade vor Emma, dieser zarten Person, die eigentlich keiner Fliege etwas zuleide tun konnte, ein derart jämmerliches Bild abzugeben.

Bevor ich jedoch dazu kam, meiner maskulinen Seite mehr Ausdruck zu verleihen, war ich am Morgen erst einmal damit beschäftigt, Emmas Kleidung aus ihrem Wagen ins Haus zu schaffen. Die Polizeisiegel, auch die an der Hintertür zum Anwesen, hatte Emma nach eigenem Bekunden kaltschnäuzig ignoriert. Die Mordkommission ermittelte jetzt offiziell im Fall Siggi Jörgensen.

Selbst bei dieser alltäglichen Unterstützung für eine Freundin sah ich in Gedanken, wie mir der Familienpatriarch Anton König spöttisch über die Schulter schaute. Und daneben meine liebevolle Mutter, die mir einmal mehr fast mitleidig zuraunte, was für ein liebes Mädchen aus mir doch hätte werden können.

Das Telefon rettete mich vor weiteren Demütigungen. Zumindest, bis Emma den Hörer abnahm und ich sie laut und vernehmlich durchs Haus trällern hörte: »König Bestattungen, Jörgensen am Apparat, was kann ich für Sie tun?«

Dr. Schober war am Telefon gewesen. Er hatte von dem plötzlichen Tod Elvira von Pößnecks berichtet. Ganz klar Herzversagen. Nicht ungewöhnlich nach so zahlreichen Botoxbehandlungen, hatte Schober noch ergänzt. Er habe die gute Elvira nicht nur einmal gewarnt. Zudem habe sie in der Nacht augenscheinlich eine wilde Party gefeiert. Drei leere Flaschen Champagner stünden in der Küche.

***

»Wer hätte das gedacht, dass sie noch vor Karl geht.« Schober sparte sich ein *guten Morgen*, als ich mit Rüdiger Kozlowski an der Pößneckvilla ankam. »Die Pflegerin von Karl von Pößneck hat die tote Elvira heute Morgen gefunden und die Polizei gerufen«, verkündete Dieter im Stile eines ermittelnden Kommissars. »Na ja, der Fall ist klar. Ihr könnt sie von mir aus eintüten und mitnehmen.« Fragend schaute Dieter Schober zu den beiden Streifenbeamten, die schulterzuckend Zustimmung signalisierten. »Ich war verwundert, dass ihr jetzt für die Pößnecks arbeitet.« Dieter klopfte mir auf die Schulter. »Respekt! Die Rademacher-Beisetzung hat euch wohl in die Upperclass katapultiert. Ohne Karls Pflegerin hätte ich von Bindeling angerufen. Sie heißt Maria, Maria Duarte.« Wieder verfiel Dieter in den Polizeijargon. Das kam ganz sicher von seinen unzähligen Jahren als Vertragsarzt. »Sie scheint dich zu kennen. Waren die Pößnecks und du ...«

»Ich hatte einmal geschäftlich hier zu tun. Es ging um ...« Schober schnitt mir das Wort ab.

»Lass mich raten. Die gute Elvira hat mit dir Karls Beerdigung besprochen.« Er brach in schallendes und unangemessenes Gelächter aus. »Tja, wer anderen eine Grube gräbt!« Jovial ließ Schober seine schlanke, aber kräftige Hand auf meinem Rücken einschlagen. Mir verschlug es kurz den Atem. Dieter hatte zum Glück auch wenig Interesse an einer weiterführenden Konversation. Er hatte noch ein paar Nichtigkeiten mit den beiden jungen Männern der Polizeistreife zu besprechen, während Kozlowski und ich Elviras sterbliche Überreste einsargten. Ich war mir ja schon immer sicher gewesen, dass in Ingelrein jeder jeden umbringen konnte, ohne bei Schober auch nur den Hauch von Skepsis aufkommen zu lassen. Die heutige Gewissheit indes machte mir fast ein wenig Angst. Ich fragte mich, wie viele ungeklärte Morde dem drahtigen Sportmediziner mit dem starken Hang zum eigenen Ich schon durch die Lappen gegangen waren. Ich beließ es bei dem Gedanken. Aktuell war Schobers Unfähigkeit von unschätzbarem Wert.

Elvira hatte ein seliges Lächeln auf den Lippen. Emmas Likör musste tatsächlich lecker gewesen sein. Redete ich mir jedenfalls ein. Es ist in Wahrheit ein Irrtum, dass ein vermeintliches Grinsen im Gesicht eines Toten irgendetwas über eine besonders angenehme Form des Ablebens aussagt. Auch beim Tod in Rückenlage erschlaffen selbstverständlich die Muskeln. Und so fällt jedes Gewebe der Schwerkraft folgend leicht nach unten. Auch das der Mundwinkel, die es unweigerlich ein wenig in die Breite zieht.

»Alles klar, Hermann. Ihr könnt Frau von Pößneck abtransportieren!« Dieter Schober war im Begriff, das Haus zu verlassen, als er mich, noch in der Tür stehend, bat, Emma einen Gruß auszurichten. »Was man so hört«, schickte er noch hinterher, »seid ihr beide jetzt zusammen?« Er wartete meine Antwort auf diese Frage gar nicht ab. Stattdessen zwinkerte er mir verschwörerisch zu. »Glückwunsch, du alter Hund. Bei dir läuft es jetzt endlich!«

17 Tag 22 – Emma

Die Rademacherbeisetzung hatte schon für mächtig Aufwind in unserem Unternehmen gesorgt. Der Umstand, dass jetzt auch die von Pößnecks bei uns arbeiten ließen, brachte einen regelrechten Boom. Die Erwähnung im Schwetzinger Tagblatt kam der Reputation von König-Bestattungen auf jeden Fall zugute. Man hatte Elvira von Pößneck offenbar für prominent genug gehalten, um über ihr plötzliches Dahinscheiden in einem einspaltigen Nachruf zu berichten. Das ungewöhnlich hohe Arbeitsaufkommen nötigte mich jedenfalls dazu, nach längerer Zeit nun auch wieder selbst Hand anzulegen. Und so stand ich an diesem Samstag selbst am Vorbereitungstisch, um Elvira für die für Montag vorgesehene Beisetzung vorzubereiten. Wie sie da so vor mir lag, erschien mir die bisher von mir verpönte Kleidervorschrift in deutschen Särgen plötzlich absolut schlüssig. Vor allem die Brustimplantate hatten die Form von Donuts angenommen, die den ansonsten ausgezehrten Körper grotesk dominierten.

»Hör auf, das Weib die ganze Zeit anzustarren!« Pietät war nicht zwingend Emmas Stärke, wohl aber, sich leise von hinten anzuschleichen und mir einen Schrecken einzujagen.

»Ich starre nicht, ich denke darüber nach, wie ich das

hier ansehnlich in Form bringen könnte«, empörte ich mich. »Wir haben schließlich einen Ruf zu verlieren!«

»Und unsere Freiheit!« Emma lehnte sich ungerührt an den Metalltisch und blätterte in einigen Papieren. »Ich habe gerade diese Vorsorgevereinbarung mit Elvira in den Unterlagen gefunden. Da steht ausdrücklich drin, dass sie nicht eingeäschert werden will.« Emma zog ein besorgtes Schnütchen.

»Deshalb muss ich mir auch besondere Mühe geben, damit sie am Montag im offenen Sarg ausgezeichnet aussieht. Sie hat für eine erstklassige Beisetzung bezahlt, und die bekommt sie auch. Susanne sitzt schon an der Trauerrede.«

»Abgesehen davon, dass das ein hartes Stück Arbeit wird, wäre es ohnehin deutlich klüger, wenn wir sie verbrennen würden oder verheizen oder wie ihr das nennt!«

»Kremieren heißt das, meine liebe Emma, und wie stellst du dir das vor? Ich habe einen Vertrag geschlossen.«

»Einen Vertrag mit einer Toten.« Sie sah mich abfällig an. »Ihr Ehemann liegt im Koma, ihre Stiefkinder hassen sie wie Pest und eigene Blagen hat sie nicht. Also wer bitte schön sollte danach fragen, was wir mit ihr hier machen?«

Ich starrte Emma entrüstet an.

»Ich weiß ja, dass du viel von Kaufmannsehre hältst«, sie nahm liebevoll meine Hand, »aber ich habe keine Ahnung, ob das, was ich ihr gegeben habe, nicht noch nachweisbar ist. Nur falls jemand auf die blöde Idee kommt, nachzuhaken ... ich fände es besser, wenn du Elvira kremierst und eine solide Rechnung an den Gatten schreibst.« Emma klimperte mit den Wimpern. »Ich bin mit deinen Büchern fast durch – wir können jeden Cent brauchen!«

»Erstens«, schnaubte ich erregt, »hat sie die Beerdigung schon bezahlt und zweitens geht das alles nicht. Sie hat ja auch ein Exemplar des Vertrages. Wenn das jemand findet, dann bin ich fällig.« Ich wischte mir mit dem Hemdärmel Schweiß von der Stirn. »Bestattungen sind Vertrauenssache!«, schickte ich energisch hinterher.

Emma schenkte mir einen mitleidigen Blick. »Mein lieber Hermann Thaddäus, solange dieser Körper existiert, wird dieses Weib wie ein Damoklesschwert über uns hängen.« Sie machte eine bedeutungsschwere Pause. »Dein Schweigen verrät mir, dass du mir zustimmst.« Sie trat vom Tisch weg und zerriss die Papiere in ihrer Hand. »Du hast jetzt eine clevere Frau an deiner Seite. Sei klüger als Siggi und nutze diesen Umstand.«

Verwirrt und ein wenig hilflos ließ Emma mich im Vorbereitungsraum stehen. »Wo gehst du jetzt hin?«

»Noch mal zum Krähenbuckel«, rief sie mir beim Hinausgehen zu. »Wir brauchen noch Elviras Vertrag!«

18 Tag 22 – Maria

Diesmal nahm ich die Angelegenheit selbst in die Hand. Mir war klar, wenn ich mein Weichei-Trauma überwinden wollte, musste ich aktiv werden und manche Dinge mannhaft selbst in die Hand nehmen. Vor allem aber wollte ich das Risiko minimieren, dass Emma erneut zu einem Likör einlud. Soweit ich informiert war, lebten Karl und seine Pflegerin noch in der Villa. Und auch wenn mir Emmas forsche und zupackende Art gefiel, bei Elvira, fand ich, hatte sie es doch wenig übertrieben. Allerdings hatte sie spontan einen wunderbaren Vorwand in petto gehabt, der mein plötzliches Auftauchen auf dem Krähenbuckel vorbehaltlos erklären würde.

So stand ich an diesem Samstagnachmittag zum dritten Mal innerhalb von elf Tagen vor der weiß getünchten Pößneck-Villa. Es herrschte eine friedliche Stille. Ein rotschwarz gescheckter Schmetterlingspärchen flatterte munter um einen der Buchsbäume am Eingang, eine streunende Katze hielt Siesta im Schatten des in der heißen Sonne glänzenden, roten Mercedes, der wie bei meinem ersten Besuch in der Einfahrt parkte, und irgendwo zirpte eine einsame Grille. Der Moment hatte etwas Toskanisches. Das dunkle Grün der schlanken Zypressen, die entlang der Einfahrt standen, hob sich geradezu kitschig von den dahinter liegenden Feldern ab. Der recht trockene und heiße Sommer hatte das Getreide schneller als üblich reifen lassen. Das helle Braun der Ähren harmonierte prächtig mit dem Gelb der nicht gewässerten öffentlichen Rasenflächen.

»Was Sie wolle?«

Mich hätte es beinah rücklings von der Marmortreppe gehauen, als die schwere Eichenholztüre mit den schmiedeeisernen Beschlägen ruckartig aufgerissen wurde und mich eine kleine, dunkelhaarige Frau rüde anfuhr. Sie hielt die Hand schützend vor das Gesicht. Die kräftige Nachmittagssonne blendete sie.

»Frau Elvira tot. Herr Karl fast tot. Ich nix kaufen!«

»Keine Sorge.« Ich schlug einen sehr sanften Ton an. »Ich möchte Ihnen nichts verkaufen, Frau Duarte. König mein Name. Ich bin der Bestatter von Frau von Pößneck ...«

»Aah, Sie. Jetzt ich kenne. Die Agente funerário. Gut, gut, komme rein. Habe erwartet.«

Verwundert betrat ich hinter Maria Duarte das hallenartige Entrée der Villa. Wieso hatte sie mich erwartet? Hatte etwa Emma angerufen und mich angekündigt? Zugetraut hätte ich es ihr. Sie hatte meinen Auftritt auf dem Krähenbuckel akribisch geplant und mir einen ganzen Katalog mit Anweisungen mit auf den Weg gegeben. Wie ich mich gegenüber Personen im Haus zu verhalten hätte, wo ich nach den Unterlagen suchen müsste und welche Kleidung ich für die Pößnecksche Bestattung aussuchen sollte. Letzteres war der Vorwand, um überhaupt Zugang zum Haus zu bekommen.

Zielstrebig führte mich die Pflegerin von Karl von Pößneck vorbei an dem Raum, aus dem das Piepen des Überwachungsmonitors drang, in das weitläufige Wohnzimmer, in dem vor drei Tagen Elvira dem Genuss eines besonderen Likörs erlegen war. Zu meiner Überraschung lag auf dem weißen Ledersofa ein elegantes, mit Strass besetztes Abendkleid in Dunkelblau, dazu feine Unterwäsche und vor der Couch ein Paar Lederpumps in der Farbe des Kleides. Am Kleid war mit einer Nadel ein Zettel angepinnt. Auf ihm stand *Funerale König.*

»Das Frau Elvira wolle trage zu Funeral.« Die kleine, energische Person ließ keinen Zweifel daran, dass sie keinen Widerspruch dulden würde. Das spürte man vor allem daran, wie sie die Brocken Portugiesisch, die sich in ihre Sätze schlichen, betonte. »Habe Sie nix Tasche dabei?« Genervt stützte Maria Duarte beide Hände in die Hüften. Der schwammige Körper unter der rosafarbenen Krankenschwesternkluft schlug Wellen. »Moment. Ich hole!«

»Warten Sie einen Augenblick, Frau Duarte. Woher wussten Sie, dass ich komme und was Frau von Pößneck zur Beisetzung tragen wollte?« Nur allmählich begann ich zu realisieren, dass sich der wohlersonnene Plan, das Haus nach den gewünschten Vertragsunterlagen zu durchsuchen, gerade in Rauch auflöste.

»Steht in Papiere von Frau Elvira!« Karl von Pößnecks Pflegerin sah mich überrascht an. Sie stampfte in ein angrenzendes Zimmer und kam keine zwanzig Sekunden später zurück. Ihre weißen Gesundheitsschlappen quietschten bei jedem Schritt enervierend auf den glatten Fliesen. In der Hand hatte sie einen Stapel Unterlagen. »Hier!« Sie hielt mir den Vertrag, wegen dem ich eigentlich hier war, unter die Nase. Auf der ersten Seite, handschriftlich notiert, die Anweisungen für die gewünschte Kleidung. Mit offenem Mund griff ich nach dem Papier.

Auch wenn das Haus der von Pößnecks angenehm klimatisiert war, schien mir der Schweiß auf einmal förmlich aus dem Hemdkragen zu quellen. Unter meinem schwarzen Sakko bildeten sich Seen, nur um nach Sekunden als Wasserfälle in Richtung Hosenbund zu stürzen. »Wie ... warum ... wieso ...« Ich stammelte. Aber die kleine, resolute Frau schien zu verstehen. Sie winkte ab. »Aah, Kinder von Karl habe angerufen. Solle suche alle Papiere und Documentos.« Sie wirkte genervt. »Habe schon genug Trabalhar – ich meine, Arbeit – mit Papa Karl.« Morge komme Sohn und will hole Unterlage.« Mit einem Mal sah sie mich besorgt an. »Sie so switze. Alles gut, Herr ...?«

»König. Hermann Thaddäus König.« Ich kam gar nicht dazu, mich förmlich vorzustellen. »Mir ist nur warm. Hätten Sie vielleicht ein Glas Wasser für mich?« In dieser höchsten Not hegte ich die Hoffnung, die kleine portugiesische Krankenschwester mit jenem Trick fieser Betrüger überrumpeln zu können, vor dem ältere Leute immer wieder in der Zeitung gewarnt werden. Noch während ich über meine eigene Schlechtigkeit sinnierte, vernahm ich ein kräftiges *Sem problemas* gefolgt von einem leisen Schleifen, mit dem die Unterlagen meine Hand verließen. Ohne weitere Worte zu verlieren, trotte Maria Duarte wieder Richtung vermeintliches Büro, legte die Papiere auf einen Tisch, schloss das Zimmer ab und ließ den Schlüssel in die Tasche ihres Schwesternkleides gleiten.

Zumindest wusste ich jetzt, wo sich der Vertrag befand. Ab jetzt würden mir maximal vierundzwanzig

Stunden bleiben, um selbigen in die Finger zu bekommen.

Ein ohrenbetäubendes, atonales Geräusch quetschte sich zwischen die Stille im Raum und meine Verzweiflung. Eine Art Sirene. Ich hatte das schon mal gehört. Im Krankenhaus. Während ich noch versuchte, die Herkunft der schmerzhaften Pfeiftöne zu orten, stürzte Maria Duarte an mir vorbei, drückte mir ein Glas mit Wasser in die Hand und rannte zu dem Zimmer, in dem Karl von Pößneck im Wachkoma lag. Der Herzmonitor hatte Alarm geschlagen. Ich nahm einen Schluck Wasser, stellte das Glas auf den Wohnzimmertisch und rannte hinter der Pflegerin her.

Der Raum glich einer kompletten Intensivstation. Karl von Pößneck in diesem Gewirr aus Geräten, Kabeln, Schläuchen und Infusionsautomaten auszumachen, war gar nicht leicht. Leichenblass und abgemagert bis auf die Knochen lag der einstige Herausgeber diverser Magazine für Jagd- und Pferdesport in seinem Krankenbett. Zerbrechlich wirkte er. Aber dennoch präsent. Obwohl die Augen des schwer kranken Mannes in ihren Höhlen zu verschwinden schienen und die Wangenknochen wie bizarre Felsen aus einer kargen Landschaft hervorragten, strahlte er Charakter und Würde aus. Er war wohl einer dieser Menschen gewesen, denen man in Gesellschaft zuhörte, ein Macher. Ich wusste nicht viel über ihn, nur, dass er als Verleger von Zeitschriften für die bessere Gesellschaft ein Vermögen angehäuft und sich als Lebemann einen zweifelhaften Namen gemacht hatte. Jetzt lag der Ex-Playboy mit seinen achtundneunzig Jahren bereits im dritten Jahr im Koma. Ein Reitunfall soll schuld daran gewesen sein. Ich erinnerte mich noch dunkel daran, wie die Tageszeitung damals darüber berichtet hatten, wie die durchaus beachtliche Reiterkarriere des rüstigen Privatiers geendet hatte.

Maria Duarte nahm mich gar nicht wahr. Routiniert hantierte sie am Krankenbett, drückte ein Knöpfchen hier, bediente einen Schalter da und beendete zu meiner Freude damit auch den fürchterlichen Alarm. Der Herzmonitor gab einen Dauerton von sich. Dann schob sie das Flügelhemdchen von Pößnecks auf die Seite und spritze ein Gel auf seine eingefallene Brust. Aus der Versenkung holte sie zwei Bügeleisen ähnelnde Geräte und setzte sie auf den Patienten. Wie von unsichtbarer Hand geführt, bog sich der Körper von Pößnecks auf einmal leicht nach oben durch. Der Dauerton des Herzapparates schien anzuschwellen. Die Pflegerin wartete einen Moment, setzte noch einmal an, wieder hüpfte der Körper leicht in die Höhe.

Maria Duarte lächelte zufrieden, als vom Monitor ein leichtes Piepen in gleichmäßiger Amplitude zu hören war. Erst jetzt nahm sie offenbar wahr, dass ich ihr in das Krankenzimmer gefolgt war. »Fora – raus«, zischte sie mich an. »Sie sehe, ich beschäftigt. Bitte gehe jetzt. Vergesse nicht Kleid für Frau Elvira.« Sie wollte mich aus dem Zimmer drängen. Die beiden Elektroden wie einen Schutzschild vor sich hertragend, die sich mit einem Geräusch, wie ich es von alten Blitzlichtgeräten kannte, wieder aufluden.

Dann geschah alles wie von selbst. Aus Furcht, sie würde mich mit den geladenen Metallplatten berühren, hob ich die Hände. Maria Duarte erschrak ihrerseits, glitt auf einem Klecks Gel aus, das auf den Boden getropft war, die vermeintlichen Bügeleisen flogen durch die Luft, nur um sich auf dem kleinen rundlichen Körper der portugiesischen Pflegerin lautstark zu entladen. Die kleine Person rührte sich nicht mehr. Ich musste helfen, so viel war klar. Spontan ging mir ein alter Artikel durch den Kopf, in dem ich gelesen hatte, dass die *Behandlung* eines gesunden Menschen mit einem Defibrillator nicht selten zu Kammerflimmern und letztlich zum Tod führen konnte. War das jetzt so ein Moment? Beherzt schob ich die beiden Elektroden mit den Füßen zur Seite, schüttelte Maria, gab ihr rechts und links eine Ohrfeige, wie ich es im Fernsehen schon oft gesehen hatte. Vergeblich. Ich fühlte keinen Puls. Weder am Hals noch an den Handgelenken. Auch Karl von Pößnecks Fingerpulsmesser, den ich kurzerhand zweckentfremdete, machte jede Hoffnung zunichte. Ich dachte sogar darüber nach, die Elektroden noch einmal anzusetzen. Schließlich wollte ich sichergehen, alles Nötige getan zu haben, um meine Pflicht als Nothelfer zu erfüllen. Ich sah davon ab. Was die Pflegerin getötet hatte, dürfte sie wohl kaum zurück ins Leben bringen. Und irgendwie hatte die unangenehme Situation auch ihr Gutes. Die weit aufgerissenen Augen schloss ich ihr, bevor ich den Schlüssel zu dem Nebenraum aus ihrer Tasche fischte. Meinen beruflich implizierten Drang, den leblosen Körper pietätvoll zu drappieren, unterdrückte ich schweren Herzens. Trotz des Automatismus, der mich übermannt hatte, war mir klar, dass eine allzu unnatürliche Körperhaltung nach dem Ableben unliebsame Fragen aufwerfen konnte.

Das Büro der von Pößnecks war überschaubar. Ein einfacher Schreibtisch mit einem etwas in die Jahre gekommen PC, ein Telefon, Regale voller Ordner, alles in allem unspektakulär. Auf dem Schreibtisch ein Wust aus Papieren, die Maria Duarte achtlos hingeworfen hatte. Obenauf der Vorsorgevertrag mit Elvira von Pößneck. Zufrieden faltete ich die kleine Akte auf Briefformat und stopfte sie in die Innentasche meines Jacketts. Das schweißnasse Hemd darunter begann sich abzukühlen. Ich fröstelte und zuckte zum zweiten Mal an diesem Tag vor Schreck zusammen.

»Maria?«

Das Rufen schien von der Treppe herzukommen. Die Stimme klang eindeutig weiblich.

»Maria? Alles gutt?«

Ich kannte diesen Akzent.

»Maria, iach komm runter. Iach chabe Durst!«

Ich vernahm das Klappern von Flipflops auf den steinernen Stufen. Vorsichtig schob ich die Tür des Büros zu. Hoffte, sie würde nicht quietschen, rascheln oder sonstige Geräusche verursachen. Ich presste mich an eines der Regale. Nicht, dass es einen Unterschied gemacht hätte. Aber ich hatte das so schon in Filmen gesehen und hielt es in diesem Moment für klug. Mein Herz schlug bis zum Hals. *Wer zum Teufel war noch in diesem Haus?* Meine Gedanken fuhren Achterbahn. Ich musste unbemerkt verschwinden. Aber wie? Durchs Fenster, schoss es mir durch den Kopf. Ich war ja im Erdgeschoss. Ich müsste nur den Schreibtisch auf die Seite schieben, das Fenster öffnen und zack. Ich schrubberte mich an den Regalen entlang, um die Lage zu sondieren. Vor dem Fenster befand sich nur ein Fliegengitter. Ich konnte mein Auto sehen. Ich überlegte, das Gitter einfach nach außen zu stoßen. Aber was dann? Selbst wenn mir die Flucht auf diesem Wege gelänge, hier im Haus war jemand, der etwas davon mitbekommen würde. Dieser Jemand würde die Polizei rufen und sie würden überall meine Fingerabdrücke finden. Und meine DNA. Ich Idiot hatte ja auch aus dem Glas getrunken, das immer noch auf dem Tisch im Wohnzimmer stand.

Mir war klar, ich war verloren. Hätte ich nur Emma diesen Job übernehmen lassen. Sie hätte gewusst, was zu tun war.

Ein gellender Schrei hallte mit einem Mal durchs Haus. Der Jemand hatte Maria gefunden. Ich hielt die Luft an. Hörte aus der Ferne hektisches Hantieren. Den dumpfen Klang der sich entladenden Elektroden. Dann das hochfrequente Geräusch des Aufladens. Nervös klappernde Schritte näherten sich auf den Fliesen des Wohnzimmers dem Ort, an dem ich mich befand. Jemand riss die Tür auf.

»Wo ist verdammte Täläfon?«, hörte ich noch, als mich eine völlig entgeisterte Olga Schostakova anglotzte.

19 Tag 22 – Olga

Ich war mir nicht ganz sicher, wen Emma zuerst fressen würde. Mich oder Olga, die geduckt, den Blick auf den Boden gerichtet in meinem Esszimmer saß. Ihren geblümten Rucksack kannte ich noch von unserer ersten Begegnung vor elf Tagen. Sie drückte ihn wie damals fest vor die Brust. Ansonsten hatte dieses Häufchen Elend nichts mit der attraktiven und forschen jungen Frau zu tun, die die Polizei irrtümlich im Verdacht hatte, Siggi Jörgensen erschlagen zu haben. Auch die Flipflops erkannte ich. Es waren die, mit denen die usbekische Haushaltshilfe wütend auf Emma eingedroschen hatte. Der einst sorgsam aufgetragene Lack auf den Fußnägeln hatte sich in großen Teilen verabschiedet, das lange, blonde Haar war stumpf, die Haut hatte etwas Fahles, Graues. Flüchten und sich verstecken zu müssen machte offensichtlich etwas mit einem. Und zwar nichts Gutes.

»Kannst du mir mal verraten, was wir jetzt machen sollen?« Emma kochte. Im Gegensatz zu ihrer zierlichen Erscheinung schien ihre Aura wie ein Ballon den ganzen Raum zu füllen und Olga und mich um Atem ringend an die Wand zu drücken. »Nach Olga wird gefahndet, falls du dich erinnern kannst.« Emma funkelte mich an. »Was, wenn diese beiden Polizistinnen wieder auftauchen? Dann gehen wir ins Gefängnis!« Ihre Stimme bebte.

»Da du gehört hin. Ahmoq Sigir!« Olga übersetzte sofort die usbekische Beschimpfung mit einem Funkeln in den matten Augen. »Blöde Kuh!« Dann sah sie mich an. »Ich chabe gesagt dir, Chermann, das gäht nicht gut.«

»Wie bitte? Das Flittchen duzt dich? Geht's noch«

»Wer ist Flittchen?« Olga Gesicht bekam Farbe. Ein dezentes Rot.

»Wer hat denn meinen Mann gebumst? Schlampe!«

»Iach chabe Siggi wenigstens rangelassen. Trockene Kirsch!«

»Das heißt Pflaume. Trockene Pflaume, nicht Kirsche, nicht mal richtig Deutsch hast du in all den Jahren gelernt, du ...« Emma rang mit den Worten. »Du usbekische Matratze«, quoll es schließlich aus ihr heraus.

»Iach nix Matras. Iach bewege bei Sex.« Olga stand auf und ließ die Hüften kreisen. »Du Matras!« Mit ihren gut eins fünfundsiebzig sah sie Emma von oben finster in die Augen.

»Du kleines diebisches Miststück ...« Gerade so konnte ich Emma davon abhalten, Olga die Augen auszukratzen.

»Seid ihr zwei noch ganz bei Trost?«, herrschte ich die beiden Frauen an, die kurz davor standen, übereinander herzufallen. Kein schöner Anblick. Ich habe das einmal in der Hamburger Herbertstraße erlebt.

Ich stellte mich demonstrativ vor Olga und sah Emma tief in die Augen. »Du bist doch die Klügere, und die Klügere gibt bekanntlich ...«

Olga unterbrach mich rüde, indem sie mich mit ihrem Rucksack traktierte.

»Emma nix klug. Emma gemacht Siggi dot. Du auch nix klug. Hast gemacht Maria dot. Ihr beide sein Monster.«

Meine Lebensgefährtin sah mich mit einem Mal entgeistert an. »Wer ist Maria, und was meint sie damit, du hättest sie …«

»Ich komme ja nicht zu Wort, wenn ihr beide euch die ganze Zeit angiftet«, erklärte ich, schob die beiden Streithennen auseinander und lehnte mich, dazwischen verharrend, an den Esstisch. In dürren Worten, ich fühlte mich nicht wirklich wohl in der aktuellen Situation, schilderte ich Emma, was sich in der Pößneckvilla genau zugetragen hatte. »Na ja, und dann ist Olga die Treppe runtergekommen«, brachte ich meinen Bericht zu Ende. »Sie hat mir erzählt, dass Elvira sie vor der Polizei versteckt hätte. Im Gegenzug hätte sie halt putzen müssen.«

»Deshalb war es da so sauber«, grätschte Emma dazwischen.

»Ja, deshalb«, reagierte ich ungehalten auf die Unterbrechung. Jedenfalls habe ich Olga angeboten, dass sie jetzt erst mal bei uns unterkommen kann, wenn sie über die Sache mit Maria Stillschweigen bewahrt. Deshalb ist sie hier und deshalb duzt sie mich!« Ich sah Emma treu in die Augen. »Und wir sind ja schließlich nicht ganz unschuldig daran, dass nach Olga gefahndet wird. Sie hat mir auch geholfen, die Sache mit Maria so zu inszenieren, dass es wirklich wie ein Unfall aussieht, was es ja schließlich auch war. Und ich habe den Vertrag dabei – tadaaa!« Stolz zog ich die gefalteten Seiten aus der Innentasche meines Sakkos.

Zitternd suchte Emma Halt am Esstisch und ließ sich dann wie ein nasser Sack auf einen der Stühle fallen. »Hab ich das richtig mitbekommen?« Es war mehr eine Feststellung denn eine Frage. »Du bist eigentlich nur auf den Krähenbuckel gefahren, weil du Angst hattest, ich könnte, wie hast du es genannt, noch einmal über die Stränge schlagen? Dann kommst du nach Hause, schleppst eine polizeilich gesuchte usbekische Putzfrau an …«

»Das jetzt cheiße Chreinigungsfachkrafft«, unterbrach Olga sie.

Emma ignorierte das. »Du bringst die gesuchte Putzfrau mit ins Haus, hast so nebenbei noch eine portugiesische Krankenschwester auf dem Gewissen und hinterlässt Fingerabdrücke und DNA in dem Haus?« Emma sah mich entgeistert an, legte resigniert die Hände in den Schoß und schüttelte ungläubig den Kopf. »Wir sind so was von am Arsch!«

»Ich habe Frau Duarte nicht auf dem Gewissen. Das war ein tragischer Unfall.« Emma schien mir das genauso wenig zu glauben wie Olga. »Und zu deiner Beruhigung«, ich wusste, es war nur ein Tropfen auf den heißen Stein, »das Wasserglas habe ich gespült. Also keine DNA.« Ich verspürte fast ein wenig Stolz, dass ich im letzten Moment daran gedacht hatte, die Spur zu beseitigen, bevor ich mit Olga, soweit ich das überblicken konnte, unbemerkt das Haus verlassen hatte.

Emma wollte mit dem Kopfschütteln gar nicht mehr aufhören. »Und wo sind das Kleid und die Schuhe, die diese Maria für die Beisetzung bereitgelegt hatte?«

»Ich wusste doch, wir haben etwas vergessen.« Hilfesuchend sah ich Olga an.

»Das ist jetzt nicht dein Ernst, Hermann. Wie kann man das vergessen?«

Entschuldigend hob ich die Hände, während Emma die

ihren über dem Kopf zusammenschlug. »Verzeih mir, dass ich nicht ganz so abgebrüht bin und wie du an alles denke, wenn so etwas passiert. Hast du denn die Gläser gespült, nachdem du Elvira …«

Emma nickte.

»Chaben Sie Frau Elvira …?« Olga begann zu zittern. »So wie Siggi?«

»Elvira ja, Siggi nein, das war *Chermann*«, äffte Emma Olgas Akzent nach. Sie sah wohl keinen Grund mehr, vor der jungen Usbekin hinter dem Berg zu halten.

»Und jetzt Maria!« Olga sah mich entsetzt an. »Mach du das beruflich?«

Ich wollte Nein sagen, als mir siedend heiß einfiel, dass durch Marias Dahinscheiden ein weiteres Leben auf der Kippe stand. Es war aktuell mit einer medizinischen Unterversorgung von Karl von Pößneck zu rechnen. Ob Sie es glauben oder nicht, das war mir jetzt richtig peinlich.

20 Tag 23 – Susanne

Es gibt Tage, da sollte man am besten im Bett bleiben. Krank feiern, was lesen. Hauptsache, dem ganzen Wahnsinn aus dem Weg gehen. Heute war so ein Tag. Für mich begann er um kurz vor sechs mit einer erheblichen Lärmbelästigung. Genau genommen war es ein Schrei. Ein gellender Schrei. Genauer gesagt war es Susanne, die das ganze Haus zusammenbrüllte. Ich weiß ja nicht, wie es Ihnen geht, aber sobald ich wach werde, pressiert es. Dadurch erfuhr ich auch zeitnah den Grund für den Aufruhr. Susanne hatte die Nacht bei Dennis verbracht, war am frühen Morgen heimgekommen, damit Papa Kurti nichts von ihrem Besuch mitbekam, und war, barfuß ins Haus schleichend, im Flur prompt mit Olga zusammengestoßen, die ihrerseits gerade austreten wollte. Die Quintessenz aus diesem recht unglücklichen Zusammentreffen: Eine zeternde Olga, eine hysterische Emma, eine konsternierte Susanne und ein Hermann Thaddäus König, der sich um ein Haar in seine Boxershorts gemacht hätte, weil Olga die Tür versperrte.

Gefühlt dauerte es so lange wie eine ganze Staffel *Desperate Housewives*, bis sich der Knäuel auflöste. Und bitte fragen Sie jetzt nicht, woher ich diese Serie mit Eva Longoria in der Hauptrolle kenne und warum ich weiß, dass sie darin die verwöhnte Gabrielle Solis spielt. Renates *Ver-*

dienst. Ist aber auch egal. Es dauerte jedenfalls lange, endete aber überraschenderweise damit, dass drei mehr oder weniger bekleidete Frauen irgendwann Kaffee schlürfend in meiner Küche saßen und mich vorwurfsvoll ansahen. Jede indes aus einem anderen Grund. Emma, weil ich Olga angeschleppt hatte, Olga, weil ich eine unfassbare Lügengeschichte über sie zusammengedichtet hatte, und Susanne, weil sie mir offensichtlich kein Wort glaubte.

»Habe ich das richtig verstanden?« Susanne raufte sich ihre langen blonden Haare. »Du gehst zu den von Pößnecks, um die Bestattungsrobe von der verstorbenen Elvira zu holen, dabei verletzt sich die Pflegerin vom alten Karl tödlich, was die wegen Mordes gesuchte Olga aufschreckt. Weil Olga denkt, du hättest die Pflegerin Marina ...«

»... Maria«, fiel ich Susanne ins Wort, »Maria Duarte.«

»Das ist mir so was von scheißegal.« Meine Tochter kochte vor Wut. »Wo war ich stehen geblieben? Ach ja, weil die polizeilich gesuchte Olga hier denkt, du hättest die Pflegerin umgebracht, bringst du sie mit nach Hause, damit sie dich nicht bei der Polizei verpfeift?« Sie machte eine unangenehme Pause. »Was für ein Bullshit!« Susannes Ausdrucksweise hatte sich massiv verschlechtert, seit sie mit diesem Dennis zusammen war. »Du erwartest doch nicht, dass ich dir das glaube?« Meine Tochter sah mich herausfordernd an. »Hast du das wirklich gedacht?«

Ich schürzte die Lippen, nickte unmerklich und presste so etwas wie ein *Joah* durch meine Zähne. Emma und Olga nickten dazu wenig überzeugend. Obwohl ich im Grunde nicht gelogen hatte. Wenn man ein bewusstes Weglassen von Tatsachen nicht als Lüge definiert.

»Ich weiß genau, was hier los ist. Auf ein Wort!« Susanne stemmte sich forsch mit beiden Armen am Tisch hoch und bedeutete mir, ihr ins Wohnzimmer zu folgen. Nicht ganz freiwillig tat ich, was von mir verlangt wurde. Auf Emmas Gesicht machte ich einen Ausdruck großer Besorgnis aus. Sie fürchtete, nicht ganz zu Unrecht, ich könnte meine Tochter umfänglich in die Ereignisse der zurückliegenden zwei Wochen einweihen. Wusste sie doch, dass Susanne stark und überzeugend war, Attribute, die auf mich, sagen wir mal, weniger zutreffen.

Keine sechzig Sekunden später zeigte sich, dass die Befürchtungen unbegründet waren.

Susanne nahm zärtlich meine Hände in ihre, nachdem wir uns auf dem gelblichen Plüschsofa mit den abgrundtief hässlichen Minibommeln an den Kissen niedergelassen hatten. Sie sah mir lange in die Augen. Holte tief Luft.

»Weißt du, Pap, ich freue mich wirklich riesig für dich, dass du nach Mamas Tod endlich wieder eine Frau gefunden hast, mit der du auch …« Sie stockte.

»Mit der ich was?«

Susanne bekam rote Bäckchen. »Na ja, du weißt schon, was Mann und Frau halt so tun, wenn sie sich lieben …«

Ich schwieg bedeutungsvoll. Und genoss einfach den Moment. Grinste. »Weiß ich das?«

»Du bist doof. Du weißt genau, was ich meine. Ist okay.«

»Ist okay?« Ich fixierte meine Tochter, kraulte mir das unrasierte Kinn. »Danke, dass du so in Gönnerlaune bist.«

Jetzt glich Susannes Kopf einer reifen Kirsche. »Und ehrlich«, fuhr sie leicht stockend fort, »es geht mich ja auch nichts an, wenn ihr euch eine junge Frau zum Spielen engagiert ...«

»Richtig, Frollein, es geht dich nichts an.« Ruhig, aber bestimmt schnitt ich ihr das Wort ab, krampfhaft bemüht, nicht in schallendes Gelächter auszubrechen. Es war auf eine charmante Art bizarr, nein, geradezu absurd, wie weit Susanne danebenlag, aber ich entschied binnen Sekunden, das Spiel mitzuspielen. Vielleicht weil mir Susannes Gedanken schmeichelten. Mir, einem alten Mann, der bereits weit mehr Tage hinter sich hatte als vor sich. Vielleicht auch ein wenig, weil ich die Idee, die junge und begehrenswerte Olga beim Liebesspiel mit Emma und mir zu wissen, mehr als reizvoll fand – wenn auch ein wenig geschmacklos angesichts von Olgas Vergangenheit mit Emmas verflossenem Gatten. Vor allem aber war ich enorm beruhigt, Susanne auf einem Irrweg zu wissen, der moralisch vielleicht zweifelhafter Natur sein mochte, was jedoch angesichts der realen Hintergründe völlig an Bedeutung verlor.

»Du hast ja recht, es geht mich nichts an«, riss mich Susanne aus meinen Gedanken, »ich möchte nur nicht von dir angelogen werden und am Morgen einer wildfremden Frau im Bad in die Arme rennen. Du hättest mich ja vorwarnen können.«

Ich nickte nur süffisant lächelnd. Antwortete nicht.

Susanne sah mich verschmitzt an. »Aber neugierig bin ich jetzt schon. Wie heißt diese *Olga*«, sie setzte den Namen mit den Fingern in Anführungszeichen, »denn wirklich und wo hast du sie aufge... ich meine, kennengelernt?«

Väterlich, mit einem Hauch Arroganz, legte ich meinen rechten Zeigefinger auf den Mund meiner Tochter. »Sie heißt Tatjana, und mehr musst du nicht wissen. Und du hast natürlich recht, ich hätte dich über den Besuch unterrichten sollen. Beim nächsten Mal. Versprochen.«

»Oh, es gibt ein nächstes Mal? Dann hattet ihr ja eine ...« Susanne zwinkerte mich verwegen an. »... aufregende Nacht.«

»Du hast keine Ahnung, wie aufregend«, zwinkerte ich ebenso verwegen zurück.

»Schön, dass wir das geklärt haben.« Susanne stand auf. »Ich dusche nur schnell und ziehe mich um, dann lasse ich euch drei Turteltauben auch wieder alleine.« Sie hielt inne. »Komisch. Der Name Olga kommt mir diese Woche zum zweiten Mal unter.«

Ich sah so unbeteiligt, wie es nur ging, an die Decke.

»Hast du das nicht gelesen, Papa? Die Polizei sucht doch auch eine Olga Sowieso.« Sie grinste frech. »Lasst euch bloß nicht erwischen.«

***

Die Ansicht, dass ich mich an diesem Sonntagmorgen fürs Erste gut geschlagen hatte, teilten nicht alle aktuellen Bewohner des Hauses in der Ingelreiner Hauptstraße.

»Wie bitte?« Emma starrte mich an, als wäre ich ein Alien. »Deine Tochter glaubt, wir drei hätten ein«, sie rang wild herumfuchtelnd nach Worten, »keine Ahnung, wie man das nennt, und du hast sie in dem Glauben gelassen? Bist du noch ganz bei Trost?«

»Ménage-à-trois nennt man das«, antwortete ich gelassen, »und wäre es dir lieber, Susanne würde hinter unser klitzekleines Geheimnis kommen?«

»Alles wäre mir lieber als das.« Mit einem Hauch Abscheu schaute sie auf Olga, die eingeschüchtert und verschämt an ihrem mittlerweile eiskalten Kaffee nuckelte.

»Was bedeute *Menasch a tras?*«, fragte sie mit einem Mal unvermittelt.

Ich antwortete gestenreich. Olga schien zu verstehen. Jedenfalls machte sie einen erwartet angewiderten Eindruck.

»Ist dir eigentlich klar«, erwiderte Emma und versuchte erfolglos, ihre von der Nacht derangierten Haare zu richten, »dass es durchaus im Bereich des Möglichen, nein geradezu Wahrscheinlichen liegt, dass diese Maria morgen schon in deiner Kühlung liegt? Was erzählst du Susanne dann?«

Ich muss zugeben, dieser Gedanke war mir auch schon durch den Kopf gegangen. Und ehrlich gesagt, ich hatte aktuell keine Antwort auf diese Frage. Zumindest keine befriedigende. Ich zuckte nur mit den Schultern. »Was willst du? Ich habe doch versucht, ihr die Wahrheit zu sagen. Zumindest zum Teil. Außerdem ist doch gar nicht gesagt, dass wir gerufen werden.«

21 Tag 23 – Ich

Der Sonntag war, wie ich es vorhergesagt hatte, ruhig geblieben. Allerdings nicht auf die erholsame, kontemplative Weise. Angesichts der ganzen Sammlung an Damoklesschwertern, die über dem Hause König hing, war die Atmosphäre etwas angespannt. Euphemistisch für *die Stimmung war gelinde gesagt zum Kotzen.*

Auch meine sonst weithin geachtete Gelassenheit schien an ihre Grenzen zu kommen. Ich meine, ich liebe meinen Beruf von ganzem Herzen, aber so langsam wurden es auch mir zu viele Tote. Wobei die Zahl selbst mich weniger erschreckte als die mit den Verblichenen einhergehenden Kalamitäten. Ein wenig begann ich zu bereuen, meinem Freund Manfred auf seinem Weg ins Licht behilflich gewesen zu sein. Hätte er noch gelebt, wäre Emma nicht erneut in mein Leben getreten, Siggi hätte sich nicht aufregen und ich ihn nicht erschlagen müssen, die alte von Pößneck hätte mich niemals angerufen und würde immer noch Champagner schlürfend am Pool ihre faltige Haut den Elementen aussetzen. Maria Duarte hätte sich mit ihrer ganz eigenen, charmanten Art um Karl von Pößneck gekümmert … und Olga? Sie wäre zwar diebisch, aber unbehelligt ihrer Arbeit nachgegangen und wäre jetzt nicht auf der Flucht vor der Polizei, und in meinem Haus würde nicht seit Stunden ein

Anstarr- und Beschimpfungswettbewerb zwischen ihr und Emma stattfinden. Okay, Sie haben recht, man muss auch die guten Seiten sehen. Finanziell sähe es aktuell nicht so entspannt aus und ich würde jetzt vermutlich mit Rotwein und einer Sinfonie von Salieri über unbezahlten Rechnungen brüten und über Ideen, wie ich das Familienunternehmen in Schwung bringen könnte. Und dann begänne es wieder von vorne. Sie erinnern sich noch an den Beginn unserer kurzen Reise? Am belastendsten empfand ich ohnehin den Umstand, Susanne anlügen zu müssen. Ich hatte hier ein Tabu gebrochen. Das heilige Versprechen, das wir uns nach Renates Tod gegeben hatten, immer ehrlich zueinander zu ein. Auf der anderen Seite hatte ich ihr auch versprochen, immer für sie da zu sein und auskömmlich für uns zu sorgen. Also ganz klar ein Patt. Ein unlösbarer gordischer Knoten.

Jetzt schauen Sie nicht so, ich musste mir die Situation schönreden, um nicht verrückt zu werden. Zumal mir gegen Sonntag Abend zunehmend der Umstand auf den Magen schlug, dass Elvira von Pößneck noch nicht kremiert war. Für morgen um elf war ihr Termin im Mannheimer Krematorium angesetzt. Ich dachte ernsthaft darüber nach, Rüdiger Kozlowski jetzt schon mit dem Leichnam in die Quadratestadt zu schicken. Immerhin wirbt das Krematorium auf seiner Internetseite mit einer kundenfreundlichen Anlieferung vierundzwanzig Stunden am Tag, auch an Sonn- und Feiertagen. Aber erstens würde der mir die Knochen verfluchen, wenn ich ihn ohne Not an einem Sonntag losschickte, und zweitens konnte die plötzliche Hektik schlafende Hunde wecken. Insgeheim rechnete ich fest damit, dass die Polizei früher oder später auf der Matte stehen würde. Von Pößnecks Sohn hatte sich schließlich für heute angekündigt. Und er würde sich sicher nicht von der einer verschlossenen Tür aufhalten lassen. Also war davon auszugehen, dass die verstorbene Maria Duarte längst gefunden worden war. Dass Karl von Pößneck den Ausfall der Versorgung überlebt hatte, bezweifelte ich. Und dann war da noch dieses unsägliche Kleid samt Schuhen, das ich Schussel auf dem Krähenbuckel zurückgelassen hatte. Dass Maria, Gott hab sie selig, einen Zettel mit meinem Namen daran geheftet hatte, hatte ich Emma aus Gründen der Konfliktvermeidung unterschlagen. So gereizt, wie sie derzeit war, befürchtete ich, am Ende selbst Kunde meines doch recht endgültigen Gewerbes zu werden.

Ich war nur froh, dass Susanne mittlerweile die meiste Zeit aushäusig verbrachte und in ihrer Verliebtheit offensichtlich wenig empfänglich war für die Realitäten um sie herum. Über kurz oder lang, das war mir klar, würde sich der durch Herzchen in den Augen verklärte Blick wieder lichten. Mich schauderte bei dem Gedanken. Wenn nur Renate noch da gewesen wäre. So prüde und spröde sie auch gewesen sein mochte, sie hatte immer Rat in ausweglosen Situationen gewusst.

Kurzerhand entschloss ich mich, der schwer zu ertragenden Wirklichkeit für ein paar Stunden zu entfliehen. Hades hatte mir da etwas voraus. Schon den ganzen Tag hatte er sich angesichts des Gezeters im Haus praktisch in Luft aufgelöst. Ich tat es ihm gleich. Schlich in den Flur, angelte meine Straßenschuhe unter der Garderobe hervor, nahm den Geldbeutel von der Ablage und meine Schlüssel vom Board.

Keine zwanzig Minuten später tat ich das, was ich seit Emmas Einzug bei mir nicht mehr getan hatte. Ich saß bei Bier und Williams im *Pollo*. Sogar der ewig nörgelnde und besserwisserische Hansjürgen von der Sparkasse war mir heute erträglicher als mein Leben. Dachte ich wenigstens.

22 Tag 23 – Hansjürgen

Hansjürgen hatte ich ja ganz am Anfang schon einmal kurz erwähnt. Hansjürgen Kreimes, einundsechzig Jahre alt, war ein klassischer Dauernörgler und Besserwisser. Seine vielleicht ein Meter siebzig verteilten sich recht unproportional auf einen gedehnten Oberkörper mit gedrungenen Popeye-Armen und zwei sehr kurze Beine. Mit dem immer leicht bedröppelten Blick und den bemerkenswerten Tränensäcken erinnerte er stets an einen in die Jahre gekommenen Basset. Sie wissen schon, der Hund namens Hund von Inspektor Columbo. Die augenscheinlich körperliche Überlegenheit verschaffte dem ewigen zweiten Stellvertreter der Ingelreiner Sparkassenfiliale zwar keinen Respekt, wohl aber permanente Zustimmung, auch zur noch so verwegensten Stammtischparole. Jeden Anflug von Widerrede quittierte der leidliche Hornist in unserem Verein mit einem vor Wut geröteten Gesicht, was sich jedes Mal mit den noch verbliebenen orange-roten Haaren biss. Selbst der gut trainierte Dieter Schober vermied es beflissentlich, sich mit dem bullbeißigen Hansjürgen anzulegen. Vor allem, wenn dieser getrunken hatte. Und wenn Kreimes nicht arbeitete, trank er. Also ertrugen wir, Dieter Schober, zwei weitere Musikerkollegen, die Sie nicht kennen und Massimo, der Wirt des *Pollo,* einmal mehr geduldig das Seemannsgarn, das der vermeintliche ehemalige Elitesoldat der Bundeswehr vor sich hinspann. Fragte man nach, wollte man mehr wissen über die brandgefährlichen Einsätze an Hindukusch und Bosporus sowie in den Krisenherden entlang des Niger, blockierte immer *Geheimhaltung* das, was einem Thriller den Thrill gibt. So blieben es die Ammenmärchen eines pathologischen Lügners, der schon in der Schule beharrlich behauptet hatte, sein Vater habe die Familie verlassen, um undercover an einer Mondmission teilzunehmen. Dabei wusste ganz Ingelrein, dass der versoffene Vater die hurende Mutter halb totgeprügelt und dafür fünf Jahre freie Kost und Logis im *Café Landes* genossen hatte. Danach hatte er dem Dorfradio zufolge nie mehr einen Fuß auf den Boden bekommen und war angeblich wohnsitzlos in Mannheim buchstäblich verendet.

Ich bevorzugte es daher, Hansjürgen Kreimes als Produkt seines Umfelds zu sehen, eine arme Sau, die beim Stemmen von Gewichten bemüht war, Ansehen in sich hineinzupumpen. Wobei die Bezeichnung *arm* nicht auf seine finanzielle Situation zutraf. Auto und Uhren waren gehobener Natur, im *Pollo* waren zudem Lokalrunden auf seine Kosten keine Seltenheit.

Wenn der zweite stellvertretende Sparkassenfilialleiter auch äußerst sparsam mit wahrhaftigen Informationen über sich selbst war, so wohnte ihm doch die Neugierde eines Waschweibs inne, wenn es um das Leben aller anderen ging. Und egal, worum es sich handelte, Hansjürgen wusste es besser. Egal, ob es um das Rezept von Massimos wirklich unschlagbarem Backfisch ging oder um Schobers selbst entwickelte Behandlung von Osteoporose. Auch im

Bestattungswesen hatte Kreimes jenen Löffel Weisheit gefressen, der mir in der Ausbildung und in über dreißig Jahren Berufserfahrung offensichtlich verwehrt worden war.

Ich weiß nicht, ob es dem Alkohol geschuldet war, zu meinen vier Weinschorlen hatte ich bestimmt fünf oder sechs Willi gehabt, oder einfach nur der Tatsache, dass ich angesichts der aktuellen Geschehnisse das Gefühl hatte, ich hätte eh nichts mehr zu verlieren. Jedenfalls widersprach ich. Doch nicht nur das, ich garnierte meinen Widerspruch auch mit reichlich Tiraden und Unflätigkeiten.

Den Anstoß dafür hatte Dieter Schober gegeben. Lallend hatte er von seinem Einsatz als Vertragsarzt der Polizei am Vormittag gesprochen. Gleich zwei Leichenschauen seien von Nöten gewesen oben am Krähenbuckel. Alles habe auf den ersten Blick nach einem tragischen Unfall ausgesehen. Den alten von Pößneck habe es endlich dahingerafft, offensichtlich infolge des jähen Todes seiner Pflegerin. Für die Polizei habe es zunächst so ausgesehen, als wäre eine gewisse Maria Dingenskirchen durch eine Fehlfunktion des Pößneck'schen Defibrillators zu Tode gekommen. Er habe das mit seiner Sachkenntnis natürlich widerlegen können, brüstete sich Schober.

Mir gefror das Blut in den Adern.

Schober ging zunächst nicht weiter darauf ein. Wunderte sich nur, dass nicht ich, sondern der Lackaffe von Bindeling die Leichen abgeholt hatte. Fragte, ob ich in Ungnade gefallen sei, ob bei der Bestattung von Elvira von Pößneck etwas nicht in Ordnung gewesen sei.

Und dann ging es los. Spott und Häme goss der sturzbetrunkene Hansjürgen auf einmal über mich aus. Schlechte Witze über meine Branche war ich ja gewohnt; als das muskelbepackte geistige Irrlicht allerdings behauptete, ich würde bei der Verbrennung unserer Kunden die Särge mehrfach verwenden, tickte ich aus. Fragen Sie mich nicht, warum gerade hier für mich die Grenze des Erträglichen erreicht war. Ich fühlte mich einfach zutiefst gekränkt. Und ich widersprach.

Bevor mir Hansjürgen seine donnernde Rechte aufs Auge drückte, erzählte Schober noch beiläufig, dass nach Olga, die ja den Siggi erschlagen habe, jetzt auch wegen Mordes an dieser Pflegerin gefahndet werde.

Ich schluckte trocken. Fragte nach dem Grund. Hörte noch etwas von einem Motorroller, den man in der Garage der von Pößnecks gefunden habe, von einem Motiv, weil diese Maria Olga vielleicht an die Polizei ausliefern wollte, dann war ich weg. Nur kurz. Leider. Ich wünschte, Hansjürgens Faust hätte mich dauerhaft ins Jenseits befördert.

***

Emma war wie zu erwarten wenig amüsiert, als ich so gegen drei in der Nacht bei dem Versuch, die Haustür aufzuschließen, lautstark gegen selbige schlug. Und dabei hatte sie die berückenden Nachrichten des hinter mir liegenden Abends noch gar nicht gehört.

Aber im Grunde waren das eh nur Peanuts angesichts dessen, was uns diesen noch jungen Montag so richtig verhageln würde.

23 Tag 24 – Olga

Die Geringschätzigkeit, die mir Emma zuteilwerden ließ, wurde begleitet von der Enttäuschung darüber, dass mein bloßes Fernbleiben von den Widrigkeiten dieser Tage diese nicht in Luft aufgelöst hatte. Ich wusste nicht, was ich als unangenehmer empfinden sollte. Mein Schädel brummte. Nein, er dröhnte. Wie vor vierzehn Tagen, als ich mir von Siggi nach zweiundsechzig Jahren den ersten Faustschlag meines Lebens eingehandelt hatte. Und jetzt schon wieder. Wenn das der Beginn eines Laufs war, dann gute Nacht. Jedenfalls hatte mir der erste rüde Angriff auf mein Gesicht noch Emmas Mitleid und ihren Zuspruch eingebracht. Jetzt war da nur ein Hauch der Verachtung. *So schnell geht das also*, dachte ich mir, *hatte ich ganz vergessen*. Ich ließ sie zunächst in dem Glauben, mein Missgeschick mit der Haustüre sei für das Veilchen verantwortlich, das mein rechtes Auge zierte. Für zusätzlichen Spott war ich im Moment nicht empfänglich. Und damit hätte ich rechnen müssen, hätte ich von Hansjürgens harter Rechter berichtet.

Emma hatte sich verändert in den wenigen Tagen unserer Zweisamkeit. Ihre Zerbrechlichkeit war einer neuen Stärke gewichen, aber auch die Sanftmut einer von den dramatischen Ereignissen der letzten Tage geformten Härte, der bittersüße Harlekin bekam mehr und mehr Züge von Pennywise. So sehr ich ihre Kraft schätzte, die ich ehrlich gesagt auch brauchte, so sehr vermisste ich das Verletzliche, Versöhnliche.

»Wir müssen Olga irgendwie loswerden!«

Die harsche Forderung holte mich aus meinem Zwiegespräch mit mir selbst. Ich suchte mein Spiegelbild in der glatten Oberfläche des Kaffees vor mir. Pustete kleine Wellen hinein. »Ja, das müssen wir«, erwiderte ich mit der ausdrucksstärksten Beiläufigkeit, zu der ich imstande war. »Unbedingt müssen wir das.«

»Du bist einfach zu gut für diese Welt«, lamentierte sie weiter, »wir können dieses Flittchen nicht noch länger beherbergen ...« Emma stockte. Sah mich an wie eine Kuh, wenn es rosa Elefanten regnet. »Hast du mir eben beigepflichtet?«

Ich nickte, soweit es meine Kopfschmerzen zuließen.

»Aber du hast doch ...« Sie stammelte. »Woher der Sinneswandel?«

Kurzentschlossen entschied ich mich, das Pflaster schnell abzureißen. »Die Polizei sucht Olga«, sagte ich leise, »jetzt auch wegen Mordes an Maria Duarte.« Ich nahm einen Schluck Kaffee. Emmas Mundwinkel nahmen Merkel'sche Züge an. »Ach ja, und wegen Totschlags an dem alten von Pößneck.«

Hades' Miauen durchbrach die ohrenbetäubende Stille, die sich nahtlos an meine Worte reihte.

»Ich muss den Kater füttern.« Schwerfällig erhob ich mich. Mir fiel eben erst auf, dass ich immer noch die Kleidung vom Vorabend trug. Bis auf Schuhe und Jackett. Keine Ahnung, ob ich die selbst ausgezogen hatte oder wie ich ins Bett gekommen war. Falls ich dort gewesen war. Ich wollte Emma nicht danach fragen.

»Weißt du, dass das großartig ist?« Überschwänglich hob Emma die Hände. Schien vergessen zu haben, dass an der rechten noch die Kaffeetasse hing. Verteilte den schwarzen Wachmacher großzügig auf dem Tisch.

»Nicht so laut«, herrschte ich sie an. »Wenn Susanne dich hört!«

»Deine Tochter ist nicht nach Hause gekommen. Hat die Nacht wohl mit Dennis verbracht. Sie hat ja auch heute frei.«

Ich wunderte mich nicht wirklich über Emmas Informationsstand. »Dann nimm wenigstens Rücksicht auf meinen Kopf«, knurrte ich zurück. »Oder auf Olga.«

Emma winkte ab, fischte einen Lappen von der Spüle und widmete sich der Kaffeelache auf dem Tisch, während Hades vorwurfsvoll auf den leeren Napf neben der Türe starrte. Ich schüttete Trockenfutter hinein, setzte mich wieder an den Tisch. Begann zu murmeln. »Ich weiß nicht, ob großartig das richtige Wort ist. Klar, wir beide sind erst mal aus dem Schneider. Aber wo sollen wir mit Olga hin?« Emma blickte mich süffisant an. »Ich will kein Wort von deinem Likör hören!«

»Welche Likör, Chermann?« Olga rieb sich verschlafen die Augen. Die langen, blonden Haare offen und vom Schlaf etwas zerzaust hatte sie, auch wenn sie mich zu Tode erschreckt hatte, etwas von einem Rauschgoldengel, wie sie da so in der Küchentür stand. Sofern Rauschgoldengel rosafarbene Steppmorgenmäntel aus Kunstfaser tragen. Es war bemerkenswert. Selbst dieser in Synthetik gewebte

Albtraum eines jeden Ästheten vermochte dieser usbekischen Schönheit nichts anzuhaben. Olga hatte offensichtlich den alten Kleiderschrank im Gästezimmer durchforstet. Darin hatte ich vor nicht ganz fünf Jahren jenen Teil von Renates Kleidung untergebracht, den ich zu diesem Zeitpunkt noch als eventuell tragfähig für Susanne erachtet hatte. Nicht nur angesichts der Tatsache, dass Susanne gerade mal zwei Fingerbreit kleiner war als Olga, mutete die Vorstellung, meine Tochter könnte sich in diese Verschwendung von Polyester hüllen, geradezu grotesk an.

»Fertig mit Gaffen, *Chermann*?« Emma war nicht verborgen geblieben, dass ich mich an Olgas schier endlos langen Beinen festgesehen hatte. Der Morgenmantel, der Renate fast bis zur Wade gereicht hatte, verdeckte nicht mal die Knie meines unfreiwilligen Hausgastes. Ob sie etwas darunter trug? Angesichts des anhaltend heißen Sommers ging ich nicht davon aus. Ich löste meinen lüsternen Blick von ihren Beinen, suchte stattdessen Olgas Augen.

»Emma fragte mich gerade, ob ich Lust auf einen Likör hätte. Sie wollte mich nur ärgern.« Ich lächelte sie gequält an.

»Emma nix sollen ärgern Chermann. Chermann gute Mann.« Olga quetschte sich an Emma vorbei, fischte sich einen Keramikhumpen vom Holzboard und schenkte sich den Rest Kaffee ein. Im Flur klingelte mein Handy.

Emma schickte sich an, das Telefon zu holen. Nicht ohne mir noch ins Ohr zu zischen: »Wie gesagt, *Chermann*, sie muss weg. Zügig!«

Von draußen hörte ich nur noch: »Bestattungsinstitut König. Was kann ich für Sie tun? Oh, Sie Arme, mein herzliches Beileid. Ja natürlich, Frau Keller, wir kümmern uns. Mein ... ich meine, Herr König ist in spätestens einer halben Stunde bei Ihnen. Geben Sie mir bitte noch Ihre Telefonnummer.« Dann folgte ein Tastenklick, der das Ende des Gesprächs signalisierte.

»Kundschaft, Hermann«, blaffte es danach in die Küche. »Zettel mit den Informationen liegt hier. Ich gehe jetzt duschen, bevor unsere usbekische Perle wieder das ganze warme Wasser verbraucht«, legte Emma schnippisch nach. Als ob bei dieser Hitze warmes Wasser wichtig wäre.

»Wir müssen reden, Olga.«

Sie sah mich verschreckt an. Sie wusste, mein Ton verhieß nichts Gutes.

»Mach uns bitte noch eine Kanne Kaffee.«

»Und was ist mit Chundschaft?«

»Keine Sorge, meine Liebe, der ist nachher auch noch tot.«

24 Tag 24 – Erwin

Zwei Dinge fielen mir an diesem Montagmorgen auf. Zum einen, dass ich fast so etwas wie Freude darüber empfand, es endlich mal wieder mit einem absolut hasenreinen natürlichen Todesfall zu tun zu haben – Erwin Keller war mit achtundsiebzig an einem langen Krebsleiden verstorben –, zum anderen die Eile, die die Hinterbliebenen häufig an den Tag legten, wenn es darum ging, den Verblichenen aus dem Haus zu bekommen. Als wäre der Gatte, Vater und Großvater plötzlich toxisch. Keine letzte Umarmung, kein Halten der Hand oder zärtliches Streicheln der Wange. Oder gar eine besinnliche Totenwache. Wenn ich da zurückdenke an meine Anfangstage als Bestatterlehrling. Regelmäßig musste mein Vater Anton Thaddäus ganze Clans aus den Zimmern der Verstorbenen schicken. Zimperlich war er dabei gewiss nicht gewesen. *»Zeit ist Geld, mein Junge«*, hatte er mich immer streng belehrt, wenn ich mit Blicken andeutete, dass ich es für angemessen hielt, den Anverwandten noch etwas Zeit mit dem oder der Toten einzuräumen. Und heute? Keine zwei Stunden waren vergangen, seit Dieter Schober den Tod von Erwin Keller festgestellt hatte. Bei unserem Eintreffen war schon niemand mehr bei dem Mann gewesen, der als Polier eine Frau, zwei Söhne und eine Tochter auch durch schwierige Zeiten gebracht hatte. Und jetzt? Erwin war noch nicht mal ganz kalt, da hockten sie in der Küche des Hauses, das Erwin über Monate hinweg eigenhändig gebaut hatte, und verteilten das Wenige, das er hinterlassen hatte. Beim Einsargen hörten Walter Hauptmann und ich den Ältesten großspurig dozieren. *Die Marktlage sei jetzt günstig, um das Haus zu verkaufen. Für die Mama sei das ja jetzt eh alles zu groß. Im betreuten Wohnen die Straße runter, da wäre sie doch bestens versorgt und die Familie sei dann auch beruhigter.*

Schon oft hatte ich Derartiges mitangehört. Warum es mir gerade an diesem Tag etwas ausmachte, kann ich nicht sagen. Aber ich wollte mich übergeben. Gut, das mochte auch an den Nachwehen der Sauferei vom Vorabend liegen, den Schmerzen, die mir das blaue Auge zunehmend verursachte, und an dem Gespräch, das ich kurz zuvor mit Olga hatte führen müssen. Ich hatte das Mädchen vor Wut weinend zurückgelassen. In dürren Worten und unangemessen distanziert hatte ich sie über die aktuelle Entwicklung bezüglich ihrer Person ins Bild gesetzt. Ich war selbst über meine ungewohnt kühle Art erschrocken, aber erstens war mir die Sache extrem unangenehm und zweitens drängte die Zeit. Walter Hauptmann und ich mussten uns sputen. Schließlich benötigte Kozlowski unser Firmenauto für die Überführung von Elvira von Pößneck ins Krematorium. Ich dachte über die Anschaffung eines zweiten Leichenwagens nach, als wir Erwin Keller aus dem zweiten Stocke des Einfamilienhauses nach unten trugen. Gebraucht war so einer schon günstig zu haben.

Ich verwarf den Gedanken, als wir Erwin Kellers Transportsarg ins Auto schoben. Ich hatte im Moment tatsächlich andere Probleme. Ich musste einen Weg finden, Olga aus dem Haus zu schaffen. Besser noch aus dem Ort oder gleich aus dem Landkreis. Und das auch noch mit einem gewissen Wohlfühlfaktor. Obwohl sie (völlig zu Unrecht) unter Verdacht stand, drei Menschen auf dem Gewissen zu haben, und nichts Substantielles in der Hand hatte, um Emma und mir ernsthafte Probleme zu bereiten, war sie in meinen Augen eine tickende Zeitbombe. Allein der Umstand, dass wir einer flüchtigen potentiellen Mörderin Unterschlupf gewährten, war höchst delikat und nebenbei strafbar. Und nein, eine endgültige Lösung kam nicht in Frage. Ich bitte Sie. Bei allem, was Sie mir vorwerfen können, ich bin doch kein Barbar. Vorerst war es mir gelungen, Olga im Hinblick auf eine Verhaftung so sehr in Angst zu versetzen, dass sie sich nicht muckste. Über ein plötzliches Auftauchen von Susanne musste ich mir gottlob vorerst auch keine Gedanken machen. Sie hatte mich telefonisch wissen lassen, dass sie den ganzen Tag mit ihrem Freund an einem romantischen Ort verbringen würde. Sie würde sich sicher langsam wundern, dass die angebliche Gespielin zur Bereicherung des väterlichen Sexuallebens immer noch im Haus war. Das verschaffte mir zumindest ein paar Stunden Zeit.

Die zündende Idee kam mir, als ich bei der Ankunft im Institut den Katalog von *Kurti-Trauerwaren* auf meinem Schreibtisch liegen sah. Artan Kurti. Dem Aspirin-Panscher und Heizdeckenhändler hatte ich schon immer einiges an Verschlagenheit zugetraut. Und er war unbestritten der Ingelreiner König des Im- und Exportgeschäftes. Und hier handelte es sich ganz klar um einen exklusiven Fall von Export.

25 Tag 24 – Artan

Nachdem wir Erwin bei erfrischenden vier Grad gegen Elvira von Pößneck ausgetauscht hatten, Kozlowski hatte uns schon ungeduldig erwartet, machte ich mich an die Formalitäten und Bestellungen für Kellers Beisetzung. Zum ersten Mal, seit Susanne uns eine Internetseite eingerichtet hatte, wurde eines der von meiner Tochter konfektionierten Pakete gebucht. Horst Keller, Erwin Kellers ältester Sohn, hatte uns noch beim Hinuntertragen seines Vaters abgepasst und uns zugeraunt: »Wir nehmen das Paket *Pietät II* von Ihrer Internetseite. Die Preise sind noch aktuell?«

Ich war mir vorgekommen wie in einem chinesischen Schnellimbiss. *Einmal die fünfundzwanzig süßsauer, aber bitte mit Reis.* Von wegen Pietät. Kein tröstendes Gespräch mit der Witwe, keine Übergabe eines Fotos, um es bei der Aussegnung neben den Sarg zu stellen, keine Geschichten oder Anekdoten aus dem Leben des Verblichenen, während wir in unserem Katalog blätterten.

Aber praktisch war die Paketlösung allemal. Den Kiefernsarg *Vergänglichkeit* und die im Gesamtpreis enthaltene Sargwäsche hatten wir sogar auf Lager. Alles andere war Routine: Behörden informieren, Pfarrer bestellen, die Rechnung vorbereiten. Eine Instantbestattung, deren zu erwartender Gewinn nicht mehr Aufhebens rechtfertigte.

Die größte Würde für den Verstorbenen dabei war, dass er das alles nicht mitbekam.

Emma hatte mir einen Zettel hingelegt. Die Bank hatte angerufen und sie gebeten, vorbeizukommen. Bestimmt wegen der Konten ihres verstorbenen Vaters. Danach würde sie noch einmal in der Villa vorbeifahren und nach dem Rechten sehen. Ich bediente mich an Susannes Thanatologiekoffer und überschminkte das blaue Auge. Beschloss, später im *Alten Engel* eine Kleinigkeit zu Mittag zu essen und danach zu Kurti zu fahren. Bis dahin legte ich mich noch eine halbe Stunde aufs Ohr. Von Olga indes war nichts zu hören und zu sehen.

***

Artan Kurti war der fleischgewordene Gegenentwurf eines seriösen Geschäftsmannes. Groß, immer im gleichen, leicht speckigen, grauen Anzug, die trotz seines Alters immer noch schwarzen Haare fettig oder mit einem Kübel Gel unvorteilhaft nach hinten geklebt, immer auf einem Zahnstocher kauend. Mehr Klischee passte meiner Meinung nach nicht in die geschätzten hundertzwanzig Kilo, die mich mit überzogen gespielter Freundlichkeit willkommen hießen.

»Hermann, mein Freund, welch Glanz in meiner bescheidenen Hütte!«

Ich wollte mich schon wieder übergeben. Von wegen bescheidener Hütte. Ganz abgesehen davon, dass in der Hütte wahrscheinlich der Petersdom bequem Platz gefunden hätte, alles, was man mit Blattgold überziehen konnte, schien auch mit Blattgold überzogen. Die zwei Bären, die die weißen, marmornen Geländer der beiden geschwungenen Treppen zierten, das Sims der Kaminattrappe mit der Barockuhr, die Reliefs an den weißen Türen, selbst die Tassen, in denen eine junge schwarzhaarige Schönheit auf ein Fingerschnippen Kurtis hin einen Tee zur Begrüßung hereinbrachte, waren innen mit goldener Glasur versehen.

»Du bist wirklich nicht mehr gewachsen seit der Schule!« Der fast zwei Meter große Artan Kurti lachte dreckig, während er mir mit seiner Pranke jovial-dominant auf den Rücken schlug. Meine Lungen schienen sich in Sekundenbruchteilen wie zwei platzende Luftballons zu entleeren. »War nur Spaß, Hermann!« Kurti legte grinsend seinen goldenen Eckzahn frei. »Wie früher in der Schule. Nur Spaß.« Er trank seinen Tee.

Spaß. Von wegen. Mit einem Strick an den Türgriff des Lehrerzimmers gefesselt zu werden, kopfüber in einer Toilettenschüssel zu hängen oder mit vor Spucke triefenden Papierkugeln gefüttert zu werden, war kein Spaß. Zumindest nicht für mich. Ich verabscheute diesen Emporkömmling, der im Alter von drei Jahren mit seinen Eltern aus Albanien gekommen war und schon mit acht eine Gang im berüchtigten Ingelreiner Osten angeführt hatte. Mit zehn war er bereits Stammgast auf dem Polizeirevier gewesen und mit zwölf hatte er gefälschte Markenturnschuhe aus dem Kofferraum eines Opel Admiral verkauft. Den er übrigens selbst fuhr. Das bemerkenswerteste an Artan Kurti jedoch war, dass er neben seiner immensen kriminellen Energie auch immer eine bemerkenswert wache Intelligenz besessen hatte. Zu meiner Freude hatte er die Schule zwar nach der achten Klasse verlassen, hatte nie studiert, verfügte aber über ein verblüffendes mathematisches Talent und das, was man einen guten Riecher nennt. In dieser Kombination war er zwar immer ein Widerling geblieben, aber ein erfolgreicher Widerling. Kurti handelte mit allem. Mit Südfrüchten, mit Flüssiggas und Briketts, Heizdecken und Kochtöpfen und neuerdings auch mit Trauerwaren. Tat sich irgendwo ein Markt für ein Produkt auf, Kurti kaufte nie als Zweiter und verkaufte immer als Erster. Seine Quellen? Dubios! Sicher. Ebenso wie viele seiner Kunden. Aber egal, was man wollte, Kurti besorgte es – oder er fand einen Ort, um zu verkaufen, was man verkaufen wollte. Dass er es zu einem wohlgeratenen Sohn gebracht hatte – und Dennis musste wohlgeraten sein, sonst hätte sich Susanne nicht auf ihn eingelassen –, musste an einer der angeblich vier Ehefrauen Kurtis gelegen haben.

In meinen Gedanken an die wenig rühmliche gemeinsame Vergangenheit gefangen, war ich Artan Kurti in dessen Büro gefolgt. Wie erwartet opulent, aber nicht in Gold und Weiß. Stattdessen in Gold und Nussbaum. Mit großer Geste ließ sich Artan auf dem thronartigen Stuhl hinter dem tischtennisplattengroßen Schreibtisch nieder. Distanz und Dominanz schienen ihm in geschäftlichen Dingen äußerst wichtig zu sein. Kaum hatte ich mich auf einem der deutlich niedrigeren Besucherstühle niedergelassen, huschte die dunkelhaarige Frau an mir vorbei und brachte abermals Tee. Diesmal einen ganzen Samowar. Artan grunzte etwas, sie, vielleicht Ende zwanzig, höchstens Anfang dreißig, quittierte seine Worte mit einem kaum wahrnehmbaren Nicken und einem knappen »Bitte«. Dann verschwand sie durch eine Seitentür aus dem Büro.

»Donika, meine Frau«, fühlte sich Artan genötigt, mich aufzuklären, »schön wie die Venus, aber geschwätzig wie eine Elster.«

Ehefrau Nummer fünf?, schoss es mir durch den Kopf. Er füllte zwei neue Gläser zur Hälfte mit Teeessenz und goss sie mit heißem Wasser auf.

»Ich habe mit deinem Besuch gerechnet, Hermann«, sagte Artan für mich völlig überraschend. »Ich nehme an, du hast eine Idee, wie wir das Problem in aller Stille lösen können.«

Er ließ am Ende des Satzes offen, ob es sich hier um eine Frage oder eine Erwartung handelte. Ich war perplex. Hatte ich ihm am Telefon vor einer halben Stunde das Problem bereits geschildert? Ich konnte mich beim besten Willen nicht daran erinnern. Möglich wäre es. Ich spürte immer noch den Restalkohol.

»Ja«, setzte ich mit fester Stimme an, »ich habe eine Idee!« Ich schlug meine Beine übereinander und bildete darüber versonnen mit den Händen eine Raute. Der Moment schien mit prädestiniert für eine solche Geste. »Und du, lieber Artan ...« Hatte ich wirklich *lieber* gesagt? Ich fuhr fort: »Du hast, da bin ich mir sicher, Mittel und Möglichkeiten, um diese Idee umzusetzen.«

Er sah mich aufrichtig interessiert an. Das erste Mal. Er lehnte sich entspannt in seinem Thron zurück. »Lass hören, mein Freund.«

»Na ja, ich dachte mir, wir schaffen sie außer Landes. So, dass es keiner mitbekommt. Du bist doch gut vernetzt.«

Artan sah mich argwöhnisch an. Nippte am Tee. »Findest du das nicht etwas zu drastisch?« Er ließ mir keine Zeit zu antworten. »Ich meine, ich bin sicher nicht zimperlich, aber das erscheint sogar mir zu hart. Willst du es nicht erst mal mit einem Gespräch versuchen? Mach ihr klar, was auf dem Spiel steht.«

»Ich glaube nicht, dass das genügt«, wunderte ich mich über diese Reaktion. »Außerdem kann ich das junge Ding ja nicht ewig einsperren und vor der Öffentlichkeit verstecken.«

Artan verschluckte sich. Hustete, sah mich erschrocken an. »Mein Gott, Hermann ...« Er räusperte sich, versuchte Luft zu bekommen. »So kenne ich dich gar nicht. Ich meine ja auch, dass unsere Kinder eine harte Hand brauchen, aber das geht dann doch zu weit. «

Ich glotzte ihn ungläubig an. »Kinder? Olga ist kein Kind mehr und schon gar nicht meines. Wovon redest du?«

»Von was redest DU?« Artan wischte sich mit einem Stofftaschentuch den Mund trocken. »Du bist doch hier, um mit mir zu besprechen, wie wir diese unselige Verbindung zwischen deiner Tochter und meinem Sohn beenden können, oder? Und wer zum Teufel ist diese Olga?«

Schlagartig wurde mir bewusst, dass ich doch nicht so vergesslich war, wie ich Minuten vorher noch befürchtet hatte. Es war schlimmer. Hatte Artan wirklich geglaubt, ich sperrte meine Tochter ein, um sie von Dennis fernzuhalten? Nicht, dass ich zu diesem Zeitpunkt über die Verbindung besonders glücklich gewesen wäre, aber ich hätte mich nie in die Männerwahl meiner Tochter eingemischt.

In diesem Moment realisierte ich erst, das Artan Kurti die Verbindung seines Sohnes mit meiner Tochter als Problem bezeichnet hatte, das es zu lösen gelte. Was glaubte dieser Schmierenkomödiant eigentlich? Dass er, dass seine Familie etwas Besseres war?

Ich war pikiert und ließ es mein Gegenüber spüren. »Was stört dich denn daran, dass Susanne und dein Sohn sich treffen?«

»Bitte, Hermann.« Artan tat meine Frage ab, als läge die Antwort logisch und selbsterklärend auf der Hand. »Ihr seid nicht katholisch, sondern Protestierer.«

Das war einer der wenigen Momente, in denen der gebürtige Kosovo-Albaner sprachlich an seine Grenzen kam. Sonst war sein Deutsch makellos.

»Das ist jetzt nicht dein Ernst«, antwortete ich. »Das sind ja geradezu mittelalterliche Ansichten. Übrigens sind wir Protestanten. Evangelisch reicht aber auch.« Ich konnte es nicht fassen, dass ich hier saß und die Beziehung meiner Tochter mit dem Abkömmling eines Kurti verteidigte. Zumal ich wahrlich andere Probleme hatte.

»Okay, ich will ehrlich sein«, kam es trotzig zurück, »deine Tochter ist keine Roma. Und Dennis wird eine Roma heiraten. Kein Kurti hat jemals diese heilige Regel gebrochen. Mein Großvater nicht, mein Vater nicht, ich nicht und Dennis wird das auch nicht tun. Basta!« Seine rechte Hand schlug überdeutlich auf dem Schreibtisch auf.

Heiraten? Hatte er wirklich von Heiraten gesprochen? Gott bewahre, dachte ich mir, ein Kurti in der Familie war nun wirklich eine Horrorvorstellung. Ich beschloss, das

Thema zu wechseln und auf den Grund meines Besuches zurückzukommen.

»Ich verspreche dir, ich werde mit Susanne sprechen«, versuchte ich das hitzige Gemüt mir gegenüber zu besänftigen. Es schien zu wirken. Er lächelte sogar ein wenig. Nickte bestimmend. Schenkte Tee nach.

»Du bist also hier«, setzte er das Gespräch fort, als hätte der irritierende Disput von eben nie stattgefunden, »weil du glaubst, ich sei in der Lage, eine Person namens Olga an den Behörden vorbei ins Ausland zu transportieren.«

Ich nickte stumm.

»Ha!« Artan stand auf, stemmte seinen wuchtigen Körper auf die noch wuchtigere Tischplatte und fixierte mich. »Glaubst du das, weil wir Zigeuner sind? Albaner noch dazu?«, sein Organ steigerte sich in einem unangenehmen Crescendo. »Sind für dich alle Albaner Gauner und Schlitzohren?« Artan machte eine Pause. Totenstille. Sein Blick war gespenstisch. Dann hauchte er hinterher: »Verbrecher?«

Ich sank in mich zusammen. Brachte keinen Ton heraus. Wollte komplett versinken in dem Polster, auf dem ich saß. Was hatte ich mir nur gedacht? Offenbar nichts. Artan hatte völlig recht. Alles, was er sagte, war richtig. Deshalb war ich hier. Ich war ein gottverdammter Rassist. Artans Augen waren immer noch auf mich gerichtet. Ich begann, mich in Grund und Boden zu schämen.

Mit einem Mal löste Artan seine starre Haltung. Er verzog seine Mundwinkel. Ein Schmunzeln, dann ein breites Grinsen, schließlich schallendes Gelächter. »Hab ich dich drangekriegt, Hermann!« Er schlug die flache Hand mehrmals auf den Tisch. »Wie in der Schule! Ich hab dich aber so was von drangekriegt!«

Während ich noch überlegte, ob *drangekriegt* überhaupt ein deutsches Wort war, setzte sich Artan wieder auf seinen Thron, angelte aus einem Holzkästchen eine Zigarre, knipste das Ende ab, zündete sie an, paffte drei Mal. Dann wandte er sich wieder mir zu. Ernst. Geschäftig.

»Okay, Hermann. Eine Person ist kein Problem. Wird aber nicht billig. Wohin solls gehen?«

26 Tag 24 – Rüdiger

Rüdiger Kozlowski trippelte kopfschüttelnd vor unserem Leichenwagen auf und ab. Er wirkte fahrig, nervös. Fuchtelte wild herum, als er mich im Peugeot anfahren sah. Hatte er den Schlüssel für das Institut vergessen? Freiwillig würde schließlich niemand bei dieser Hitze im schwarzen Anzug auf einem völlig unbeschatteten Gehsteig auf- und abgehen. Der Wagen rollte noch, als Kozlowski erst mit der flachen Hand auf den Kotflügel schlug und dann mit der Faust gegen das Beifahrerfenster trommelte. Sein Kopf war knallrot, der Blick hatte etwas Irres.

Was war nur geschehen? Egal was, es passte mir jetzt so gar nicht in den Kram. Ich hatte aktuell wahrlich andere Sorgen. Die Summe, die Artan Kurti für einen geräusch- und bürokratiefreien Versand meiner *Ware* aufrief, war heftig. Genau genommen frech. Aber die Unerbittlichkeit von Kurtis Verhandlungsstil war augenscheinlich die Basis für das verschwenderische Gepränge in seinem Haus. Vor allem die Dringlichkeit meines Ansinnens hatte den Preis in die Höhe schnellen lassen – und natürlich die Unbestimmtheit des Zielortes. Ich wollte bei aller Ungehörigkeit dieser Aktion Olga wenigstens die Option lassen, zu entscheiden, wo ihre Reise hinführen würde. Ich würde das jetzt gleich mit ihr besprechen, bevor ich sie am Abend zu Kurtis Lager bringen würde. Ich war mir sicher, Olga Schostakova würde die Aussicht auf eine straffreie Zukunft in einem Land irgendwo östlich von hier einem Gefängnisaufenthalt in Deutschland vorziehen. Vielleicht auch, weil ich die Bedingungen in einer deutschen Strafanstalt, sagen wir mal, recht drastisch in Form eines Zuchthauses im neunzehnten Jahrhundert dargestellt hatte. Besondere Situationen erfordern eben besondere Vorgehensweisen. Für die Finanzierung dieses waghalsigen Projektes plante ich übrigens einen Teil des Erbes ein, das Emma zu erwarten hatte.

Kozlowski und was auch immer ihm auf dem Herzen liegen mochte, konnte ich jedenfalls überhaupt nicht brauchen.

»Was ist denn los, Kozlowski?« Sichtlich genervt ließ ich die Fensterscheibe heruntergleiten. Der Sommer drängte mit Macht ins wohlklimatisierte Innere des Wagens.

»Chef, Chef ...«, drang es aufgeregt zu mir.

Ich ließ die Augen rollen. »Hampeln Sie doch nicht so unbeholfen auf der Straße rum. Haben Sie die Aschekapsel von Frau von Pößneck schon in die Urne umgefüllt? Denken Sie daran, in zwei Stunden ...«

»Chef, jetzt hören Sie doch zu!« Energisch schlug Rüdiger Kozlowski mit der Hand auf das Wagendach.

Ich zuckte zusammen, schwieg konsterniert.

»Es gibt keine Aschekapsel.«

»Wie? Keine Aschekapsel?« Mir schwante nichts Gutes. »Wo sind die Überreste denn dann ...?« Jetzt erst stellte ich den Motor ab. Das Summen von Bienen drang von der Zierquitte am Hauseingang zu mir.

»Es gibt keine Überreste, Chef.« Kurze Stille »Keine Überreste, keine Verbrennung, keine Asche, keine Kapsel.«

»Hatte das Krematorium geschlossen?« Obwohl es im Auto immer noch recht kühl war, spürte ich aus allen Poren Schweiß emporsteigen. »Haben Sie die Pößneck wieder mitgebracht und hier in der Sonne abgestellt?« Ich starrte auf den Leichenwagen. Kozlowski rang mit den Worten. Er war eh immer einer von der Sorte, der man jedes Wort einzeln aus der Nase ziehen musste. Dann platzte es aus ihm heraus.

»Die Polizei hat die Leiche. Ich war gerade am Ausladen, da hats Telefon geklingelt.«

Ich erinnerte mich. Ich hatte Kozlowski das Bereitschaftschaftshandy gegeben, nachdem wir Erwin Keller versorgt hatten. Ich wollte einhaken, hatte aber keine Chance.

»Eine Frau Cordes hat angerufen. Wo denn die Leich von der Frau von Pößneck sei. Die ist beinah geplatzt, als sie gehört hat, dass die glei in de Ofe kommt.« Es gehörte zu den vielen Eigenarten von Rüdiger Kozlowski, dass er immer einen leichten Einschlag ins Badische bekam, wenn er aufgeregt war. »Gedroht hat se mir. Dann hab ich halt alles gestoppt. Die hamm dann vorhin die Leiche beschlagnahmt. Seit zwe Stunde versuch ich, Sie zu erreiche. Sie sinn ja net ans Telefon, Ihr Dochter ah net.«

Ich war perplex. Konsterniert, fassungslos, baff, geplättet ... Suchen Sie sich irgendein Adjektiv aus. Vor allem aber war ich überfordert von dieser Informationsflut, die binnen Sekunden auf mich eingeprasselt war. Die verschwitzte Stirn auf dem Lenkrad ruhend, versuchte ich die Wortfetzen, die Kozlowski mir entgegengeschleudert hatte, zu sortieren. *Polizei, Leiche, von Pößneck, Cordes, gedroht, meine Tochter ...*

Scheiße, schoss es mir durch den Kopf. Was, wenn er Susanne erreicht hätte? Was, wenn Susanne sich nicht strikt an ihr Mantra gehalten hätte, jegliche geschäftliche Kommunikation an freien Tagen stummzuschalten? Mir schauderte bei dem Gedanken. Trotz des massiven Schweißausbruchs, der mich heimsuchte. Ich beschloss, einen kühlen Kopf zu bewahren oder, besser noch, Souveränität zu simulieren, während Kozlowski immer noch von einem Bein auf das andere hüpfte.

»Hat die Polizei Ihnen denn gesagt, warum sie die Leiche beschlagnahmt hat?«

Kozlowski zeigte mir den Vogel. »En Teufel ham die. Die sinn komme und hamm den Kremationssarg umgelade.« Er sah in die grelle Sonne, schien nachzudenken. »Diese Frau Cordes meinte noch irgendwas von Rechtsmedizin.«

Während ich innerlich zusammenbrach, schien sich Kozlowski wieder gefangen zu haben. Der gebürtige Karlsruher sprach fast wieder hochdeutsch. Er reichte mir das Bereitschaftstelefon durchs Fenster.

»Den Transportsarg, hat die Frau von der Polizei gesagt, könnten Sie in Heidelberg in der Rechtsmedizin natürlich wieder abholen. Oder warten, bis ...« Er unterbrach sich selbst. »Vielleicht ist ja auch nichts.«

Rüdiger Kozlowski war ganz sicher nicht das schärfste Messer in Gottes großer Besteckschublade, aber auch er spürte, dass mir förmlich der Kittel brannte.

»Es ist doch nichts, Chef. Oder?«

Er wirkte ernsthaft besorgt. Entledigte sich der Sorge jedoch mit einem Kopfschütteln und sein sonniges Gemüt zeigte sich wieder.

»Sie schaffen das schon«, erklärte er mir noch lächelnd, bevor er sich verabschiedete. Amazon brauchte jetzt seine Dienste und Rüdiger Kozlowski das Gefühl, dass sich Menschen auf die Päckchen freuten, die er heute noch liefern würde.

***

Emma war nicht zu Hause. Der Termin bei der Bank dauerte wohl länger. Sehr viel länger, als Banktermine üblicherweise dauern. Es war immerhin schon Nachmittag. Ans Handy ging sie auch nicht. Ich hinterließ eine Nachricht auf der Mailbox. Eine, aus der unmissverständlich hervorging, dass ich sie brauchte. Jetzt brauchte.

Auf dem Weg zur Küche entledigte ich mich meines schweißnassen Hemdes. Aus dem Kühlschrank nahm ich mir ein Bier, aus dem Eisfach die Flasche Ouzo. Trug beides ins Wohnzimmer. Aus dem CD-Regal griff ich mir spontan Vivaldis *Vier Jahreszeiten*. Spulte direkt vor auf den Winter. Das frostige Allegro schien mir der Situation am ehesten angemessen. Ich trank das Bier aus der Flasche. Den Ouzo auch.

Als ich glaubte, mir genug Mut angetrunken zu haben, um Olga über das anstehende Abendprogramm zu informieren, dröhnte es verhängnisvoll in meinen Ohren. Wie des ersten Engels Posaune in der Offenbarung des Johannes kündigte die Klingel über der Haustüre eine Plage an.

27 Tag 24 – Michaela

Hauptkommissarin Michaela Cordes war diesmal alleine gekommen. War mir nicht unrecht. Die Kollegin, in deren Begleitung sie das letzte Mal aufgekreuzt war, diese Heller, die mochte ich nicht. Zu plump und unkultiviert.

»Guten Tag, Herr König. Sie haben offenbar schon Feierabend.« Es war mehr eine brüske Feststellung denn eine Frage, die sie mir mit einer abwertenden Handbewegung entgegenwedelte. Offenbar entfalteten Bier und Ouzo ihr Odeur. Sie sah abschätzig auf die Uhr. Es war noch nicht mal drei Uhr am Nachmittag. Aber sosehr die Kommissarin meinen Alkoholkonsum aufgenverdrehend missbilligte, sosehr schien er im Moment meine Sinne zu schärfen.

»Saachen Sie mal, kenn–kennen wir uns?« Ja, ich lallte ein wenig und ja, es klang wirklich nach einer billigen Anmache.

»Ja, wir kennen uns, Herr König.« Abermals ließ sie die Augen rollen. »Ich war vor Kurzem mit meiner Kollegin hier, am Sonntag ...«

»Nein, das meine ich nicht«, schnitt ich ihr das Wort ab, »und behandeln Sie mich bitte nicht so geringschätzig, nur weil ich mir ein Bier und ein bisschen Schnaps gönne!« Sie gaffte mich verblüfft an. Ich fuhr unbeirrt fort. »Ist bestimmt zwei Jahre her. Sommer, wie jetzt. Wir haben die Toten aus der Sickergrube vom alten Kalkbrenner weggebracht. Erinnern Sie sich noch?«

Sie dachte angestrengt nach. Es konnte nicht sein, dass die Polizistin diesen Fall vergessen hatte. Den Fall, der so aufsehenerregend gewesen war, dass er sogar in einem Roman Niederschlag gefunden hatte. *MORDSEIER* von Klaus Maria Dechant. Gutes Buch. Habe es gelesen. Ich wurde darin schließlich auch erwähnt.

»Unappetitliche Sache war das«, erinnerte sie sich endlich, »aber jetzt ist nicht die Zeit, um in Erinnerungen zu schwelgen. Ihr Mitarbeiter dürfte Ihnen mitgeteilt haben, dass wir eine ihrer ins Krematorium überführten Leichen beschlagnahmt haben. Eine Frau ...« Sie blätterte in einem kleinen Block, den sie aus ihrem weißen Sommerblouson gezogen hatte.

»Von Pößneck. Elvira von Pößneck«, ergänzte ich ungefragt und deutlich genervt. »Wie gesagt, das ist der Grund, warum ich mir zur Mittagszeit ein Herrengedeck gegönnt habe.«

Sie sah mich fragend an.

»Ein Bier, ein Schnaps? Herrengedeck?« Schulterzucken. »Ist ja auch egal. Aber ich denke, Sie sind hier, um diese Ungeheuerlichkeit zu erklären.« Meine plötzliche Forschheit überraschte mich selbst. Ouzo und Bier hatten offenbar nicht nur meinem Gedächtnis auf die Sprünge geholfen, sondern auch meine Zunge gelockert. Und die Wirkung blieb nicht aus.

»Es tut uns ehrlich leid«, schnurrte es mir auf einmal entgegen. Ich musste an Hades denken. Wo war der sonst ständig nervende Kater eigentlich?

»Und was genau tut Ihnen leid, Frau Hauptkommissarin?« Ich blieb patzig. »Dass Sie die Totenruhe einer wunderbaren Frau gestört und die für heute Nachmittag angesetzte Trauerfeier torpediert haben oder dass Sie meinen Mitarbeiter zu Tode erschreckt haben?«

»Beides.« Man spürte, das Gespräch wurde ihr zunehmend unangenehm. Ich fühlte mich bestens dabei. Wobei mir gleichzeitig einfiel, dass ich vergessen hatte, die Trauerfeier abzusagen. Ich sah auf die Wanduhr im Flur. Wenn ich jetzt nicht aktiv wurde, würde Pfarrer Moselfelder nachher einsam und ohne Urne vor einem runden Erdloch stehen.

»Wir mussten schnell handeln, da wir nach neuesten Erkenntnissen nicht ausschließen können, dass Frau von Pößneck Opfer eines Verbrechens geworden ist.«

Meine gerade gewonnene Selbstsicherheit sackte in sich zusammen wie ein Soufflee beim Abkühlen. Obwohl ich mit so etwas gerechnet hatte. Man liest doch schließlich Krimis. Die finden heute doch alles raus. Wer wann mit wem telefoniert hat, welches deine häufigsten Suchbegriffe im Internet sind, mit wem man vor einem halben Jahr in der Badewanne gelegen hat und natürlich auch, wenn jemand mit Tollkirsche vergiftet wurde. Was hatten sich Emma und ich eigentlich gedacht? Hatten wir uns für cleverer gehalten als die Polizei? Lest es doch nach. Die Verbrecher verraten sich alle und landen am Ende hinter schwedischen Gardinen. Angefangen bei den Inspektoren oder Detektiven Lecoq, Holmes und Maigret über Poirot und Miss Marple bis hin zu Julia Durant, Ann Kathrin Klaasen oder dem dauerbekifften Maarten S. Sneijder.

Sie alle schnappen die Bösewichte. Keiner kommt davon. Außer vielleicht Tom oder Dickie, besser bekannt als der talentierte Mr. Ripley. Im Geiste ging ich, in Strümpfen, mit halb geöffnetem Hemd und einer ansehnlichen Bierfahne, meine angelesenen kriminologischen Erfahrungen durch und kam zu einem vernichtenden Urteil. Emma und ich waren nicht mehr als zwei Rindviecher auf der verzweifelten Suche nach Reichtum und Ruhm.

»Hier steht es«, holte mich die Hauptkommissarin aus meinem literarischen Tagalbtraum. »Bei der toxikologischen Untersuchung von Frau von Pößnecks sterblichen Überresten wurden Reste von Atropin gefunden. Ein hochgiftiger Wirkstoff, der in kleinen Dosen auch in Medikamenten eingesetzt wird. In Augentropfen und bei Herzproblemen.«

»Vielleicht war Frau von Pößneck krank?«, antwortete ich lapidar. »Ihr Hausarzt hat gestern Abend am Stammtisch noch gesagt, sie sei an Herzversagen gestorben.«

»Das ist richtig, Herr König.« Die Kommissarin war sichtlich angefressen, weil ich sie an der Tür in der prallen Sonne stehen ließ. Vielleicht auch, weil Schober im *Pollo* so indiskret gewesen war. Sie hereinzulassen war auf jeden Fall keine Option. Wegen Olga.

»Atropin ist verschreibungspflichtig und der Arzt der Verstorbenen«, sie blätterte wieder in ihrem Block, »Herr Dr. Schober, hat ausgesagt, er habe ihr nichts Derartiges verschrieben. Zudem sei bei Frau von Pößneck auch nichts von einem Herzleiden bekannt gewesen.« Sie schürzte die Lippen. »Es ist auch nur ein Anfangsverdacht.«

So langsam wurde es auch mir warm an der Haustüre.

Anfangsverdacht? Gegen wen? Ich wusste ja, dass Olga im Verdacht stand, auch den alten von Pößneck und Maria Duarte auf dem Gewissen zu haben ...

»Wir fahnden nach wie vor fieberhaft nach Olga Schostakova«, unterbrach die Kommissarin rüde meine Gedankengänge. Sie stockte kurz. »Nicht mehr nur wegen des Verdachts, Siegfried Jörgensen ermordet zu haben, es könnte sein, dass sie auch den Tod von Herrn von Pößneck und dessen Krankenpflegerin verschuldet hat. Wir haben Hinweise dafür gefunden, dass sich Frau Schostakova in dem Haus aufgehalten hat.«

Richtig, erinnerte ich mich, der Roller in der Garage oder Einfahrt.

»Da auch die von Pößnecks Opfer einer der Raubzüge der Verdächtigen waren ...«, sie unterbrach ihre Rede, »wäre es nicht möglich, dass wir uns irgendwo im Schatten oder Kühlen unterhalten?«

Diese Cordes brachte mich in Erklärungsnöte. Roch sie etwa den Braten? Roch sie gar Olga? Immerhin benutzte sie ein seltenes blumiges Eau de Toilette. Wollte mich diese Polizistin etwa aufs Glatteis führen? Ich machte mir Gedanken darüber, ob Alkohol auch paranoide Episoden auslösen konnte. Ich hatte dazu mal einen Artikel in der Apotheken-Umschau gelesen. Mit den ganzen Gesundheitstipps übrigens ein absolutes Killerblatt für unsere Branche. Schlussendlich war es eine Wolke respektablen Ausmaßes, die mir die Entscheidung abnahm, ob ich diese Frau ins Haus lassen musste.

»Sehen Sie, hat sich schon erledigt mit dem Reinkommen«, witzelte sie. »Ich habe sowieso wenig Zeit. Ich verspreche Ihnen, den Leichnam von Frau von Pößneck so schnell wie möglich freizugeben. Ich möchte einfach sichergehen, dass uns hier nicht eine Straftat durch die Lappen geht. Der Hauptgrund aber, warum ich bei Ihnen bin: Ich bräuchte eine Zeugenaussage.«

Jetzt kam es.

»Wir haben im Haus der von Pößnecks ein Kleid und ein paar Schuhe vorgefunden. Ein sehr elegantes Abendkleid und dazu sehr feine Unterwäsche.«

»Vielleicht hatte Frau von Pößneck vor, in die Oper zu gehen«, fuhr ich dazwischen, »Turandot in Mannheim wird von der Kritik sehr gelobt.«

»Das könnte eine Erklärung sein, hätte da nicht jemand diesen Zettel mit einer Nadel an das Kleid geheftet.« Sie zog einen Plastikbeutel aus der Tasche. Darin befand sich ein Stück Papier, das Maria Duartes Handschrift trug. *Funerale König.*

»Diese Nachricht war offenbar für Sie gedacht.«

Ich zuckte teilnahmslos mit den Schultern und hoffte, damit eine angemessene Reaktion zu zeigen.

»Wollen Sie mir sagen, dass Sie davon nichts wissen?«

Ich schüttelte den Kopf.

»Offensichtlich hat die verstorbene Frau Duarte Kleidung für die Bestattung von Frau von Pößneck gerichtet. Und Sie wissen nichts davon? Seltsam, meinen Sie nicht?« Die Kommissarin sah mich argwöhnisch an.

»Ich bin wirklich überfragt. Vielleicht vorauseilender Gehorsam?«

»Ja, vielleicht«, nuschelte die Kommissarin gedankenverloren in ihre Hand. Sie spielte mit den Fingern an ihrer

Lippe. »Wissen Sie«, Michaela Cordes schien aus einem Sekundenschlaf erwacht zu sein, »der Sohn von Herrn von Pößneck, der seinen Vater und dessen Pflegerin gestern gefunden hat, war sehr erstaunt darüber, dass Sie zur Abholung der Leiche seiner Stiefmutter angefordert wurden.«

Ich tat überrascht und nickte betroffen. »Was für eine Tragödie. Am Stammtisch hieß es, es sei ein bedauerlicher Unfall gewesen«, flunkerte ich.

»Nachrichten verbreiten sich schnell in Ingelrein.« Die Kommissarin lächelte süffisant. »Ob es sich um einen Unfall gehandelt hat, bleibt noch zu klären.« Sie wollte nicht weiter auf das Thema eingehen. »Herr von Pößneck Junior meinte«, fuhr sie fort, »es gebe einen sehr alten Rahmenvertrag mit dem Bestattungshaus in der Nachbargemeinde, einer Firma ...« Die Kommissarin blätterte wieder hektisch in ihrem Block.

»... von Bindeling«, mischte ich mich ungefragt ein. »Das ist mir bekannt.« Ich riss mich zusammen, versuchte, aufrecht zu stehen. War dabei immer noch einen halben Kopf kleiner als die Kommissarin. Ich drückte mein Kreuz durch, versuchte, größer zu wirken. »Frau von Pößneck war offenbar sehr angetan von der Bestattungsfeier, die wir vor einigen Wochen für einen sehr angesehenen Unternehmer und, wenn ich das bemerken darf, einen sehr guten Freund ausgerichtet haben. Daraufhin bat sie mich zu sich, um die Modalitäten einer Beisetzung für ihren Gatten und sich zu besprechen.«

»Ach!« Diesmal unterbrach die Kommissarin mich. »Für Herrn von Pößneck auch? Gibt es darüber eine schriftliche Vereinbarung?«

Diese Frau drängte mich in die Ecke, und ich hatte höchste Not, mir nichts anmerken zu lassen.

»Noch nicht«, redete ich mich heraus, »ich wollte schon längst eine Vorsorgevereinbarung aufsetzen, aber da kam jetzt auch einiges familiäre dazwischen und wer konnte schon damit rechnen, dass die liebe Elvira so plötzlich von uns gehen würde.« Obwohl die Sonne sich immer noch hinter einer massiven Wolke verbarg, stand mir zunehmend der Schweiß auf der Stirn. »Aber«, versuchte ich, das Gesprächsruder wieder in meine Richtung zu drehen, »was hat die Vereinbarung zwischen den von Pößnecks und unserem Institut mit Ihren Ermittlungen zu tun?«

»Erst mal gar nichts. Ich versuche, mir einfach ein Gesamtbild zu machen. Ich weiß ja noch gar nicht, ob es überhaupt etwas zu ermitteln gibt. Bislang sammeln wir nur Informationen. Und da ergeben sich eben viele Ungereimtheiten. Wie zum Beispiel das Atropin im Blut von Frau von Pößneck. Noch mal zurück zu der Kleidung, die für Frau von Pößneck gerichtet war. Ist es üblich, dass Verstorbene in ihren eigenen Kleidern bestattet werden. Auch bei einer Verbrennung?«

»Das ist ganz unterschiedlich«, antwortete ich wahrheitsgemäß. »Aber einfache Talare sind hier auf dem Vormarsch.«

»So wie Frau von Pößneck einen trägt?«

Ich nickte. Die Kommissarin klappte ihren Block zusammen.

»Sie waren also nicht im Hause der von Pößnecks, um die gerichtete Kleidung zu holen?« Sie wartete die Antwort gar nicht ab. »Das haben Sie ja praktisch schon beantwortet. Dann war es das erst mal. Wenn Ihnen noch etwas einfällt …« Sie reichte mir eine Visitenkarte.

Beiläufig nahm ich die Karte in Empfang. »Wie sieht das jetzt mit den sterblichen Überresten von Frau von Pößneck aus? Bringen Sie uns die wieder? Hat Ihnen Herr von Pößneck Junior irgendetwas dazu gesagt?«

»Ich informiere Sie, sobald die Leiche wieder freigegeben ist. Abholen müssen Sie sie dann selbst. Und Herrn von Pößneck ist es offenbar egal, wer seine Stiefmutter bestattet. Es gibt da allerdings auch noch eine Schwester.« Die Polizistin zuckte mit den Schultern. »Das Verhältnis zu den Stiefkindern war wohl nicht besonders gut.« Sie wandte sich zum Gehen. Hielt inne. Drehte sich noch einmal mir zu. »Herr von Pößneck ist überrascht, dass seine Stiefmutter verbrannt werden wollte.«

Ich sah sie fragend an.

»Sie hatte panische Angst vor Feuer.«

***

Nachdem ich die Tür geschlossen hatte, trottete ich apathisch zurück ins Wohnzimmer, setzte die zimmerwarme Flasche Ouzo an und nahm einen herzhaften Schluck. War ich mit einem Schrecken davongekommen oder war diese Begegnung der Beginn eines nicht endenden Schreckens? Wenn nur Emma jetzt an meiner Seite gewesen wäre. *Wo blieb sie denn nur?* Oder wenigstens Renate. Ich hatte echte Probleme, wenn ich zu deren Lösung sogar meine verstorbene Frau herbeisehnte. Nicht, dass sie mir jemals eine echte Hilfe gewesen wäre.

Aus der Ladeschale nahm ich das drahtlose Telefon, wählte die Nummer des Pfarrhauses, ließ mir eine Ausrede einfallen. Irgendwas mit Fehler im Kalender. Pfarrer Moselfelder reagierte knurrig. Nichts war für ihn schlimmer, als einen Leichenschmaus zu verpassen. Er kam stets als Erster und verließ jede Trauerfeier als Letzter. Meist in stark vergeistigtem Zustand. Dass es eh keinen Kaffee-und-Kuchen-Nachmittag mit anschließendem Abendessen gegeben hätte, verschwieg ich natürlich.

Beim Bauhof der Gemeinde war man weitaus emotionsloser. Man würde die Arbeit trotzdem berechnen. Natürlich würde man das.

Das Zweitwichtigste war erledigt. Jetzt kam der Teil, vor dem ich mich den ganzen Mittag über erfolgreich mit Bier und Schnaps gedrückt hatte. Ich musste einer völlig unschuldigen jungen, usbekischen Reinigungsfachkraft klarmachen, dass es an der Zeit war, das Land zu verlassen, und dass ich bereits ein Ticket für sie gelöst hatte.

Ich zog mich wieder halbwegs anständig an. So derangiert, wie ich war, wollte ich Olga nicht unter die Augen treten. Es musste jetzt erledigt werden. Auch weil ich jeden Moment damit rechnete, dass Susanne wieder nach Hause kam. Eine zweite Begegnung der beiden jungen Frauen hätte ich in meinem Zustand nicht schlüssig erklären können.

Ich fühlte mich wie auf dem Gang nach Canossa, als ich die ausgetretenen Holzstufen ins Obergeschoss unseres Hauses emporstieg. Nur dass am Ende des Weges kein Papst wartete. Nun gut, ich war ja auch nicht Heinrich IV.

Die Stille im Haus war ohrenbetäubend. Zaghaft klopfte ich an die Tür des Gästezimmers. Nichts. »Olga?« Ich flüsterte fast. Wusste nicht warum. Klopfte noch einmal. Ein kaum hörbares Miau. Hier versteckte sich Hades also. Bei Olga. Ich drückte die Klinke herunter. Langsam. Was ein Fehler war. Vom langgezogenen Quietschen der wenig benutzten Mechanik blieb mir fast das Herz stehen. Ich schob die Tür einen Spalt auf. Der Kater quetschte sich zwischen Rahmen und Türblatt, konnte gar nicht schnell genug aus dem Zimmer fliehen.

»Olga?« Keine Ahnung, warum ich in das menschenleere Zimmer hineinrief. Erwartete ich, dass sie unter dem Bett hervorkroch oder in einem von Renates Kleidern aus dem Schrank sprang?

Verzweifelt, wütend, entsetzt legte ich im Geiste Mozarts Requiem auf. Mir war nach Rex tremendae, dem Zorn Gottes. Stattdessen rollte ich mich auf dem Bett in Embryonalstellung zusammen und weinte ein leises Lacrimosa.

Irgendwo weit entfernt mischte sich Beethovens Fünfte von meinem Handy disharmonisch in mein ganz privates Totenamt.

28 Tag 24 – Dieser Tag will einfach nicht enden

Massimo schaute finster hinter der Theke hervor, als ich das *Pollo* betrat. Obwohl ihm der Edelstahltresen bis zur Brust reichte – Massimo war sogar noch kleiner also ich –, füllte seine Aura den ganzen Raum. Gut, der war auch nichts besonders groß. Gerade mal sieben Tische passten in das Vereinslokal der Kleintierfreunde. Links hinten, neben dem Tresen, befand sich der Stammtisch, an dem ich mir am Vorabend das Veilchen eingefangen hatte. Das Gelände um mein geschundenes Auge fing wie auf Kommando an zu pochen. Aber Hansjürgen war gar nicht da. Erwartungsgemäß war an diesem Nachmittag niemand da. Außer Emma, die dösend ihren Kopf vor einem halben Bier und drei leeren Schnapsgläsern abgelegt hatte.

»Werre bezahle die Schade?« Massimo ließ den Kopf leicht nach hinten wippen. Erst jetzt fiel mir jene Stelle hinter der Theke auf, an der sonst Wein- und Wassergläser standen. Jetzt stieß ich dort nur auf gähnende Leere und die Reste des für ältere Barschränke üblichen Spiegels.

Emma grunzte sabbernd, als ich mit dem Finger auf sie zeigte. »War sie das etwa?« Ich sah ungläubig zum Wirt des *Pollo*.

»La furia!« Er schleuderte mit großer Geste ein Geschirrhandtuch auf den Tresen. »Deine Freundin isse besessen von die Diavolo!«

»Was ist den passiert?« Ich hatte selbst große Not, mich auf den Beinen zu halten. Am liebsten hätte ich mich zu Emma gesetzt, die just begann, leise zu schnarchen. Fünfmal hatte Massimo versucht, mich auf dem Handy zu erreichen, bis ich es endlich über mich gebracht hatte, mich aus der kauernden Haltung auf dem Gästebett zu erheben.

»Isse gekommen rein vor gut swei Stunde, hatte bestellt Weiseweine und eine Snaps«, begann Massimo, mittlerweile etwas entspannter, zu erzählen. »Danne hatte gejammert. Wege de Siggi. Sie jetzte isse pleite, nixe mehr soldi, also Gelde. Danne noch eine Snaps und eine Bier, noch eine Snaps und eine Bier und aufe einmal la furia smeise Bierkrug aufe mich. Fanculo!«

»Fanculo heiß übrigensss Fuck!« Auf wundersame Weise kam Emma kurzzeitig zur Besinnung. Sie sah mich mit glasigen Walrossaugen an, drehte den Kopf und schnorchelte weiter. Ich beschloss, mich neben sie zu setzen. Bestellte ein Bier und einen Willi bei Massimo. Er nahm das Geld, servierte widerwillig und ließ Emma und mich dem Abgrund entgegenstürzen.

29 Tag 25 – Emma

Susanne sah Emma und mich vorwurfsvoll an, während sich die Alka Seltzer in den Gläsern vor uns sprudelnd auflösten.

»Was ist mit euch beiden eigentlich los?« Meine Tochter schüttelte ihren Kopf vor lauter Entrüstung so heftig, dass mir meiner davon wehtat. »Erst holt ihr euch eine Gespielin ins Haus, was ich schon sehr, wie soll ich es nennen, abstrus finde, und jetzt macht ihr beide eine Sauftour durchs Dorf? Du machst uns zum Gespött im Ort!«

Ich muss gestehen, dass ich zu diesem Zeitpunkt nur eine vage Vorstellung von der hinter uns liegenden Nacht hatte. Nachdem ich mein Herrengedeck bei Massimo getrunken hatte, so viel weiß ich noch, wurde Emma wieder wach. Mit dem Versprechen, den Schaden, den Emma angerichtet hatte, der Versicherung zu melden, hatte uns der Wirt des *Pollo* gegen Zahlung der Zeche gehen lassen. Ich erinnere mich sogar noch, wie wir es bis zum *Grünen Baum* geschafft hatten. Ab da wird es jedoch dunkel. Was ich am nächsten Morgen noch wusste: Sowohl Emma als auch ich hatten allen Grund gehabt, uns die Kante zu geben, aber keiner von uns beiden war zu diesem Zeitpunkt über die Beweggründe des anderen aufgeklärt. Somit war die Antwort auf Susannes Frage, was denn nur mit uns los sei, eine schwierige. Was Emma dazu veranlasst hatte, sich sinnlos zu betrinken, wusste ich schlicht nicht, ich hatte allenfalls eine trübe Ahnung, und meine Beweggründe konnte ich Susanne gegenüber auf keinen Fall preisgeben.

Weißt du, mein Schatz, die hübsche junge Frau, die dir im Bad begegnet ist, ist gar keine Sexgespielin. Sie ist einfach nur ein armes Hascherl, dem man einen, zwei oder sogar vier Morde anlastet, die es aber gar nicht begangen hat, sondern ich. Und deine Stiefmutter in spe natürlich. Was soll ich sagen, aus Angst, die junge Frau könnte mich verpfeifen, habe ich beschlossen, sie durch einen Menschenhändler außer Landes zu schleusen. Aber jetzt ist das arme Hascherl abgehauen, und ich habe keine Ahnung, wie ich aus dieser Angelegenheit wieder heil herauskommen soll.

Nein, das konnte ich Susanne nun wirklich nicht sagen. Emma, die bis dahin geschwiegen hatte, schien meine Gedanken zu lesen.

»Weißt du, Kindchen«, wandte sie sich direkt an Susanne, »wir sollten ab sofort du zueinander sagen. Du hast vielleicht die Spannung zwischen deinem Vater und mir in den letzten Tagen bemerkt ...« Sie machte eine kurze Pause, hielt sich den Kopf. »Das ist in unserem Alter nicht mehr so leicht. So viele Veränderungen, Neuerungen in so kurzer Zeit. Ich habe gerade meinen Mann verloren, mich dann nach Jahren wieder in deinen Vater verliebt, da bleiben Spannungen nicht aus.«

Emmas Charade bewirkte Erstaunliches. Susanne setzte sich zu ihr, nahm ihre Hände. Ich glaubte, Wasser in ihren Augen zu sehen.

»Und gestern musste einfach der Korken aus der Flasche. Da musste der Druck der letzten drei Wochen raus.«

Sie lächelten sich selig an. »Und du weißt doch«, schickte Emma augenzwinkernd hinterher, »je oller, desto doller.«

Nun bekam auch ich Susannes Ergriffenheit zu spüren. Die Knöchel meiner rechten Hand traten weiß hervor, so sehr liebkoste meine Tochter nun auch mich.

»Wisst ihr was?« Mit einem Mal sprang Susanne auf. »Ich schmeiße den Laden heute ganz alleine. Ihr müsst euch um nichts kümmern. Nur um euch selbst. Macht ein bisschen Wellness. Die Sauna im Aquadrom in Hockenheim ist wirklich schön. Die im Keller steht ja voller Müll. Entspannt euch.« Susanne legte eine rhetorische Pause ein. »Was haltet ihr davon?«

***

Emma hielt sich den Kopf mit beiden Händen. Sie begann bitterlich zu weinen, kaum hatte Susanne das Haus verlassen. »Ich bin pleite!« Sie schluchzte, warf ihren Kopf an meine Brust. »Sie nehmen mir sogar die Villa weg.«

Die Frage, warum sich Emma ganz gegen ihre Natur am Vortag bereits so früh dem Alkohol hingegeben hatte, war damit beantwortet. Der Banktermin.

»Wie ... was ... warum ... das kann doch nicht sein«, stammelte ich, »du erbst doch. Dein Vater und dann Siggi ...« Ich war völlig von der Rolle.

»Siggi hat mir doch die ganze Scheiße eingebrockt. Es sind seine Schulden. Siebenstellig. Ich werde bis an mein Lebensende zahlen müssen.« Erneut schüttelte sie ein fürchterlicher Weinkrampf.

Mit vielen Fragen und noch mehr Schmerzen im Kopf

ließ ich mich zurück auf meinen Stuhl fallen. Schob Emma dabei sacht von mir.

»Hast du mir nicht erzählt, dass Siggi klotzig verdient hat?«

Keine Reaktion. Nur Schluchzen.

»Was genau hat Siggi eigentlich gearbeitet, nachdem er die Schlosserei deines Vaters in den Sand gesetzt hatte?«

»Irgendwas mit Geld, das weißt du doch«, klang es dumpf aus den verschränkten Armen, in denen Emma ihren Kopf versteckt hielt.

Mich beschlich, nicht zum ersten Mal in den letzten Tagen, ein ungutes Gefühl. »Lass mich raten. Anlageberatung? Vermögensbildungsberatung?«

»Ja, so ähnlich. Genau weiß ich es auch nicht.«

»Wie, genau weißt du es nicht?« Ich begann mich aufzuregen. »Du warst fünfunddreißig Jahre mit diesem Mann verheiratet und weißt nicht genau, was er beruflich gemacht hat?«

»Es waren nur zweiunddreißig Jahre«, zickte mich Emma an, »und es war immer genug Geld im Haus. Was hätte es mich kümmern sollen?« Mit großer Geste versuchte sie, ihr von der Nacht zerzaustes Haar in Form zu bringen. Ein vollkommen sinnloses Unterfangen bei dem verheulten Gesicht, auf dem das Make-up des Vortages noch verwischt war.

Was hatte dieser brutale und empathielose Vollpfosten eigentlich gekonnt, außer halbwegs gut auszusehen und bisweilen recht charmant zu sein?, ging es mir durch den Kopf, während ich unter dem Tisch die Faust ballte.

»Gut.« Ich versuchte, ruhig zu bleiben. »Dann lehne

die Erbschaft ab und behalte das Haus. Niemand kann dich zwingen, Siggis Schulden zu erben!«

»So leicht ist das nicht.« Emma leerte ihr Glas mit der aufgelösten Alka Seltzer in einem Zug. Setzte sich aufrecht hin, rieb sich mit dem Ärmel ihres schwarzen Kleides, das sie immer noch trug, den Rotz von der Nase. »Als Siegfried damals mit der Schlosserei pleiteging, hat er für das neue Geschäft keinen Kredit bekommen. Erst als ich mich bereit erklärte, für ihn zu bürgen.«

Ich ließ meinen Kopf auf die Tischplatte sinken. Übte mich in Zen. Atmete tief ein und wieder aus. Sammelte mich. »Das ist doch aber Ewigkeiten her.«

»Da war noch mehr. Sehr viel mehr.« Sie schluckte trocken.

Und schon wieder hatte ich ein ungutes Gefühl. Und das vollkommen zu Recht.

»Siggi hat offenbar Gelder seiner Kunden veruntreut«, hob sie an. Es fiel ihr nicht leicht. »Er hat Kundengelder eingesammelt und in irgendwelche dubiosen Investments gesteckt. Am Anfang ist es wohl auch gut gelaufen. Siggi hatte Glück. Wie immer.« Emma lachte spöttisch. Dann kam die Bankenkrise. Siggi war extrem gereizt zu der Zeit. Also noch mehr als sonst. Seit gestern weiß ich, dass er fast wieder pleitegegangen wäre.« Sie nahm einen Schluck von dem fast kalten Kaffee. »Und plötzlich war alles wieder im Lot. Von heute auf morgen. Wir gingen wieder schick essen, Siggi kaufte sich einen neuen Mercedes.«

Ich rieb mir verwundert die Augen. »Hast du nicht gefragt, was auf einmal anders war?«

»Ich hab's mal versucht. Hat mir mal wieder ein blaues Auge eingebracht.«

»Aber ...«

»Ich weiß, was du denkst. Wie konnte ich nur auf diesen Blender hereinfallen?« Sie lachte bitter. Zog ungehemmt die Nase hoch. Mit den verlegten Haaren, den Knittern im Kleid und dem verschobenen Make-up hatte Emma im Moment etwas von einer abgehalfterten Bahnhofsdirne. Die Frage war rhetorischer Natur gewesen. Sie beantwortete sie selbst. »Du erinnerst dich bestimmt noch an unsere Schulzeit.« Ich nickte stumm. »Ich war immer die Dürre, die Unscheinbare, kein Junge wollte mit mir gehen, so haben wir das doch damals genannt. Es hat mich ja nicht mal einer angesehen.«

Ich wollte protestieren.

»Ja, ich weiß, du hast mich angesehen. Aber eher, wie man ein Stück Kuchen oder ein Eis mit Sahne ansieht.«

Der Vergleich zauberte uns beiden ein dezentes Lächeln ins Gesicht.

»Das ging jedenfalls im Gymnasium, ja sogar im Studium genau so weiter. Und dann tauchte aus dem Nichts Prinz Siegfried auf.« Emma hob den Kopf, breitete huldvoll die Arme aus. »Groß, schön, unerschütterlich. Statt eines weißen Pferdes gab es einen schwarzen Mustang und alles Weibliche in Ingelrein lag ihm zu Füßen. Er hätte alle haben können. Aber er wollte mich.«

»Ja, mein Gott, ich kenne die Geschichte«, reagierte ich eine Spur ungehalten. »Erzähl mir lieber, wie es geschäftlich mit Siggi weiterging.« Ich entwickelte eine gewisse Sensationsgier.

»Ganz genau hab ich es auch nicht verstanden. Er hat offenbar immer wieder neues Geld akquiriert, mit vermeintlichen Gewinnen die Bestandskunden zufriedengestellt ...«

»Ein Schneeballsystem«, fiel ich ihr ins Wort.

»Exakt«, bestätigte Emma.

»Und das hat die ganzen Jahre funktioniert?« Ich war einigermaßen entgeistert.

»Nicht immer.« Sie nahm sich eine Serviette aus dem Spender auf dem Tisch und schnäuzte sich herzhaft. »Wenn es Lücken gab, hat die Bank diese stillschweigend vorübergehend gefüllt. Hansjürgen hat offenbar gegen eine kleine Provision den Weg hin und wieder freigemacht. Und dann gab es da noch einen Geschäftspartner. Ein gewisser Damian. Unangenehmer Typ. Grieche glaube ich. War zwei- oder dreimal bei uns. Immer, wenn es offenbar eng wurde mit dem Geld. Und aktuell gibt es laut Hansjürgen einige Außenstände.«

»Und was hat das verdammt noch mal mit dir zu tun?«

»Meine verdammte Bürgschaft von damals. In meinem Leichtsinn habe ich offenbar vergessen, sie zeitlich zu befristen. Ja, ich könnte dagegen klagen und auch Hansjürgens Machenschaften aufdecken. Dann geht er bestimmt in den Bau. Ich aber auch. Kein Mensch würde mir glauben, dass ich von alledem nichts gewusst habe. Wenn ich zahle und stillhalte, wird alles gut, meint Hansjürgen.«

»Du willst mir damit sagen, dass du heute noch für alles haftest, was Sigi verbockt hat? Und dass Hansjürgen seinen Arsch mit deinem Rock rettet?« Ich war ein wenig stolz auf dieses anschauliche Bild.

Emma strich die Falten ihres Kleides glatt. »So hat es mir Hansjürgen gestern erklärt.«

Ich kochte. Nein, ich raste vor Wut. Da war er wieder, Hansjürgen. Der ewige zweite Stellvertreter der Ingelreiner Sparkassenfiliale, der angebliche Bewahrer westlicher Freiheit, der ewige Junggeselle und der Typ, dessen Existenz mir einfach nur gewaltig auf den Sender ging. Übrigens ein inniger Spezi von Artan Kurti. Welch eine Überraschung. Ich ertappte mich dabei, wie ich schon wieder anfing, jene To-die-Liste zu erstellen, die ich am Anfang unserer Geschichte aus guten Gründen verworfen hatte. Und schon wieder stand der Name Hansjürgen ganz oben auf dem Zettel. Fett und unterstrichen.

»Über wie viel Geld reden wir?«, fragte ich ängstlich.

»Dreieinhalb Millionen Euro. Papas Erbe und die Villa bringen etwa drei Millionen.« Schlagartig schossen ihr die Tränen in die Augen. Sie begann erneut, jämmerlich zu schluchzen.

»Du brauchst einen Anwalt.« Ich drückte Emmas Hand. Innig. Verbindlich. »So einen Denny Crane oder besser noch einen Alan Shore, du weißt schon, wie in dieser Fernsehserie.«

Sie sah mich verstört an. Offenbar hatte sie *Boston Legal* nicht gesehen.

»Was anderes.« Emma wurde die Diskussion augenscheinlich unangenehm. Sie wechselte das Thema. Ich insistierte vorerst nicht weiter. »Was ist eigentlich mit Olga? Hast du eine Lösung für sie gefunden?«

Erst jetzt wurde mir klar, dass wir zwar vom späten Nachmittag bis in die Nacht dem Alkohol gefrönt, aber kein Wort miteinander gesprochen hatten. Zumindest kein wichtiges.

»Olga ist weg«, entfuhr es mir spontan. Und ich hatte nicht einmal gelogen. Es schien mir unangebracht, meine Lebensgefährtin in diesem Zustand mit allzu vielen negativen Nachrichten zu behelligen. Zu meiner Beruhigung gab sich Emma mit dieser Information zufrieden. Vorerst.

»Allerdings ...« Ich verzog das Gesicht wohl ein wenig zu dramatisch, jedenfalls reagierte Emma sehr impulsiv.

»Was?«

»Na ja ...« Auch ich griff, mehr aus Verlegenheit, zu meinem Glas mit Alka Seltzer. »Die von Pößneck konnten wir nicht bestatten.«

»Wieso?« Emma wirkte unbeeindruckt. »War der Pfarrer krank?«

In dürren Worten schilderte ich Emma die Ereignisse des gestrigen Tages, beginnend beim Auftritt des aufgelösten Rüdiger Kozlowski über das Erscheinen von Hauptkommissarin Michaela Cordes an der Haustüre bis hin zu meinem Weinkrampf auf dem Gästebett. Den eigentlichen Grund für Letzteren verschwieg ich geflissentlich.

Emma indes reagierte verstörend ungerührt auf die Neuigkeiten. Gelassen stand sie auf und nahm sich eine Tasse von dem Kaffee, den Susanne aufgesetzt hatte.

»Mach dir wegen des Likörs keine Sorgen.« Sie nahm einen Schluck. »Der ist nicht mehr im Haus.«

Ich sah sie fragend an.

»Das Fläschchen habe ich nicht mehr.«

Mein Blick wurde fragender.

»Ich habe den Likör unter Olgas Sachen versteckt. Vorsorglich.«

30 Tag 25 – Ich und später auch Emma

Auf der einen Seite hatte mich das Katerfrühstück mit Emma ein wenig entspannt, zumindest was die *Akte Olga* anging, auf der anderen brachte mich die Wut auf Hansjürgen fast um den Verstand. Die Zeit auf dem Lokus, unter der Dusche und beim Rasieren verbrachte ich ausnahmslos mit dem Gedanken, Hansjürgen Kreimes über den Jordan zu schicken. Oder ins Jenseits, ins Nirwana, meinetwegen auch in die ewigen Jagdgründe. Doch wie sollte ich Hänfling einem Muskelprotz wie ihm beikommen? Eine direkte Konfrontation schied von vorneherein aus. Heimtücke wäre der einzig gangbare Weg, diesem widerwärtigen Subjekt beizukommen. Ich begann, Emmas Fläschchen zu vermissen. Wobei ein Giftmord schon eine Spur zu weibisch war, besonders vor dem Hintergrund meines patriarchalen Traumas. *Lass es wie einen Unfall aussehen,* säuselte ich auf Don-Vito-Corleone-Art mit finsterer Miene in den Duschkopf. Das Brennen des Shampoos in den Augen machte die subtile Gefahr, die ich vermitteln wollte, allerdings jäh zunichte.

Als ich mit krebsroten Augen vor dem Spiegel stand und mich abtrocknete, dachte ich an Susannes Bemerkung über die Sauna im Keller. Seit bestimmt fünfzehn Jahren hatte niemand mehr darin geschwitzt. Genau genommen hatten wir, Renate und ich, sie nur zweimal gemeinsam genutzt. Danach hatte meine verstorbene Frau, Gott hab sie selig, festgestellt, dass ihr Kreislauf nicht für die feuchte Hitze und sie im Allgemeinen nicht für die Enge der viel zu kleinen Kabine geschaffen sei. Danach hatte ich noch zwei- oder dreimal die kleine Wellnessoase im Keller aufgesucht, bis mir Renates Gejammere über die hohen Stromkosten auch diese kleine Freude vergällt hatte. *Ob die Konzentrate für die Aufgüsse noch im Regal neben der schmalen Dusche stehen?*, fragte ich mich, während ich mich abtrocknete. Ich streifte mir den Bademantel über und beschloss nachzusehen.

***

Das rotbraune Rohr gab glucksende Geräusche von sich, während ich im roten Frottee und Filzpantoffeln, mir das wenige Haupthaar raufend, auf die Unordnung im Keller besah. Emma duschte. Sie brauchte jetzt einige Momente für sich. Musste die unliebsame Begegnung mit Hansjürgen wirken lassen, verdauen. Ich hatte also Zeit. Das Glucksen verstummte. Ein Summen aus dem Kellerraum nebenan erinnerte mich daran, mal wieder einen Blick in die Tiefkühltruhe zu werfen. Aber nicht jetzt. Ich begann mehr lustlos als motiviert, ein paar Kartons so zu drehen und zu kippen, dass ich die Beschriftung lesen konnte. *Wintermäntel Renate* stand mit schwarzem Edding auf der obersten von drei Kisten. Sie war im Frühjahr gestorben. Den grauen Wollmantel für unter der Woche und den schwarzen Pelz für Sonn- und Feiertage hatte ich nicht mal zwei Wochen vor ihrem Tod eingemottet. Pünktlich am Samstag nach Ostern. Eine von einem guten Dutzend Routinen, die für Renate essentielle Bedeutung gehabt hatten. So wie der Frühjahrsputz an den drei Tagen vor Karfreitag, das Ansetzen des Rumtopfs an Pfingsten, das Einkochen von Früchten in der letzten Augustwoche und das Ein- und Ausmotten saisonaler Kleidung an akribisch festgelegten Tagen.

Ich öffnete den Karton. Die feine Staubschicht löste sich, stieg mir in die Nase. Ich nieste in den Ärmel meines Bademantels. Sah beiläufig hinein, erinnerte mich. Als hätte ich sie erst gestern hineingelegt. Zwei Mäntel, aus der Zeit gefallen. Schon vor acht Jahren eher Seniorenchic denn kleidsame Accessoires. Nicht mal Mäuse oder Motten hatten Gefallen daran gefunden. Ob sich in der Kleiderkammer der Arbeiterwohlfahrt eine Liebhaberin finden würde? Ich schob den Karton in den Kellerflur, nahm mir den nächsten vor. Renates Winterpullover. Einpackt in Plastiktüten. Sie passten modisch zu den Mänteln. Ich wollte die Kisten nicht trennen.

In der nächsten Stunde schob, trug und hievte ich einen Karton nach dem anderen aus dem Saunakeller. Immer seltener sah ich hinein. Am Ende las ich nur noch die Aufschrift. *Service Blumendekor Goldrand, Umstandskleider Renate* (eine Kiste mit der Aufschrift *Umstandskleider Hermann* suchte ich indes vergebens)*, Einmachgläser, Weihnachtsschmuck, Bettwäsche weiß, Bettwäsche blau, Laken, Jugendbücher ...*

Wenn man den Inhalt einer Kiste seit zehn, fünfzehn oder zwanzig Jahren nicht benötigt und vor allem nicht vermisst hat, braucht man ihn definitiv nicht mehr. Ich schob einen Teil der Kisten in den Heizraum, einen anderen in das, was einmal als Hobby- oder Partykeller gedacht gewesen war. Die Kleider ließ ich im Flur vor der Treppe stehen. Ich wollte sie am selben Tag noch wegbringen.

Ich hatte mich bis zur Tür der Sauna vorgekämpft und erfreut festgestellt, dass die schummrige Lampe hinter der obligatorischen papierdünnen Holzverkleidung noch funktionierte. Ein erster, flüchtiger Blick in das Innere gab keinen Hinweis auf Schimmel, Flechten oder sogar tierische Bewohner. Ich zog am Holzgriff – die Gummirolle des typischen Saunatürverschlusses war etwas schwergängig. Ein Tropfen Öl oder WD 40 würde hier Abhilfe schaffen. Erwartungsgemäß roch es etwas muffig, aber es war nicht so schlimm, wie ich befürchtet hatte. Immer noch dominierte der Geruch des Harzes der alten Kieferpaneele. Sogar die Düfte der letzten Aufgüsse waren entfernt auszumachen. Etwas Orange, eine Spur Eukalyptus, ein Hauch Latschenkiefer. Ich setzte mich auf die untere der beiden über- und hintereinander postierten Holzliegen, streifte die Filzpantoffeln ab. Vorsichtig, als würde ich einen bislang unerforschten Kontinent betreten, setzte ich meine nackten Füße auf die Holzdielen am Boden. Die Diele ganz vorne an der Türe knarzte immer noch. Es störte mich nicht. Es war vertraut.

Es war Zeit für den nächsten Schritt. Ich musste zwei weitere Kisten Geschirr verschieben, um an den kleinen Sicherungskasten neben der Sauna zu kommen. Ein Glücksgefühl durchströmte mich, als das Panel nach dem Einschalten der Sicherungen zu leuchten begann. Dreiundzwanzig Grad zeigte das Thermometer, erfrischend kühl für diesen heißen Sommer, daneben forderte mich das vergilbte Tastenfeld auf, eine Zieltemperatur einzugeben. Ich tippte achtzig ein und drückte auf Enter. Keine fünf Sekunden später begann es im Inneren zu knacken.

Meiner ursprünglichen Idee folgend machte ich mich auf die Suche nach den Flaschen mit den Aufgusskonzentraten. Wie in einem vergessenen Apothekerschrank standen die braunen Gefäße in Reih und Glied. Staubig zwar, die Etiketten aber noch deutlich lesbar: *Orange, Eukalyptus, Latschenkiefer.* Ich öffnete sie der Reihe nach. Fest verschlossen und im Dunkeln gelagert, hatten die Düfte nichts von ihrer Kraft eingebüßt.

Geradezu euphorisch wandte ich mich der Dusche zu. Hinter dem milchigen Plastikvorhang stand noch ein Stapel Kartons. Ich schnappte mir die oberste Kiste. Nur mit Mühe konnte ich sie herunterwuchten. Ich stellte sie auf den Boden, verschnaufte kurz. Dann fiel mir die Beschriftung ins Auge: *Platten HT.* Die spontane Saunaaktion entwickelte sich zur Schatzsuche. Ehrfürchtig öffnete ich die braunen Deckel. Der Duft der Plattencover strömte mir entgegen. Ein Odeur ähnlich dem einer Buchhandlung, besser eines Antiquariats. Wussten Sie übrigens, dass der Geruch des Papieres von dessen langsamer Zersetzung herrührt? Vergänglichkeit zum Anfassen. Ich griff hinein, bekam eine Aufnahme von 1976 mit Mozarts Klavierkonzert Nr. 22 zu fassen. Am Flügel der begnadete Alfred Brendel zusammen mit der *Academy of St. Martins in the fields* unter Sir Neville Marriner. Die nächste Scheibe war noch älter. Die *IV* von Led Zeppelin mit *Stairway to heaven.* Dazwischen einige Singles. *Paul Anka, Elvis Presley, die Beatles.* Sogar die Bravohits I von 1992 fand ich in dem Karton. Unvergessen. Ein Geschenk unserer damals siebenjährigen Tochter. Fats Domino, Roxette, Klaus Doldiger und Hape Kerkeling mit *Hurz* auf einer Platte. Heute undenkbar. Ich schwelgte in Erinnerungen, hatte fast zu jeder Platte eine Geschichte im Kopf. Mein Vater hatte gerne Milva aufgelegt, wenn meine Mutter nicht im Haus war. *Freiheit in meiner Sprache heißt Liberta* war immer als Erstes gekommen. Neil Diamond *Jonathan Livingston Seagull* kam mir in den Sinn. Renate war immer fuchsteufelswild geworden, wenn ich es abspielte. Es war damals Emmas Lieblingsplatte gewesen. Oder hier, Tschaikowskys *Nussknacker.* Susannes bevorzugte Ballettsuite, wenn sie Ballerina spielte. Im schwarzen Gymnastikanzug mit einem weißen Handtuch um die Hüfte als Röckchen.

»Hermann?«

Ich schreckte aus meinem Tagtraum. Sah mich um. Um mich herum lagen jede Menge Schallplatten auf dem jetzt freien Fliesenboden. Grün mit Blumendekor.

»Hermann, bist du da unten?«

Ich hörte Emma die Treppe herunterkommen. Die Holztreppe knarzte.

»Und was riecht hier so? Nach Orange und Eukalyptus. Oder ist das Latschenkiefer?«

***

Ich entkorkte die zweite Flasche Primitivo, während Procol Harums *A Whiter Shade of Pale* aus den Plastiklautsprechern schepperte. Euphorisiert hielt Emma das Plattencover der Kuschelrock eins von 1989 in der einen, das Weinglas in der anderen Hand. Splitterfasernackt hatten wir zuvor getanzt. Dabei Jennifer *Rushs Power of love* gegrölt, den ersten Song auf der Platte, und geknutscht hatten wir wie notgeile Teenager.

Emma hatte ein Leuchten in den Augen gehabt, als sie die Cover auf dem Boden hatte liegen sehen. Auch für sie waren es mehr als nur Schallplatten. In Vinyl gepresste Erinnerungen und ein auf Pappe gedrucktes Lebensgefühl. Aus dem Leuchten war ein Funkeln geworden, als sie die Wohlgerüche der sich aufheizenden Holzbutze hatte zuordnen können.

Sie hatte nicht lange gefackelt. Hatte sich das Orangenaufgusskonzentrat vom Regal geschnappt, den Holzbottich mit Wasser aus der Dusche ausgespült – die Armatur funktionierte zu meiner Überraschung noch tadellos – und den Aufguss angesetzt. Fast wortlos hatte ich mich mitreißen lassen. Hatte mich erinnert. In der einen Kiste war sie noch, die Kompaktanlage aus den Achtzigern. Radio, Plattenspieler, Kassettenrekorder. Der Rauchglasdeckel hatte immer noch diesen einen Riss. Vierter September 1986. Mein dreißigster Geburtstag. Renate hatte mich zum Gespött gemacht. Vor unseren wenigen damaligen Freunden, die eigentlich nur ihre Freunde waren. Die Namen längst vergessen. Austauschbare Gestalten, oberflächlich, farblos, mit Mitte dreißig schon die Rente erwartend und dem Tod entgegensterbend. Die Anlage war mein Geburtstagsgeschenk gewesen. »Für die Totengräbermusik«, hatte Renate damals gespöttelt und meine damalige Liebe zu

Bruckner und Mahler den ganzen Abend durch den Dreck gezogen. Dann war ich aus mir herausgegangen, hatte mir mit der flachen Hand Luft gemacht.

Die Anlage war jedenfalls schnell aufgebaut, die erste Platte aufgelegt. *Haertbreaker* mit Paul Anka, Neil Sedaka, Doris Day … Die Lieblingsplatte meiner Mutter. Heile Welt zum Auflegen. Damals und heute.

Mit einem Mal erfüllte Leichtigkeit den Raum. Keine Bank, kein Hansjürgen, keine Olga, keine Toten. Dafür die erfreuliche Erkenntnis, mein bescheidenes Weinlager und zwei ältere Campingliegen direkt nebenan zu wissen. Ich schenkte Emma von dem Primitivo nach, dessen Etikett Aromen von Zimt, Nelken und schwarzem Pfeffer versprach. Ich schmeckte Rotwein. Die Flasche für fünfunddreißig Euro, gekauft für einen besonderen Anlass. Das Heute war besonders. Wir prosteten uns zu. Freddy Mercury sang derweil vom großen Blender. Nach dem vierten Saunagang bei neunzig Grad gönnten wir uns eine etwas längere Pause. Schon nach dem dritten waren wir beide eingenickt. Keine Ahnung, wie lange. Überhaupt war uns die Uhrzeit egal. Alles war uns egal. Losgelöst von Zeit und Raum.

»Willst du mich heiraten?« Emma drehte ihr Glas gegen das schwache Licht der Kellerlampe. Ihre Haut schimmerte silbrig, fast brüchig. Wie weißer Marmor. Majestätisch.

»Ja!«

Ich verschluckte mich. War überrascht von meiner eigenen spontanen Reaktion. Und auch wieder nicht. Die Frage war so logisch, so vorbestimmt. Die Antwort also alternativlos.

Emma stellte ihr Glas auf dem Boden ab, legte das Plattencover daneben. Stand auf, setzte sich auf mich, küsste mich innig. Wir liebten uns noch inniger. Aus den Lautsprechern schepperte *Breathless* von Victor Lazlo.

31 Tag 25 – Artan

Im Keller war es unerträglich heiß, was daran liegen mochte, dass die Sauna seit weiß Gott wie vielen Stunden im Dauerbetrieb Wärme produzierte. Und so nebenbei hatten wir auch noch Hochsommer. Die beiden Flaschen Primitivo, denen wir zwischen dem vierten und fünften Saunagang noch einen leidlichen Dornfelder folgen ließen, hatten uns ausgeknockt. Emma hatte so gar nichts Majestätisches mehr, als sie zwar immer noch nackt, aber sabbernd und röchelnd auf der Campingliege lag.

»Papa?« Susannes Stimme klang wie durch Watte gedämpft. »Emma?«

Die Stimme blieb gedämpft, wurde nur etwas lauter. Susanne schien die Kellertreppe herunterzulaufen. Hatte ich etwas an? Mit geschlossenen Augen versuchte ich, meinen aktuellen Zustand in Sachen Bekleidung zu erahnen. Woher wusste ich, dass Emma nackt war? Hatte ich doch kurz die Augen geöffnet?

»Wo seid ihr beide?«

Susanne kam näher. Sollte ich sie darauf hinweisen, dass sie vielleicht etwas sehen könnte, was sie eventuell nicht sehen wollte? Ich war mir jetzt sicher, dass ich ebenfalls völlig unbekleidet war. Also nichts, was Susanne nicht schon gesehen hätte. Zumindest vor fünfundzwanzig oder dreißig Jahren. Es würde sie vielleicht schockieren, dass ich mich seitdem ein wenig verändert hatte. Vor allem um die Hüfte. Zu viel Wein, zu viel Bier, zu viel Pasta bei Massimo im *Pollo*.

»O mein Gott!«

Instinktiv schreckte ich hoch, hob das Badetuch vom Boden auf und warf es über Emma. Ritterlich, aber halbherzig. Das Saunatuch glitt in Zeitlupe zurück auf den Boden. Deutlich langsamer, als Susanne sich an die Wand im Kellerflur drücken konnte.

»Hättet ihr nicht einen Zettel an die Treppe hängen können?« Susanne klang schrill. »Oder besser: Nehmt euch ein Zimmer!«

»Sorry, Kind«, obwohl es unerträglich heiß war, schlüpfte ich in meinen Bademantel, »aber du weißt schon, dass das mein Haus ist?« Hatte ich das wirklich gesagt? Ich war schon lange der Meinung, dass es für Susanne Zeit war, sich eine eigene Wohnung zu nehmen. Aber unter Umständen war jetzt, mit über eineinhalb Flaschen Rotwein im Blut, nicht der rechte Zeitpunkt, um dieses Fass aufzumachen. Zu spät. Susanne machte es auf.

»Du weißt schon, dass ich noch zu Hause wohne, weil du mir kein angemessenes Gehalt zahlen kannst!«

Die Klatsche saß. Und meine Tochter hatte ja auch vollkommen recht. Ich beschwichtigte. »Gib mir ein paar Minuten.« Ich machte eine bedeutungsvolle Pause. »Und meiner Verlobten auch.« Stille! Ich tat die letzte Bemerkung als beiläufig ab und setzte eine weit beiläufigere drauf. »Du wirst es kaum glauben, mein Schatz, die alte Sauna funktioniert noch.«

»Oh doch«, schallte es zurück, »ich glaube es. Im ganzen Haus hat es weit über dreißig Grad.« Jetzt machte Susanne eine gewichtige Pause. »Du solltest auf jeden Fall nach oben kommen. Im Hof steht ein ziemlich wütender Artan Kurti und faselt irgendwas von dieser Olga.«

Ich fühlte mich schlagartig nüchtern. Kühlte gefühlt um zwanzig Grad herunter. Begann sogar, leicht zu frösteln.

»Außerdem möchte er von dir wissen, ob du schon mit mir über Dennis gesprochen hast wegen Dennis.« Das klang leicht spöttelnd. »Hast du das? Oder soll ich vielleicht mit deiner Verlobten darüber sprechen?« Ja, das war Spott. Beißender Spott. »Ich würde mich an deiner Stelle beeilen.« Ich vernahm, wie Susanne wieder die Kellertreppe hinaufging. »Keine Ahnung, wie lange es dauert, bis Dennis' Vater die Tür eintritt.« Sie machte erneut eine kurze Pause. »Ich fahr dann mal wieder. Kundschaft. Herr Seiters ist im Altenheim gestorben. Ich habe seiner Tochter versprochen, heute Abend noch vorbeizukommen.«

Hatte Susanne *Abend* gesagt? Wie spät war es? Wie viele Stunden hatten Emma und ich hier unten zugebracht? Ich beschloss, nach oben zu gehen. Vorher schaltete ich die Sauna ab und deckte Emma mit dem Badetuch zu. Meine Verlobte bedankte sich mit einem launigen Grunzen.

Auf Stufe drei der Treppe nach oben wurde mir schmerzhaft bewusst, dass mich Susannes Informationen keinesfalls ernüchtert hatten. Ich war betrunken. Genau genommen sternhagelvoll.

***

Artan Kurti war nicht sonderlich gut gelaunt. Kein Schulterklopfen, kein joviales *mein Freund*, keine Erinnerungen an die Schulzeit. Einfach nur schlechte Laune. So schlecht, dass ich davon absah, ihn ins Haus zu bitten. Ich zog es vor, ihm im Bademantel gegenüberzutreten. Mich umgab ein Hauch Hugh Hefner. Ich im Morgenmantel vor dem Haus und im Keller eine nackte Schönheit. Fehlte nur die Zigarre. Artan hatte eine Zigarre zwischen den Zähnen. Ich hasste Zigarren. Und ganz tief im Herzen hasste ich auch Artan.

»Was ist los, Hermann? Ich dachte, du bist ein guter Geschäftsmann. Ein fairer Geschäftsmann.«

Ich war zwar betrunken, aber die herablassende Art dieses albanischen Alleshändlers widerte mich an.

»Wir hatten eine Verabredung, Hermann.« Er paffte, dass der ganze Hof im Dunst lag. »Du bringst mir das Mädchen, ich bringe das Mädchen außer Landes. Du gibst mir dafür Geld. Hatten wir das nicht genau so vereinbart?«

Ich nickte schwankend. Lallte eine Antwort. »Dasss, dass funkschioniert nur, wenn dasch Mädchen auch da ist. Iss sie aber nicht mehr.«

Artan stutzte. Paffte noch mal heftig. »Weißt du, was mir das ist?«

Ich war mir sicher, dass das kein gutes Deutsch war. »Es ist mir scheißegal!« Er aschte ab. »Ich habe geplant, ich habe alles in die Wege geleitet, ich habe Geld ausgegeben, Zusagen gemacht. Dafür wirst du mich bezahlen, Hermann.« Kurti sah mich bedrohlich an, deutete noch bedrohlicher mit dem Finger auf mich.

Gelassen setzte ich mich auf die blau lackierte Holzbank neben der Haustüre. »Selbst wenn ich wollte ...« Ich riss mich zusammen, um nicht wieder zu lallen. »Selbst, wenn ich dich für eine Dienstleistung bezahlen wollte, die du gar nicht erbringen musst, ich könnte dich gar nicht bezahlen!« Ich breitete großspurig die Arme aus und lächelte überlegen. Oder dümmlich. So genau weiß man das nicht nach eineinhalb Liter Rotwein. Zumindest hatte ich erreicht, dass Artan leicht verunsichert war.

»Willst du mir sagen, dass du mich verarscht hast?« Er wirkte wenig amüsiert.

»Au contraire, mon frère!« Keine Ahnung, warum ich plötzlich französisch sprach. Musste wohl am Alkohol liegen. »Vorgestern hatte ich das Mädchen und das Geld. Heute gibt es weder Mädchen noch Geld. Tempora mutantur.«

Artan glotzte mich an wie eine Kuh auf der Schiffschaukel.

»Die Zeiten ändern sich«, übersetzte ich. Ich hatte doch gewusst, dass ich das kleine, aber verhasste Latinum irgendwann einmal gewinnbringend würde einsetzen können.

»Pass auf, Hermann.« Artan war sichtlich wütend, schien aber zu spüren, dass bei mir im Moment nichts zu holen war. »Wenn du nicht bezahlst...« Er kam auf mich zu, ich fühlte mich ein wenig flau. »Wenn du nicht bezahlst« wiederholte er, »dann wirst du eben mein Kunde.« Er wandte sich ab. Drehte sich aber noch einmal um. »Ich schicke Dennis morgen vorbei. Vierzehn Uhr. Mit deiner ersten Bestellung!«

***

Um ehrlich zu sein, ich war viel zu betrunken, um das mögliche Ausmaß der Folgen von Kurtis überraschendem Besuch abschätzen zu können. Ebenso wenig war ich in der Lage, ihm etwas entgegenzusetzen. Ich wusste ja noch nicht einmal, wie spät es war. Der Temperatur und den Lichtverhältnissen nach muss es später Nachmittag gewesen. Ich schlurfte ins Haus. Mein Mund war trocken. Die Zunge klebte am Gaumen. Damit hätte ich nicht mal eine Briefmarke zum Kleben gebracht.

In der Küche trank ich erst einmal Mineralwasser. Ganz gegen meine Gewohnheit direkt aus der Flasche. Ohne großartig darüber nachzudenken, setzte ich Kaffee auf. Lag wohl am Outfit. Bademantel, Hausschlappen, die wenigen Haare in wildem Kampf gegeneinander. Wie nach dem Aufstehen. Genau genommen war ich ja auch gerade aufgestanden.

Die Kaffeemaschine röchelte. Ich glaubte, einen Rhythmus zu erkennen. Und traurige Akkorde. Kalk Moll. Bluesschema. Tonika, Subdominante, Dominante. Das ewige Klagelied vom harten Wasser.

Ich bin voll verstopft. Dadaaaadadamm.

Mach mein Rohr wieder frei. Dadaaaadadamm

Sonst bin ich bald Schrott. Dadaaaadadamm

»Warum in Gottes Namen krächzt du die Kaffeemaschine an?«

Hatte ich wirklich laut, nennen wir es, gesungen?

Emma hing im Türrahmen wie ein vergessenes Hemd auf der Wäscheleine. Weiß, verknittert und nur noch an einer Klammer befestigt. Den Morgenmantel, mit dem sie vor Stunden zu mir in den Keller gekommen war, hatte sie nur leidlich mit der Seidenkordel verschlossen. Mit jedem Schritt in Richtung Küchentisch offenbarte sie mehr. Mehr blasse Haut, mehr hängende Brüste, mehr Emma. Und ich liebte es.

Ungefragt stellte ich ihr eine Tasse Kaffee hin. Sie akzeptierte. Goss einen Schuss Milch dazu, trank einen Schluck. Ich setzte mich zu ihr. Die Kaffeemaschine hauchte noch einmal vernehmbar, als wollte sie auch Emma auf ihr Leid aufmerksam machen.

»Ich bringe morgen den Vollautomaten aus der Villa mit.« Emma nahm versonnen meine Hand. »Hansjürgen hat mir eine Woche gegeben, um rauszuholen, woran mein Herz hängt.« Sie schob die Tasse verächtlich beiseite. »Und mein Herz hängt an gutem Kaffee.«

»Der Tag war schön.« Ich streichelte Emmas Unterarm. »Zumindest die Stunden, in denen wir wach waren.« Wir lachten.

»Und er ist noch nicht zu Ende, dieser schöne Tag. Ich lade dich nachher ins *La Fontana* ein. Meinen finanziellen Niedergang möchte ich gebührend feiern. Und zwar erhobenen Hauptes. Außerdem erinnere ich mich dunkel daran, dass wir uns verlobt haben.«

Wir küssten uns innig.

32 Tag 26 – Dennis

Emma hatte noch am späten Abend darauf bestanden, den Kaffeevollautomaten aus ihrer Villa zu holen. Vor allem wegen des Geschmacks, aber auch wegen des Komforts. Die Grundidee des Gerätes mit dem leuchtenden Display gefiel mir durchaus. Man drückte einen Knopf und heraus kam das Getränk deiner Wahl. Caffè Crema, Cappuccino, Latte macchiato. Jetzt stand ich da vor der Maschine, hatte sie ordnungsgemäß eingeschaltet und den Schlauch, wie Emma es mir gesagt hatte, in den Milchkarton getunkt. Dass die Maschine zunächst Wasser forderte, um einen ordnungsgemäßen Betrieb zu gewährleisten, leuchtete mir ja noch ein. Auch der Wunsch nach Kaffee in Form von Bohnen war nichts, was mich überraschte. Emma hatte in ihrem alten Heim noch ein frisches Paket vorrätig gehabt. Der Wunschzettel des Automaten war damit aber leider noch nicht abgearbeitet: *Tropfschale leeren, Tresterbehälter reinigen, nach fünf Tassen entkalken, kuschel mit mir, opfere mir dein Erstgeborenes.*

Der Crema, der sich nach Abarbeiten des nicht unerheblichen Forderungskatalogs in die Tasse ergoss, war wirklich sehr lecker. Aromatischer jedenfalls als der *Muckefuck*, wie Emma meine allmorgendliche Kaffeezubereitung nannte. Der Teil mit dem Komfort erschloss sich mir nicht.

Auch der Vorabend war nicht ganz ohne, Dissonanzen ist

vielleicht zu hart, nennen wir es besser Diskussionsbedarf verlaufen. Dass Olga weg war, hatte ich Emma ja bereits mitgeteilt. Allerdings brauchte es die Zeit von den gegrillten Calamari bis zum Tiramisu, ehe wir uns erschöpfend über die verschiedenen Formen oder Aggregatzustände von *weg* ausgetauscht hatten. Wirklich einig waren wir uns beim Espresso nicht. Allerdings führten ein paar abschließende Grappa zu der versöhnlichen Erkenntnis, dass die Polizei, hätte Olga uns dort angeschwärzt, längst vorstellig geworden wäre. Und dann war da ja noch das Fläschchen, das Emma ihr untergeschoben hatte. In toto sahen wir uns, abgesehen von der finanziellen Malaise, auf durchaus sicherem Terrain. Die mehr oder weniger unfreiwillige Belieferung mit Trauerwaren durch Artan Kurti sah Emma überraschend entspannt. Wenn es nach ihr gegangen wäre, da war sie sich mit Susanne einig, hätten wir alles bei Kurti eingekauft.

Susanne war in der letzten Nacht wieder nicht nach Hause gekommen. Sosehr ich ihren Drang verstand, ein Leben, was sage ich, ihr Leben außerhalb dieses Hauses zu führen, sosehr schmerzte mich der Gedanke, sie außerhalb der Firma bald vielleicht nur noch an den Wochenenden zu sehen. Natürlich haben Sie recht. Mit dreiunddreißig war es höchste Zeit, das Nest zu verlassen, um ein stark abgenutztes Klischee zu bemühen. Und wenn ich ehrlich bin, störte mich weniger die Tatsache, dass meine Tochter ausziehen würde, um endlich ihr eigenes Ding zu machen, als vielmehr der Umstand, dass sie es mit diesem Dennis machen würde. Dabei kannte ich den jungen Mann ja gar nicht. Ich beschloss, das zeitnah zu ändern. Meine Ablehnung war bislang, ganz vernünftig betrachtet, eine Folge meiner Haltung Dennis' Vater gegenüber. Das war nicht gerecht. Da fiel mir ein, dass Artan mir den Besuch seines Sohnes ja für heute angekündigt hatte. Nach zwei Caffè Crema und einem Cappuccino gestand ich mir ein, dass ich mich sogar ein bisschen darauf freute. Und ich war gespannt, wie meine erste Bestellung aussehen würde.

Emma hatte das Haus früh verlassen. Sie wollte sich einen kleinen Transporter mieten. Ich hatte ihr versprochen, Walter Hauptmann zu bitten, ihr beim Tragen zu helfen. Später wollte sie noch mit einer alten Studienfreundin etwas Essen gehen. Ein schon seit Monaten vereinbarter Termin. Es würde spät werden.

Ich selbst musste jetzt gleich zu einem Trauergespräch nach Schwetzingen. Ein verzweifelter älterer Herr hatte in der Nacht auf den Anrufbeantworter gesprochen. Seine Frau war drei Tage vor der goldenen Hochzeit im Kreiskrankenhaus gestorben. Krebs. Hirntumor. Das anstehende Gespräch war, wie so oft, der schwierigste Teil meiner Arbeit. Trost spenden, nennen es viele. Aber es gibt keinen Trost, wenn jemand den Menschen verliert, den er am meisten liebt. Du kannst nur da sein. Ein wenig Zeit füllen. Zeit, in der dein Gegenüber nicht alleine ist. Nicht mehr. Und danach lässt du ihn wieder alleine. Wie gesagt, da ist kein Trost.

Bis vierzehn Uhr wollte ich jedenfalls bestimmt wieder zurück sein. Vielleicht würde noch Zeit bleiben, um im *Brauhaus* oder im *Grünen Baum* einen Happen zu essen. Nach der Unmenge Kaffee, ich hatte es zuletzt mit einem Latte macchiato versucht und festgestellt, dass man dafür offenbar eine größere Tasse benötigt, hatte ich Lust auf etwas Deftiges. Und das dringende Bedürfnis, Wasser zu lassen.

Ich dachte an Emma. Daran, wie sie litt. Es ging nicht um die Villa. Die hätte sie eh verkauft nach allem, was darin vorgefallen war. Siggis Blut auf dem hellen Marmor war nur ein stummer Zeuge der Ereignisse. Nein, es ging auch nicht um das Geld. Es ging, und das konnte ich wirklich gut verstehen, um die emotionale Niederlage. K. o. nach der Schlussglocke der letzten Runde. Und dann auch noch von Hansjürgen auf die Bretter geschickt. Niemand möchte von diesem Möchtegern auf die Bretter geschickt werden.

Während ich mir eine meiner schwarzen Krawatten band, beschloss ich, Hansjürgen anzurufen. Ich wusste zwar nicht, was ich ihm sagen sollte, aber ich war es Emma schuldig, irgendwas zu tun. Ich litt mit ihr. Und damit war ich ihr näher, als ich es Renate je gewesen war.

Bevor ich nach Schwetzingen fuhr, rief ich erst mal diese Kommissarin Cordes an. Ich wollte endlich wissen, wie es mit Frau von Pößneck weiterging. Auch wenn vieles an ihr nicht mehr echt gewesen war, ewig würde sie sich nicht halten. Die Kommissarin war nicht da. Man versprach, mich zurückzurufen.

Hansjürgen war da. Er wirkte am Telefon überraschend aufgeräumt. Gut, er war auch nüchtern. Vermutete ich wenigstens. Entschuldigte sich sogar für das Veilchen, das er mir zwei Tage zuvor überreicht hatte. Am späten Nachmittag wollte er vorbeikommen. Bei mir zu Hause. Bezüglich Emma sei zwar alles gesprochen, aber ein Friedensbier sei sicher kein Fehler.

***

Intuitiv schaltete ich meine Mimik auf Betroffenheit um, als ich vom Büro aus die Glocke am Eingang zu unserem Institut vernahm. Ich ging mit Susanne gerade die Details für die Beisetzung von Gabriele Landsknecht durch. Mein Termin vom Vormittag. Die Hände andächtig vor dem Bauch gefaltet, die Haltung leicht gebückt, so hatte mein Vater es mir beigebracht. Dieser Ausdruck sollte andächtige Demut vermitteln. Im einundzwanzigsten Jahrhundert wirkte das zwar ein wenig aus der Zeit gefallen, aber es war immer noch wirkungsvoll. Wenigstens schien mir der hochgewachsene junge Mann die Betroffenheit abzunehmen. Die dunklen Haare lockig, die Brille rund, das Gesicht freundlich. Schüchtern und leicht verunsichert stand er da wie eine nicht abgeholte Bestellung.

Er räusperte sich. »Sind Sie ...«

»König.« Ich nahm salbungsvoll seine Hand. »Hermann Thaddäus König. Sie haben einen Trauerfall in der Familie zu beklagen?« Ich kam mir immer etwas blöd vor, diese Frage zu stellen. Der Kellner im Lokal fragte ja auch nicht, ob man wegen des Essens komme. Ich bat den jungen Mann an den Besprechungstisch. Er blieb beharrlich stehen.

»Auch wenn ich es mir manchmal wünsche, und ich schäme mich dafür«, der Unbekannte rieb sich verlegen die Hände, »ich habe derzeit niemanden zu betrauern. Mein Vater schickt mich ...«

»Dennis?« Susanne stürzte aus dem Büro. »Was machst du hier?«

Mir lief es heiß und kalt den Rücken runter. Dass ich die Begegnung zwischen Susanne und ihrem Freund hier und heute nicht verhindert hatte, ärgerte mich. Es brachte mich in Erklärungsnot. Ich musste proaktiv sein, wie man das neudeutsch nennt. Sprich die Zügel in die Hand nehmen und den Gesprächsgaul in die von mir gewünschte Richtung lenken. Seine zurückhaltende Erscheinung, er erinnerte an einen Biologiestudenten im fünfundzwanzigsten Semester, kam mir sehr entgegen.

»Ja«, simulierte ich überbordende Freude, »Dennis ist hier. Ich wollte dich gerade rufen, mein Schatz.« Zu meinem Glück spielte Dennis die Charade mit. Ein süffisantes Grinsen huschte über das bubenhafte Gesicht. Ich begann, den Unbekannten zu mögen. Wenigstens eine Spur.

»Hab ich irgendwas bei dir vergessen?« Susanne Wangen nahmen die Farbe reifer Pfirsiche an. »Oder ist etwas passiert?«

»Nein, nein, mein Schatz«, hakte ich ein, bevor Dennis irgendetwas erwidern konnte. »Ich hatte nur in den vergangenen Tagen ein spontanes Gespräch mit Artan Kurti. Die Angebote in dem Katalog, den du mir mitgebracht hast, sind doch sehr verlockend!« Ich wandte mich Dennis zu. »Sie sollten mir, glaube ich, eine erste Auswahl mitbringen, damit ich mich von der Qualität überzeugen kann?« Ich spürte, wie ich mich um Kopf und Kragen redete. Tupfte mir mit dem Taschentuch die verschwitzte Stirn trocken.

»Wenn ich ganz ehrlich sein soll, Herr König ...« Auch Dennis bekam rote Bäckchen, sah meine Susanne verschämt an. »Lassen Sie die Finger von dem Zeug.«

Ich musterte den Lulatsch perplex. »Sie sind aber kein guter Geschäftsmann, Herr Kurti.«

»Bitte nennen Sie mich Dennis.« Er lächelte Susanne herausfordernd an. »Ich wäre ein sehr schlechter Geschäftsmann, würde ich Ihnen den Schrott andrehen, den Sie in unserem Katalog finden. Danach müsste ich mich aus Scham von ihrer Tochter trennen.« Er schürzte die Lippen. Das Gesicht lief kirschrot an.

»So schlecht?«, fragte ich ungläubig.

»Schlechter. Das meiste jedenfalls. Das Holz der Särge ist so dünn, da fallen Ihnen die Toten in die Grube, noch bevor der Sarg unten ist. Und die Urnen erst.«

»Was kann man bei Urnen großartig falsch machen?«

»Die Aschekaspeln, die hier in Deutschland vorgeschrieben sind, passen nicht hinein.«

Ich wusste nicht, ob er mir oder Susanne zuzwinkerte.

»Ja, aber ich habe doch Ihrem Vater ...«

»Lassen Sie das meine Sorge sein.« Er nahm unvermittelt Susannes Hand. »Jetzt, wo wir dabei sind, eine Familie zu werden, werde ich schon dafür sorgen, dass König-Bestattungen ein großartiger Kunde von Kurti Im- und Export sein wird. Zumindest in den Büchern.«

Diesmal zwinkerte er eindeutig mir zu. Und ergänzte: »Ein paar Produkte sind aber sehr zu empfehlen. Genauso gut wie deutsche Ware, aber erheblich günstiger.«

Ich wollte mich schon bedanken und die beiden Turteltauben allein lassen, als es mich eiskalt durchfuhr. Was hatte Dennis Kurti soeben gesagt? *Jetzt, wo wir dabei sind, eine Familie zu werden.* Ich sah zuerst Dennis an, dann meine Tochter. Deutete mit dem Zeigefinger nacheinander auf beide. Susanne schien meine Gedanken gelesen zu haben.

»Du hast schon richtig gehört, Papa, Dennis hat mir letzte Nacht einen Heiratsantrag gemacht.« Es folgte die für meine Tochter obligatorische und meist bedeutungsschwangere Pause. »Und ich habe Ja gesagt!«

Ich muss albern ausgesehen haben, wie ich immer noch mit den Zeigefingern gestikulierte.

»Ja, aber ihr kennt euch doch erst ...«, ich zählte die wenigen Wochen an meinen Fingern ab, »vier oder fünf Wochen, das ist völlig überstürzt.« Ich schlug die Hände über dem Kopf zusammen.

»Ich hab da ein bisschen geschwindelt.« Susanne verzog die Schnute wie ein kleines Mädchen, das beim Kekse klauen erwischt wurde. »Wir kennen uns seit über einem Jahr. Dennis leitet einen Kurs in der Volkshochschule. Dort habe ich gelernt, wie man eine Internetseite erstellt. Und dann ...«

»... dann kam eins zum anderen«, übernahm Dennis.

»Aber, aber«, ich begann zu stammeln, »du bist doch keine Roma!« Mir fiel in diesem Moment nichts Besseres ein, als Artans völlig absurdes Argument gegen die Beziehung der beiden anzuführen.

»Ach, hat mein Alter Ihnen diesen Mist auch vorgebetet?« Dennis machte eine verächtliche Handbewegung. »Mein alter Herr ist nie in diesem Jahrhundert angekommen. Wenn es nach ihm ginge, würden sich zwei Frauen in bunten Röcken vor einer Gruppe Wohnwagen mit Messern bewaffnet um mich prügeln.« Er zog Susanne zu sich. »Ich bin erwachsen und mache mein eigenes Ding. Mein lieber Herr Vater hat das nur noch nicht bemerkt.«

Dennis küsste Susanne auf die Wange. »Und, was sagen Sie?« Kurze Pause, gefolgt von einem fordernden Lächeln. »Dääääád?«

»Ja, was sagst du, Papa?« Susanne strahlte mich an wie eine der jungen Heldinnen aus einer Pilcher-Verfilmung. »Das wird eine tolle Doppelhochzeit. Emma und du, Dennis und ich ...«

Und dann? Würden wir gemeinsam ein Gestüt oder ein Weingut eröffnen? So lief das doch in diesen drittklassigen Kitschfilmen, die auf ebensolchen Romanen beruhten. Ich war akut überfordert. Gestresst. Fertig.

»Susanne ...« Ich fand am Taschentuch keine trockene Stelle mehr für den Schweiß auf meiner Stirn. »Mir geht es nicht gut. Übernimm du bitte.«

Grußlos stürzte ich aus dem Institut. Beseelt von der geradezu perversen Vorfreude auf Hansjürgen und ein Friedensbier. Oder zwei oder drei.

33 Tag 26 – Hansjürgen

Hades überfiel mich, als ich, das Hemd von der Hitze und dem vorangegangenen Gespräch durchgeschwitzt, die Haustür öffnete. Allerdings war es nicht die für Katzen typische Heimtücke, bei der zu deren purem Amüsement gerne auch mal ein Hosenbein leiden musste, es schwang ernsthafte Verzweiflung in seinem Maunzen mit. Jetzt fiel es mir ein: Niemand hatte den Kater gefüttert. Ich hatte mich ehrlich gesagt nicht daran gewöhnt, dass der Job, der eigentlich Susannes war, durch deren zunehmendes Fernbleiben irgendwie auf mich übergegangen war. Nicht, dass wir jemals darüber gesprochen hätten.

Ich entdeckte zu meiner Freude, dass noch Futter in verschiedenen Darreichungsformen im Haus war, und erinnerte mich erleichtert daran, dass Hades wenigstens nicht der Benutzung einer Katzentoilette bedurfte. Er verrichtete seine Notdurft, zum Leidwesen mancher Nachbarn, draußen. Meiner Vergesslichkeit kam das durchaus entgegen. Unwillkürlich musste ich an Helge Schneider denken.

Katzenklo …

Mist, ich würde den Ohrwurm bis mindestens morgen nicht mehr aus dem Kopf bekommen.

Dazu ein Brot belegt mit Schinken …

Verdammt, was stimmte nicht mit mir? Ich ging zum

Kühlschrank, kontrollierte den Vorrat an Bier. Ich erwartete schließlich noch Besuch. Nahm mir eine Flasche. Suchte eisgekühlten Bommerlunder. Fand zum Glück keinen.

Vielleicht im *Katzenklo …*

Susannes und Dennis' Offenbarung hatte mich mental mehr mitgenommen, als ich mir selbst eingestehen wollte. Im Gehen streifte ich die Schuhe von den Füßen und ging Richtung Terrasse. Um diese Uhrzeit, zwischen spätem Nachmittag und frühem Abend, war es dort am erträglichsten. Ich ließ mich auf die Hollywoodschaukel fallen. *Artan Kurti als Schwiegervater?* Der Gedanke daran verursachte augenblicklich Blähungen. Oder waren es schon Hämorrhoiden?

Das erträgt man doch nur mit gekühltem Bommerlunder.

Ich war offenbar ein Fall für den Psychiater.

Aber vorher vielleicht ein Brot mit Ei?

Ich dachte darüber nach, ob noch Eier im Haus waren. Meines Wissens nur noch eins oder zwei. Ich überlegte, Emma anzurufen. Auf dem Weg nach Hause kam sie am Supermarkt vorbei. Die hatten Eier. Reichlich. Und Bommerlunder.

Bescheuerter Einfall. Vor allem deshalb, weil ich ihr nicht hätte erklären können, warum ich ihr nicht zur Hand ging, obwohl ich doch zu Hause war. Die Verabredung mit Hansjürgen hatte ich ihr natürlich verschwiegen. Falls es mir gelang, bei der Zusammenkunft etwas für sie herauszuholen, konnte ich mich immer noch damit brüsten. Der Held sein. Aber was sollte ich als kleiner Bestattungsunternehmer schon gegen eine ganze Bank ausrichten? Mit jedem Schluck Bier wurde mir der Unsinn des anstehenden Treffens bewusster. Zumal noch nicht einmal die Aussicht auf einen unterhaltsamen, lustigen oder sonst wie interessanten Abend bestand. Ich konnte Hansjürgen so gut leiden wie Herpes. Selbst den kleinen Zeh am Sideboard anzustoßen oder barfuß durch ein Meer an Legosteinen zu laufen erschien mir erstrebenswerter als ein Friedensbier mit diesem aufgepumpten Lackaffen. Ich beschloss, ihn anzurufen. Etwas Zeit war noch. Ich würde flunkern. Einen spontanen Todesfall erfinden. Da hörte ich das Röhren eines italienischen Sportwagens vor dem Haus. Extra laut. Das Gaspedal trat Hansjürgen ohne Grund noch zwei weitere Male durch. Einfach nur, um seine Ankunft zu zelebrieren. Ich hörte noch die Wagentür, dann Fluchen. Irgendwas mit Scheiße. Hades hatte es offenbar nicht mehr bis zur Wiese geschafft.

Katzenklo ...

Ich grinste froh.

***

Obwohl es der Jahreszeit entsprechend noch taghell war, verabredeten sich die Vögel bereits zur Nachtruhe. Der Lärm, der von den Thujen und dem Kastanienbaum auf dem Nachbargrundstück herüberdrang, war bis in den Keller zu hören. Ich ächzte und stöhnte. Dem Gewicht nach musste Hansjürgen, der nicht viel größer war als ich, in den zurückliegenden Jahren mächtig Muskelmasse aufgebaut haben. Ich hatte jedenfalls massive Schwierigkeiten, den leblosen Körper über den Holzboden der Sauna zu ziehen. Auf den Fliesen von der Treppe bis hierher war es noch vergleichsweise leicht gewesen.

Hansjürgen lebte noch, da war ich mir fast sicher. Aber er hatte von dem Treppensturz einiges abbekommen. Ein paar Schürfwunden, der rechte Arm schien gebrochen, zwei Zähne fand ich auf dem Boden. Vor allem entzückte mich aber das Veilchen unter seinem rechten Auge. Sie wissen schon: Karma. Er war mit Wange und Auge in letzter Konsequenz gegen den metallenen Türrahmen zum Saunakeller gestoßen und ohnmächtig liegen geblieben.

Ich war – wie Sie wissen, nicht zum ersten Mal an diesem Tag – völlig durchgeschwitzt, als ich den bewusstlosen zweiten stellvertretenden Leiter der Sparkassenfiliale endlich unter die Sitzbank der Sauna gerollt hatte. Ich schloss die Tür und verkeilte sie. Bis mir eine Lösung für dieses neuerliche Problem einfallen würde, wollte ich auf Nummer sicher gehen. Verwundete Tiere sollen ja unberechenbar sein. Und sein vorausgegangenes animalisches Verhalten hatte Hansjürgen überhaupt erst in seine aktuelle Lage gebracht.

Er hatte schon gewaltig einen sitzen gehabt, als ich ihm die Tür öffnete. Er hatte offenbar noch einen Abstecher an die Trinkhalle oder ins *Pollo* gemacht. In der Hand hielt er übrigens ein Sixpack australisches Bier. Angeblich das Nonplusultra der Braukunst. Nicht so wie die heimische Plörre, die ich ihm just in diesem Moment gut gekühlt auf den Gartentisch stellte. Ansonsten war Hansjürgen zunächst bemüht, sich höflich und sogar interessiert zu geben. Das mit meinem Auge tue ihm leid, manchmal schlage er eben über die Stränge. Aber er meine es natürlich nicht so. Ganz ähnliche Worte hatte ich den letzten Wochen schon einmal gehört. Von Emma über Siggi.

Was mir bis zu jenem Abend nicht bewusst gewesen war, war das unfassbare Bedürfnis von Hansjürgen Kreimes, sich binnen kürzester Zeit fast bis zur Besinnungslosigkeit zu betrinken. Vom Rest Ouzo bekam ich noch ein Gläschen ab, den feinen Grappa verleibte sich mein Gast dann bereits im Alleingang ein. Was für mich längst den sicheren Tod durch eine Alkoholvergiftung bedeutet hätte, brachte ihn erst richtig in Fahrt. Wie üblich begann er über seine vermeintlich glorreiche Vergangenheit zu fabulieren, dann legte er ein Bein ordinär über die Lehne meines bequemen Fernsehohrensessels, den er gleich zu Beginn okkupiert hatte, als wäre er zu Hause, schließlich begann er zu plappern. Vorstöße meinerseits, das Gespräch auf Emma zu lenken, ignorierte er beflissen. Ich war kurz davor, den unangenehmen Parasiten vor die Tür zu setzen, als er von sich aus begann.

»Was finnest du nur an diesm bla, blassn Rührmichnichan?« Er lallte. »Dachest du, du kriegs keine mehr ab? Wie inner Schule? Odder isses wegem Geld?« Er lachte hämisch. »Is wie früher, Hermann. Nich war? Da hab ich dir auch schon die Mädels weggenommen.« Er rülpste. Kicherte unverschämt. Seine Anspielung galt Cora. Cora Winsauer. Er war ihr in der Neunten nur hinterhergestiegen, um es mir zu zeigen. »An deiner Emma hab ich gar kein Interesse. Null, nada, niente, kompletto Nullinger. Aber ihr Geld mag ich!«

Ich horchte auf.

»Was hast du davon, wenn die Bank Emma das Haus wegnimmt? Was, wenn ich das anmerken darf, eine Schweinerei ist, wenn du mir diesen Kraftausdruck gestattest.« Auch wenn ich wusste, was mein Gegenüber meinte, ich wollte es aus seinem eigenen Mund hören.

»Red nich so geschwollen daher. Genau deshalb warst du früher schon der Underdog. Der Looooser.« Hansjürgen versuchte ungelenk mit der rechten Hand ein L auf seiner Stirn zu skizzieren. »Als Führungskraft hab ich da ein bissjen Spielraum.« Er kicherte kindisch. »So eine Art privates Geschäftskonto. Hab ich mir schelbst angeleg. Merk keiner.« Seine Rede wurde immer unverständlicher. »Nur, wenn Bil… Bil…«

»Bilanz?« Fragte ich ungehalten.

»Genau!« Er nahm einen Schluck Bier. Ein Teil davon lief ihm wie Sabber aus dem Mundwinkel, rann seinen Hals hinab bis in den Kragen seines Freizeithemdes. »Wenn Bilanz iss, müssennn alle Ko-Ko-Konten glatt sein.«

Es war also tatsächlich so, wie ich es vermutet hatte. Hansjürgen hatte Siegfried Jörgensen unter der Hand Kredite gegeben. Von den Rückzahlungen, woher auch immer sie kamen, strich er die Zinsen ein, quasi als Provision.

»Was, hypothetisch gesprochen, würde passieren, wenn du nicht an Emmas Erbe und das Haus kämst?«

Hansjürgen machte eine Fratze, zog geräuschvoll Luft durch die Zähne und wedelte mit der rechten Hand. »Dann wär ich voll am Arsch!« Er stieß auf. So laut, dass ich Bedenken hatte, er würde mir den Teppich vollkotzen. »Aber, warum faahgstu?« Man verstand ihn kaum noch. »Wist du besaaahlen? Muaahhhhhh!«

Er verspottete mich. Ich brodelte innerlich. Wollte ihm an die Gurgel.

»Kleiner Rat unner Freundn. Schieß die Perle innen Wind. Wenn ich mit ihr ferdiiisch bin, isse arm wie ne Kirschenmaus. Unn sie is auch nich die hellste Kerze aufe Torte.«

Obwohl ich diesem blasierten Arschloch gerne eins mit dem versilberten Kerzenhalter auf dem Wohnzimmertisch übergezogen hätte, schenkte ich ihm noch einen Schnaps ein. Ein billiger Williams. Was anderes war nicht mehr im Haus. Wobei ich davon ausging, dass ich Hansjürgen in seinem Zustand auch Batteriesäure hätte hinstellen können. Er hätte sie gesoffen. Leider hat man nie Batteriesäure zur Hand, wenn man sie mal braucht. Ich spielte sein beleidigendes Spiel mit. Tat so, als würde ich mir auch noch einen Schnaps eingießen. Prostete ihm zu.

»Ist mir auch schon aufgefallen. Aber sie ist ne Granate in der Kiste.« Ich wollte mich übergeben ob meines Geschwätz. »Woran hast du gemerkt, dass Emma da oben nicht gleichmäßig tickt?« Ich ließ meinen Finger um die Schläfe kreisen, verzog dazu das Gesicht.

Hansjürgen griff sich das Schnapsglas. Die Hälfte landete auf seiner Hose. »Die hat wirklich geglaut ... äh ... geglaubt, sie muss Siggis Schulden besahlen. War natürlich nich so. Aber Frauen glauben mir alles, Hermann.« Er grinste mich frech an. »Dann hab ich sie noch swei, drei Sachen unnerschreiben lassen. Unn jetsch hab ich wirklich ne Bürgschaft. Damit bin ich der King inne Bank. Eine Mellone Schulden. Drei Millone Sicherheiten.«

Ich wollte brechen, speien, kotzen. Hansjürgen hatte

Emma sogar in Bezug auf die Höhe von Siggis Verbindlichkeiten angelogen. Es war fast unmöglich, noch gute Miene zum bösen Spiel zu machen. Aber jetzt war ich dran. Er war stolz auf sich. Er musste mir erzählen, was für ein toller Hecht er war. So wie er es immer tat. Ich hätte nie gedacht, dass ich ihn dahin bringen würde. Hatte ich im Grunde auch nicht. Ich hatte ihm nur die Waffen auf den Tisch gestellt. Abgeschossen hatte sich Hansjürgen damit selbst.

»Werden deine Vorgesetzten nicht skeptisch, wenn plötzlich Sicherheiten in solcher Höhe auftauchen? Ich meine, so ohne Kreditvertrag?«

»Pschhhhhhhht. Sinn doch nur fast echte Verträge. Nur in meiner Schublade. Papas Erschaft geht direkt auf mein privatesch Geschäftsdingens. Unn fürs Haus lös ich die Grundschuld aus. Alles völlsch geräuschlosss.« Er kratzte sich an den Genitalien. »Isch muss mal aufs Klo. Wo ...«

Fassungslos hockte ich auf dem Sofa, starrte auf den Tisch und die Batterie Bier- und Schnapsflaschen. Ohne zu Hansjürgen aufzusehen, zeigte ich Richtung Flur. »Neben der Kellertreppe die schmale Tür!« Ich musste an Emma denken. Wie sollte ich ihr das alles erklären? Sie konnte jeden Moment zur Tür hereinkommen. Ich wollte Hansjürgen einfach nur den Hals umdrehen.

Kurz darauf hörte ich die Toilettenspülung, einen verzweifelten Versuch, die Tür zu schließen und dann zum zweiten Mal heute etwas mit Scheiße. Schließlich ein dumpfes Poltern. Die Stille des Karmas waberte durchs Haus.

***

Emmas Anruf erreichte mich, als ich gerade im Begriff war, die letzten Spuren von Hansjürgens unseligem Besuch zu beseitigen. Sie war überraschend gut gelaunt. Entschuldigte sich, dass es doch etwas später werden würde, sie habe sich komplett mit ihrer alten Studienfreundin verquatscht. Der Transporter sei fast voll und sie sei müde und brauche dringend Streicheleinheiten, wenn sie nachhause komme. Spätestens in einer halben Stunde sei sie da.

Da ich mittlerweile wusste, was Emma mit Streicheleinheiten meinte, beschloss ich, die Aufräumarbeiten zu beschleunigen.

34 Tag 26 – Emma

Ich stand noch unter der Dusche, als Emma nachhause kam. Sie rief laut nach mir und ich ließ sie vom ersten Stock aus geräuschvoll wissen, dass ich mich freute. Es hatte sich dann doch alles ein wenig verzögert. Susanne hatte noch einen Todesfall hereinbekommen und ich hatte noch Hauptmann und Kozlowski erklären müssen, wie man den elektrischen Treppensteiger für besonders schwere Särge bediente. Sie hatten damit noch nicht gearbeitet. In diesem Fall ging es aber nicht ohne. Immerhin war Erna Blaschke, Ingelreins bekannteste Hühnerzüchterin, gestorben. Ihren politisch völlig unkorrekten Spitznamen *Fette Henne* hatte sie nicht ohne Grund getragen.

Obwohl draußen bestimmt noch über fünfundzwanzig Grad herrschten, genoss ich die warme Dusche. Ich hatte Hansjürgen zwar nicht einmal angefasst, hatte aber dennoch das dringende Bedürfnis, ihn von mir abzuwaschen. Ich wusch mir sogar das dünne Haar zweimal.

Mit einem Mal öffnete sich wie von Geisterhand die Tür der Duschkabine einen Spalt. Ein Sektglas erschien. Dann Emmas Hand. Ich war froh, dass ich mich in Sachen Alkohol am frühen Abend zurückgehalten hatte.

Wortlos stieg Emma zu mir in die Dusche. Stieß mit mir an, nippte am Glas und küsste mich. Es waren Momente wie dieser, die ich festhalten, konservieren, einfrieren wollte. Momente, in denen ich alles vergaß. Manfred, Siggi, Olga, Elvira, Maria, Hansjürgen, diese Kommissarin – mir fiel ein, die hatte gar nicht zurückgerufen. Aber auch das war mir in einem solchen Moment egal.

»Was hältst du davon, wenn wir uns jetzt so richtig schmutzig machen?«

Jetzt war es Zeit für die Streicheleinheiten.

***

Emma hatte dafür gesorgt, dass ich fast eine Stunde lang die Momente des Vergessens in all ihren Facetten genießen konnte. Sie war vielleicht blass, da hatte Hansjürgen recht, für Außenstehende sicherlich auch unnahbar, konservativ, gar prüde. Hier im Bett war sie ein Vulkan. Eine nicht enden wollende Eruption. Auf siebenundvierzig Kilo konzentriertes Verlangen.

Je mehr sich Emmas altes Leben von ihr entfernte, je mehr auch ihre finanziellen Sicherheiten schwanden, umso mehr schien sie aufzublühen. Geradezu zu explodieren. Eigentlich hätte sie todmüde sein müssen, nach dem, was sie alles aus dem Haus in den Transporter gewuchtet hatte. Kleider, die ihr wichtig waren, einige Haushaltsgeräte, die sie hier vermisste, zwei Schränkchen, für die wir sicher noch einen schönen Platz finden würden, vor allem aber Bücher. Krimis von Highsmith bis Aichner, Philosophisches von Kant bis Nietzsche, eine Goethe-Gesamtausgabe. Dreißig Bände in Leinen gebunden von 1921. Dann machte Emma Pläne. Für uns, für die Hochzeit – mir fiel ein, ich war ja verlobt –, für das Institut.

Ich war derweil nicht zu Wort gekommen.

»Soll ich dir was sagen, Hermann?«

Ich nickte ermattet.

»Wir gehen jetzt in die Sauna. Mir tun alle Knochen weh. Kein Wunder, so wie du mich rangenommen hast.«

Sie grinste mich verschwörerisch an, während ich innerlich einen grausamen Tod starb.

»Das dauert ewig, bis die Sauna aufgeheizt ist. Bis dahin bin ich bestimmt schon eingeschlafen.«

Emma sprang aus dem Bett. Mit einem Elan, der mir fast Angst machte. »Ich hab den Ofen angemacht, als ich heimgekommen bin. Hab ich doch hochgerufen.« Sie schlüpfte in einen seidenen Morgenmantel, den ich noch nicht kannte. »Da fällt mir ein, was ich dir noch sagen wollte …« Ich war starr vor Schreck. Rechnete kurz durch: Hansjürgen, eine Stunde, neunzig Grad. Nicht gut. »… kann es sein, dass es Hades nicht gut geht?«

»Nein. Warum?« Ich reagierte mechanisch. In meinem Kopf rotierten die möglichen Optionen. In Summe rotierte also ein Nichts.

Emma schminkte sich im Bad ab. Rief herüber ins Schlafzimmer. »Ich glaube, der Kater hat in den Keller gemacht. Es riecht auf jeden Fall danach.«

35 Tag 26 – Hansjürgen

Hansjürgen roch angenehm nach Latschenkiefer. Offenbar verflüchtigte sich der Geruch nach Katzenkot, der immer noch an seinen Schuhen haftete, bei über neunzig Grad. Oder er verdampfte. Eine Information, auf die ich gut und gerne verzichtet hätte.

Verzichtet hätte ich auch gerne auf den Umstand, dass ich Emma und nicht zuletzt mir selbst diesen wundervollen Abend gründlich versaut hatte. Die gute Laune war ebenso dahingeschieden wie der stellvertretende Filialleiter der örtlichen Sparkasse.

Emma hockte auf der Saunaliege und weinte bitterlich. »Hört das denn nie auf?«, schluchzte sie. »Ich hatte mich längst damit abgefunden, dass ich alles verliere.« Sie sah mich wütend an. »Alles, was mit Siggi zu tun hat, seinen miesen Geschäften, seinen Weibern ...« Sie hieb die Fäuste gegen ihre Beine. »Ich war endlich wieder frei, hab alles losgelassen.«

Zugegeben, es war ein Ding der Unmöglichkeit, Emma oder irgendeinem anderen Menschen halbwegs schlüssig zu erklären, wie es dazu hatte kommen können, dass ein stellvertretender Sparkassenfilialleiter gut durch und aufgebläht wie ein Hefeteig in meiner Sauna lag. Von *unserer* Sauna wollte ich in diesem Moment nicht sprechen. Ich versuchte es trotzdem. Erklärte, dass ich Hansjürgen nur eingeladen hatte, um ihn irgendwie dazu zu bewegen, die Forderungen gegen Emma zu überdenken oder sogar fallen zu lassen. Ich schilderte ihr haarklein, welch perfides Spiel Hansjürgen gespielt hatte, wie er sie nicht nur einmal, sondern gleich mehrfach hatte betrügen wollen.

Zu meiner Überraschung hörte mir Emma zu. Sie schien mir zu glauben, dass ich fast völlig unschuldig an Hansjürgens Tod war. Sie begrub ihre Hysterie und wurde hellhörig, als ich von den Fakeverträgen berichtete, die Hansjürgen Kreimes sie in ihrer Not hatte unterschreiben lassen.

Ich schwieg, hatte einen trockenen Mund und holte mir aus dem angrenzenden Weinkeller eine Flasche Sauvignon. Emma griff zu. Gläser brauchten wir nicht.

»Willst du mir sagen«, brach Emma das Schweigen, »dass alles ungeschehen wäre, wenn ich diese blöden Papiere finden würde?«

»Schätze schon«, antwortete ich ermattet. »Wenn ich es richtig verstanden habe«, und ich war mir ganz sicher, dass ich es richtig verstanden hatte, »hat sich der gute Hansjürgen an Siggis kriminellen Geschäften ausgiebig bereichert. Ich habe mich eh die ganze Zeit gefragt, wie er sich einen Sportwagen leisten kann wie den, der vor der Tür steht. Ist er dir aufgefallen?«

Emma glotzte mich verständnislos an.

»Egal.« Ich kam langsam wieder in Fahrt. »Wenn wir das hier loswerden«, sagte ich und deutete auf Hansjürgens langsam abkühlenden Kadaver, »und uns die Papiere besorgen, haben wir es überstanden.«

Emma wirkte kraftlos. »Und wie, glaubst du, schaffen wir das?«

***

Die Stelle in der Nähe des Königstuhls in Heidelberg war gut gewählt. Soweit sich das in der rabenschwarzen Nacht sagen ließ. Erfreulicherweise verdeckten Wolken den bis dahin sternenklaren Himmel und verdunkelten den Mond. Im Radio hatten sie Regen angekündigt. Wasser, das dringend benötigt wurde. Auch hier oben in dem Mischwald unterhalb des Märchenparadieses. Das Unterholz knackte lautstark, als das rote Cabrio mit laufendem Motor und Hansjürgen am Steuer den steilen Hang hinunterholperte. Der schnittige Leichenwagen nahm schnell an Fahrt auf und kam erst spät an einem Baum zum Stillstand. Ich hatte schon Bedenken gehabt, der Wagen würde erst in der pittoresken Altstadt Halt finden. Bäume und Sträucher schluckten das Knirschen des Metalls beim Aufprall. Die Hupe dagegen ließ mich zusammenzucken. Und neben mir vermutlich die komplette Fauna im Umkreis von einoder zweihundert Metern. Dass Hansjürgens Kopf beim Aufprall auf das Lenkrad ein derartiges Getöse auslösen würde, hatten wir nicht eingeplant.

Abgesehen davon hatten wir die Entsorgung des ehemaligen ewigen zweiten stellvertretenden Filialleiters der Ingelreiner Sparkasse so akribisch geplant, wie es uns in der knappen Zeit möglich gewesen war.

Zunächst hieß es warten. Auf die Nacht. Wir benötigten unbedingt den Treppensteiger für Särge, um Hansjürgen aus dem Keller zu bekommen. Alle Versuche, den massigen Körper nur mit Muskelkraft nach oben zu schaffen, waren kläglich gescheitert. Zu unserem Glück ließ sich der Steiger in meinen Kombi laden, zu unserem Unglück mussten wir mit dieser Aktion bis nach ein Uhr in der Nacht warten, um uns nicht verdächtig zu machen. Die Grillparty nebenan wollte kein Ende nehmen. Und das an einem Mittwoch. Junge Leute eben.

Mit dem richtigen Werkzeug war es recht komfortabel, mit Hansjürgen die Kellertreppe zu überwinden. Den Körper hatten wir mit Zurrgurten festgeschnallt. Er hatte etwas von Hannibal Lecter, wie er so fixiert auf der Sackkarre im Flur stand. Fehlte nur noch der Maulkorb. Emma übergab sich mehrfach.

Auch wenn es zwischenzeitlich totenstill war auf der Straße, es wäre unmöglich gewesen, Hansjürgen so zu seinem Auto zu bringen. Also hievten wir ihn mit vereinten Kräften in meinen Peugeot. Dank der Sauna hatte er immer noch Körpertemperatur.

Emma würde damit zum Königstuhl fahren. Ich dagegen legte als Laiendarsteller eine kleine Schauspielaufführung auf den Asphalt. Hansjürgens Sommerhemd spannte zwar etwas über meinem dezenten Feinkostgewölbe, dafür saß die Hose gut. Weißes Leinen. Sehr edel. Im Halbdunkel ging ich auf jeden Fall für mögliche Spaziergänger als der durch, der ich in diesem Moment zwar nicht sein wollte, aber darstellen musste. Lautstark lallend war ich auf die Straße hinausgestolpert und zu *meinem* Autor gewankt. Gefolgt von Emmas besorgten Rufen. *»Ich halte es für keine gute Idee, dass du noch fährst, Hansjürgen. Du hast viel zu viel getrunken, Hansjürgen. Du kannst gerne hier übernachten, Hansjürgen.«*

Mir persönlich war das ja ein Hansjürgen zu viel. Aber Emma war in ihrem Eifer nicht zu bremsen. Ich erwiderte vernehmlich: *»Kann ich nich. Muss noch nach Hei-Heidlberg. Schüss.«* Sprachs, klemmte mich hinter das Steuer des Sportwagens, drückte den Knopf mit der Aufschrift *Start Engine* und raste mit quietschenden Reifen davon.

Emma indes hatte noch eine Zugabe zu spielen. *»Ist das jetzt dein Ernst, Hermann? Du hast vergessen, deine Tabletten zu holen? Nein, du kannst nicht mehr fahren. Ich mach das!«* Danach war es an ihr, wütend die Tür des Peugeots zuzuschlagen und energisch vom Hof zu fahren.

***

Gegen drei fuhr Emma an der Apotheke in Hockenheim vor, die Nachtdienst hatte, um meine angeblich vergessenen Diabetestabletten zu holen. Ich lag derweil verborgen auf dem Rücksitz. Am Königstuhl hatte Emma etwa fünfhundert Meter vom *Unfallort* entfernt auf mich gewartet. Auf dem kleinen Parkplatz für Wanderer hatte, ich mit Hansjürgen das Hemd wieder getauscht, dann hatte ich ihn auf den Beifahrersitz seines Autos umgebettet. Die Hose behielt ich an. Dann war es letztlich an mir, das leblose Fleisch im Dunkeln auf dem Fahrersitz zu positionieren. Dass der amerikanische Wagen Lenkradschaltung hatte und keinen Knüppel in der Mittelkonsole, war dabei von großem Vorteil. Es war so schon anstrengend genug.

Als wir eine Stunde nach dem Abstecher in die Apotheke – der Treppensteiger musste ja noch zurück ins Institut – völlig entkräftet am Küchentisch saßen, begann Emma bitterlich zu weinen.

»Ich möchte, dass das aufhört, Hermann. Es muss aufhören. Ich schaffe das nicht mehr.«

Ich nahm sie in den Arm, küsste sie auf die Stirn. Mehr konnte ich im Moment nicht für sie tun. Auf einmal erinnerte ich mich daran, wie vor knapp vier Wochen alles begonnen hatte. Ich dachte an Manfred.

36 Tag 27 – Michaela

Mir fiel beinahe der Hörer aus der Hand. Ich muss kreidebleich im Gesicht geworden sein, als sich Hauptkommissarin Michaela Cordes am Telefon meldete. Ich hatte ja befürchtet, dass wir in der vergangenen Nacht irgendeinen fatalen Fehler gemacht hatten. Es war hektisch gewesen. Wir waren überfordert und todmüde zugleich gewesen. Trotzdem hatte ich praktisch kein Auge zugemacht. Aber dass die Polizei uns so schnell auf die Schliche kommen würde, damit hatte ich nun wirklich nicht gerechnet. Ich wunderte mich ehrlich gesagt, dass sie vorher anriefen. War vielleicht nur eine List. Jede Sekunde rechnete ich damit, dass das Sondereinsatzkommando mit einer Eisenramme die Tür aufbrechen, schwarze Männer in Sturmhauben schreiend das Haus entern und mich rüde zu Boden werfen würden, um mich mit Kabelbindern zu fesseln. Mir wurde übel.

»Herr König?« Von irgendwo weit entfernt hörte ich die Stimme der Kommissarin. »Sind Sie noch da?«

»Ja, ich bin noch da«, antwortete ich apathisch. »Sie können mich dann abholen!«

»Wieso sollten wir Sie abholen? Sie müssen schon selbst zur Rechtsmedizin nach Heidelberg fahren, um Frau von Pößneck abzuholen. Aber ich habe gute Nachrichten für Sie.«

»Haben Sie das? Bekomme ich eine Doppelzelle mit meiner Frau?«

»Sie Witzbold.« Ich schien die Kommissarin zu erheitern. »Ich wusste gar nicht, dass Sie verheiratet sind.«

»Bin ich auch nicht, aber ich habe mich vorgestern verlobt.« Warum in drei Gottes Namen erzählte ich das alles? Einmal mehr fragte ich mich, was mit mir nicht stimmte.

»Dann herzlichen Glückwunsch. Wer ist die Glückliche? Sagen Sie nichts, das geht mich nichts an.« Die Kommissarin schien in Eile. »Jetzt aber noch die guten Nachrichten. Die zusätzlich anfallenden Kosten für die Einäscherung von Frau von Pößneck übernimmt unsere Behörde. In der Rechtsmedizin händigt man Ihnen ein Formular aus. Das füllen Sie bitte aus und schicken es mir. An die Adresse auf der Visitenkarte. Haben Sie die noch?«

Ich nickte. Machte eine Pause.

»Ja, die Karte habe ich noch.« Keine Ahnung, was mich dann ritt. Ich fühlte mich plötzlich verpflichtet, das persönliche Interesse der Polizistin an mir zu erwidern. »Sie wirken so gehetzt schon am frühen Morgen. Ist alles gut bei Ihnen?«

»Nichts ist gut. Aber schön, dass sich mal einer dafür interessiert, wie es mir geht.« Die Kommissarin wirkte ehrlich dankbar. »Um fünf heute Morgen hat man meine Kollegin und mich aus dem Bett geklingelt. Ein Toter im Wald, oberhalb von Heidelberg.«

Ich schluckte trocken. »Sie sind auch für Heidelberg zuständig?«, fragte ich.

»Eigentlich nicht, aber der Tote kommt aus unserem Sprengel. Aus Ingelrein.« Es schien ihr wie Schuppen von den Augen zu fallen. »Genau, aus Ihrem Ort. Auf den ersten Blick ein Unfall. Alkohol, überhöhte Geschwindigkeit, von der Straße abgekommen ... das Übliche eben. Leider.«

»Und auf den zweiten Blick?« Mir gefror das Blut in den Adern.

»Vielleicht ein Tötungsdelikt«, antwortete sie kühl und sachlich, »wir haben bei dem Toten keinen Autoschlüssel gefunden. Noch nicht wenigstens. Die Kollegen untersuchen noch den Waldboden. Ist vielleicht aus dem Wagen geflogen.«

Mein Kopf schien zu explodieren. Hitze stieg in mir hoch, dann eine Eiseskälte. *Der Autoschlüssel.* Wieder spürte ich eine Invasion von Hornissen in meinem Schädel. Ich ging die zurückliegende Nacht im Geiste noch einmal durch.

Ich hatte mich in den Wagen gesetzt, den Startknopf gedrückt. Der Motor lief noch, als ich Hansjürgen auf der Fahrerseite platzierte. Ich stieg aus, schob das Auto an den Rand der Straße, bis es hinabstürzte. Dann die Hupe. Ich war weggelaufen. Und ich hatte immer noch Hansjürgens Hose an.

Ich schlug mir wütend mit der flachen Hand vor die Stirn. Der Zorn übermannte mich. Ich hörte kaum noch auf das, was aus dem Telefonhörer kam.

»Sie müssten die sterblichen Überreste von Frau von Pößneck heute allerdings bis zwölf Uhr abholen. Danach haben die Kollegen eine Schulung. Oder dann eben morgen ab acht. Ich muss dann, Herr König. Wiederhören.« Ich wollte gerade auflegen, als die Kommissarin nachsetzte. »Eins noch. Von der gesuchten Olga Schostakova haben Sie auch nichts gehört. Oder?«

»Wie sollte ich«, antwortete ich einsilbig.

»Na ja, ich dachte nur, Sie kennen doch jeden in Ingelrein, vielleicht haben Sie am Stammtisch etwas mitbekommen oder so. Die junge Frau ist wie vom Erdboden verschluckt. Aber grämen Sie sich nicht, ist immerhin unser Job. Also dann!«

37 Tag 27 – Emma

Ich meldete mich krank. Susanne zeigte Verständnis. Vermutlich auch, weil sie immer noch auf meine Stellungnahme zu ihren Heiratsplänen wartete. Sie verlor jedoch kein Wort darüber. Meinte nur, Dennis habe angeboten, ihr im Büro ein wenig zu helfen. Im Moment war mir so ziemlich alles egal.

Als ich endlich die Bedürfnisse des Kaffeevollautomaten gestillt hatte, trottete Emma in die Küche. Die Lieblichkeit vom gestrigen Abend war vollends gewichen. Dunkle Schatten lagen unter den wässrigen, blau-grünen Augen, ihre Mundwinkel hatten Merkel'sche Züge angenommen.

»Wer ruft denn am frühen Morgen hier schon wieder an? Kundschaft?«

Ich drückte auf die Taste für *Cappuccino*. Das Mahlwerk der Maschine schien sich direkt in mein Hirn bohren zu wollen.

»Nein, es war die Kommissarin. Diese Cordes. Sie haben Hansjürgen gefunden.« Ich reichte Emma die Tasse mit dem Häubchen aus weißem Schaum.

Sie ignorierte den Kaffee. »Und deshalb rufen die hier an?«

Ich spürte die Nervosität in ihr aufsteigen.

»Nein«, beschwichtigte ich, »sie hat wegen der Elvira angerufen. Die Leiche ist endlich wieder freigegeben.« Ich schwieg einen Moment, bis die Ausgabe meines Kaffees abgeschlossen war. »Sie hat mir das mit Hansjürgen nur in einem Nebensatz erwähnt.«

»Wir haben doch an alles gedacht, Hermann.« Sie sah mich flehentlich an. »Das haben wir doch? Oder Hermann?«

»Nicht ganz.« Emma sah mich erschrocken an. Ich berichtete ihr von den Ahnungen der Polizei und dem vergessenen Autoschlüssel in meiner beziehungsweise Hansjürgens Hose.

»Warum hast du nicht gleich die Polizei gerufen, als der Idiot die Treppe runtergefallen war. Oder den Notarzt? Es war doch wirklich ein Unfall.« Sie war bemüht, mir nicht allzu große Vorwürfe zu machen.

»Nach allem, was er dir angetan hat?« Ich nahm Emmas zierliche Hände in meine. »Hansjürgen war ein bösartiger, krimineller Mensch. Einer, der über Leichen ging, um seinen Vorteil zu bekommen.«

Emma schien nicht überzeugt.

»Was, meinst du, wäre passiert, wenn ich den Arzt geholt hätte?« Sie schwieg. »Wahrscheinlich hätte er behauptet, ich hätte ihn gestoßen, allein schon, weil es dem Fatzke peinlich gewesen wäre, zuzugeben, dass er im Suff einfach runtergefallen ist.«

Emma wiegte den Kopf hin und her.

»Und wahrscheinlich wäre er damit sogar durchgekommen. Der wütende Geliebte der Frau, der er gerade das Fell über die Ohren zieht, hat sich gerächt. Klingt doch glaubwürdig, oder?«

»Ja, das tut es.« Sie drückte meine Hand. »Aber ...«

»Kein Aber. Es ist, wie es ist. Hansjürgen ist tot, wir haben unser Bestes gegeben, ich habe leider einen Fehler gemacht.« Ich nahm einen Schluck Kaffee. »Ich weiß, das mit dem Schlüssel ist saublöd gelaufen. Aber wir ziehen das jetzt durch. Wir haben unsere Geschichte. Der Schlüssel könnte bei dem Aufprall auch aus dem Wagen geschleudert worden sein. Die Cordes hat mir doch gesagt, dass sie den Wald durchsuchen.«

»Aber jetzt wird die Polizei auf jeden Fall herausfinden, dass er gestern Abend hier war.« Emma schien panisch.

»Wir müssen einfach nur bei unserer Story bleiben. Ist das klar, Emma?« Ich sah ihr tief in die übernächtigten Augen.

»Haben wir eine Wahl?« Sie versuchte sich an einem Lächeln. »Ist es jetzt aber nicht zu gefährlich, nach den Unterlagen zu suchen, die mich ...« Sie stockte.

»Zu Hansjürgen nachhause können wir im Moment jedenfalls nicht. Das ist klar. Aber in der Bank versuchen wir es auf jeden Fall. Wir müssen, Emma. Wenn die Polizei die Papiere in die Finger bekommt, stehst du ganz oben auf der Verdächtigenliste.«

Emma sah mich erschrocken an.

»So weit lassen wir es nicht kommen, meine Liebe«, versuchte ich sie zu beruhigen. »Und jetzt mach dich fertig, wie gehen shoppen.«

Sie glotzte mich an, wie ein Fisch an Land.

»Wenn wir die Bank schon überfallen wollen, brauchen wir Sturmhauben, Sonnenbrillen, Kapuzenpullis und zwei schicke Stemmeisen.«

38 Tag 27 – Emma und ich

Wie erwartet, hatte die Sparkasse auch am Hintereingang des Gebäudes für Überwachung gesorgt. Zu unserem Leidwesen allerdings auch für eine grelle Beleuchtung. Aus verschiedenen Gründen hoffte ich, dass uns niemand sehen würde. Zum einen, weil wir im gleißenden Licht des Scheinwerfers mit den Kapuzenpullis, den Sturmhauben aus dem Motorradfachhandel und den Sonnenbrillen wie Schwerverbrecher aussahen. Vor allem aber auch, weil wir mit den Plateaustiefeln aus Lackleder – Emma hatte die glorreiche Idee gehabt, mit dieser Errungenschaft aus dem Erotikshop unsere wahre Körpergröße zu verschleiern – zusätzlich wie bescheuerte Schwerverbrecher aussahen. Ich hasste das Spiegelbild, das mir die Glastür schonungslos entgegenwarf.

Das Büro von Hansjürgen Kreimes würden wir schnell finden. Ich hatte die Bank am Vormittag schon einmal unter einem Vorwand besucht und dort nach Hansjürgen gefragt. Man bedauerte, er habe heute leider Außer-Haus-Termine. So nannte man das also, wenn bei der Sparkasse einer blaumachte.

Unter einem Vorwand ließ ich eine Nachricht auf seinen Schreibtisch legen. So konnte ich aus der Ferne jenen Glaskasten ausmachen, in dem Kreimes bis gestern Tag für Tag seiner Arbeit nachgegangen war. Mich schauderte bei dem Anblick dieser aquarienartigen Verrichtungszelle.

Als ich die Schlüsselkarte in den Schlitz neben der hinteren Eingangstür stecken wollte, musste ich erschrocken daran denken, dass die Polizei mit Sicherheit auch Hansjürgens Haus- und Geschäftsschlüssel sowie ebendiese Karte vermissen würde.

Emma schien meine Gedanken in diesem Moment zu lesen. Sie spürte, wie ich zögerte. »Sobald du die Karte reinschiebst, wird irgendwo aufgezeichnet, dass Hansjürgen jetzt die Bank betreten hat«, raunte sie mir zu, »das ist wie im Hotel.«

Überraschenderweise verstand Emma ihren Kommentar nicht als Einwand, sondern als Ansporn. Mit ihren behandschuhten Händen forderte sie mich auf, weiter und vor allem schnell zu machen.

Die Mahnung zur Eile mag auch daran gelegen haben, dass es zwar nach drei Uhr in der Nacht, aber immer noch über zwanzig Grad warm war. Ich schwitzte wie ein Braten in der Röhre.

Die gute Nachricht: Hansjürgens Karte war noch nicht gesperrt worden. Entweder hatte man es vergessen, eine solche Maßnahme nicht für nötig erachtet oder der Verlust ihres Mitarbeiters hatte sich noch nicht bis zu seinen Kollegen herumgesprochen. Ich muss zu meiner Schande gestehen, dass ich mir über diese Möglichkeiten keinerlei Gedanken gemacht hatte. Auch nicht über Option vier: eine Falle. Hektisch, geradezu paranoid schwenkte ich meinen Kopf in alle Richtungen. Wähnte hinter jeder Ecke ein Einsatzkommando der Polizei, das nur darauf gewartet hatte, dass sich jemand mit der fehlenden Schlüsselkarte Zutritt zur Bank verschaffen würde. Aber es blieb ruhig. Absolut ruhig. Und dunkel. Meine Sonnenbrille trug nicht unwesentlich zu der Finsternis bei. Einzige Lichtquellen waren die leidlich beleuchteten Hinweisschilder, die den Weg zum Notausgang wiesen. Emma schlug vor, einen Moment zu warten, bis sich unsere Augen an die Dunkelheit gewöhnt hatten. Die kleinen Taschenlampen, die wir am Mittag in einem Ein-Euro-Shop erstanden hatten, wollten wir nur im äußersten Notfall einsetzen.

Hansjürgens Büro wirkte von innen betrachtet noch bedrückender als am Mittag von außen. Selbst Renate hatte als einfache Kundenberaterin bei der Konkurrenz einen weit geräumigeren Arbeitsplatz gehabt.

Auf dem Schreibtisch des verblichenen ehemaligen stellvertretenden … na ja, Sie wissen schon, wen ich meine … Auf dem Tisch lag jedenfalls erwartungsgemäß unberührt die Notiz, die ich dort hatte hinterlegen lassen. Die banale Bitte, er möge zum nächsten Stammtisch die Schallplatte mitbringen, über die wir am Abend zuvor gesprochen hatten. Emma und ich waren uns darüber einig gewesen, dass die Polizei früher oder später sowieso vor unserer Tür stehen würde. Nicht zuletzt durch den auffälligen Sportwagen, der stundenlang vor dem Haus gestanden hatte, würde diese Cordes bald wissen, dass er gestern Abend bei mir gewesen war. Also hielt ich es nur für konsequent, offen mit dem Besuch zu kokettieren.

Während Emma damit beschäftigt war, den passenden Schlüssel für das Schreibtischschloss zu finden, musste ich an meinen Vater denken. Nein, er hätte sich keinesfalls an dem Wagemut seines Sohnes und dessen Geliebter geweidet. Fehler hätte er gesucht und ganz sicher auch gefunden. Und natürlich hätte er sich über die Lackstiefel aus dem Sexshop lustig gemacht. Meine Füße fingen darin langsam wie zwei saftige Schinken an zu schwimmen.

»Ich hab da was!« Emma hatte die kleine Taschenlampe angeschaltet und beleuchtete das Hängeregister in der untersten Schublade. Sie hob eine der Kladden heraus. Das Plastikschildchen daran war fein säuberlich mit *Jörgensen* beschriftet. Emma klemmte sich die Taschenlampe in alter Gaunermanier zwischen die Zähne und blätterte in der Akte. »Ier ich die Ereinarung.« Siegesgewiss hob sie ein Blatt in die Höhe.

Ich nahm es und überflog die Zeilen. »Dieses Arschloch hat sich abgesichert.«

Obwohl ich Emmas Gesicht nicht sehen konnte, fühlte ich ihre Zweifel.

»Hier, Hansjürgen hat die Vereinbarung nachträglich von seinem Chef abzeichnen lassen.«

»Und jetzt? War jetzt alles für die Katz?«

»Ich weiß es ehrlich gesagt nicht. Lass uns die Unterlagen nehmen und verschwinden.« Ich wurde langsam nervös.

»Warte mal. Das ist ja interessant.« Emma hatte die Ruhe weg.

»Was?«, zischte ich ungeduldig.

»Da gibt es auch eine Akte Spiros.« Sie hockte sich im Schneidersitz neben den Schuber.

»Welcher Spiros?« Ich trippelte.

»Damian Spiros. Ich hab dir doch von ihm erzählt. Dieser Typ, der Siggi ein paarmal im Büro besucht hat.«

Ich erinnerte mich. Bekam langsam Panik. »Hast du das gehört? Da ist jemand!«

»Du hörst die Flöhe husten. Da ist gar nichts«, versuchte mich Emma zu beruhigen. Seelenruhig fingerte sie sich durch das Hängeregister. »Schau mal«, sagte ich und glaubte, hinter der Gesichtsmaske ein Grinsen auszumachen, »deine Freundin Elvira hängt auch hier drin.«

Mir fiel siedend heiß ein, dass ich vergessen hatte, mich bei der Rechtsmedizin zu melden. »Das Glas Sekt, das ich bei ihr auf der Terrasse getrunken habe, hast du mir bis heute nicht verziehen«, flüsterte ich.

»Es war Champagner, mein Freund.« Sie nahm die Akte und legte sie auf den Stapel neben sich. »Die wollte was von dir.« Kommentarlos legte Emma auch die *Akte Elvira* auf den Stapel.

»Na ja, dem hast du ja recht endgültig einen Riegel vorgeschoben.« Ich reagierte verschnupft.

»Sag mal, Hermann, suchst du Streit? Du weißt schon, dass du ...«

»Ja, ich weiß es«, unterbrach ich sie rüde. »Aber sieh zu, dass du fertig wirst, ich werde langsam, aber sicher ein wenig nervös.«

»Ich bin ja gleich so weit. Warte, hier gibt es auch etwas über Artan Kurti. Das ist doch dein alter Schulfreund, der die Sache mit Olga geregelt hat.« Auch diese Mappe legte sie neben sich. »Bei all der Hektik in den letzten Tagen hast du mir gar nicht erzählt, wie er das mit Olga ...«

»Aus gutem Grund«, herrschte ich Emma an. »Es ist

besser, wenn du es nicht weißt. Pack jetzt die Sachen ein und lass uns gehen.«

»Ist ja gut«, antwortete Emma kleinlaut. Aus dem Papierkorb unter dem Schreibtisch schnappte sie sich die jungfräuliche Mülltüte und verstaute darin die Beute. Aus dem einem Blatt Papier, wegen dem wir die Bank geentert hatten, war ein ganzer Stapel Lesestoff geworden. Brisanter Lesestoff, wie wir in Kürze erfahren sollten.

***

»Scheiße, war das knapp!« Ich war nicht außer Atem, ich war reif für ein Sauerstoffzelt, als wir endlich zu Hause ankamen und ich mich hyperventilierend hinter der Haustüre auf den Boden sacken ließ. Zudem machte mir mein niedriger Blutzuckerspiegel zu schaffen.

»Ja, das war es!« Emma riss sich enthusiastisch die Sturmhaube vom Kopf. Die Billigsonnenbrille fiel dabei auf den Boden. Ihr Gesicht war rot und verschwitzt von der Anstrengung, aber sie strahlte, als hätte sie soeben eine Erweckung gehabt. »Mein Gott, war das geil«, prustete sie. »Ich habe mich seit Jahren nicht so lebendig gefühlt.«

Angesichts meines Zustandes – ich fühlte mich, als würde ich in den nächsten Minuten mein eigener Kunde werden – klangen die Worte für mich wie Hohn. »Du bist verrückt!« Ich hatte große Schwierigkeiten, die Luft für diese wenigen Worte in meinen Lungen zu generieren. »Völlig verrückt!« Mein Knöchel schmerzte. Dreimal war ich auf der Flucht nach Hause – ich hatte es jedenfalls als Flucht empfunden – in den Plateaustiefeln umgeknickt.

»Ich weiß, Hermann.« Triumphierend hob Emma die Plastiktüte mit den Akten aus Hansjürgens Schreibtisch in die Luft. »Und es fühlt sich phantastisch an.«

Sie setzte sich zu mir auf den Boden.

»Ich weiß, dass du das alles für mich auf dich nimmst. Und ich habe ehrlich gesagt nicht die geringste Ahnung, wie ich das wiedergutmachen kann!« Tränen der Erleichterung rannen über ihre Wangen.

»Ich wüsste da was«, röchelte ich mit letzter Kraft. »Wenn du wie geplant an dein Erbe kommst, wäre ein Urlaub nicht schlecht. Irgendwas mit Strand und Cocktails!«

»Sollst du bekommen – gleich nach der Hochzeit.« Sie kuschelte sich an mich.

39 Tag 28 – Gabriele

Wie erwartet stand die Polizei an diesem Freitagmorgen bei uns im Bestattungsinstitut. Irgendjemand hatte sich nach dem Aufruf im Internet gemeldet und berichtet, den roten Mustang vor dem Haus gesehen zu haben.

Geschlafen hatten Emma und ich in der zurückliegenden Nacht keine drei Stunden. Entsprechend gedämpft war unsere Stimmung. Zwei Nächte voller krimineller Aktivitäten und ein Vollzeitjob in einem bürgerlichen Beruf waren auf die Dauer jedenfalls nicht miteinander zu vereinbaren. Ich hatte insgeheim beschlossen, die außerberuflichen Aktivitäten künftig deutlich herunterzufahren. Heute aber schon wieder auszufallen, war aus verschiedenen Gründen keine Option gewesen. Erstens, weil eine Menge Arbeit auf mich wartete, zweitens, weil ich befürchtete, dass Susanne langsam misstrauisch werden könnte. Sie war zwar auf eine rührende Art naiv, aber keinesfalls dumm. Und dem Horror, ihr den ganzen Schlamassel erklären zu müssen, wollte ich mich nicht aussetzen.

»Sie bestätigen also, dass Herr Kreimes vorgestern Abend in Ihrem Haus zu Besuch war?« Kriminaloberkommissarin Gabriele Heller sah mich an, als wollte sie mit ihrem Blick mein Gehirn anzapfen. Oder aussaugen. Ich konnte diese Person nicht ausstehen.

»Ja, das habe ich doch eben gerade gesagt. Und er ist um kurz nach eins gegangen. Sie können meine Lebensgefährtin Frau Jörgensen fragen. Sie ist hinten im Büro.«

»Keine Sorge.« Was war diese Heller schnippisch. »Das werden wir.« Wollte sie mit ihrem militanten Auftreten irgendetwas kompensieren? Vielleicht die Tatsache, dass selbst ich neben ihr wie ein Hüne wirkte? Oder dass ihr Bekleidungsstil irgendwo zwischen Woodstock und *Staying alive* stehen geblieben war?

»Das heißt«, fuhr die Kommissarin fort, »dass Herr Kreimes einige Stunden bei Ihnen war. Vier oder fünf?«

»Ja, das kommt hin. Wir hatten uns einiges zu erzählen.«

»Was denn genau? Dicke Freunde waren Sie ja wohl nicht. Hat er Sie nicht am letzten Sonntag geschlagen?«

Sie sah mich bedrohlich an. Woher wusste sie das?

»Ja, das war einer der Gründe, warum Hansjürgen, also Herr Kreimes bei mir war. Um sich zu entschuldigen. Er hatte sogar ein Sixpack Bier dabei. Und wir haben uns über Schallplatten unterhalten. Er ist, entschuldigen Sie, war wie ich ein Freund klassischer Musik.«

»Es war also ein feuchtfröhlicher Abend?«

Die Frau ging mir auf die Nerven.

»Na ja, wir haben das ein oder andere Glas getrunken.«

»Herr Kreimes hatte einen Alkoholspiegel von über zwei Promille, als er gefunden wurde. Wieso haben Sie zugelassen, dass er noch ins Auto steigt?«

Ich fühlte mich bedrängt.

»Ich war ja selbst nicht mehr ...«

»Mein Mann war selbst nicht mehr ganz auf der Höhe, als Hansjürgen uns verließ.«

Emma hatte sich neben mir aufgebaut und blitzte die Kommissarin an. Hatte sie eben wirklich *mein Mann* gesagt?

»Ich habe versucht, Herrn Kreimes davon abzuhalten, in den Wagen zu steigen und zur Vernunft zu bringen, aber er ließ sich partout nichts sagen. Gott, war mir das peinlich. Er wurde ziemlich laut auf der Straße. Faselte irgendwas von einem Termin in Heidelberg. Ich hab ihm kein Wort geglaubt.«

»Was für ein Termin das gewesen sein könnte, wissen Sie nicht zufällig?« Diese Heller hatte es offenbar akzeptiert, dass Emma sich ungefragt eingemischt hatte.

»Wie gesagt, ich hielt das für Geschwätz. Und mein Hermann hier hat davon schon nichts mehr mitbekommen.«

»Wieso nicht?« Diese Kommissarin wollte es wirklich ganz genau wissen.

»Er war längst auf dem Sofa eingeschlafen. Zu viel Ouzo und zu viel Grappa. Nicht wahr, mein Hase?«

Ich nickte schuldbewusst.

»Das heißt, Herr König schlief schon, als Herr Kreimes noch im Haus war?«

»Herr Kreimes hat mir noch ein wenig beim Aufräumen geholfen. Na ja, und dann wollte er noch ein wenig charmant werden.« Emma errötete.

»Charmant?« Die Kommissarin verzog das Gesicht. »Sie meinen, er wurde zudringlich?«

Was war diese Frau frech. Michaela Cordes wäre sicher nicht so impertinent gewesen.

»Nichts, was ich nicht schon erlebt habe.« Emma machte eine abwertende Handbewegung. »Männer und Alkohol, Sie wissen schon ...«

Ich sah mich genötigt, mich wieder an dem Gespräch zu beteiligen. »Haben Sie noch wichtige Fragen an uns? Ich müsste dann nämlich los. In der Rechtsmedizin liegt noch eine Leiche, die auf ihre Einäscherung wartet.«

»Ich weiß«, antwortete Kommissarin Heller gelangweilt, »Frau von Pößneck. Ist nicht auch deren Ehemann vor Kurzem verstorben und dessen Pflegerin? Wie Ihr Mann – mein Beileid noch, Frau Jörgensen. In Ihrem Umfeld häuft sich eine stattliche Zahl Leichen an, Herr König.«

»Eine traurige Begleiterscheinung meines Berufes. Wenn ich Sie nun bitten dürfte?« Ich drängte die kleine Person zum Gehen.

»Dürfen Sie. Vorerst.« Sie machte Anstalten zu gehen, drehte sich aber dann noch einmal um. »Eine Sache noch. Auf Herrn Kreimes' Schreibtisch in der Sparkasse haben wir einen Zettel mit einer Nachricht gefunden, in der Sie ihn darum bitten, an eine bestimmte Platte zu denken.«

»Wir sind beziehungsweise waren keine besonderen Freunde von CDs oder diesem modernen Streaming. Er erzählte von einer seltenen Aufnahme auf LP. Mozarts Klavierkonzerte, gespielt von Alfred Brendel, wenn Ihnen das etwas sagt. Er wollte sie mir ausleihen.«

»Seltsam.« Sie kratzte sich am Doppelkinn. »Ich war gestern Abend noch bei ihm zu Hause. Da gibt es eine Menge Sportgeräte, einen riesigen Fernseher und so ein Teil, in das man sein Handy stecken kann, um Musik abzuspielen, aber keinen Plattenspieler. Und keine Schallplatten. Nicht eine.«

***

Die fette Henne verdeckte den Blick auf Emma fast vollends.

»Jetzt mach dich nicht verrückt, Hermann. Hansjürgen war ein ortsbekannter Angeber, ein Großmaul und ein Lügner. Das glaubt dir jeder, dass er sich wegen der Schallplatte bei dir wichtigmachen wollte. Und dass sie das mit den fehlenden Schlüsseln nicht erwähnt hat, kann auch bedeuten, dass sie einfach glauben, dass sie im Wald verschollen sind.«

Ich teilte Emmas Optimismus nicht.

Ich brauchte einen Hocker, um die monströse Frau vor mir auf dem Behandlungstisch an allen Stellen waschen zu können. Oberhalb der linken Brust entdeckte ich eine Narbe. Ein typischer Hinweis auf einen Herzschrittmacher. Wie alle medizinischen Implantate musste auch dieses entfernt werden. Vorsichtig öffnete ich die alte Naht und entfernte das Wunderwerk der Technik.

»Bemerkenswert, dass dieses kleine Ding hier in der Lage ist, sogar eine vier Zentner schwere Lebensmittelvernichterin achtzig Jahre alt werden zu lassen.« Ich ließ den Schrittmacher in die Metallschale auf dem Tisch neben mir gleiten. »Weißt du, Emma, diese Frau hier hat ihr ganzes Leben nur drei Dinge getan: Hühner großgezogen, Hühner geschlachtet und Hühner gegessen. Wie du siehst, hatte sie große und fette Hühner. Sie hat vermutlich nie ein Buch gelesen, war vermutlich nie in einem Theater oder Konzert, aber sie war immer glücklich. Zumindest hat sie immer gestrahlt wie ein Honigkuchenpferd, wenn man an ihrem Hof vorbeikam.«

»Was willst du mir damit sagen, Hermann? Möchtest du

Hühner züchten und fett werden?« Emma zeigte wenig Verständnis für diesen Anflug von Melancholie. »Ich glaube, ich lasse dich mal allein mit deiner Glaubenskrise und deiner«, sie machte wieder eine dieser bedeutungsvollen Pausen, »Muse?«

»Hmmmm.« Ich seufzte schwermütig.

Emma wandte sich ab. »Wenn du mit deinem Selbstmitleid fertig bist, könnten wir beide endlich mal die Unterlagen sichten, die wir in Hansjürgens Schreibtisch gefunden haben. Ich glaube, da erwartet uns einiges von Interesse.«

»Hmmmmm.« Ich fragte mich, wie ich bei Erna Blaschke an die Körperöffnungen kommen sollte, die es noch zu reinigen und zu desinfizieren galt. Ihre Rundungen hatten sogar die Nackenstütze unter sich begraben.

»Ach ja.« Emma hielt inne, wurde spitz. »Pfarrer Moselfelder hat angerufen. Die Urne deiner Freundin Elvira kann morgen schon beigesetzt werden.«

40 Tag 31 – Emma, Dieter und ich

Ein wenig fuhr mir der Schreck in die Glieder, als ich beim Morgenkaffee Emma und mich auf der Titelseite der Tageszeitung erblickte.

»Siehst du, die Idee mit den Stiefeln war großartig. Wir sehen gut aus.« Emma biss genüsslich von ihrem Honigbrötchen ab.

Zwei Unbekannte, vermutlich ein Mann und eine Frau, haben in der Nacht auf Freitag der Sparkassenfiliale in Ingelrein einen Besuch abgestattet. Nach Polizeiangaben haben die ungebetenen Gäste weder einen Schaden verursacht noch etwas gestohlen. Während das Motiv der Eindringlinge bis jetzt unklar ist, teilte die Polizei mit, dass sie sich mithilfe der Schließkarte des bei einem Unfall ums Leben gekommenen stellvertretenden Filialleiters des Instituts Zutritt über den Hintereingang verschafften. Man geht derzeit von einem schlechten Scherz aus.

Die beiden trugen, wie auf dem Foto zu sehen, Sturmhauben, Sonnenbrillen und als Hoodies bekannte Kapuzenpullis. Die Ermittler gehen nach Sichtung der Videoaufnahmen von hochgewachsenen Personen aus. Ein politischer Hintergrund wird nicht ausgeschlossen.

Sachdienliche Hinweise nimmt das Polizeirevier Hockenheim entgegen.

»Ein politischer Hintergrund wird nicht ausgeschlossen.« Emma hustete. Vor lauter Lachen hatte sie sich an einem Krümel verschluckt. »Die haben noch nicht einmal bemerkt, dass in Hansjürgens Büro etwas fehlt.«

»Oder sie haben es bemerkt und werden den Teufel tun, das öffentlich zu machen.«

Das Wochenende wie auch den Montagmorgen verbrachten Emma und ich in trauter Zweisamkeit. Susanne war offenbar endgültig zu Dennis gezogen. Vor vier Wochen noch hätte es mich völlig fertiggemacht, allein in dem Haus zu sein. Vor dem aktuellen Hintergrund war es ein Segen.

Die Sichtung der Papiere, die wir in der Bank hatten mitgehen lassen, hatte das Wochenende, sagen wir mal, interessant werden lassen. Die Verstrickungen von Ingelreins Hautevolee in krumme oder wenigstens halbseidene Geschäfte wären einen Roman wert gewesen. Auf jeden Fall bildete Hansjürgens akribische Sammlung von Gesprächsnotizen, Verträgen, E-Mails und Kopien von Kontoauszügen eine faszinierende Chronik der moralischen Verderbtheit meiner Heimatgemeinde. Hätten wir die Unterlagen der Polizei übergeben, wäre diese garantiert von einem Mord ausgegangen. Inklusive vier Verdächtiger. Angefangen bei Artan Kurti. Minutiös hatte Hansjürgen die bemerkenswert kreativen Steuersparrochaden des Deutsch-Albaners dokumentiert. Gelder, die permanent in Bewegung waren. Über die Niederlande, Großbritannien und über den Balkan geschleust wurden, um sich letztlich auf der Isle of Man zu verlieren, jener Steueroase, wo man sich wunderbar dem Zugriff europäischer Steuerbehörden entziehen konnte. Kurti musste mit Kreimes' Hilfe Millionen auf die Kanalinsel geschafft haben.

Oder die von Pößnecks. Nach den Aufzeichnungen hatte die Familie in großem Stil von Cum-ex-Geschäften profitiert und damit von Gutschriften auf Steuern, die nie gezahlt worden waren.

Und dann war da natürlich Siggis Investment-Betrug. Ein Schneeballsystem, bei dem arglosen Anlegern immer wieder vermeintliche Gewinne vorgegaukelt wurden. Wie Emma angedeutet hatte, steckte auch dieser ominöse Damian Spiros tief in diesem Sumpf.

Es wäre ein El Dorado für jeden forensischen Buchhalter gewesen.

Eines hatten alle Aufzeichnungen gemeinsam. Hansjürgen hatte kräftig mitverdient.

Ein bisschen ärgerten wir uns darüber, dass wir nicht mehr Papiere hatten mitgehen lassen. Emma jedenfalls hatte beschlossen, heute zur Bank zu gehen und den Erbschein für ihren Vater vorzulegen, um Zugriff auf dessen Konten zu erhalten.

Ich selbst laborierte noch an einem Kreuzleiden, welches ich mir im Zuge der Behandlung der *fetten Henne* zugezogen hatte, einer Reise in wahrlich unendliche Weiten, an Orte, und da war ich mir sehr sicher, an denen nie ein Mensch zuvor gewesen war.

Das einzig Erfreuliche bei der Versorgung von Erna Blaschke war der Umstand, dass sie über ein stattliches Vermögen verfügte. Debatten über den notwendigen XXL-Sarg mit einem Meter Breite, verstärktem Rahmen und Griffen gab es ebenso wenig, wie über den wegen des Gewichts erhöhten Personalbedarf und die höheren Friedhofsgebühren wegen des größeren Erdlochs. Ich hatte die Modalitäten der Beisetzung am späten Freitagnachmittag mit der spindeldürren Schwester der Verstorbenen in nicht mal zwanzig Minuten geklärt. Von einer Verbrennung hatte ich jedoch abgeraten. Ich erinnerte mich noch an einen Vorfall 2014 in den USA, bei dem eine zweihundertfünfzig Kilo schwere Leiche ein ganzes Krematorium in Brand gesetzt hatte. Fettverbrennung extrem, quasi. Zudem war ich mir nicht sicher, ob das Krematorium für derart überbreite Särge überhaupt gerüstet war.

Nachdem sich Susanne bereit erklärt hatte, für heute den Notdienst zu übernehmen, beschloss ich, mich ab Mittag leichten Büroarbeiten zu widmen.

Am Abend wollte ich damit beginnen, die Sauna im Keller zu zerlegen. Sofern mein Rücken mitspielte. Irgendwie war Emma und mir die Lust aufs Schwitzen aufgrund der jüngsten Ereignisse ein Stück weit abhandengekommen.

***

Es waren nicht allein die Schmerzen, die mich zu Dieter Schober in die Praxis trieben. Hinter der Entscheidung, die Urlaubsvertretung meines Hausarztes Dr. Weißbrodt aufzusuchen, stand auch die Neugierde, zu erfahren, was man sich im Ort so über Hansjürgens schlimmen Unfall erzählte.

»Du wirst alt, mein Freund«, befand Dieter nach einer eher oberflächlichen Untersuchung und einem Blick auf meine Blutwerte, die er dem Computer entlockte, der zum Netzwerk einer weit verzweigten Gemeinschaftspraxiskrake gehörte. »Weniger Alkohol, weniger Fett, mehr Ballaststoffe und vor allem mehr Sport. Treibst du überhaupt Sport? Ich empfehle dir Schwimmen. Ist auch gut für den Rücken.«

Schober redete ohne Punkt und Komma. Er nervte mich.

»Ich bin eigentlich nur hier, damit du mir eine Spritze gegen die Schmerzen gibst. Ich hab mich beim Versorgen von Erna Blaschke verhoben.« Ich verzog gequält das Gesicht und zeigte auf die schmerzende Stelle.

»Ah, die fette Henne. Ganz schöner Brocken, was? Da siehst du mal, wohin Fettleibigkeit führt. Bei dir auf den Tisch.« Schober fand sich witzig.

»Die Erna wurde fast achtzig ...«

»... und sie hätte locker neunzig werden können, hätte sie etwas gesünder gelebt.« Dieter hob mahnend den Zeigefinger.

»Da siehste mal, Dieter, gesund leben ist nichts weiter als eine langsame Form des Sterbens. Ist nicht von mir, ist von Buddha. Bekomme ich jetzt die Spritze?«

Schober stand auf, ging an den Arzneischrank in seinem Sprechzimmer. »Nicht immer. Hast du das von Hansjürgen gehört? Schlimm, was dem passiert ist.« Er zog eine Spritze auf. »Man erzählt sich, er war an dem Abend noch bei dir.«

»Wer ist *man*?« Ich zog die Hose herunter und legte mein Gesäß frei.

»Praxistratsch. Die Frau Müller erzählt es der Frau Mayer und die erzählt es meiner Bianca da draußen ...« Dieter zog die Schutzhülle von der Nadel, desinfizierte eine Stelle an meinem Hintern.

»Au! Ja, Hansjürgen war bei mir. Wollte sich entschuldigen wegen Sonntag. Du warst ja dabei.«

»Er soll ziemlich abgefüllt gewesen sein.« Schober klebte mir ein Pflaster auf den Arsch. »Du kannst dich wieder anziehen. Die nächsten zwei Stunden keine anstrengenden Arbeiten. Also Hände weg von Erna.«

Er fand sich wirklich witzig. Ich verdrehte die Augen.

»Aber unter uns Musikerfreunden.« Schober setzte sich wieder auf seinen Bürostuhl und rollte verschwörerisch in meine Nähe. »Ich hab gehört, die Polizei hat heute sein Büro auf links gedreht. Die Steuerfahndung soll auch dabei gewesen sein. Es geht wohl um unsaubere Investmentgeschäfte. Hab mich eh immer gefragt, wie er sich diesen Lebensstil leisten konnte.«

Gegen Dieter Schober war selbst die Obertratsche Else Kling aus der Lindenstraße ein wandelndes Schweigegelübde. Ich spielte mit. Deshalb war ich ja hauptsächlich gekommen.

»Da geht wohl einigen im Dorf jetzt ganz schön der Arsch auf Grundeis. Hansjürgen hat ja mit vielen Geschäfte gemacht, was man so hört.«

»Wie meinst du das?«

Mir schien, ich hatte einen wunden Punkt getroffen.

»Na ja, wenn die Steuerfahndung Hansjürgens Geschäfte durchleuchtet, ist das meist auch für die Geschäftspartner nicht sonderlich angenehm.« Dieter Schobers rosige Gesichtsfarbe wich einem blassen Cremeton. »Wie gesagt, zwei Stunden keine schweren Arbeiten«, er wurde hektisch, »ich muss leider weitermachen. Sehen wir uns heute Abend zur Probe?«

Ich stellte es in Aussicht, je nachdem, wie gut seine Behandlung anschlagen würde.

***

Es war eine seltsame Mischung aus Überlegenheit und gewaltiger Angst, die mich auf dem Weg nach Hause begleitete. Dass Emma und ich Akten mit durchaus explosivem Inhalt gestohlen hatten, war uns schon bei der ersten Sichtung klar geworden. Dass der, den wir bestohlen hatten, aber offenbar bereits im Fadenkreuz von Ermittlungen stand, schlug mir schon ein wenig auf den Magen. Das war jetzt nichts Privates mehr zwischen Siggi, Artan, Elvira, Emma und mir, es war etwas Offizielles. Wenn wir die Papiere unterschlugen, machten wir uns der Behinderung von Ermittlungen schuldig. Wenn wir die Akten den Behörden übergaben, waren wir wegen Einbruchs dran. Der alte Dämon suchte mich wieder heim. Der Dämon in Form meines Vaters. Ich hörte ihn spötteln. *Na, machst du dir wieder in die Hosen? Fehlt dir schon wieder der Mumm? Schon wieder Angst vor der eigenen Courage?* Wütend schlug ich auf das Lenkrad des Peugeots ein, als ich auf den Hof fuhr. Emma war bereits zuhause. Das beruhigte mich.

41 Tag 31 – Emma

Eine der großen Freuden im Zusammenleben mit Emma waren ihre Fähigkeiten in der Küche. Diese Frau war nicht nur klug, voller Kraft und schön, sie war auch eine brillante Köchin. Ganz anders als Renate, bei der ich oft das Gefühl gehabt hatte, sie wolle sich an den Lebensmitteln dafür rächen, dass sie sie zubereiten musste.

Emma dagegen überraschte mich fast jeden Tag. Es gelang ihr immer wieder aufs Neue, aus völlig zusammenhanglosen Zutaten Gaumenfreuden epochalen Ausmaßes zu kreieren oder berühmte Gerichte in Restaurantqualität auf den Tisch zu bringen. Heute überraschte sie mich mit einer vorzüglichen Saltimbocca alla Romana, wie sie selbst im *La Fontana* nicht zu haben war. Dazu kredenzte sie meinen Lieblingswein, einen spritzigen Sauvignon blanc.

Emma war in Feierlaune und wir hatten allen Grund dazu.

»Du hättest das Gesicht von diesem Fatzke sehen sollen.« Zum dritten Mal schilderte sie mir wortreich, wie sie die Sparkasse zum Glühen gebracht hatte. »So klein mit Hut war er, als ich ihm gesagt habe, dass ich beweisen könne, dass er an den Betrügereien von Hansjürgen beteiligt war.«

Zunächst war ich mir nicht sicher, ob es klug gewesen war, Hansjürgens Vorgesetzten wissen zu lassen, dass sie über Druckmittel verfügte. Emma hatte jedoch keine Wahl gehabt. Erneut hatte die Bank ihr den Zugang zu Manfreds Erbe verweigern wollen. Und das auch noch mit einer Kopie des untergeschobenen Vertrages, den Emma in ihrer Verzweiflung bei Hansjürgen unterzeichnet hatte. Der dezente Hinweis auf die Namen Kurti, von Pößneck und Spiros hatte genügt, um das Eis zu brechen. Zwar mussten wir fortan davon ausgehen, dass die Filialleitung der Bank uns mit dem ominösen Einbruch in Verbindung brachte, andererseits hatte diese sicherlich ein größeres Interesse daran, den Ball flach zu halten, als daran, uns ans Messer zu liefern.

»Heißt das, dass du auch die Villa behalten kannst?« Der Parmaschinken auf dem zarten Kalbsschnitzel war außerordentlich.

»Die Villa, Papas Erbe, alles meins. Das Haus werde ich verkaufen. Die Bank hat mir sogar ein sehr interessantes Angebot gemacht.« Kurzes, gefräßiges Schweigen. »Oder wolltest du mit mir ...«

»Auf keinen Fall«, antwortete ich. Halbherzig. Die Vorstellung, das zwar große, aber marode Haus hier in der Hauptstraße zugunsten eines mondänen Landhauses aufzugeben, hatte durchaus ihren Reiz. Andererseits hatte ich dort einen Mann erschlagen.

»Wenn ich den Marmor im Treppenhaus austauschen lasse, sieht man auch nicht mehr, was dort passiert ist.« Emma schien meine Gedanken gelesen zu haben. Ich aß schweigend weiter.

»Du wirkst bedrückt. Alles okay?«

Emma hob ihr Weinglas. Ich stieß mit ihr an.

»Ich war heute bei Schober wegen des Rückens. Er meinte, ich werde alt.«

»Pah«, echauffierte sich Emma, »der ist doch genauso alt wie du.«

»Schon richtig, das meinte ich aber nicht.«

Meine künftige Frau blickte mich fragend an.

»Ich bin alt. Wir werden alt. Susanne ist praktisch ausgezogen, vor uns liegt weit weniger Lebenszeit als hinter uns …« Jetzt machte ich eine bedeutungsvolle Pause. »Ich möchte den Rest nicht einfach so dahinplätschern lassen.«

Emma sah mich mit großen Augen an.

»Verkaufe die Villa, das ist gut. Alte Zöpfe abschneiden ist immer gut. Lass uns auch dieses Haus verkaufen und die Firma. Lass uns irgendwo neu anfangen. Terra incognita. Noch sind wir nicht zu alt dafür. Die letzten vier Wochen waren die anstrengendsten, frustrierendsten, mörderischsten, aber auch die schönsten vier Wochen meines Lebens. Wir haben Schuld auf uns geladen. Aber wir haben uns wiedergefunden. Wir werden, wir wollen heiraten. Und ich sehne mich nach Ruhe. Mit dir.«

Wir nahmen uns bei den Händen. Liebkosten sie. Drückten sie. Dann weinten wir. Vor Erschöpfung und Glück.

42 Tag 31 auf dem Weg zu Tag 32

Das trockene Fichtenholz ächzte unter den Hieben der Axt. Wollte sich nicht ergeben, versuchte immer wieder, das zerstörerische Metall festzuhalten, als wolle es mir Einhalt gebieten. Doch ich drosch erbarmungslos auf die Holzwand ein, bis sich splitternde Wunden öffneten, aus denen Glaswolle blutete.

»Gut so!« Emma stand in ihrem Seidenmantel in sicherem Abstand im Türrahmen und spornte mich an. »Lass es raus. Hau dir den ganzen Frust von der Seele. Du wolltest die Sauna ja sowieso zum Teufel jagen.«

Es war gegen drei Uhr in der Nacht. Schon wieder. Eigentlich hatte sich der Abend nach dem köstlichen Essen und dem kurzen Anfall von Melancholie recht harmonisch gestaltet. Emma und ich hatten Pläne gemacht. Große Pläne. Geradezu phänomenale Pläne. Auswandern wollten wir. Nach Spanien, vielleicht Griechenland. Alternativ bot sich Venezuela an, falls uns die Polizei auf die Pelle rücken würde. Emma würde endlich Bücher schreiben können. Spannende Krimis oder Liebesgeschichten, je nach Tageslaune. Und ich könnte mich endlich mehr der Musik widmen. Komponieren lernen, vor allem aber ein weiteres Instrument. Violine schwebte mir vor. Das Geld aus dem Verkauf der Häuser würde reichen. Wir hatten das genau durchgerechnet. Bis zur Rente in fünf Jahren würde Susanne das Institut als angestellte Geschäftsführerin leiten, es danach übernehmen. Wir hatten es genau vor Augen, hatten im Internet sogar schon ein schnuckeliges Landgut westlich von Valencia ins Auge gefasst. Bezahlbar, weil nicht zu nah am Meer, und mit viel Land. Uns schwebte der Anbau eigenen Gemüses vor. Einen Olivenhain gab es bereits. Und Obst natürlich. Vielleicht würden wir Hühner halten. Ich musste an Erna Blaschke denken. Gackerte unpassend dazu.

Wir planten wie die Weltmeister. Rechneten, kalkulierten, redeten mit Händen und Füßen. Wir bauten im Geiste einen Jacuzzi für uns und einen Stall für die Ziegen. Verwarfen beides wieder. Tranken dazu passend Rioja. Wir feierten eine Fiesta für unsere Zukunft.

Dann rief ich Susanne an. Es war kurz nach Mitternacht. Sie ging nie früh zu Bett. Ich wusste, sie war noch wach. Sie sollte die Erste sein, die von unseren grandiosen Plänen erfuhr, immerhin war sie ja Teil des Plans. Hatte ich gehofft.

»Au!« Ein Splitter traf mich an der Unterlippe. Eine große Platte Dämmwolle stürzte sich mir entgegen. Hauchte dabei eine immense Staubwolke aus. Meine Augen brannten. Emma hustete. Ich schwitzte.

»Sie hat diese Arbeit die ganzen Jahre mit so viel Hingabe gemacht. Und jetzt will sie alles hinschmeißen?«

»Hast du dir mal überlegt, dass deine Tochter dir vielleicht einfach nur gefallen wollte? Als einzige Frau im Haus nach Renates Tod?«

»Ins Internetgeschäft will sie einsteigen mit diesem

Dennis. Was ist bloß los mit der Jugend?« Ich hieb die Axt in einen massiven Fichtenbalken. Sie steckte fest.

»Weißt du, was dein Problem mit der Jugend ist, Hermann? Du gehörst nicht mehr dazu.«

»Schlägst du dich jetzt auf die Seite meiner Tochter?« Ich war zornig. »Ich führe dieses Bestattungsinstitut in vierter Generation. Seit ich denken kann, haben wir Königs Menschen unter die Erde gebracht! Bestatten ist eine Familientradition.«

»Deine Tochter will vielleicht mehr als nur Tradition. Wenn Susanne einfach nur in deine Fußstapfen tritt, kann sie dich nie überholen. Aber genau das ist die Aufgabe der Jungen. Außerdem gibt es jetzt einen anderen Mann in ihrem Leben, dem sie gefallen möchte. Ich kann mir vorstellen, dass diese Erkenntnis hart ist, auch wenn ich keine eigenen Kinder habe.«

Emma trat zu mir und nahm mich von hinten liebevoll in den Arm.

»Es gibt da einen schönen Satz von Goethe. Zwei Dinge sollten Kinder von ihren Eltern bekommen: Wurzeln und Flügel.«

Sie küsste mich zart auf den Nacken.

»Hast du deswegen Literaturwissenschaften studiert, um derart klugscheißen zu können?« Ich drehte mich zu ihr um und sah ihr tief in die Augen.

»Nicht nur. Aber ein bisschen schon.« Sie lächelte mich auf diese Art an, die mich verzauberte. Alles Ungute wegzauberte. »Wir haben vorhin Pläne gemacht«, hauchte sie, »erinnerst du dich noch?«

Ich nickte verlegen.

»Wir haben dabei auch über diese Sache mit dem Finger gesprochen. You remember?«

Ich wurde rot.

»Ich hätte jetzt Lust, das zu versuchen. Oben!«

43 Tag 35 – Ein Unbekannter

Das bedeutendste Ereignis der zurückliegenden Tage war die Erkenntnis, dass der überbreite Sarg, der für Erna Blaschke eigens in einer Hamburger Manufaktur hergestellt worden war, nicht in unseren Leichenwagen passte. Zum zweiten Mal in über hundert Jahren Firmengeschichte musste ein König beim Kollegen von Bindeling im Nachbarort um Unterstützung bitten. Das erste und bis heute einzige Mal datierte zurück ins Jahr 1909. Meinem Großvater war damals ein Pferd gestorben.

Lars von Bindeling gab am Telefon vor, gerne zu helfen. Die Häme zwischen den Zeilen hatte der Emporkömmling nicht zu verbergen gewusst. Ich schickte Susanne los, um den Leichenwagen zu holen. Für morgen zehn Uhr war die Beisetzung vorgesehen.

Immer noch nicht geklärt war zu diesem Zeitpunkt die Frage, wie wir vierhundert Pfund Mensch in dreihundert Pfund Sarg bekommen sollten. Einsargen durch einfaches Anheben schied aus. Hauptmann, Kozlowski und ich hatten es versucht. Mein Rücken war von dieser Aktion nicht amüsiert gewesen. Rüdiger Kozlowskis Idee, die Verstorbene einfach von der Bahre zu rollen und in den Sarg fallen zu lassen, klang zwar verlockend, schied aber aus. Wir befürchteten, die Tote könne mit dem Gesicht nach unten im

Erdmöbel landen. Obwohl kein offener Sarg geplant war, erschien uns diese Vorstellung nicht adäquat.

Schlussendlich entschieden wir uns, das pikante Problem mithilfe von Gurten und einem Flaschenzug aus dem Baumarkt zu lösen. Am Nachmittag wollte ich die notwendigen Einkäufe tätigen.

Ach, beinahe hätte ich es vergessen, Artan hatte in diesen Tagen seine Aufwartung gemacht. Genauer gesagt hatte er getobt wie ein Wilder. Einmal, weil es immer noch keinen Ausgleich für die ihm entstandenen Unkosten in Sachen Olga gegeben hatte, und zum anderen, weil ich es bisher nicht geschafft hatte, meine Tochter von Dennis fernzuhalten. Die Information, dass die beiden bereits ihre Hochzeit planten, brachte ihn vollends aus der Fassung. Ich hatte versucht, ihn mit dem Goethe-Zitat von Emma zu besänftigen, Sie wissen schon, das mit den Wurzeln und den Flügeln. Zwecklos, er kannte Goethe nicht mal.

Schließlich musste ich zum Äußersten greifen, um den Wildgewordenen zur Räson zu bringen. Zwei kopierte Seiten der *Akte Kurti* aus Hansjürgens Nachlass hatten aus dem Berserker ein frommes Lämmchen gemacht. Er hatte sogar angedeutet, die Hochzeitsfeierlichkeiten bezahlen zu wollen. Ob die Kinder denn schon einen Termin ins Auge gefasst hätten, wollte er zum Abschied wissen.

Und auch der junge Herr von Pößneck beglich prompt die Rechnung der Urnenbeisetzung seiner Stiefmutter, nachdem ich ihn hatte wissen lassen, dass mir beziehungsweise uns gewisse Informationen vorlagen.

Emma war seit drei Tagen mit vollem Eifer damit beschäftigt, die Auflösung der Jörgensenvilla voranzutreiben.

Für die Dinge, die auch künftig unser Leben begleiten sollten, mietete sie eine kleine Lagerhalle an. Ihr war es ernst mit den Plänen, die wir bei reichlich Rotwein geschmiedet hatten. Und je intensiver sie mir ihre Vorstellungen nahebrachte, umso mehr gewannen die bislang konturlosen Ideen auch für mich Gestalt.

Mithilfe der Studienfreundin, die sie in den letzten Tagen getroffen hatte, war es ihr sogar schon gelungen, Kontakt zu einem Verlag aufzunehmen. Emma war motiviert bis in die Fußspitzen und auch ich gewann immer mehr Gefallen an dieser noch so unrealen Perspektive mit der Frau meines Lebens im Süden. Auch wenn mir die ungewisse Zukunft meines Unternehmens dabei Bauchschmerzen verursachte.

Ich war in das Schwetzinger Tageblatt vertieft. Der Artikel über die immer noch flüchtige Olga Schostakova, die man nach wie vor für die skrupellose Mörderin von Siegfried Jörgensen, Elvira von Pößneck, deren Mann und Maria Duarte hielt, forderte meine komplette Aufmerksamkeit. So froh ich war, dass Olga von sich aus die Flucht angetreten hatte, so sehr sorgte ich mich um sie.

»Ich suche Emma Jörgensen. Man sagte mir, sie arbeitet jetzt hier!«

Ich schreckte hoch. Vor mir stand ein schmächtiger Mann. Höchstens fünfundsechzig Kilo. Klein mit pockennarbigem Gesicht, Dreitagebart. Irgendwie südländisch. Der Anzug mit dem T-Shirt darunter zeugte von Stil und Geschmack. Der Gesichtsausdruck Verachtung und Aggression.

»Frau Jörgensen ist heute nicht im Büro. Kann ich Ihnen

vielleicht weiterhelfen? Haben Sie einen Trauerfall in Ihrer Familie, Herr …?«

Der kleine Mann stolzierte vor dem Besprechungstisch hin und her. Er nahm sich eines der Faltblätter unseres Institutes.

»Ich weiß nicht, ob Sie mir weiterhelfen können. Herr König, vermute ich?«

»Sie vermuten richtig. Hermann Thaddäus König.«

»Thaddäus.« Der Unbekannte zog abfällig die Nase hoch. »Wussten Sie, dass auch Judas mit Zweitnamen Thaddäus hieß?«

Ich hatte keine Ahnung davon. »Ja, das weiß ich. Und ich weiß auch, dass Thaddäus aus dem Aramäischen stammt und so viel heißt wie *der Mutige* oder *der Beherzte.*« Ich stand auf. Bemerkte, dass ich eine Spur größer war als dieser unangenehme Mensch. »Ich wäre Ihnen jetzt aber sehr verbunden, wenn Sie mir sagen könnten, was wir für Sie tun können.«

Der Angesprochene lächelte mich auf eine fiese Art an.

»Der Beherzte«, wiederholte er abschätzig, »der Mutige. Bist du das? Mutig?«

Ich war einigermaßen verstört. »Ja, bin ich. Aber ich wüsste nicht, was Sie das angeht. Im Übrigen wüsste ich nicht, dass ich Ihnen das Du angeboten hätte. Und jetzt möchte ich Sie bitten, zu gehen. Ich glaube nicht, dass wir das richtige Institut für Ihre Belange sind. Was immer auch diese auch sein mögen.«

»Redest du immer so geschwollen daher, Thaddäus?« Er schien völlig unbeeindruckt von meinem dezenten Rauswurf. »Stehen die Weiber auf dieses geschwollene

Gerede? Steht Emma darauf? Du fickst doch Siggis Witwe. Oder?«

Langsam wurde mir mulmig. Ich zog mein Handy aus der Jacketttasche. »Wenn Sie jetzt nicht sofort gehen, rufe ich die Polizei.«

Der Typ grinste mich verwegen an. »Doch nicht so mutig, Thaddäus?« Das Grinsen verschwand. »Telefon weg! Jetzt!«

Ich reagierte nicht.

»Ich sagte, Telefon weg!« Der kleine Mann wurde laut. »Wenn du nicht auf mich hörst, Thaddäus, dann vielleicht auf meinen kleinen Freund hier!«

Aus dem Hosenbund zog der Unbekannte eine Pistole. Silbrig glänzend, nicht besonders groß, aber Respekt einflößend genug. Ich legte das Telefon auf den Tisch.

»Was soll das? Ich ...«

»Halt einfach dein dummes Maul, Thaddäus, und setz dich hin.«

Ich gehorchte.

»Dass du Siggi erschlagen hast, hätte ich dir ja noch durchgehen lassen. Dieser Versager ist zu ersetzen.« Er kratzte sich mit dem Lauf der Waffe an der Schläfe. »Jetzt hast du aber auch meinen Banker erledigt – das hast du doch, oder? – und damit habe ich ein echtes Problem. Und ich mag keine Probleme. Es wäre gut für uns, wenn mein Problem gelöst würde. Willst du mir dabei helfen, mein Problem zu lösen?«

Ich nickte verschüchtert.

»Das ist gut. Wir verstehen uns. Wir werden bestimmt noch richtig gute Freunde.«

»Ich bin sehr vorsichtig mit meinen Freundschaften.«

Ich habe bis heute keine Ahnung, was mich bei diesem Satz geritten hat.

»Nein, bist du nicht!« Der kleine Mann schrie sich die Seele aus dem Leib und schlug mit der flachen Hand auf den Tisch. »Wo ist Emma?«

Speichelfäden schossen mir entgegen. Er wirkte verzweifelt.

»Ehrlich, ich weiß es nicht, Sie ...«

»Pass auf, Thaddäus!« Er legte sich über den Besprechungstisch, versuchte, mir möglichst nahe zu kommen. »Mich interessiert nur eines: Wo ist Siggis hohles Bäumchen? Du weißt es nicht, oder?«

Hohles Bäumchen? Nein, ich wusste es nicht. Ich wusste ja noch nicht einmal, wovon der Irre da redete. Ich schüttelte heftig den Kopf.

»Aber deine Emma weiß es. Und du wirst sie fragen. Machst du das für mich?«

Jetzt nickte ich hektisch.

»Ich komme morgen wieder, gleiche Uhrzeit. Und dann erzählst du mir, wo Siggis hohles Bäumchen ist.«

»Morgen ist Samstag, da haben wir geschlossen ...«

»Morgen, gleiche Uhrzeit, Thaddäus. Ich verlasse mich auf dich!«

Mit einer gehörigen Portion Wahnsinn in den Augen lief der kleine Mann rückwärts, die Waffe auf mich gerichtet, aus dem Institut. Er ging langsam, um nicht zu stolpern, und schaute sich dabei immer wieder vorsichtig um.

Das Letzte, was ich von ihm sah, war, wie er von einem schwarzen Wagen erfasst und gegen die Zufahrt zu unserer Leichenhalle geschleudert wurde. Ich stand auf, lief hinaus, sah, wie er am metallenen Garagentor zusammenbrach. Von dem Steuer des schwarzen Wagens starrte mich fassungslos Susanne an.

44 Tag 35 – Susanne

Ein erster Blick auf die Straße verriet mir, es war Mittagszeit. Kein Auto und kein Mensch. Weit und breit war niemand zu sehen. Susanne hatte den kleinen Mann hinter dem etwa zwei Meter breiten Mauervorsprung erwischt, der das Garagentor verdeckte. Praktisch uneinsehbar von der Straße. Aus Pietätsgründen hatten wir vor einigen Jahren diesen Sichtschutz bauen lassen. Ich war mir sicher, dass niemand die Kollision gesehen haben konnte. Der Unbekannte lag einfach nur da. Keine verdrehten Gliedmaßen wie bei Siggi, kein Blut, sogar die Augen waren geschlossen. Ich hatte keine Ahnung, ob er noch lebte. Die Waffe war halb unter die Kühlerhaube des geliehenen Leichenwagens gerutscht. Der Motor lief noch.

Ich drückte den Knopf, um das metallene Tor zu öffnen. Langsam, dafür laut ratternd wickelten sich die Aluminiumlamellen über mir in vier Metern Höhe um die dafür vorgesehene Welle. Das Tor hatte sich noch keinen Meter geöffnet, da packte ich den Arm des Opfers und zog den Mann von den Knochensteinen der Zufahrt auf den gestrichenen Betonboden der Dreifachgarage.

Ich rannte noch mal nach draußen, kickte die Waffe in die Garage und bedeutete Susanne, umgehend hineinzufahren. Wie versteinert kauerte sie hinter dem Lenkrad. Sie reagierte nicht.

Ich riss die Wagentür auf, schrie sie an. Vor Schreck trat sie aufs Gas. Der Leichenwagen raste in die Garage, kam nur Zentimeter von der Rückwand entfernt mit quietschenden Reifen zum Stehen.

Das Garagentor ratterte. Nur diesmal in die andere Richtung.

Susanne saß noch immer hinter dem Steuer des Wagens. Erst als sie mich auf sich zukommen sah, stellte sie den Motor ab. Sie war kreidebleich. Der Schock saß tief.

»Ich hab ... hab nur ... nur die Pistole gesehen«, stammelte sie, während ich ihr aus dem Auto half. »Ich hatte Angst und hab einfach Gas gegeben.«

Wie eine Greisin hing Susanne an meinem Arm. Ich führte sie vom Wagen weg. Hinter dem geschlossenen Garagentor lag der Unbekannte.

»Mein Gott, hab ich den armen Mann totgefahren? Lebt er noch?« Susanne löste sich von mir, rannte zu ihm, kniete sich neben den Körper. Ich lief hinterher. Hob die Waffe auf. Blieb neben Susanne stehen.

»Wir müssen was tun, Papa. Wir müssen einen Krankenwagen rufen. Die Polizei. Das war ein Unfall. Nein, verdammt, war es nicht. Wo ist mein Handy?« Ihr Blick fiel auf die Pistole in meiner Hand. Susanne zuckte zusammen. Ich nahm ihre Hand und zog sie zu mir hoch.

»Er ist tot.« Ich starrte auf den regungslos auf dem Rücken liegenden Körper. Der Brustkorb hob sich nicht.

»O mein Gott!« Susanne warf sich schluchzend in meine Arme. »Ich habe einen Menschen getötet.« Sie wurde hysterisch. »Ich hab jemanden umgebracht, ich komme ins Gefängnis ...« Ihre kleinen Fäuste trommelten gegen meine Brust.

Ich steckte die Waffe in meine Hosentasche, nahm Susannes Arme, drückte sie an mich. Flüsterte ihr ins Ohr. »Niemand geht ins Gefängnis. Schon gar nicht mein kleines Mädchen.«

»Hallooooo, jemand da?«

Mit Emma hatte ich jetzt gar nicht gerechnet. Sie hatte sich mit einer Maklerin in der Villa treffen und dann das Rademacher-Haus unter die Lupe nehmen wollen. Das hätte mindestens bis zum Nachmittag dauern sollen.

»Die Tür zum Institut steht sperrangelweit offen. Da kann man sich die Klimaanlage auch sparen.« Sie klang nicht gut gelaunt. »Hermann, wo bist du? Susanne?«

»Wir sind hier«, rief ich in Richtung Behandlungsraum und Kühlzelle. »In der Garage.«

Emmas Absätze hallten durch die große Garage. Ihr eng anliegendes, rotes Sommerkleid wollte so gar nicht zur Szenerie passen.

»Was macht ihr hier?« Ihr Blick fiel auf von Bindelings Leichenwagen. »Wow! Was für ein Riesending. In dem Laderaum könnte man ja Partys feiern.« Dann sah sie zu uns. »Ist was mit dir, Susanne? Du weinst ja.«

Ich trat etwas zur Seite. Emma stieß einen spitzen Schrei aus. Dann einen Namen. »Damian!«

»Du kennst diesen Mann?« Ich nahm die Pistole aus der Hosentasche.

Emma sah mich entgeistert an. »Hast du ihn ... mit dem Ding da?«

»Nein, natürlich nicht, der Typ hat mich damit bedroht, dann ist er aus dem Laden gelaufen, Susanne hat ihn aus Versehen angefahren und jetzt stehen wir hier und haben ein Problem! Aber viel wichtiger ist, du hast eben seinen Namen gesagt. Ich frage dich noch mal, kennst du diesen Mann?«

Susanne stand zitternd zwischen uns. Emma nahm sich ihrer an.

»Das ist Damian Spiros. Der Geschäftspartner von Siggi.« Sie machte wieder diese Pause. »Jetzt Ex-Partner, wie es aussieht. Ich hab dir von ihm erzählt. Über ihn hatte Hansjürgen doch auch eine Akte angelegt. Was wollte er hier? Und was ist mit der Waffe?«

»Er kam vorhin rein, wollte dich sprechen. Als ich ihm gesagt habe, dass du nicht da bist, ist er gleich hässlich geworden. Irgendwie irrsinnig. Hat behauptet, zu wissen, dass ich Hansjürgen um die Ecke gebracht hätte. Dann hat er was von einem hohlen Bäumchen gefaselt. Siggi hätte eins gehabt und du wüsstest, wo es ist. Keine Ahnung, was er damit gemeint hat.«

»Und du, Kindchen, hast den Kerl über den Haufen gefahren?« Emma sah Susanne mitleidig an. »Das tut mir leid. Also eigentlich nicht. Mir tut leid, dass er dir vors Auto gelaufen ist. Dass er tot ist, ist eher erfreulich. Und, mein lieber Hermann, ich weiß, was ein hohles Bäumchen ist.«

Ich sah sie fragend an.

»Verstecktes Geld. Gehortet. Irgendwo. So wie Eichhörnchen Nüsse in einem hohlen Baum sammeln. Interessant, dass Spiros behauptet, Siggi hätte so ein Versteck gehabt. Zutrauen würde ich es ihm, dass er was auf die Seite geschafft hat. Ohne mich einzuweihen. Typisch.«

»Sagt mal …« Meine Tochter schien sich wieder zu fangen. »Was stimmt mit euch beiden nicht? Da liegt ein Toter. Ich hab den Mann umgebracht und ihr redet darüber, als ginge es ums Abendessen oder das Fernsehprogramm. Und du, Papa, was hast du mit dem Unfall von Herrn Kreimes zu tun?« Susanne schaute uns fordernd an. »Redet endlich!«

Ich sah Emma an. Sie zuckte nur mit den Schultern. »Erzählen wir es ihr. Sie ist ja jetzt eine von uns.«

»Was wollt ihr mir erzählen. Was geht hier vor?« Susanne wirkte verwirrt. Auch ein wenig verzweifelt. »Und was machen wir mit ihm hier? Mit Damian – oder wer das auch immer sein mag?«

»Was sollen wir mit ihm machen?« Ich verzog das Gesicht und faltete die Hände. »Wir sind Bestatter!«

***

Susanne rülpste leise. »Hab ich das richtisch verstandn, Papaaa?«

Die sieben Ouzos, die sie bereits intus hatte, entfalteten ihre Wirkung. Das Essen, das wir uns vom Vietnamesen einen Ort weiter hatten kommen lassen, hatte sie stattdessen nicht angerührt.

Nachdem wir alle wieder halbwegs bei Sinnen gewesen waren, hatten wir Damian in einen Zinksarg gepackt und diesen in die Kühlung gebracht. Da wurde es jetzt eng. Erna Blaschke belegte alleine zwei der vier Plätze.

Danach waren wir nach Hause gefahren und hatten etwas bei Vietnamesen bestellt. Dann hatten wir geredet. Also ich redete, Emma ergänzte und präzisierte hier und da, Susanne sah uns dabei fassungslos an.

»Duuuu«, sagte sie und bohrte mir den Finger fast ins Auge, »hast Siegfried, also Emmas Mann«, jetzt musste Emma höllisch aufpassen, nicht aufgespießt zu werden, »erschlagen, weil er dich gehauen hat.« Noch einmal verließ ein rechtschaffenes Bäuerchen den zierlichen Mund. »Und damittt dasssss nich rauskommt, hass du, Emma, die Tante vergiftet, die wir gerade einge... einge... ääh ... verbrannt haben.« Susanne schenkte sich Schnaps nach. Eine kleine Menge landete sogar im Glas. Es war der Rest.

»Dann hassu einen Vertrag bei der Tante gesucht, wo drinnsteht, dass die gar nicht einge ... also vabrannt werden will. Unn dabei hass dann auch die Maria ge-bsst!« Susanne deutete zum Geräusch fließenden Stroms an, zwei Kabel in den Händen zu halten. »Unn dann iss da noch dieser Kreimes. Den hass du, Papaaa, die Kellertreppe runnergeworfen, weil er Emma alles weggenommen hat. Und du, Emma, hass ihn dann in der Sauna gekocht.«

Meine Tochter kippte den Stumpen Ouzo in bester Trinkermanier ungebremst in ihren Hals.

»Unn die Polisei denkt, dass die Olga, die eijentlich Tatschjana heißt, eine bööööhse Sirenenkillerin is. Heißt das, ihr habt mit ihr gar nich knickknack ...?«

Ich schüttelte den Kopf.

»Ich habe dir doch gesagt, Emma, sie glaubt uns nicht, dass das alles Unfälle waren. Fast alles jedenfalls.«

»Jaja, hack du nur auf mir rum. Ich weiß ja, dass ich bei der Pößneck überreagiert habe.«

Susanne sah uns mit glasigen Walrossaugen an.

»Wer seiddd ihr eigentlich? Bonnie und Clyde? Misser unn Misses Smiss? Elisabeth Bathory und Ivan der Schreckliche?« Sie stellte mit Schrecken fest, dass der Schnaps alle war. »Seiße. Leer! Awer jetzt weiß ich: Wir sind die Munsters. Du, Papapa, biss Herman, Emma is Lily und ich bin die wunnerschöne Marylin!« Susanne grinste, wie eben nur völlig betrunkene Frauen um drei Uhr am Nachmittag grinsen. Dann begann sie zu heulen. Zu jammern.

»Nein! Isch bin nisch Marylin. Nisch mehr. Heute Morgen war isch Marylin. Jetzt bin isch nur noch das eiskalte Händchen!« Ihr Kopf sank, sie hielt sich an der Ouzoflasche fest, dann schlug sie mit der Stirn auf der Tischplatte auf.

»Ich glaube, es wird morgen, bis wir ihr sagen können, dass sie da zwei Fernsehserien miteinander vermischt hat«, kommentierte Emma lakonisch. »Aber was machen wir jetzt mit Damian? Wir können ihn ja nicht ewig im Kühlhaus liegen lassen.«

Ich schürzte nachdenklich die Lippen. »Ich habe da eine Idee. Ich muss eh noch in den Baumarkt. Hier, das Bereitschaftshandy. Wenn jemand anruft, sag, dass wir alle Hände voll zu tun haben. Ist ja auch so. Kozlowski und Hauptmann habe ich bereits mitgeteilt, dass ich sie heute nicht mehr brauche.«

45 Tag 35 – Herr Hartmann

Die Bank hatte angerufen, während ich im Baumarkt gewesen war. Ein gewisser Müller, Assistent des Vorstandsvorsitzenden aus der Hauptstelle. Man habe erfahren, dass, obgleich die Polizei absolut von einem Kapitalverbrechen ausgehe, der Leichnam ihres geschätzten Mitarbeiters Hansjürgen Kreimes mittlerweile freigegeben sei. Da der Verstorbene nicht über bekannten familiären Anhang verfüge, sehe sich der Vorstand des Kreditinstituts in der Pflicht, dessen Beisetzung in einem angemessenen Rahmen zu gewährleisten.

»Ehrlich, Hermann, der Typ hat genau so geredet. Ich dachte erst, der will mir ein Abonnement für diesen Leuchtturm andrehen.«

»Du meinst den Wachtturm«, korrigierte ich sie.

»Meinetwegen. Jacke wie Hose, auf jeden Fall meinte der Mitarbeiter noch, die finanzielle Seite würden sie dann noch mit dem Nachlassverwalter klären. Keine Ahnung, was das heißen soll. Du sollst dich jedenfalls melden, wenn wir die Bestattung übernehmen möchten. Ist zwar ein wenig schräg, aber wir möchten das doch. Oder?« Emma reichte mir den Zettel mit ihren Notizen und der Telefonnummer des Anrufers.

»Möchten wir das?« Ich legte das Stück Papier zur Seite. »Wenn ein Nachlassverwalter mitspielt, wartet unsereins gerne ein bis zwei Jahre aufs Geld. Die bezahlen die Beisetzung entweder selbst oder sie sollen sich einen anderen suchen. Ich rufe den Menschen morgen an.« Ich ließ mich auf einen der Küchenstühle fallen. »Wie geht es Susanne?«

»Sie liegt oben in ihrem Zimmer und schläft ihren Rausch aus. Hat sich zweimal erbrochen. Ich hab ihr was gegeben. Ein paar Stunden dürfte sie weg sein. Hades weicht ihr nicht von der Seite. So ein wundervoller Kater.«

Ich verdrehte die Augen.

Emma sah mich besorgt an. »Meinst du, es war eine gute Idee, ihr die ganze Geschichte zu erzählen?« Sie sah mir tief in die Augen. »Nicht, dass ich Angst hätte, sie würde etwas ausplaudern, aber es ist schon eine Belastung für ein so junges Ding.«

»Ich weiß, was du meinst. Aber wie hättest du ihr denn erklären wollen, dass wir nach dem *Unfall* weder die Polizei noch einen Krankenwagen rufen konnten?« Ich setzte das Wort *Unfall* bildlich in Anführungszeichen.

»Du hast wahrscheinlich recht.« Sie drückte meine Hand. »Was ich dir noch sagen wollte ...« Wieder machte sie diese Pause, die mich verrückt machte. »Dein Vater hatte unrecht.«

Ich sah Emma überrascht an. »Was meinst du?«

»Ich weiß, dass dein Vater dich immer für zu weich hielt, zu unmännlich, nenne es, wie du willst. Aber für mich bist du der männlichste Mann, den ich kenne. Was du für mich getan hast und heute für deine Tochter, so entschlossen, so souverän.«

Ich fühlte mich geschmeichelt. »Ich möchte trotzdem,

dass das alles endlich aufhört. Und da sind wir leider noch nicht. Und jetzt brauche ich dich. Zieh dir was Bequemes an. Das wird hart.«

***

Neben dem elektrischen Seilzug und dicken Gurten für den Transport von Möbeln hatte ich auch einen schweren Bohrhammer im Baumarkt erstanden. Schwerlasthaken, Flaschenzug und Gurte würden locker eine Tonne tragen, hatte mir der Mitarbeiter versichert. Aber für die Betondecke in der Garage, die ich ihm geschildert hatte, bräuchte ich schon anständiges Werkzeug. Ich vertraute ihm, obwohl ich ihn nicht kannte.

Dass ich für das Bohren in einer vier Meter hohen Decke auch eine wenigsten drei Meter hohe Leiter brauchen würde, hatte er mir natürlich nicht gesagt. Der Nachbar unseres Beerdigungsinstitutes, Herr Hartmann, ich glaube, ich habe ihn seit Renates Tod nicht mehr gesehen, war geradezu begierig darauf gewesen, uns nicht nur seine exorbitante Steigvorrichtung zu leihen, er war nicht davon abzubringen, gleich den kompletten Flaschenzug an die Decke zu dübeln. Auch den elektrischen Anschluss hatte er prompt besorgt. Wir bedankten uns artig mit einem Bier, das Emma gekühlt im Sechserkarton an der Tankstelle in der Ortsmitte erstanden hatte.

Natürlich bemerkte Herr Hartmann den auffallend großen Leichenwagen der Konkurrenz und natürlich fragte er nach dem Zweck des Flaschenzuges. Der Hinweis darauf, dass uns die Vorrichtung beim Einsargen besonders schwerer Menschen die Arbeit erleichtern sollte, schreckte ihn zu meinem Leidwesen nicht ab. Ob er sich das nicht einmal ansehen könnte, fragte er impertinent, es wäre bestimmt *spannend,* dabei zu sein, wenn so jemand in die Kiste kommt. *Spannend.* Was für ein billiges Wort für das Einbringen eines menschlichen Körpers in seinen letzten Raum. Ich hatte gute Lust, ihm eine reinzuhauen. Meinte Emma das mit männlich, stark und souverän?

Unter Hinweis auf gesetzliche Vorschriften, vor allem solche des Arbeitsschutzes und der Hygiene, hatte ich Herrn Hartmann von seinem Ansinnen abbringen können. Ihn wieder loszuwerden, war dagegen die schwerere Aufgabe dieses frühen Abends gewesen. Erst nachdem wir ihm versprochen hatten, später noch bei seinem kleinen Grillfest vorbeizuschauen, immerhin hätten wir uns ja lange nicht gesehen und einander so viel zu erzählen, hatte er sich zum Gehen bewegen lassen. Die beiden vom Sechserpack übrig geblieben Biere hatte er gerne als Wegzehrung mitgenommen.

***

Kozlowski und ich hatten Erna Blaschke auf zwei Bahren legen müssen, um sicherzustellen, dass sie uns nicht herunterfiel. Emma und ich mussten die Stahlstreben der rollbaren Liegen mit Kabelbindern verzurren, um das gewichtige Gefährt überhaupt aus dem Kühlhaus wieder herauszubekommen.

Der übergroße Mahagonisarg, für den mir die Manufaktur in Hamburg demnächst einen stattlichen vierstelligen

Betrag in Rechnung stellen würde, stand bereit, als wir Erna Blaschke ächzend in die Garage schoben.

»Meinst du, der Sarg ist stabil genug?«, fragte Emma skeptisch.

»Die Firma hat mir versichert, dass er bis dreihundert Kilo auf jeden Fall aushält. Die *fette Henne* hat gut zweihundert Kilo …«

»Du bist unmöglich, nenn sie nicht so.«

»Was? Alle im Dorf haben Erna so genannt. Schon seit ich denken kann«, wehrte ich mich.

»Trotzdem. Ich mag das nicht. Das ist ungebührlich«, maßregelte mich Emma. »Was, schätzt du, wiegt Damian?«

»Sechzig, höchstens siebzig Kilo. Schau dir den Hänfling doch an.«

Damian Spiros lag bereits in dem voluminösen Erdmöbel. Der kleine Mann sah verloren darin aus. Irgendwie wie das letzte Auto auf einem riesigen Supermarktparkplatz.

»Und du meinst, Erna deckt ihn komplett ab?« Emma sah auf die Verstorbene. Die Kleider, die ihre Schwester uns gebracht hatte, hingen aufgeschnitten an beiden Seiten der Bahren herunter.

»Wir werden sehen. Wenn nicht, müssen wir ein wenig dekorieren Stoff ist ja genug da und dann haben wir ja noch die Sargwäsche.« Diesmal machte ich eine gewichtige Pause. »Bist du bereit?«

Kopfschüttelnd nahm sich Emma einen der bereitliegenden Transportgurte. »Und wie hast du dir das jetzt vorgestellt?«

Nein, es ist nicht erquicklich, zwei etwa fünf Zentimeter dicke Gurte unter einem Menschen zu platzieren, dessen Eigengewicht massive Gegenwehr leistet. Details erspare ich Ihnen an dieser Stelle.

Nach über einer halben Stunde hatten wir es endlich geschafft. Die Gurte waren präzise an den Schwerpunkten platziert und hingen schlaff auf den Boden herunter. Stumme Symbole unserer körperlichen und mentalen Verfassung. Ich verfluchte den Moment, in dem ich Herrn Hartmann die beiden übrig gebliebenen Biere mitgegeben hatte.

»Und jetzt?« Emma lehnte müde am hinteren Rad des geliehenen Leichenwagens.

»Jetzt lassen wir den Haken herunter, dann hängen wir die Gurte ein, dann betten wir Erna sanft und dann machen wir den Deckel ...«

»Wie möchtest du den Haken herunterlassen?«, unterbrach mich Emma.

»Was für eine Frage, ich drücke auf den grünen Knopf in dem gelben Kästchen ...« Erst jetzt bemerkte ich, dass die Fernbedienung zwar kabelgebunden war, das Kabel mit der Fernbedienung jedoch noch aufgerollt an dem Motor in vier Metern Höhe hing. Nun verfluchte ich den Moment, in dem ich Herrn Hartmann neben den beiden übrig gebliebenen Bieren auch seine Leiter wieder mitgegeben hatte.

Es duftete verführerisch nach Schweinebauch und Grillwürsten. Neben dem Gasgrill in der Größe eines Kleinwagens standen die beiden leeren Bierflaschen.

»Ach, das ist aber schön, dass Sie kommen, hatte gar nicht damit gerechnet. Das Essen dauert aber noch.« Die blaue Latzhose trug Herr Hartmann nicht mehr, dafür eine auffällige schwarze Schürze. Etwas nach links versetzt, oberhalb der Mitte des aufgedruckten Fadenkreuzes, stand in fetten Lettern *Bratort*. Er sah, dass ich es sah.

»Toll, oder? Hat meine Tochter mir zum Geburtstag geschenkt. Ne Anspielung auf … na? Na?«

»Tatort?« Ich grinste gespielt verschwörerisch. Und ich überlegte, ob in Ernas Sarg noch Platz für Herrn Hartmann war.

Klar könne ich die Leiter noch mal haben. Ob er irgendwas falsch gemacht habe. Das täte ihm natürlich leid und er werde das natürlich sofort richten. Den Grill könne so lange seine Frau bewachen.

Kennen Sie das, wenn Sie in einen Kaugummi treten und das Ding einfach nicht mehr von der Sohle bekommen? So war Herr Hartmann. Erst der überaus sexistische Hinweis, dass ich deutlich beruhigter nachher auf einen Snack vorbeikäme, wenn er höchstselbst mit seinem geschulten Blick den Garprozess des Grillgutes überwache, brachte ihn von seinem Vorhaben ab.

Ich war müde, genervt und körperlich am Rande meiner Möglichkeiten, als ich endlich das gelbe Bedienkästchen in Händen hielt und uns der Haken am Stahlseil sanft entgegenschnurrte. Die Schlaufen der Gurte ließen sich aufgrund des respektablen Umfangs von Erna Blaschke nur mit einigem Aufwand in den Haken hängen. Ich betete, dass die Konstruktion halten würde, was sie versprochen hatte. Die Gurte dehnten sich bedenklich, das Stahlseil ächzte, nachdem ich den Aufwärtsknopf gedrückt hatte. Emma hielt sich seltsamerweise die Ohren zu, als sich die Gurte maximal spannten und sich das makabere Paket langsam von den Pritschen löste.

»O mein Gott!« Sie hielt ihre Hände nunmehr vor die Augen. Durchaus verständlich, gab doch die neue Position der schwebenden Jungfrau – und ich war mir sicher, dass sie das war – Einblicke preis, deren Ästhetik auch bei wohlwollender Betrachtung eher in die Kategorie grenzwertig einzuordnen waren. Seile und Winde hielten. Ich begann mich ein wenig zu entspannen.

»Susanne?« Wie ein Donnerschlag erreichte uns das Rufen. »Susanne? Bis du hier? Dein Auto steht draußen. Wieso gehst du nicht an dein Handy?«

Dennis! Wie blöd musste ich gewesen sein, diesen liebestollen Abkömmling von Artan Kurti nicht in meinen Plänen zu berücksichtigen.

»Schnell!« Ich bedeutete Emma, sich neben dem Sarg zu postieren. »Du musst die Last so eindrehen, dass sie genau reinpasst.« Ich drückte den Knopf zum Ablassen. Der Körper senkte sich drehend. Emma – der Ekel stand ihr im Gesicht – versuchte, den Fuß der Toten zu erhaschen. Sie würgte. Das Gewicht senkte sich weiter. Das Gesäß schrappte über den Rand des Sargs. Das Gestell darunter begann sich zu bewegen. Kippte.

»Susanne? Herr König? Hier ist doch jemand. Ich sehe doch Licht!«

Ich glaubte, Knochen knacken zu hören, als das Drahtseil sich endlich entspannte. Das Signal, dass die Last festen Grund hatte.

Dennis‘ fassungsloser Blick auf den Leichnam, dessen fleischige Arme rechts und links aus dem Mahagoniesarg hingen, werde ich nie vergessen.

»Hallo Dennis! Wie können wir dir helfen?«

46 Tag 35 – Ingeborg

Die gute Nachricht des Abends war, Erna Blaschke deckte Damian Spiros komplett ab und füllte den opulenten Sarg vollständig aus. Übereifrig, geradezu aufdringlich hatte sich der ungebetene Schwiegersohn in spe angebiedert, bei den letzten Handgriffen der Einsargung dienlich zu sein. Er beteuerte immer wieder, wie leid es ihm täte, dass es Susanne so schlecht ging. Er habe sich einfach Sorgen gemacht, nachdem sie nicht wie verabredet um vier Uhr nachhause gekommen war. Wie er *nachhause* betont hatte. Jetzt war Susanne zu Hause. In ihrem Bett in ihrem Zimmer.

Die Geschichte, die ich aus dem Hut gezaubert hatte, hatte Dennis mir abgekauft. Susanne habe mit dem geliehenen Leichenwagen einen kleinen Unfall gehabt – so weit war das ja irgendwie auch wahr – und sich dabei den Kopf gestoßen. Prompt sei ihr übel geworden, vielleicht ein Schleudertrauma, hab der Arzt am Telefon gesagt. Sie brauche jetzt einfach Ruhe.

Dennis zeigte so viel Verständnis, dass auch mir fast schlecht wurde. Auch dass wir in der Hektik vergessen hatten, ihren künftigen Mann zu informieren, sehe er natürlich ein. Gottlob gab sich der junge Mann letztlich zufrieden, nachdem Emma ihm tausendfach versichert hatte, sie werde Susanne bitten, sich sofort bei ihm zu melden, sobald diese wieder wach sei.

Nachdem Dennis wieder gegangen war, glaubten wir, das Schlimmste überstanden zu haben. Wir würden noch schnell die Leiter zurückbringen und dann nachhause gehen, um endlich die Ereignisse des Tages sacken zu lassen. Allerdings hatten wir die Rechnung ohne Herrn Hartmann gemacht. Mit Vornamen übrigens Günther. Sein *Bratort* glich mittlerweile mehr einem Höllenfeuer. Die Fleischmengen türmten sich darauf wie die schreienden Seelen in der Unterwelt. Zumindest in einer Vorstellung. Die letzten Stunden, der ganze Tag, was sage ich, die ganzen letzten Wochen hatten mir gehörig zugesetzt. Die Hitze jedenfalls schlug einem schon beim Betreten des Gartens entgegen. Es musste sich hier um die bislang unentdeckte Quelle der globalen Erwärmung handeln. Dessen war ich mir sicher.

Die Plastiksessel um die beiden ovalen Gartentische herum waren bereits besetzt. Mit Menschen, die Günther uns als seine Nachbarn vorstellte, die also somit auch Nachbarn des Instituts waren und bei denen ich mir gewiss war, sie noch nie gesehen zu haben. Trotz meiner Arbeit im Verein und als Kirchengemeinderat. Mist! An diesem Abend fand, so glaubte ich, die monatliche Sitzung statt. Zu spät, es war schon nach neunzehn Uhr. Und ganz ehrlich, dieses Ehrenamt passte mit jedem Tag weniger zu mir.

»Hallo Emma, Schatz, was für eine Überraschung, dich hier zu sehen. Wie lange ist es her?« Die schrille Stimme gehörte zu einer Turmfrisur, wie sie die Trockenhaubenmodels in den Siebzigern getragen hatten. Auf einem Teller balancierte die Frau darunter noch mehr totes Tier aus dem Haus in den Garten. Die Nachbarn, die ich nicht kannte, johlten dazu. Der Fleischberg landete auf einem Tisch neben dem Höllenfeuer.

»Nicht lange genug«, brummte Emma leise. Sie krallte sich an mir fest, als hätte sie Angst, ebenfalls auf dem Grill zu landen. »Darf ich vorstellen, Hermann, das ist Ingeborg. Ingeborg Hilbig …«

»Hartmann, schon seit acht Jahren.« Die Frau mit der schrillen Stimme leckte sich die Finger ab, streckte mir die Hand entgegen. »Aber Inge reicht.« Affektiert zeigte mir Inge ihre falschen Zähne. Die langen, mit Strass besetzten Fingernägel machten mir Angst.

»Dann stimmt es also, was man sich so erzählt, dass du und Hermann König jetzt ein Paar seid. Pikant! Wie lange bist du jetzt Witwe?«

»Mein Mann ist wenigstens nicht mit einer Jüngeren davongelaufen«, zickte Emma zurück.

»Nach allem, was man so hört und liest, war Siegfried, Gott hab ihn selig, auch nicht ohne. Wie heißt die Russin, die ihn erschlagen hat?«

»Sie heißt Olga. Und sie ist Usbekin«, korrigierte ich, während das Publikum an den Gartentischen die Ohren ausrichtete wie die NASA ihre Satellitenschüsseln auf der Suche nach intelligentem Leben. »Wir wollten auch nur die Leiter zurückbringen, die mir Ihr Mann geliehen hat, Inge.«

»Ach was, ihr bleibt hier, wir haben uns so viel zu erzählen.« Sie wollte meine Hand gar nicht mehr loslassen.

»Emma muss mir unbedingt erzählen, warum sie sich gerade dich ausgesucht hat, Hermann. Wir duzen uns doch, oder?« Inge sah kurz zu Emma und wandte sich dann wieder mir zu. »Hattest du nicht einen Tag vor ihrem Tod diesen hässlichen Streit mit Renate? Faszinierend, wo die Liebe überall hinfällt.« Inge ließ mich vom Haken. Dann platzten mir schier die Ohren. »Güüüüünther! Wir brauchen noch zwei Stühle. Was bist du für ein Bauer. Unsere Gäste hier stehen zu lassen!«

47 Tag 36 – Kitty

Emma sah mich vorwurfsvoll an. »Guten Morgen, der Herr. Wieder nüchtern?« Der Klang ihrer Stimme war anklagend, enthielt Spuren beißenden Spotts und eine gehörige Portion Häme. »Raus aus dem Bett, du hast in zwei Stunden eine Beisetzung.« Sie schlug meine Bettdecke zurück.

»Lass mich!« Ich deckte mich wieder zu. »Die Beerdigung von der Blaschke ist erst um vier.«

»Genau«, drang es spöttisch zu mir. »In zwei Stunden. Und dein neuer Freund Günther dürfte auch in ein paar Minuten auf der Matte stehen. Und vorher solltest du dich noch rasieren.« Sie schnüffelte, wie ein Hund, der etwas gewittert hat. »Und duschen. Wie du stinkst, steigen selbst die Toten wieder aus ihren Gräbern.«

Okay, ich hatte es begriffen. Emma war amtlich stinksauer. Und anscheinend hatte der schief hängende Haussegen etwas mit dem zurückliegenden Abend zu tun. Mein Problem: Ich hatte nicht die geringste Ahnung, was am Vorabend passiert war. Das Letzte, an das ich mich noch erinnern konnte, war, dass wir gegen unseren Willen bei den Hartmanns festgehalten worden waren und diese Inge ständig an mir herumgefummelt hatte. Dann hatte Günther Schnaps auf den Tisch gestellt. Und irgendwann hatten er und die anderen beiden Nachbarsmänner mit Zylindern auf dem Kopf getanzt. Dunkel erinnerte ich mich an Schlagermusik. Aber warum sollte Günther jetzt gleich auf der Matte stehen, wie Emma es formuliert hatte?

»Du hast keinen Schimmer von letzter Nacht. Oder?«

Ich schälte mich langsam aus dem Bett. Tatsächlich, es war schon kurz nach zwei am Mittag. In meinem Kopf schufteten wieder die Hornissen mit ihren Bohrhämmern.

»Es mag sein, dass mir das ein oder andere entfallen ist«, gestand ich kleinlaut ein. »War es arg schlimm?«

»Bis auf die Tatsache, dass du Günther versprochen hast, dass er heute bei der Beerdigung dabei sein und vorher einen Blick auf den Inhalt des Sarges werfen darf, du im Sommerurlaub vier Wochen in deren Wohnmobil durch den bayrischen Wald fahren willst und du Inge einen Heiratsantrag gemacht hast, ging es eigentlich.«

»Au backe!« Ich fühlte mich wie durchgespült und ausgekotzt. »Warum hast du mich nicht zurückgehalten?«

»Und auf die Hochzeitsplanungen von dir und Inge verzichten?« Emma grinste frech. »Aus der Nummer kommst du so schnell nicht raus. Günther, Karsten und dieser andere Typ, Lutz heißt er, glaube ich, haben sogar einen Tanz für das Fest einstudiert. Mit Zylindern.«

»Noch was?« Ich schämte mich.

»Nur, dass du irgendwann Kitty auf den Grill legen wolltest.«

»Wer ist Kitty?«

»Die Katze der Hartmanns. Sie ist dir wie Inge den ganzen Abend nicht von der Seite gewichen.«

»Au Backe.«

»Übrigens, du hast Günther und Inge für morgen zum

Gegengrillen eingeladen und in diesem Zusammenhang auch Hades ins Spiel gebracht.«

Ich schlurfte ins Bad.

»Haben wir überhaupt einen Grill?«

»Keine Ahnung. Irgendwo bestimmt.«

Ich sah in den Spiegel. Glaubte, über Nacht um Jahre gealtert zu sein. Ich dachte darüber nach, mir einen Bart wachsen zu lassen. Genau genommen fühlte ich mich außerstande, mich zu rasieren.

»Wie geht es Susanne? Hast du sie heute schon gesehen?«

Emma schlug das Bettzeug zurück. »Sie ist schon früh aus dem Haus gegangen, sie wollte zu Dennis. War nicht besonders gesprächig. Meinte nur, sie brauche Zeit für sich. Kann ich ihr nicht verdenken.«

In meinem Kopf spielten sich noch einmal die Ereignisse des Vortages ab. Ohne mein Zutun. Und eher fragmentarisch. Mehr wie ein Daumenkino. Ich sah diesen kleinen Mann vor mir, Damian, wie er plötzlich seine Waffe gezogen hatte. Mir wurde schlecht. Ich war noch nie mit einer Waffe bedroht worden. Wie die meisten Menschen. Er hätte mich töten können. Aber hätte er es getan? Dieser Damian hatte irgendwas Verzweifeltes im Blick gehabt. Ich empfand fast Mitleid. Hatte Susanne mir das Leben gerettet oder, ohne es zu wissen, einfach nur ein unliebsames Problem beseitigt? Ich hoffte Ersteres. In unser aller Interesse.

Hades schlich mir um die Beine. »Vorsicht, Dicker, ich habe gerade erfahren, dass ich derzeit offenbar großen Appetit auf Katzen habe.« Er warf sich ungerührt auf die Badematte und räkelte sich. Streckte den Bauch raus. Bereit, mit Tomaten belegt und mit Käse überbacken zu werden. Was war das nur für ein Schnaps gewesen, den Günther serviert hatte? Absinth? Reiner Alkohol? Flugbenzin?

***

Mich traf der Schlag, als ich eine halbe Stunde später vor dem Institut vorfuhr. Wie bestellt, warteten Kozlowski und Hauptmann auf mich, daneben ein skurriler Dreizylinder. Günther, Karsten und Lutz, wenn mich Emmas brillantes Namensgedächtnis nicht im Stich gelassen hatte. In schwarzen Anzügen, jeder einen Chapeau Claque auf dem Kopf. Selbst Kitty war mitgekommen. Es war mir auf eine seltsame Weise egal. Die vor mir liegende Doppel-Beisetzung war an sich schon so bizarr, dass mich auch drei im Suff engagierte Aushilfsleichenträger nicht wirklich aus der Ruhe bringen konnten. Schon gar nicht nach Emmas Standpauke. Es würde eine Weile dauern, bis sie es mir verzeihen würde, dass ich sie in der zurückliegenden Nacht stundenlang schutzlos der Turmfrisur mit der schrillen Stimme überlassen hatte. Auf jeden Fall beschloss ich in absehbarer Zeit in Erfahrung zu bringen, was diese beiden so ungleichen Frauen verband und gleichermaßen entzweite.

»Bamm bamm bamm, baa babamm babamm babamm.« Lutz versuchte sich geschmacklos an einem Trauermarsch, als wir Erna Blaschke (und Damian Spiros) aus der Kühlung holten. Der pensionierte Finanzbeamte hatte es in einem unbeobachteten Moment tatsächlich fertiggebracht, den Sarg zu öffnen. Ich war stinksauer, hielt einen kurzen, aber heftigen Vortrag über Pietät und Totenruhe und hätte mich ob meiner Heuchelei beinahe übergeben.

***

Das große Interesse an Erna Blaschkes Beerdigung überraschte und erschreckte mich. War es wirklich das Bedürfnis, der Verstorbenen die letzte Ehre zu erweisen, das fast einhundert Menschen auf den Friedhof am Ortsausgang getrieben hatte, oder die Aussicht, einen Blick auf einen makabren Schwertransport richten zu können? Nachdem mir Rüdiger Kozlowski erzählt hatte, dass die XXL-Beisetzung, nicht zuletzt durch sein Zutun, das Hauptgesprächsthema an den örtlichen Stammtischen war – noch vor Hansjürgens Unfall –, vermutete ich Letzteres.

Ich fühlte mich einsam, irgendwie alleingelassen, als wir den Sarg in die Kapelle schoben. Ich hätte jetzt gern Emma oder Susanne an meiner Seite gewusst. Diese Option hatte ich mir jedoch am Vortag gründlich versaut.

Einen Schreckmoment verdankte ich noch Pfarrer Moselfelder, der mir den Wunsch der Schwester von Erna Blaschke überbrachte, den Sarg doch zu öffnen. Ich schützte Bedenken vor, der übergroße Sargdeckel könne sich wegen des immensen Eigengewichts durchaus beim Anheben verziehen oder gar brechen. Im schlimmsten Fall könne das schwere Teil den Männern aus den Händen rutschen und damit die Zeremonie ruinieren.

Es gelang mir, diese Kuh vom Eis zu holen.

Moselfelders Predigt war kurz und nichtssagend. Irgendjemand hatte sich einen geschmacklosen Spaß daraus gemacht, gegen Holz zu klopfen und mit den Fingernägeln an einer der Sitzbänke der Kapelle zu kratzen. Die dürren Worte des Pfarrers gingen in dem dadurch ausgelösten Getuschel praktisch unter.

Das Gemurmel hielt an. Das Klopfen auch. Es vermischte sich mit dem Knirschen des Handwagens, der unter der gut halben Tonne Gewicht bedenklich ächzte. Die sonderliche Schar von Sargträgern, die Gemeindeverwaltung hatte wie versprochen noch vier Männer zusätzlich bereitgestellt, sah mich fragend an. Ich hatte keine Erklärung. Zuckte mit den Schultern.

Dann Ankunft am Grab. Jetzt hieß es, Hand anzulegen. Zum ersten Mal an diesem Tag war ich froh, dass meine seltsamen Bekanntschaften vom Vorabend mit anpackten und halfen, die enorme Last auf die vier massiven Balken über dem Grab zu heben. Dicker als üblich, mehr als üblich.

»Vom Staub bist du genommen, zum Staub kehrst du zurück.« Pfarrer Moselfelder spulte sein Standprogramm ab. »Lasset uns in Stille für unsere verstorbene Schwester beten.«

Jetzt hörten alle das Klopfen. Und das Kratzen. Und ein klägliches Miau.

48 Tag 36 – Ich

Kittys Auferstehung war, so viel darf ich vorausnehmen, einige Tage lang das Thema Nummer eins, auch in der Tagespresse. Nicht zuletzt deshalb, weil das zarte schwarze Geschöpf nach kurzem Anheben des Sargdeckels wenigstens einen Herzinfarkt auslöste, der um ein Haar die offizielle Zahl der Leblosen auf dieser Trauerfeier verdoppelt hätte.

Vor allem Günther war peinlich berührt, als die Kätzin nach ihrer Befreiung erst mir um die Beine geschlichen und dann ihm auf den Arm gesprungen war. Zu meiner größten Freude hatte ihn diese Krönung der gesamten Farce dazu veranlasst, das für den kommenden Sonntag geplante Grillen auf einen unbestimmten Zeitpunkt zu verlegen. Ingeborg sei unpässlich. Der vorangegangene Abend habe ihr doch arg zugesetzt.

Emma schien wieder halbwegs versöhnt, als ich gegen achtzehn Uhr schweißgebadet nachhause kam. Draußen waren es noch knapp dreißig Grad, wolkenlos, Regen war weit und breit nicht in Sicht. Die Katzenstory amüsierte sie, die Absage der Hartmanns ließ sie frohlocken.

Susanne hatte sich den ganzen Tag über weder bei mir noch bei Emma gemeldet. So sehr mir daran gelegen war, mit ihr über die Vorkommnisse des Vortages zu sprechen oder sie einfach nur in den Arm zu nehmen, um ihr zu zeigen, dass ich für sie da war, so sehr respektierte und verstand ich ihr Bedürfnis nach Ruhe und Abstand.

Erst als ich wieder auf meiner Gartenterrasse in der Hollywoodschaukel saß und mir ein Bier öffnete, spürte ich, wie mir ein Stein vom Herzen fiel. Ein Felsbrocken, genauer gesagt.

Emma schien einmal mehr meine Gedanken zu lesen. »Außer der Katze gab es keine Probleme? Du weißt schon, wegen …«

Ich schüttelte den Kopf. »Hätte nicht gedacht, dass wir damit durchkommen.«

Emma nahm sich mein Bier und trank einen kräftigen Schluck. »Bei all der Scheiße, die wir in den letzten Wochen erlebt haben, sind wir Glückskinder?«

»Wir hatten Glück«, antwortete ich lakonisch. »Nicht mehr, nicht weniger.«

»Was hältst du davon, wenn wir eine Kleinigkeit essen gehen?«, fragte Emma. »Mir knurrt der Magen.«

»Griechisch bei *George* oder italienisch bei Andrea im *La Fontana*?«

»Gerne zu *George*. Im *La Fontana* kennen uns zu viele.« Wieder einmal machte sie diese unsägliche Pause.

»Was? Was willst du noch?«

»Mir lässt das mit diesem hohlen Bäumchen keine Ruhe. Ich bin mir sicher, dass Siggi irgendwo Geld gebunkert hat. Hättest du etwas dagegen, wenn wir noch mal kurz zur Villa fahren und nachsehen? Ich hab da eine Idee.«

Ich sah sie missbilligend an.

»Schau nicht so. Es geht mir nicht ums Geld.«

Jetzt mischte sich Skepsis in meinen Blick.

»Okay, es geht mir nicht nur ums Geld. Ich will einfach wissen, ob dieser Damian recht hatte. Und ob Siggi vor mir, seiner Ehefrau, Geld versteckt hat.«

Ich hörte mich stöhnen. »Wonach willst du suchen? Nach einem Geldkoffer oder einem wertvollen Gemälde?«

»Nein!« Emma schien eine Ahnung zu haben. »Wenn Siggi möglichst unauffällig Geld verstecken wollte, dann auf einem einfachen Sparbuch.«

»Wie kommst du darauf? Ein Sparbuch ist nun wirklich das Konservativste und am wenigsten gewinnbringende, was man sich vorstellen kann.«

»Genau deshalb!« Emma gönnte sich den letzten Schluck Bier. »Kein normal denkender Mensch käme auf die Idee, in der heutigen Zeit auf diese Weise eine Menge Geld zu bunkern.«

***

Gegen neun saßen wir endlich im kühlen Laubengarten bei *George*. Insgeheim hatte ich gehofft, Susanne würde dort schon auf uns warten. Ich hatte ihr noch eine SMS geschrieben, bevor Emma und ich zur Jörgensenvilla aufgebrochen waren. Sie fehlte mir. Vor allem aber hatte ich das dringende Bedürfnis, mit ihr zu reden. Über gestern, die letzten Wochen, über alles, was ihr mit Sicherheit im Moment auf der Seele lag. Vor allem über das, was mir auf der Seele lag. Was musste meine Tochter von mir denken nach alldem, was ich ihr in einer unmöglichen Zusammenfassung an den Kopf geworfen hatte? Nichts Gutes, da war ich mir sicher. Sie musste mich für eine Bestie halten. Eine Bestie, die sich mit einer anderen Bestie verbündet hatte. Ich sah Emma an. Und sie sah die Enttäuschung in meinen Augen.

»Ich glaube nicht, dass sie kommt. Du wirst ihr ein paar Tage geben müssen.« Emma nahm meine Hand. »Aber dass wir das Sparbuch gefunden haben, ist doch ein kleiner Grund zum Feiern. Meinst du nicht?«

Ich nickte abwesend. Rief die Bedienung an den Tisch, als Dennis in den Biergarten stürzte.

»Susanne ist weg!«

***

Es hatte etwas vom Murmeltiertag. Also diesem Film, in dem ein Fernsehreporter den gleichen Tag immer und immer wieder erlebt. Hatte Dennis nicht gestern schon fast um die gleiche Uhrzeit seine Verlobte vermisst? Ich bat den jungen Mann, sich zu setzen. Er zögerte, ließ sich aber schließlich auf der Kante des Stuhls nieder. Er war aufgewühlt. Schwitzte im Gesicht.

»Susanne hatte gestern keinen guten Tag. Sie will sich eine kleine Auszeit nehmen ...«

»Ich weiß das von dem Unfall gestern.« Dennis Kurti ließ mich nicht ausreden. »Susanne hat mir alles erzählt. Ziemlich krasser Scheiß. Darüber müssen wir ein andermal reden. Susanne ist entführt worden. Und ich weiß auch von wem!«

Emma starrte mich entgeistert an, ich starrte Dennis an. Der Appetit war mir vergangen. *Susanne hatte ihm alles erzählt? Wirklich alles? Das war das Ende.* Meine Gedanken liefen Amok. Hatte er irgendwas von einer Entführung gesagt? Ich schluckte trocken, bestellte drei Ouzo. Eine reine Leerlaufhandlung, um Zeit zu gewinnen. Zeit, in der ich versuchte, den akuten Informationsüberschuss zu verarbeiten.

»Woher weißt du überhaupt, dass wir hier sind?« Emma sah Dennis streng an, lenkte ab. Offenbar musste auch sie das Gehörte erst einmal bewältigen.

»Susanne hat eine App auf dem Telefon, mit dem man das Handy finden kann, wenn es verloren geht.« Der junge Kurti zog das Mobiltelefon meiner Tochter aus der Tasche seiner schlabbrigen Cargohose. »Ich habe die SMS gelesen, in der steht, dass Sie heute Abend hier sind.«

Ich erkannte die dunkelblaue Schutzhülle und den Aufkleber auf der Rückseite. *FCK NZS.*

»Du hast deiner Freundin eine Tracking-App auf das Handy gespielt? Weiß sie das?« Emma wirkte zornig. Ich hatte zu diesem Zeitpunkt keine Ahnung, wovon sie sprach. Den jungen Mann verunsicherte sie jedenfalls.

»Ja, nein, wir haben mal darüber gesprochen ... aber das ist jetzt nicht wichtig ...«

»... und ob das wichtig ist!« Jetzt wurde ein Verhör daraus. »Wo hast du das Telefon gefunden?«

Dennis fühlte sich sichtlich von Emma bedrängt. »In einem Mülleimer auf dem Hotelparkplatz Richtung Hockenheim ...«

»Aha!« Emma war richtig wütend. Fühlte sich offenbar

persönlich betroffen. »Schon mal darüber nachgedacht, dass Susanne nicht ausspioniert werden möchte, dass sie das Telefon weggeworfen hat, weil sie von dir nicht gestalkt werden will?«

»Ich bin kein Psychopath und Susanne ist keine Idiotin.« Dennis reagierte überraschend tough. »Sie hätte die App einfach deaktivieren oder sogar löschen können. Susanne würde niemals ihr Telefon wegwerfen.«

Das erschien mir schlüssig. Susanne hütete ihr Handy wie ihren Augapfel. Alleine die Fotos von Hades waren ihr heilig. »Aber wie kommst du auf eine Entführung?«, klinkte ich mich wieder in das Gespräch ein. »Vielleicht hat sie es einfach nur verloren ...«

»Deshalb!«

Dennis hielt mir das Handy vors Gesicht. Darauf eine Textnachricht. Alles Kleinbuchstaben. Der Text stammte von Susanne. Die Nachricht war für mich bestimmt.

»hallo papa, sie haben mich gekidnappt. keine polizei, sonst sterbe ich. wenn du mit jemand anderem als dennis oder emma darüber redest, sterbe ich. wenn du nicht tust, was von dir verlangt wird, sterbe ich.«

49 Tag 36 – Noch mal ich

Die Anweisungen, die folgten, waren ungeheuerlich und ultimativ. Wollte ich Susanne lebend wiedersehen, hatte ich bis Dienstag, null Uhr Zeit, einen Menschen zu töten. Und nicht irgendeinen Menschen. Auf der kurzen To-die-Liste stand niemand Geringerer als Baron Heinz Rudolf Freiherr von Eberlein. Milliardenschwerer Privatbankier und verhasster Misanthrop.

Ich hatte etwas mehr als zweiundsiebzig Stunden.

»Sie sehen, Frau König, Susanne hat damit gerechnet, dass ich ihr Handy aufspüre.« Er sah sie verwegen an.

Emma sah etwas verschämt zurück. »Entschuldigung angenommen!« Ein flüchtiges Grinsen. »Ich bin übrigens nicht Frau König. Noch nicht. Nenn mich einfach Emma.« Dann sah sich mich besorgt an.

»Wie kommst du darauf, dass gerade Olga Schostakova Susanne entführt hat?« Ich traute das der jungen Usbekin irgendwie nicht zu.

Wir saßen längst bei uns in der Küche. So enttäuscht George gewesen war, für einen außerordentlichen Kriegsrat war das voll besetzte Gartenlokal wahrlich nicht geeignet.

Dennis druckste herum. »Sie haben vorhin selbst gesagt, Susanne hatte gestern keinen guten Tag. Um es deutlich zu sagen, sie war sauwütend auf euch.« Er war beim kollektiven Du angekommen. »Dann hat heute Mittag die Olga angerufen. Susannes Handynummer steht ja auf eurer Webseite. Sie glaubte, Susanne könne ihr helfen. Weil sie doch völlig unschuldig sei und die Polizei sie nur verdächtige, weil ihr halt ... na ja, ihr wisst schon. Und ihr kennt ja Susanne. Sie fühlt sich voll schuldig für alles. Und wenn dann noch jemand um Hilfe bittet ... Sie ist dann gleich hingefahren. Treffpunkt war dieser Hotelparkplatz. Ich wollte mit, aber Susanne hat abgelehnt. Hat sogar gedroht, Schluss zu machen, wenn ich ihr hinterherfahre. Hab ich natürlich trotzdem gemacht. Als diese Olga in Susannes Auto gestiegen ist, haben sie mich entdeckt. Susanne hat mir den Finger gezeigt und ist davongerast. Ich hatte keine Chance gegen den Mini mit meinem alten R4.« Dennis sah unsere skeptischen Blicke. »Was? Weil ich der Sohn vom reichen Kurti bin? Ich liebe diese alten französischen Autos. Hab acht Stück davon und zwei Enten.«

Ich hatte Mühe, mich auf diese Krise zu konzentrieren. Ich machte mir die größten Vorwürfe. Ich hatte Susanne in Gefahr gebracht. In Lebensgefahr sogar. *Reiß dich zusammen, Hermann! Lass dir Eier wachsen, Hermann! Oder bringst du es wieder nicht, Hermann?* Vor meinem geistigen Auge erschien mir mein Vater. Wie er mich fies grinsend ansah. Ich spuckte ihm ins Gesicht, gab ihm zu verstehen, dass ich für mein Kind da sein würde.

»Ich mache es!«

Emma und Dennis sahen mich entgeistert an.

»Was willst du machen?« Ich wusste, dass Emmas Frage rein rhetorischer Natur war.

»Ich werde diesen Mord begehen.« Ich fühlte Hitze in mir aufsteigen. »Ich habe Susanne in diese fürchterliche Lage gebracht, und ich werde sie da auch wieder rausholen.« Ich glaubte, zu glühen.

»Das lasse ich nicht zu.« Emma bebte, sie war den Tränen nahe. »Wir haben doch eine Spur. Nicht wahr, Dennis? Dieser Anruf von heute Mittag. Der muss doch irgendwo hergekommen sein?«

»Leider eine Sackgasse.« Dennis wirkte resigniert. »Der Anruf kam von einem Wegwerfhandy. In Deutschland verboten, aber in Osteuropa kriegt man die Dinger an jeder Ecke.«

»Dann müssen wir eben doch die Polizei einschalten!« Emma wirkte verzweifelt. Drückte meine Hand, bis sie schmerzte.

»Keine Polizei, die Anweisung ist klar!« Ich ließ keine Zweifel an meiner Entschlossenheit.

»Aber diese Cordes, die war doch total nett zu dir. Vielleicht solltest du doch ...«

»Was?« Ich spürte eine leichte Aggression in mir aufsteigen. »Was glaubst du, was die nette Kommissarin macht? Die zählt eins und eins zusammen. Die glaubt doch jetzt schon, dass hier irgendwas nicht stimmt. Sie und vor allem ihre Kollegin, diese Heller. Und ein Verhör halten wir nicht durch, nicht mehr.« Ich stand auf, stapfte erregt durch die Küche. »Die kriegen alles raus. Glaub mir. Angefangen bei Siggi ...«

»Das war Notwehr! Du hast mich gerettet, der Bastard hätte mich totgeschlagen.«

»... dann die arme Maria Duarte ...«

»Ein Unfall! Hast du immer wieder betont.«

»... der alte von Pößneck ...« Ich tigerte nervös auf und ab.

»Fahrlässigkeit!«, wiegelte Emma ab.

»Hansjürgen! Hast du Hansjürgen vergessen? Das glaubt mir niemand, dass das ein Unfall im Suff war!« Ich ließ mich erschöpft auf meinen Stuhl fallen. »Und gestern noch dieser Spiros.«

Stille erfüllt den Raum. Nur Hades' Schnurren war zu hören. Er hatte sich vor Dennis auf den Küchentisch gelegt.

»Was ist aus diesem Spiros eigentlich geworden, nachdem Susanne ihn ...«

»Er ist gut untergekommen«, antwortete ich lakonisch. »Es ist besser, wenn du nicht mehr darüber weißt. Auch Susanne zuliebe.« Ich nahm einen Schluck von dem Ouzo, der vor mir auf dem Tisch stand. »Es bleibt dabei, ich werde diesen Eberlein umbringen. Ich weiß zwar nicht warum, aber ich werde es tun.«

Emma begann bitterlich zu weinen. »Das ist doch absoluter Irrsinn!«

»Es gäbe da noch eine andere Lösung«, meldete sich Dennis zu Wort. »Ist aber nicht ganz billig.«

50 Tag 36 – KR89VGTE0

Noch 47 Stunden

Der Zugang zum dunklen, virtuellen Keller des Internets, dem sogenannten Darknet war überraschend leicht. Dennis installierte auf meinem Heimcomputer einen besonderen Browser, irgendwas mit einem Tor und Zwiebeln, und begann in einer Suchmaschine mit dem lustigen Namen DuckDuckGo nach bezahlbaren Lebensbeendern zu suchen.

»Das ist ungefähr so, als würdest du ohne Nummernschild mit dem Auto durch eine Radarfalle nach der anderen rauschen. Man sieht dich, aber keiner kann dich identifizieren.« Dennis ging in dem auf, was er da tat, während ich keinen Schimmer davon hatte, was es war.

Höchst beeindruckt war ich jedoch von dem Angebot an Auftragsmördern im Darknet. Es schien tatsächlich umfangreicher als das für Penisvergrößerungen im bekannten Internet. Die Bezeichnungen der Angebote waren wenig subtil. *Murder for less*, *The Hitman* oder *The Eraser* gehörten dabei zu den weniger findigen Offerten. *Eternal divorce* dagegen fand ich apart und auch sehr zielgruppenorientiert und es erinnerte mich stark an meine eigenen Versuche, meinem Berufsbild als Bestatter auf der Marketingebene ein wenig mehr Pfiff zu geben.

Schlussendlich entschied ich mich für *Shit happens*. Bezahlbar, gute Bewertungen und irgendwie passte der Name zu den Ereignissen der zurückliegenden vier Wochen. Nicht ganz unbedeutend war auch der Wirkungskreis von *Shit happens*, der mit Mannheim/Heidelberg angegeben war. Ein Killer aus Hamburg oder Berlin hätte aufgrund der zeitlichen Komponente zu einem Problem werden können. Stau auf der Autobahn, Fahrzeugpanne oder – der Gipfel des Horrors – er hätte womöglich mit der Deutschen Bahn kommen wollen.

Dennis schickte dem Anbieter eine angeblich verschlüsselte und nicht nachverfolgbare E-Mail. Als Pseudonym für den Absender verwendete er die wenig eingängige alphanumerische Kombination KR89VGTE0.

Ein wenig erschreckte mich der Umstand, wie nüchtern Dennis mit alledem umging. Nicht empathielos, aber abgeklärt und fokussiert. Auch er schien keinen Zweifel daran zu haben, dass der Auftrag erledigt werden musste, so infam er auch sein mochte und so sinnfrei er erschien.

Emma dagegen stand unserer Entschlossenheit mit einer gewissen Skepsis gegenüber. »Ihr seid krank, komplett krank«, grummelte sie immer wieder vom Sofa herüber, »auch wenn der Typ ein ziemlich unangenehmer Mensch zu sein scheint.« Sie beschäftigte sich näher mit Baron Heinz Rudolf Freiherr von Eberlein, während Dennis und ich uns dem Outsourcing widmeten.

»Was macht diesen Mann denn so unangenehm?« Ich hoffte inständig, etwas zu erfahren, das dieses in der Tat kranke Vorgehen wenigstens ansatzweise begründen würde.

Emma murmelte vor sich hin. »Hm, er ist wohl durch Börsengeschäfte reich geworden.«

Auch wenn der Aktienmarkt mir schon immer fremd und seine Akteure mir zeitlebens suspekt gewesen waren, der Umstand alleine, dass von Eberlein mit Wertpapieren gehandelt hatte, erschien mir als Begründung zu schwach, um ein künstlich herbeigeführtes Ableben zu rechtfertigen.

»Hat offenbar vor allem mit Lebensmitteln spekuliert. Unter anderem seien dadurch die Preise vor allem für Erzeugnisse in Afrika so teuer geworden, dass man damit begonnen habe, zum Beispiel Milch aus Europa zu importieren, während die eigenen Bauern leer ausgingen.« Emma rieb sich die Augen. Sie hatte sichtlich Not, die kleine Schrift auf dem Mobiltelefon zu lesen.

Aber mit dieser Information konnte ich etwas anfangen. Dieser Mensch hatte eindeutig einen ganzen Kontinent in den Abgrund gestürzt. Auch wenn ich ohnehin keine Wahl hatte, wenn ich das Leben meiner Tochter retten wollte, machte mir die Erkenntnis, dass wir es hier mit einem widerwärtigen Menschen zu tun hatten, die ganze Angelegenheit eine Spur leichter.

»Er muss auch sonst ein ziemliches Ekel gewesen sein«, nuschelte Emma weiter. »Hier steht, er habe mal einen Angestellten nur deshalb gefeuert, weil das Wasser seines Tees ein halbes Grad zu kalt war.«

Jetzt war ich beruhigt. Ich hatte es mit einem Sklaventreiber zu tun, einer regelrechten Bestie.

»Wenn man das hier so liest, fragt man sich, wer diesem von Eberlein eigentlich nicht die Pest an den Hals wünscht«, fuhr Emma fort. »Der ist weniger beliebt als Genitalherpes.«

Dennis sah mich erschrocken an. Ich bedeutete ihm, es einfach zu übergehen.

»Hier hätten wir noch einen Kandidaten, Herr Hermann, König … wie soll ich Sie oder dich jetzt eigentlich nennen?«

»Einfach Hermann.« Es wäre eine reine Farce gewesen, mich jetzt noch von Susannes Verlobtem siezen zu lassen. »Warum findest du den hier interessant?«

»Weil es angeblich eine Frau ist. Nennt sich Theresa O. Verstehe ich nicht. Aber sie gibt kräftige Rabatte bei richtig fiesen Typen. Vergewaltiger, Kinderschänder und so. Gegen einen kleinen Aufpreis gibt es sogar eine Trophäe.« Dennis verzog angewidert das Gesicht.

Wir warteten. Auf eine Regung von *Shit happens*. Emma döste auf dem Sofa.

»Warum gerade Susanne?« Dennis fühlte sich zunächst gar nicht angesprochen. Reagierte erst nach einer kleinen Pause. Dann sah er mich fragend an.

»Warum möchtest du gerade Susanne heiraten?«

Er dachte nach.

»Musst du so lange überlegen, um einen Grund zu finden?«

»Auf keinen Fall«, antwortete er, »ich weiß nur nicht, wo ich anfangen soll.« Er lächelte. »Susanne ist cool. Ganz anders als die anderen Mädchen.« Er wurde rot. »Die anderen jungen Frauen, meine ich. Aber warum fragst du, Hermann?«

Es war das erste Mal, dass er mich mit meinem Vornamen ansprach. Es gefiel mir. »Für Menschen in unserem Berufsstand ist es nicht leicht, einen Partner oder eine Partnerin zu finden. Und wenn sich mal jemand für einen interessiert, dann sind es oft, na ja, abartige Typen.«

»Wie dieser Kevin?« Dennis lachte hell auf. »Sanne hat erzählt, der kranke Freak hätte ein Selfie mit ner toten Oma gemacht und es bei Instagram gepostet. Ist das wirklich wahr?«

»Oh ja, Oma Petzke. Ein unvergesslicher Abend.« Ich konnte mir ebenfalls einen kleinen Lacher nicht verkneifen.

Er hatte sie Sanne genannt. Niemand hatte sie mehr so nennen dürfen, seit sie sechs oder sieben war. Sie sei jetzt erwachsen und zu alt für solche Verniedlichungen, hatte sie mir damals erklärt. Ich spürte, wie mir die Tränen in die Augen traten.

Dennis bemerkte es. »Ich liebe Susanne, weil sie der beste und liebevollste Mensch auf der Welt ist. Sie sieht immer das Gute in allen Menschen. Sie erzählt so voller Liebe von den Menschen, die sie schön macht für ihre letzte Reise.« Er presste die Lippen aufeinander. Es fiel ihm sichtlich schwer, nicht loszuheulen. »Ich weiß, was du denkst.« Dennis sah mich ernst an. »Warum will sie dann das Bestattungsinstitut nicht weiterführen?« Er legte eine Pause ein. Wie Emma es immer tat. Ich hasste das. »Und du denkst bestimmt, es ist wegen mir.«

Ich wollte zustimmen. Dennis sah mich vielsagend an.

»Du meinst, Susanne macht das nur wegen ...«

Er nickte. »Sie liebt dich über alles. Ich wäre überglücklich, wenn mein Vater mich nur ansatzweise so lieben würde.«

Es entstand eine klein, fast peinliche Lücke im Gespräch.

»Aber du stehst schon auch auf meine Tochter, weil sie ...« Ich deutete weibliche Rundungen an. Dennis schien dankbar für die kleine Wendung der Unterhaltung.

»Scheiße, ja. Sie ist der Hammer. Ein Body wie ein Unterwäschemodel. Wenn sie morgens in der Dusche steht, dann ...«

»Stopp. Du redest hier von meiner Tochter!« Ich sah Dennis ernst an. Hielt es aber nicht lange durch. Ich musste schmunzeln.

Er sah mir in die Augen. »Verdammt, ich will mein Unterwäschemodel wieder zurück, Hermann!«

Ein Pling mischte sich in unsere Unterhaltung. Post von *Shit happens.*

Morgen elf Uhr. Spelunke Mannheim. Hälfte Anzahlung, Hälfte nach Lieferung. Du erkennst mich an der Bild am Sonntag auf dem Tresen.

51 Tag 37 – Hotte

Noch 36 Stunden

Völlig übermüdet erreichte ich um kurz vor elf die Spelunke. In der Nähe der berüchtigten Mannheimer Benz-Baracken gelegen, glich die Lokalität mehr einem Abrisshaus in der Hafenstraße als einer Kneipe. Der Klinker war schwarz verwittert, die antiquierten Holzrollläden hingen schräg verkantet in ihren Führungen, die Fenster darunter schienen noch den Staub aus der Kaiserzeit zu tragen. Wie das Schild der Brauerei mit dem Namen des Betriebes. Die Einschusslöcher mit den bräunlich schwarzen Rändern darin zeugten von der Herzlichkeit der hier einkehrenden Gäste.

Ich hatte in der zurückliegenden Nacht kaum geschlafen. Wie Emma und Dennis, dem ich angeboten hatte, in Susannes Zimmer zu nächtigen. Er nahm stattdessen die Couch im Wohnzimmer. Sein Respekt vor ihrer Privatsphäre imponierte mir. Eines hatten wir drei seit gestern gemeinsam: Die Sorge um Susanne brachte uns fast um den Verstand.

Der Hinweis, ich würde meine Verabredung an der *Bild am Sonntag* erkennen, entbehrte nicht einer gewissen Komik. Er hätte auch angeben können, er sei der mit dem Bier oder der mit dem lichten Haar oder der mit der Zigarette oder der mit den tätowierten Oberarmen. Eine Blume im Knopfloch, die wäre aufgefallen. Aber hier trugen nicht mal die Biere eine Blume und ein Knopfloch war weit und breit nicht in Sicht.

»Bist du KR89VGTE0?«, quatschte mich der Typ mit dem Bier, dem lichten Haar, der Zigarette im Mundwinkel und den tätowierten Oberarmen an. Ich mochte durch meinen schwarzen Anzug aufgefallen sein, den ich berufsbedingt natürlich auch an heißen Sonntagen zu tragen pflegte. Der Unbekannte am Tresen schien kaum größer als ich, gedrungen, trug ein kariertes Hemd. Bieder. Unscheinbar, soweit ich das bei dem dichten Zigarettenrauch ausmachen konnte.

»Ja, der bin ich«, antwortete ich in der an Sicherheit grenzenden Vermutung, dass heute Vormittag niemand sonst mit einer kryptischen Mailadresse an diesem Ort vorstellig werden würde. Dabei war ich mir nicht einmal sicher, ob die alphanumerische Kombination korrekt war.

Er winkte mir zu, bedeutete mir, mich auf den Barhocker neben ihm zu setzen. Ich tat, wie mir geheißen. Er reichte mir seine fleischige Hand.

»Ronny«, stellte er sich vor, »und du?«

»Hermann«, antwortete ich und fragte mich gleichzeitig, ob es in diesen Kreisen tatsächlich üblich war, sich mit Klarnamen vorzustellen.

»Hotte«, rief Ronny hinter die Theke. Aus dem rauchgeschwängerten Nichts trat eine von mir bislang unbeachtete Gestalt an den Tresen. Blaue Jacke, dicke Brille,

Hut. Erinnerte an Hausmeister Krause. »Mach meinem Freund hier mal ein lecker Bierschen und einen Willi. Und mir auch noch mal dat gleiche.« Ronny deutete mit dem Zeigefinger auf das nicht mal halb leere Bierglas vor sich. Seine Sprache hatte etwas Rheinländisches. Nichts Regionales. Aus Mannheim kam er jedenfalls nicht.

»Könnte ich stattdessen vielleicht einen Kaffee haben? Alkohol so früh am Morgen bekommt mir nicht. Außerdem muss ich noch fahren.« Ich machte eine Geste, als würde ich ein Lenkrad halten.

»Wat Weischeres als Bier jibett hier nisch.« Hausmeister Krause zapfte Bier.

»Der Hotte kommt aus Kölle, hört man.« Ronny lachte rauchig hustete. Zündete sich eine weitere Zigarette an. »Isch bin von Ratingen. Also jebürtisch«, verkündete er stolz. »Da muss isch nach Mannheim kommen, um endlisch Landsleute zu treffen. Bei uns jibt et ja nur noch de Kümmel- und Knoblauchfraktion. Wenn de weißt, wat isch meine.«

Ich verstand. Ich hatte mir einen Rassisten ausgesucht, um die Drecksarbeit zu erledigen. Meine Drecksarbeit. Ich nahm einen Schluck von dem Bier, das dieser Hotte mir nebst Schnaps lieblos kredenzt hatte. Es schmeckte, wie es aussah. Nach toten Socken. Mein Sitznachbar kippte den Schnaps.

»Haste die Scheine dabei?« Ronny schickte sich an, auf den geschäftlichen Teil unseres Zusammentreffens zu kommen.

Ich fasste in die Innentasche meines Jacketts. »Und schriftlich alle Anweisungen.«

»Nisch hier. Dat machen wir draußen. Sonst werden die Versajer hier noch neidisch.« Wieder dieses kehlige, rauchige Lachen. Ich sah mich erstmals in dem Laden um. Der Name *Spelunke* schien nicht zufällig gewählt. Es gehörte offenbar zum Geschäftsmodell, der Sonne durch die verdreckten Scheiben kaum eine Chance zu geben. So waren die Gestalten in dem dämmrigen Licht kaum auszumachen. Ganz hinten eine kleine Gruppe von Männern. Sie würfelten. Wechselten kaum ein Wort. An den beiden Tischen links vom Eingang hinter den verwitterten, schräg hängenden Fensterläden befand sich ebenfalls je eine Gestalt. Beide rauchend und in die BamS vertieft.

Ronny unterbrach meinen kurzen Scan. »Wer soll es denn sein? Die werte Gattin? Der Chef? Ein Nachbar?« Er zeigte mir seine fauligen Zähne. »Politiker und Pfaffen nur gegen Aufpreis. Firmenpolitik!« Er trank das abgestandene Bier auf Ex, nahm gleich darauf einen Schluck von dem vermeintlich Frischen.

»Das sollten wir wirklich besser draußen besprechen. Ich habe Ihnen alles aufgeschrieben.« Ich begann zu schwitzen. Die Luft war zum Schneiden. Jedenfalls enthielt sie praktisch keinen Sauerstoff mehr. Ronny hatte sich einen weiteren Willi bestellt. Kippte ihn in einem Zug.

»Isch mach dat ja nisch aus Spaß«, begann er leicht zu lallen, »aber seit meinem Unfall inne Fabrik«, er zeigte mir seine linke Hand, an der zwei Finger fehlten, »bin ich Frührentner. Und Aufstocker, wenn de weißt, wat isch meine. De Frau is auch wech. Mit de Kinder.« Er rülpste ordinär. »Reischt vorne unn hinten nisch. Da musste kreativ sein.«

»Sie, ich meine, du hast Erfahrung in diesem Metier?« Ich begann, an der Qualifikation des Herrn neben mir zu zweifeln.

»Wenn de meinst, ob isch abmurksen kann ... also isch hab schon en paar Kerle auf die Bretter geschickt.« Er fuhr die Rechte aus. Traf fast diesen Hotte hinter der Theke. »Ne, du weißt schon, Shit Happens!«

»Jaja, ich verstehe. Aber hast du schon mal jemand für ewig auf die Bretter geschickt?«

Er sah mich mit glasigen Augen an. Nahm einen Schluck vom Bier, trank noch einen Schnaps.

»Ich meine, so, dass einer nicht mehr aufsteht. Also nie mehr?«

Ronnys Blick wurde glasiger. Er schien durch mich hindurchzusehen.

»Hast du überhaupt schon mal jemanden umgebracht? Gekillt? Ausgelöscht?« Ich bekam keine Antwort. »Erschossen? Erstochen? Um die Ecke gebracht? Ins Jenseits befördert? Über den Jordan geschickt? Aus dem Weg geräumt? Ausradiert? Eliminiert?«

Der Blick der um mich herumsitzenden Bild-am-Sonntag-Leser verriet mir, dass ich mich etwas hineingesteigert hatte. Ronny dagegen sagte nichts. Sein Blick war starr. Er sah mich an. Oder durch mich hindurch. Dann kippte er vornüber vom Barhocker. Schlug auf dem Boden auf wie ein nasser Sack. Ich sah mich unsicher um. Nicht unsicher. Verzweifelt. Die Chancen auf eine Rettung meiner Tochter waren auf null gesunken. Ich rief den Mann hinter dem Tresen.

»Hotte, Sie sollten vielleicht einen Krankenwagen rufen. Ihrem Freund geht es nicht gut.«

Der Hausmeister-Krause-Verschnitt schaute flüchtig über die Theke und warf einen Blick auf den Boden. »Isch kenn den Mann nisch.« Er sah mir fest in die Augen, während er mich anlog. »Du solltest deinen Kumpel nehmen und disch hier vom Acker machen. Isch kann dat nisch leiden, wenn se bis zum Umfallen saufen.«

»Ich wüsste nicht, was ich mit diesem Herrn zu schaffen hätte«, versuchte ich mich aus der Affäre zu ziehen. »Ich kenn ihn ja gar nicht.«

»Dat seh isch aber janz anders, Meister. Du bist reinjekommen und hast den arme Mann zum Trinken verleitet. Rischisch, Kollejen?«

Die Angesprochenen grunzten zustimmend. Blitzten mich an.

»Sie wollen, dass ich den hier mitnehme?« Ich traute mich kaum, die Frage zu stellen.

»Sicher dat. Aber nisch, ohne vorher noch den Deckel von dem Spacken hier zu löhnen. Viktor, hilfst dem Schlipsträjer mal, dat Sperrgut rauszuräumen?«

Viktor, ein zwei Meter hoher und gefühlt auch zwei Meter breiter Schrank mit vernarbter Nase und sichtbar mehrfach genähter Oberlippe, warf den reglosen Ronny wie einen Seesack auf den Beifahrersitz meines Wagens.

»Anschnallen, sonst kommt Polizei«, verabschiedete sich Viktor frech grinsend mit osteuropäischem Akzent. »Ach ja, Ronny wohnt zwei Straßen weiter. In Nummer acht.«

Fünf Minuten später und dreihundertachtundvierzig Euro ärmer parkte ich vor dem Haus mit der Nummer acht. Und ich hatte drei Probleme. Auf dem Beifahrersitz einen kompetenzfreien Killer, zu wenig Kraft, um den Kerl aus dem Auto zu bekommen und letztlich die Erkenntnis, dass Killer-Ronny längst mausetot war.

Shit happens!

52 Tag 37 – Ronny

Noch 33 Stunden

Der Arzt in der Notaufnahme des städtischen Krankenhauses in Mannheim bestätigte, was ich längst wusste. Ronald Ronny Schmidt, laut Ausweis geboren 1962 in Ratingen, arbeitssuchend, war tot. Akutes Herzversagen. Das hätte sogar Dieter Schober feststellen können. Schnaps, Bier und Zigaretten hatten ihren Job zu Ende gebracht. Um der Frage zu entgehen, warum ich mich an einem Sonntagvormittag in einem Mannheimer Brennpunkt herumtrieb, hatte ich erst darüber nachgedacht, Ronny mit nachhause zu nehmen. Dann war mir jedoch eingefallen, dass es mir akut an einer Erna Blaschke mangelte, um eine unbürokratische Entsorgung à la Damian Spiros zu gewährleisten. Der Krankenschwester in der Notaufnahme tischte ich eine erlogene Geschichte auf. Der mir Unbekannte sei auf dem Gehsteig zusammengebrochen und mir fast vors Auto gefallen. Basta. Keine Schnörkel, keine große Story, nur eine kleine Lüge. *Geht doch*, dachte ich mir. *Hätte ich nur schon früher damit angefangen, das hätte mir beziehungsweise uns einiges erspart.*

Weitaus schwieriger war es, mich einer weiteren Verantwortlichkeit zu entziehen. Zumal mir die Zeit davonlief.

Ich blieb erstaunlich ruhig, als sich der leitende Arzt der Notaufnahme bemüßigt fühlte, die Polizei hinzuzurufen. Warten mussten wir nicht, zwei Streifenpolizisten waren gerade im Haus, um das Opfer einer Messerstecherei zu befragen. Mannheim an einem warmen Sonntagmorgen – ein besonderes Erlebnis.

Selbstverständlich schlug ich das Angebot, mich Ronnys sterblicher Überreste anzunehmen, nicht aus. Man hatte sich glücklich gezeigt, einen Bestatter im Haus zu wissen. Ich versprach, mich am Mittwoch um die Angelegenheit zu kümmern.

***

Ich kam nicht nur mit leeren Händen nachhause, sondern auch gänzlich ohne Idee. Ein Tag und ein paar Stunden blieben mir noch, um jenen unsäglichen Plan auszuführen, der mir meine Tochter wiederbringen sollte.

Emma hatte mein sorgenvolles Gesicht offenbar schon gesehen, als mit dem Wagen vorfuhr.

»Was ist los?«, flüsterte sie. »Du siehst nicht so aus, als hättest du Erfolg gehabt. Außerdem bist du spät. Du hättest vielleicht doch dein Handy mitnehmen sollen.« Sie rümpfte die Nase. »Und wie riechst du überhaupt?«

»Das ist der Duft, den schwer trinkende Männer in einer Kneipe absondern. Einer Kneipe, die ich niemals wieder betreten möchte.« Ich hatte das dringende Bedürfnis, mich zu duschen. Mein Mobiltelefon hatte ich bewusst Zu Hause gelassen, um zu vermeiden, dass man noch in Wochen, Monaten, vielleicht Jahren feststellen konnte, dass ich mich mit einem Auftragsmörder getroffen hatte. Angesichts der Tatsache, dass mein voller Name nebst Adresse und telefonischem Kontakt jetzt in einem Polizeibericht standen, erschien mir das alles kindisch.

»Und, Herr König, ich meine, Hermann, übernimmt *Shit happens* den Job?« Dennis stürzte, begleitet von einem verlockenden Duft, aus der Küche. Auf seinem jugendlichen Gesicht spiegelte sich die Erwartung eines Kindes am Weihnachtsabend.

***

»Dann mache ich es. Es ist schließlich meine zukünftige Frau.« Entschlossen donnerte Dennis den Deckel auf den Topf, aus dem es angenehm nach Gulasch roch. Er und Emma hatten sich die Zeit mit Kochen vertrieben. Vor allem aber waren sie bemüht gewesen, ihre Nerven zu beruhigen. Zumindest deuteten die beiden geöffneten Flaschen Merlot mit den zwei Gläsern daneben darauf hin, dass der Wein nicht ausschließlich im Topf gelandet war.

In knappen Worten hatte ich zuvor die Ereignisse des Vormittags geschildert. Wenn es nicht so traurig gewesen wäre, hätten wir vermutlich alle gelacht. Zumindest erkannte ich erst während der Nacherzählung die ihr innewohnende Ironie.

»Dein Einsatz ehrt dich, Dennis«, erklärte ich und ich bat ihn, sich zu uns zu setzen, »aber die Gefahr, dabei erwischt zu werden, ist groß, und du hast dein Leben noch vor dir. Und es wäre doch sinnlos, Susanne zu befreien, um sie schließlich einmal die Woche im Besucherraum der

JVA sprechen zu dürfen.« Er setzte sich resigniert. Wirkte verzweifelt. Emma nahm seine Hand. Sie und Dennis waren sich in den wenigen Stunden des Abwartens und Kochens offenbar nähergekommen.

»Dann gehen wir eben noch mal ins Darknet. Suchen uns einen anderen oder eine andere.« Der Vorschlag kam halbherzig.

»Eine andere? Gibt es da auch schon eine Quote?«, fragte Emma.

»Es läuft doch gut für euch Frauen.« Mir war gerade nach Sarkasmus. »Entführungen waren bislang auch eine Männerdomäne. Bis Olga kam.« Es auszusprechen machte es schlimmer. Und alleine die Vorstellung, dass Susanne gefesselt und geknebelt irgendwo in einem Keller oder einer stillgelegten Fabrik saß, brachte mich an den Rand des Wahnsinns. Im Geiste spielte ich alle Optionen durch, die ich hatte, um von Eberlein zu erledigen. Erschießen schied mangels Waffe aus. Gut, die hätte ich auch im dunklen Internet bestellen können, aber am Ende würde das Paket noch via Hermes verschickt. Dann hätte ich es frühestens Ende der Woche. Tod durch Erstechen kam mir in den Sinn. Sehr direkt, körperbetont, männlich. Wie dieser Sommerfeldt bei Klaus-Peter Wolf. Den mochte ich. Die Bücher auch. Ein Gerechtigkeitsfanatiker, der seine Delinquenten per Einhandmesser final versorgte. Ich weiß zwar bis heute nicht, was genau ein Einhandmesser ist, aber diese Methode schied eh aus. Sommerfeldt war groß, kräftig, trainiert. Also das diametrale Gegenteil von mir. Ich ging im Geiste die Mordmethoden durch, die mir im Laufe vieler Jahre Krimilektüre untergekommen waren. Andreas Gruber war mir zu brutal, ich sage nur Salzsäure und so, Max Benthow zu theatralisch mit Backöfen und Bauschaum, Andreas Franz zu kompliziert und konstruiert. Ich grübelte. So schwer konnte es doch nicht sein, einen alten Mann im Rollstuhl vom Leben zum Tod zu befördern. Ersticken? Sieht im Fernsehen immer leicht aus, dauert aber ewig.

»Jetzt mal ohne Scheiß ...« Dennis zog einen Zettel aus der Gesäßtasche seiner Jeans und holte mich aus meinem kurzen Tagalptraum zurück. »Diese *Eternal Mistress* hat doch geschrieben, dass sie auf Männer spezialisiert ist, oder hier, die *Tote Oma*, die ihre Rente aufbessern muss ...«

»In was für einer Welt leben wir eigentlich?« Emma griff sich den Computerausdruck. »Da kannst du dir allen Ernstes eine Liste mit Auftragsmördern ausdrucken?« Sie schüttelte den Kopf. »Hätte ich das nur früher gewusst.« Sie faltete das Papier, legte es auf den Tisch. »Kleiner Tipp, junger Mann«, wandte sie sich an Dennis, »ich würde so was nicht in der Hosentasche mit mir herumtragen.«

Dennis sah Emma zerknirscht an. »Stimmt. Ich Idiot. Wenn den jemand bei mir finden würde.«

»Deswegen nicht«, winkte Emma ab, »das gibt nur hässliche Fetzen und Knöllchen in der Waschmaschine.«

Wir schwiegen uns an. Das Gulasch auf dem Herd roch verführerisch. War es jetzt unangemessen, Hunger zu verspüren, und noch unangemessener, diesen auch noch zu stillen?

Emma nahm mir die Entscheidung ab. Erhob sich, setzte einen Topf mit Nudelwasser auf. »Ich hab eine Idee,

Hermann. Aber jetzt essen wir erst einmal was. Ein leerer Bauch denkt nicht gut!«

53 Tag 37 – Emma

Noch 28 Stunden

Wir schwiegen uns an. Was zum größten Teil an der bedrückten Stimmung, ein bisschen aber auch an dem martialisch lauten Motor des betagten *Fiesta* lag.

»Was um Himmels willen veranlasst dich, an diesem Schrotthaufen festzuhalten?«, unterbrach ich die – na ja, eine Stille war es nicht.

»Jetzt fängst du schon an wie Siegfried.«

Das erste Mal seit dem, nennen wir es Vorfall, nannte sie ihn Siegfried und nicht Siggi.

»Ich liebe meine Lilly einfach. Sie hat mich …«

Der Rest des Satzes wurde akustisch von Emmas Versuch überlagert, den dritten Gang einzulegen. Das Getriebe wehrte sich dagegen, hatte jedoch keine Chance gegen Emmas brachialen Druck auf den Schalthebel.

»Im Dritten zickt sie ein bisschen, aber sonst sind wir beste Freundinnen. Und das schon seit fast dreißig Jahren«, brüllte sie gegen das Motorengeräusch an.

Ich erinnerte mich noch daran, wie sie den kleinen silberfarbenen Flitzer Ende der Achtziger zum dreißigsten Geburtstag von ihrem Vater geschenkt bekommen hatte. Sie hatte heute immer noch dieses Strahlen in den Augen.

»Hatte ich in dem ganzen Trubel vergessen ...« Lillys zweiter Gang war dem Geräusch nach auch nicht mehr der frischeste. »Schober hat angerufen. Er hat gefragt, ob du heute zum Stammtisch ins *Pollo* kommst. Gedenkfeier für Hansjürgen. Du müsstest auch deinen Mitgliedsbeitrag noch bezahlen. Und wann du mal wieder zur Probe kommst, wollte er wissen. Wegen des Herbstkonzerts.«

Dass ich in den zurückliegenden Wochen wenig anfällig für die musikalischen, gesellschaftlichen und vor allem feuchtfröhlichen Freuden des Vereinslebens gewesen war, können Sie, die Sie diese Zeilen lesen, sicher verstehen. Auf der anderen Seite, es fehlte mir tatsächlich ein wenig und es wäre der politischen Hygiene durchaus zuträglich gewesen, meine alten Aktivitäten wieder zu intensivieren.

»Mir ist zwar nicht danach, aber vielleicht schaue ich später auf ein Bier vorbei.« Ich musste aufstoßen. Dennis hatte das Gulasch mit reichlich Knoblauch verfeinert. »Verrätst du mir endlich, wo wir hinfahren?« Eine Ahnung hatte ich bereits. Ich sah den Waldrand auf uns zukommen.

Trotz der sommerlich heißen Temperaturen war es im Foyer der Jörgensenvilla erfrischend kühl. Mich schauderte jedenfalls. Einen Anteil daran hatte sicher auch das Blut, dass sich irreversibel in den weißen Marmor gefressen hatte.

»Diese dämliche Maklerin.« Emma schien meinen Blick auf Siggis Blut bemerkt zu haben, »wegen dieses blöden

Flecks soll das Haus mindestens eine halbe Million weniger wert sein. Die kann mich mal!« Sie stöckelte auf ihren Sommersandalen gezielt auf eine weiße Tür zu.

»Kannst du mir mal verraten, was wir hier machen? Und wie das Susanne helfen soll?« Der Gedanke an meine Tochter machte mich nervös und zunehmend aggressiv. Und im Moment musste ich pausenlos an Susanne denken.

»Wir machen eine kleine Reise in die Vergangenheit.« Emma stieß die Kellertüre auf, schaltete das Licht an und ging voran.

***

Die Kellerräume waren überdurchschnittlich hell erleuchtet, die Backsteinwände weiß getüncht, der Boden mit glänzender grauer Farbe gestrichen. Es roch irgendwie nach, wie soll ich es sagen, nach nichts. Der schmale Gang, der sich an die Treppe anschloss, führte zunächst vorbei an einem Fitnessraum, der sich nach einem zweiten flüchtigen Blick eher als Ausstellungsraum für Fitnessgeräte entpuppte.

»Hier unten hat Siegfried all die Dinge eingebaut, die er niemals benutzen, mit denen er aber unseren Besuch beeindrucken wollte«, las Emma meine Gedanken. Das wurde langsam gespenstisch. »Er hat sogar für Unsummen diesen Partykeller einrichten lassen.« Sie stieß eine rustikale Holztür auf, hinter der sich eine kleine Diskothek verbarg. »Gefeiert haben wir hier nie.« Sie schluckte. »Was hätten wir auch feiern sollen?«

Der Raum hatte den Charme der späten Achtziger. Zwei

Reihen Lichtorgel und vier schwere Lautsprecher hingen an der Decke, in der Mitte des Raumes befand sich die obligatorische Diskokugel. Auch hier schien alles jungfräulich. Selbst die umfangreiche Auswahl an Alkoholika hinter der Holztheke der Bar wirkte unberührt. Mir kam die leicht ausufernde Saunaparty mit Emma in den Sinn. Wie die Platten wohl mit diesen Monsterboxen klängen?

Ich verharrte mit Blick auf die Heimdisko in der Tür. Emma stellte sich hinter mich. »Musst du auch an den Abend neulich denken?«, flüsterte sie mir ins Ohr. »Wie deine alten Platten hier wohl klingen würden?« Das war jetzt wirklich unheimlich.

»Der Klang wäre wahrscheinlich um Klassen besser«, gab ich zu, »aber ich bezweifle, dass es dasselbe Gefühl wäre.«

Emma küsste mich auf den Nacken. »Komm, wir müssen noch einen Raum weiter.«

Der Weinkeller, in den Emma mich führte, verschlug mir die Sprache. Groß war das erste Adjektiv, das mir einfiel. Doppelt so groß wie die danebenliegende Dorfdisko. Und die Decke war höher.

»Wir sind hier nicht mehr unter dem Haus. Du siehst vielleicht, dass die Decke hier höher ist.« Das war jetzt richtig spooky.

Ein erster Blick verriet: In den Regalen an den Wänden und in den drei Reihen mitten im Raum ruhten unschätzbare Werte. Perfekt gelagert neigten sich die Flaschenhälse dem Betrachter entgegen und gaben den Blick frei auf glorreiche Namen. Ganz vorne auf Augenhöhe entdeckte ich gleich sechs Flaschen *Château Pétrus* von 2010, jede davon, wie ich heute weiß, über siebentausend Euro wert. Daneben ein Tropfen, von dem ich mal gelesen hatte, *The Flight* aus dem Nappa Valley in Kalifornien. Flaschen aus den Neunzigern sollen heute fünfstellige Beträge bringen. Am Ende der ersten Regalreihe stand ein Kühlschrank mit Glastür. Übervoll mit Champagner. *Dom Perignon*, verschiedene Jahrgänge. Daneben ein Bistrotisch mit zwei gepolsterten Hockern zur Verkostung. Wenn der Anlass nicht so unpassend gewesen wäre, ich hätte jetzt Lust gehabt auf ein Gläschen. Oder zwei.

»Beeindruckend, oder?« Emma grinste mich schelmisch an, griff sich eine Flasche eines sündhaften teuren Mouton Rothschild, nahm sie zwischen Daumen und Zeigefinger und ließ sie vor meinen Augen pendeln.

»Vorsicht, Emma, bist du verrückt? Die Flasche kostet bestimmt über tausend Euro.«

Sie ließ das grünliche Glas aus den Fingern gleiten. Auf den Lippen ein süffisantes Lächeln. »Nein!«, schrie ich, wollte die Flasche auffangen, mich ihr heldenhaft entgegenwerfen, da berührte sie den Boden und... prallte ab. Wie ein Tischtennisball sprang die Flache über den gestrichenen Beton, um schließlich unter eines der Regale zu rollen.

»Dreiundsechzig Cent kosten die Flaschen im Fachhandel für Theaterzubehör. Die Etiketten hat Siegfried nachdrucken lassen.«

Verstört nahm ich eine der Flaschen aus dem Regal. Einen Fake-Chateau-Latour. Ließ sie ebenfalls auf den Boden fallen. Sah der Flasche fasziniert dabei zu, wie sie sich hüpfend von mir entfernte.

»Alles nur Schein«, kommentierte Emma, »da hinten stehen zwei Kisten Wein aus dem Supermarkt, falls wirklich mal jemand zu Besuch kommt. War trotzdem teuer genug.«

»Alles ... nicht ... echt?«, stammelte ich.

»Fast alles. Die oberste Reihe beim Champagner ist kein Fake. Es konnte ja passieren, dass er doch mal eine Flasche köpfen musste. Für Damian zum Beispiel. Und das hier ist echt.« Sie streckte sich und fingerte aus einem der Regale an der Stirnseite des Raumes eine Flasche hervor. Das ausnahmsweise echte Glas schimmerte weiß. Der Bügelverschluss bewahrte eine zähflüssige, tiefrote Flüssigkeit vor dem Auslaufen. »Damit werden wir deine Tochter freibekommen!«

»Ist das etwa das, was ich denke?« Ich sah Emma misstrauisch an. Emma nickte. »Willst du sagen, dass du hier einen Liter von diesem tödlichen Zeug lagerst?« Ich war fassungslos. »Aber wofür denn?«

»Es gab da mal Gründe.« Emma reagierte gereizt. »Sei froh, dass es da ist, damit können wir diesen Eberlein einschläfern und alles ist gut.«

»Moment! Nicht so schnell. Über das *Wir* reden wir noch. Aber das, was du da hast, ist Gift, kein Schlafmittel. Ich will jetzt verdammt noch mal wissen, warum du dieses Zeug in deinem Keller hortest. Und wie wirkt das überhaupt?«

Ich war laut geworden. Aus der Haut gefahren. Emma sah mich entsetzt an. Zitterte am ganzen Körper. So hart war ich noch nie mit ihr umgesprungen. Ich schämte mich.

»Bitte, ich muss es wissen. Wenn ich damit schon jemanden umbringen soll, muss sich wissen, ob es *human* ist.«

Kaum hatte ich ihn ausgesprochen, kam mir der Satz komplett sinnbefreit vor.

Emma ließ sich auf einen der Hocker sinken. Stellte die Flasche mit dem tödlichen Inhalt auf den runden Tisch. Ich setzte mich zu ihr, nahm ihre Hand. Wir schwiegen beide. Bis Emma das Schweigen brach.

»Erst drehst du völlig auf«, ihre Stimme klang brüchig und leise, kaum hörbar, »dann bekommst du Fieber, wirst überall rot. Und schließlich bekommst du Durst. Heftigen Durst. Du trinkst und trinkst. Bis du irgendwann zusammenbrichst.«

Wieder Schweigen. Diesmal brach ich es.

»So ist Renate gestorben. Sie hat getrunken wie eine Irre, als sie von dem Landfrauenabend nachhause gekommen …«

»Verdammt!« Emma schrie. Weinte. Schlug mit der flachen Hand auf den Tisch. »Ich wollte das nicht.« Sie hielt sich die Hände vors Gesicht. »Ich wollte doch nicht, dass sie stirbt.« Sie brach mit ersticktem Weinen über dem Tisch zusammen.

Ich saß da wie vom Donner gerührt. »Soll das etwa heißen, dass du Renate …?«

»Ich wollte das nicht. Das musst du mir glauben. Ich wollte sie nur blamieren, ihr eine Lektion erteilen.« Emma sah mich verheult an. »Sie war immer so böse. Vor allem, wenn sie von dir gesprochen hat.« Sie zog ein Taschentuch aus der Hosentasche. Schnäuzte sich geräuschvoll die Nase. »Ich hab sie dafür gehasst, wie sie über dich hergezogen hat. Bei jedem Treffen der Landfrauen hat sie abgelästert. Behauptete, dass du ohne sie längst pleite wärst. Wenn sie nicht wäre, wäre das Haus längst weg. Du wärst zu weich. Ihr Lieblingswort für dich war Waschlappen.« Emma griff nach meiner Hand. Ich zog sie zurück. War konsterniert.

»Bitte, Hermann. Tu das nicht. Ich weiß nicht, wie ich ohne dich ... Du musst mir das verzeihen. Es war wirklich ein Unfall. Ich wollte ihr nur eins auswischen, ihr ein paar Tropfen von dem Zeug in den Wein mischen. Sie hat doch immer dieses süße Zeug getrunken.« Ich erinnerte mich. Renate hatte einen grausamen Geschmack bei Wein gehabt. »In Inges Küche«, fuhr Emma fort, »ich hab vorgegeben«, fuhr Emma fort, »Renate ein Glas Wein aus Inges Küche mitzubringen, dann hab ich das kleine Fläschchen aus der Tasche genommen. Aber kommt diese blöde Kuh mir nicht hinterhergerannt? ›Ach, was hast du denn da?‹, fing sie an zu gackern. ›Etwas, wovon wir anderen nichts abbekommen sollen? Ich will aber auch ...‹ Und zack, hatte sie mir die Flasche aus der Hand genommen, daran gerochen, es für gut befunden und einen kräftigen Schluck genommen.«

»Wo ist die Kiste mit dem Supermarktwein? Und gibt es hier Gläser?«

Emma holte den Wein, ich fand Gläser auf einem Regal neben dem Champagnerkühlschrank. Ich entkorkte die Flasche, goss uns ein und sah in Emmas sorgenvolles und verheultes Gesicht.

»Willst du noch ein letztes Glas mit mir trinken oder ...«

»Sei still«, fiel ich ihr ins Wort. »Das ist jetzt alles andere als leicht für mich.«

»Du machst jetzt nicht Schluss, oder?« Sie sah mich völlig verängstigt an.

»Nein. Keine Sorge. Aber du wahrscheinlich gleich mit

mir.« Ich erhob mein Glas. Emma sah mir ungläubig in die Augen. Wir stießen mit einem Spätburgunder zu fünf fünfundneunzig an.

»Ich hab keine Ahnung, wie ich das jetzt anfangen soll.« Ich nestelte an meinem Hemd. Emma wollte etwa sagen. »Lass mich. Bitte. Das ist auch so schon schwer genug.« Sie hielt sich zurück. »Als ich vor gut fünf Wochen bei deinem Vater im Krankenhaus war, da hat er gelitten vor Schmerzen. Er hat mich gebeten, also indirekt gebeten, ihm beim Sterben zu helfen …«

Emma stand auf, setzte sich auf meinen Schoß, legte ihren Zeigefinger auf meinen Mund. »Du mutiger Mann. Du hast getan, wozu ich zu feige war. Du warst meinem Vater ein wunderbarer Freund. Der beste!«

Noch nie waren Emma und ich uns so nah gewesen wie an diesem Nachmittag. Wir hielten uns sogar an den Händen, während wir in Emmas klappriger Lilly nachhause fuhren.

54 Tag 37 – Die anderen und ich

Noch 26 Stunden

Hades' Interesse an der Flasche mit dem besonderen Likör war bemerkenswert. Es gab Zeiten nach Renates Tod, da hätte ich durchaus damit geliebäugelt, ihm einen Schluck zu gönnen, mittlerweile hatte ich mich jedoch an den Senior unseres Haushaltes gewöhnt. Ich mochte ihn sogar ein bisschen. Seit Susanne sich zunehmend in Richtung *eigenes Leben* verabschiedete, suchte Hades immer mehr die Nähe zu mir. Und ich fand interessanterweise Gefallen daran.

»Wie hast du dir das jetzt vorgestellt?«, fragte ich Emma, die signalisiert hatte, sich bei der Beseitigung dieses von Eberleins maßgeblich einbringen zu wollen. »Wir gehen da rein, bitten ihn höflich, einen Schluck zu nehmen, und verabschieden uns dann?«

»Wo wollt ihr reingehen?« Dennis kam verschlafen in die Küche. Es war ihm tatsächlich gelungen, für ein paar Minuten die Augen zuzumachen. Ich beneidete ihn. Hades strich ihm um die Beine.

»Wir überlegen gerade«, sagte Emma, die gar nicht daran dachte, sich die Zügel aus der Hand nehmen zu lassen, »wie wir diesem von Eberlein das Lebenslicht ausblasen können. Das Werkzeug haben wir schon: Gift. Aber wie bekommen wir es in ihn rein?«

Dennis kratzte sich den lockigen, schwarzen Haarschopf. »Du bist doch zuckerkrank, Hermann. Oder?«

»Ja, woher weißt du das?«

»Susanne?« Dennis schüttelte verständnislos den Kopf. Solche intimen Dinge hatten die beiden bereits ausgetauscht? »Außerdem liegen deine Insulinspritzen im Bad. War doch okay, dass ich geduscht habe?« Er gähnte. »Wir brauchen übrigens neues Duschgel.«

»Die Spritzen sind alt, ich bin mittlerweile auf Tabletten eingestellt«, überging ich die Duschinformation.

»Umso besser. Dann brauchst du sie nicht mehr.«

Ich verstand nicht, was Dennis meinte. Und Dennis bemerkte, dass ich keinen Plan hatte.

»Ist doch ganz einfach, ihr nehmt die alten Spritzen, zieht dieses Zeug auf, was immer es auch ist, und zack, dem alten Herrn in den Oberschenkel. Kann doch nicht so schwer sein bei einem Vierundachtzigjährigen.«

Ich dachte nach. Schüttelte den Kopf. »Ich weiß nicht«, gab ich den Besorgten, »die Spritzen sind uralt. Keine Ahnung, warum die noch im Badezimmerschrank liegen.« Ich fragte mich, warum sich Dennis an dem Schrank zu schaffen gemacht hatte. Auch er schien meine Gedanken zu lesen.

»Ich hab Zahnseide gesucht, dabei habe ich die Spritzen gesehen«, rechtfertige er sich nachträglich.

»Kein Problem«, beschwichtigte ich, »aber ich glaube nicht, dass die Spritzen noch steril sind.«

Emma und Dennis betrachteten mich wie einen, der sie

nicht mehr alle auf der Reihe hat. Und es dauerte eine Weile, bis ich verstand, welchen Unsinn ich gerade von mir gegeben hatte.

»Bleibt aber immer noch die Frage, wie wir an unser Zielobjekt herankommen.«

»Zielobjekt?« Emma sah mich fragend an. »Wird das jetzt eine Militäroperation?«

»Was wäre dir lieber?«, reagierte ich schnippisch. »Der Geschädigte? Der Betroffene? Das Mordopfer?«

»Es wird auch nicht besser, wenn wir es umschreiben«, mäkelte Emma. Und ganz unrecht hatte sie nicht. »Ich finde die Idee von Dennis übrigens großartig. Das Gift müsste über die Muskulatur genauso wirken wie oral eingenommen. Glaube ich wenigstens.«

»Du glaubst?« Ich zweifelte.

»Gut, ich bin mir sicher!« Emma streckte mir die Zunge heraus.

»Aber du weißt es nicht sicher«, quälte ich sie weiter.

»Wenn du weiterfragst, probiere ich es einfach an dir aus. Dann wissen wir es.« Wieder ließ sie mich ihre Zunge betrachten. Ich ging nicht weiter darauf ein. Dann wurde Emma ernst. »Ich schlage vor, wir fahren heute, so lange es hell ist, an den Ort des Geschehens und schauen uns dort um.« Sie machte wieder diese bedeutungsschwangere Pause. »Nur, damit wir nicht wie Hornochsen durchs Dunkle stolpern, wenn wir morgen Nacht zuschlagen.«

Ganz nebenbei hatte Emma mit einem Satz den Zeitpunkt Operation festgelegt, an dem die Operation stattfinden sollte. Über die Teilnehmerzahl brauchten wir ebenfalls nicht mehr zu reden, denn auch Dennis nickte zustimmend und ließ keinen Zweifel daran, dass er an mit Bord sein würde.

***

Eine knappe Stunde später stand ein champagnerfarbener Peugeot vor einer der vielen Villen am Schloss-Wolfsbrunnenweg. Groß, weiß angemalt, klassizistisch angehaucht. Umgeben von hohen Mauern, um die Privatsphäre dessen zu schützen, der sich diese teuer erkauft hatte. Die Zypressen rechts und links der Zufahrt, die den einzigen Blick auf das Monument des Reichtums zuließen, verliehen dem Anwesen etwas Toskanisches. Mondän hatte man das früher genannt. Großkotzig heute.

Vom Beifahrersitz aus schien Emma Maß zu nehmen. Mit dem Daumen taxierte sie etwas. Rechnete sie aus, wie lange man brauchte, um von hier aus in das Miniaturschloss hineinzukommen? Auf dem Schoß hatte sie einen Notizblock und einen Kuli.

»Selbst wenn das Tor in der Nacht geschlossen sein sollte«, ließ sie uns an ihren Planungen teilhaben, »müsste man über die Mauer ganz gut auf das Gelände kommen. Das Wohnmobil da vorne bietet einen guten Sichtschutz.«

»Warum sollte da nachts abgeschlossen sein?«, mischte sich Dennis ein. Er hockte hinten und steckte den Kopf zwischen den Kopfstützen hindurch wie ein quengeliges Kind, das alle zwei Minuten fragt: *»Sind wir bald da?«*

»Da steht kein Auto vor dem Haus. Außerdem stand doch in der Botschaft auf Susannes Handy, das dieser von Eberlein das Haus nie verlässt. Seit Jahren nicht.«

»Ich traue dem Ganzen nicht«, mimte ich den Advovcatus Diaboli. »Kommt euch das nicht alles seltsam vor? Dieses ganze Insiderwissen bis hin zum Code der Alarmanlage? Wie soll Olga an all diese Informationen gekommen sein? Und was hat sie gegen diesen Mann?«

»Interessant ist doch die Frage, was Olga davon hat, wenn der Typ stirbt«, ergänzte Dennis.

»Ist mir im Moment aber auch völlig egal, es geht um Susanne. Und was machen wir jetzt hier?« Mir war nicht wohl in meiner Haut.

»Vielleicht sollte einer von uns klingeln. Nicht, dass da ein Haufen Personal rumspringt und …« Dennis hatte den Satz noch nicht zu Ende gesprochen, als er bereits die hinter Wagentür öffnete und aus dem Wagen sprang.

»Verdammt!« Emma bekam Schnappatmung. »Was hat der Junge denn jetzt vor? Der wird doch nicht …«

Doch, Dennis spazierte in Jeans und T-Shirt locker federnd den Weg zwischen den Zypressen entlang, bis er nur noch ein schmaler Strich in der Landschaft war.

Ich wusste nicht, was ich von dieser Aktion halten sollte. Versuchte, Emma zu beschwichtigen. »Bleib ruhig. Er sieht sich doch nur um. Was kann schon passieren?«

»Wir wollen den Typen in dem Haus killen. Was ist, wenn jemand zusieht, was Dennis da gerade macht? Die Polizei wird sich sicher dafür interessieren, wer hier eventuell die Gegend ausspioniert hat. Oder für Fußabdrücke. Vielleicht findet die Polizei seine Fußabdrücke …«

»Das ist Kies auf dem Weg. Auf Kies kann man keine Fußabdrücke nehmen.«

»Ach, bist du jetzt auch Forensikexperte?« Emma war richtig zickig.

»Wenn ich da morgen reingehe, hinterlasse ich auch Fußabdrücke. Oder soll ich zum Eingang fliegen?«

»Richtig.« Emma machte sich eine Notiz auf dem Block. »Du hast doch diese Dinger für die Füße, die du überziehst, wenn du an Tatorte musst ...«

»Du meinst Füßlinge?«

»Ja, genau die. Die brauchen wir morgen.«

»Warum eigentlich nicht heute?«, fragte ich.

Emma sah mich entgeistert an. »So ganz ohne Plan? Bist du komplett verrückt? Außerdem hast du mal auf die Uhr gesehen?«

Ich hatte zwar keine Ahnung, welche Art von Plan Emma vorschwebte, wir hatten jetzt schließlich auch nicht mehr Informationen als noch vor einer Stunde, aber ich gab ihr recht. Es war schon gegen neun am Abend und wir waren noch so gar nicht vorbereitet.

Dennis kam zurück. Lässig schlenderte er uns entgegen, stieg wieder ins Auto ein.

»Also eines wissen wir jetzt ganz sicher.«

Wir sahen ihn gespannt an.

»Dieser von Eberlein ist kein Freund von Pizza.«

Wir sahen ihn fragend an.

»Ich hab geklingelt und behauptet, ich sei der Pizzabote und hätte die bestellte Diavolo mit doppelt Knoblauch dabei. Alter, ist das ein Miesepeter. Der hat ja Schimpfwörter drauf. Du solltest vielleicht doch einen Baseballschläger mitbringen, Hermann.«

55 Tag 38 – Emma und ich

Noch 16 Stunden

Neun Uhr am Morgen. Wieder hatte ich fast kein Auge zugetan, wieder nur gegrübelt, geplant, verworfen, neu geplant. Bis um zwei in der Nacht hatten wir zu dritt versucht, einen Schlachtplan zu entwickeln. Hatten uns dabei immer wieder in der Komplexität eines Feldzugs gegen wen auch immer verloren. Letztlich hatten alle Pläne mit einer einfachen Formel geendet: Reingehen, töten, rausgehen, verschwinden. Dabei möglichst nicht gesehen werden und keine Spuren hinterlassen. Genau so würde ich es machen.

Was mich am meisten verrückt machte, war, dass es kein Lebenszeichen von Susanne gab. Keine Kommunikation, keine weiteren Anweisungen. Nur das, was in der Notiz auf Susannes Handy zu lesen war. Die Spur war perfekt verwischt, eine Korrektur war nicht möglich, ein Hinauszögern schon gar nicht. Heute würde ich also vorsätzlich einen Menschen töten. Heute würde ich zum Auftragskiller werden. Der Lohn für die sinnlose Tat? Nicht weniger als das Leben meiner Tochter. Das Einzige, wofür es sich zu töten lohnte.

Das Läuten des Telefons holte mich aus meinen elegischen Gedanken. Es war Teil unseres Plans, diesen Tag, jeder für sich, genau so zu gestalten, wie wir es auch unter normalen Umständen getan hätten. Nichts sollte den Anschein erwecken, dass sich hinter den Fassaden unserer freundlichen Gesichter Ungeheuerliches verbarg. Emma hatte überflüssige Besorgungen gemacht, sich bewusst an allen möglichen Orten in Ingelrein sehen lassen. Sogar bei der Kosmetikerin und im Nagelstudio. Und sie hatte die Spritzen für den Abend vorbereitet. Drei, zur Sicherheit. Das Insulin schon lange unbrauchbare entsorgt, den Likör aufgezogen.

»König Bestattungen. Was kann ich für Sie tun?« Dieser Müller von der Bank war dran. Es ging um Hansjürgen. Der Vorstand habe sich entschieden, die Bestattungskosten umgehend nach Rechnungsstellung zu begleichen. Man wünsche das Paket *Schlichte Trauer*.

Hansjürgen würde also verramscht werden. Ich musste Kurti anrufen. Das Billigangebot war schon älter und bei den aktuellen Marktpreisen so nicht zu halten. Dennis sollte sich darum kümmern. Er war, um den Schein zu wahren, heute wieder zur Arbeit im väterlichen Im- und Export-Geschäft erschienen.

Von Ronny beziehungsweise von dem Krankenhaus, in das ich den armen Kerl gebracht hatte, hatte ich dagegen nichts mehr gehört.

***

Noch 5 Stunden

Das Abendessen nahmen Emma und ich in aller Stille ein. Mir blieben nur fünf Stunden, um das Ultimatum einzuhalten. Unser Appetit hielt sich verständlicherweise in Grenzen. Den Tag über war erfreulich viel los gewesen. Die Abholung von Hansjürgen in der Rechtsmedizin sowie die einer Leiche im betreuten Sterben die Straße runter und ein Trauergespräch im Nachbarort hatten mich abgelenkt. Kozlowski und Hauptmann hatten überdies noch den geliehenen Leichenwagen zum Bestattungsinstitut von Lars von Bindeling zurückgebracht. Ich hatte den Wagen, obwohl er die Garage optisch dominierte, in der Summe der Misslichkeiten ganz vergessen. Von Bindeling war recht ungehalten gewesen, weil wir seine Großzügigkeit so schamlos ausgenutzt hatten. Ich hoffte jetzt nur, dass ihm der kleine Riss im Rücklicht nicht auffallen würde, den Damian Spiros bei seinem ungeplanten Aufprall auf das Fahrzeug verursacht hatte.

Ich selbst war am frühen Abend noch zum Supermarkt gefahren und hatte ein Pärchen Walkie-Talkies besorgt. Dennis hatte die Idee gehabt. Eine Gute, wie ich zugeben muss. Er und Emma würden vor der Villa Schmiere stehen, genau genommen Schmiere sitzen im Auto, während ich das tun würde, wozu ich verdammt war. Mit den beiden Funksprechgeräten mit In-Ear-Kopfhörern konnten wir in Verbindung bleiben. Emma und ich würden uns später mit Dennis treffen. Den Abend wollte er mit seinem Vater verbringen. Man wisse ja nicht, was in der Nacht alles passieren werde.

»Hatte ich ganz vergessen, zu erzählen: Die Polizei war heute Nachmittag bei uns zuhause«, brach Emma das Schweigen am Tisch.

Das Graubrot in meinem Mund verwandelte sich in einen trockenen Klumpen Sand.

»Was wollten die?«, fragte ich ängstlich.

»Diese Frau Heller war da, hat gefragt, ob wir wüssten, wem der schwarze BMW gehört, der seit ein paar Tagen gegenüber vom Bestattungsinstitut parkt. Sie sagte, es sei ein Leihwagen. Man fahnde nach dem Mieter, er sei spurlos verschwunden. Und sie wollte wissen, wo du bist!«

»Und was hast du gesagt?« Mir war kein schwarzes Auto aufgefallen, wenn ich ehrlich bin, aber ich hatte einen üblen Verdacht.

»Ich habe ihr gesagt, dass nur eine Witwe immer genau weiß, wo ihr Mann ist.«

Ich sah sie erschrocken an. Das hatte sie nicht wirklich gesagt, oder?

»Das meinte ich nicht«, überging ich die Bemerkung, »ich meine, was hast du wegen des BMW gesagt?«

»Nichts, natürlich. Sie wusste außerdem schon, wem das Auto gehört.«

»Gehörte«, präzisierte ich, »wir reden doch von demselben? Oder?«

»Diefer Fpirosch«, nuschelte Emma mit vollem Mund und nickte dazu.

Was war ich doch für ein Idiot. Mir war ja schon vor drei Tagen klar gewesen, das Damian Spiros nicht zu Fuß oder mit dem Fahrrad ins Institut gekommen sein konnte. In den Taschen seines feinen Anzugs hatten wir auch den Autoschlüssel und sogar Ausweis, Fahrzeugschein und Führerschein gefunden. Den Wagen jedoch mit Spiros in Verbindung zu bringen, war uns Hornochsen nicht in den Sinn gekommen. Gut, der Tag war auch hektisch gewesen, und im Grunde war ich froh darüber, dass mir zur perfekten Vertuschung einer Straftat die Routine fehlte. Außerdem, wer würde schon unter Erna Blaschke nach jemandem suchen, der seinen Leihwagen nicht zurückbrachte?

Ich wurde zunehmend nervös. Die Küchenuhr tickte mich unaufhaltsam meinem Schicksal entgegen.

»Wann, denkst du, ist es dunkel genug?« Emma legte den Finger in meine Wunde, die mit fortschreitender Zeit immer weiter aufklaffte.

»Dennis hat recherchiert, dass die Sonne jetzt, Anfang August, gegen neun untergeht. Dann sollten wir losfahren. Bis wir in Heidelberg sind, dürfte es dunkel genug sein«, mutmaßte ich.

»Was hältst du davon, wenn wir Spiros Wagen nehmen, um bis zur Villa zu kommen?« Emma schürzte die Lippen.

»Hat die Polizei den BMW denn nicht gleich abschleppen lassen?«, fragte ich überrascht.

»Nein, das muss wohl die Leihfirma machen. Sei aber frühestens nächste Woche möglich. Du hast nicht darauf geachtet, ob er noch steht?«

Ich dachte scharf nach. Tatsächlich. Ich frischte mein Gedächtnis auf. Die schwarze Limousine stand noch da. Ich erinnerte mich noch an die fluchende Frau, die mit ihrem Kinderwagen kaum an dem Wagen vorbeigekommen war. »Doch, jetzt, wo du es sagst, der BMW ist noch da.«

»Dann lass uns mit zwei Autos fahren.« Emma hatte

etwas Verschlagenes im Blick. »Deinen Peugeot parken wir ein paar Hundert Meter weiter ab und du stellst den Leihwagen direkt vor der Villa ab. Du gehst rein, erledigst, was nötig ist, und danach verschwindest du in der Dunkelheit.«

Emma vermied es, das Unausweichliche beim Namen zu nennen. Sie versuchte, nach außen hin cool zu bleiben, im Inneren jedoch, da war ich mir sicher, bebte sie.

»Du meinst …«

»Ich meine, dass wir ein paar Fliegen mit einer Klappe schlagen. Die Polizei wird verwirrt sein, wenn das Auto hier plötzlich weg ist, wir lenken den Verdacht auf jemanden, der vermisst wird oder sich sogar auf der Flucht befindet, und nur wir wissen, dass niemand den vermissten Verdächtigen jemals finden wird.«

Ich hatte Zweifel. Die konnte man mir offensichtlich auch vom Gesicht ablesen.

»Du hast doch bestimmt keine Lust, bei diesem Regen den ganzen Weg zu Fuß zu gehen?«, zwinkerte Emma mir mit Blick auf das Küchenfenster zu.

Tatsächlich: Nach fast sechs Wochen Trockenheit schüttete es aus Kübeln.

56 Tag 38 – Heinz Rudolf

Noch 2 Stunden

Bei Nacht und im Dauerregen verlor die Villa des Barons Freiherr von Eberlein deutlich an Attraktivität und Ausstrahlung. Die Zypressen, die den Weg zum spärlich erleuchteten Eingang des Hauses wiesen, neigten sich unter dem Gewicht des Wassers, das sich auf ihnen abgesetzt hatte. Auch wenn ich immer noch zweifelte, ob es eine gute Idee gewesen war, den BMW des jäh aus dem Leben gerissenen Damian Spiros zum Täuschen und Tarnen zu missbrauchen, ich war froh, dass ich bei dem Regen nur den vergleichsweise kurzen Weg zum Ort des Geschehens zu Fuß gehen musste. Die schwarze Limousine hatte ich prominent neben die Zufahrt, direkt vor dem Wohnmobil geparkt, das hier gestern schon gestanden hatte. Das raumfüllende Gefährt als Sichtschutz beim Überwinden der Mauer zu nutzen, war nicht nötig. Wie am Tag zuvor war das schmiedeeiserne Tor empfangsbereit. Bereit, den Tod einzulassen.

»Ich bin auf dem Gelände. Roger«, flüsterte ich in das Funkgerät.

»Gut«, krächzte Dennis Stimme aus dem Ohrstöpsel. Emma hatte Susannes Verlobten regelrecht am Straßenrand aufgegabelt. Weit weg von seiner Zweizimmerwohnung in Ingelrein.

»Gut. Roger, heißt das.« Ich näherte mich der Pforte der Villa.

»Was ist mit Roger?« Dennis wirkte irritiert.

»Nichts ist mit Roger. Du sollst Roger sagen, wenn du fertig bist, damit ich weiß, dass du fertig bist.«

»Aber du hörst doch, wenn ich fertig bin.« Ich schien Dennis zu verwirren.

»Dann mach es eben, wie du denkst. Roger.« Ich sah das Tastenfeld neben dem Eingangsportal. Den sechsstelligen Code für die Deaktivierung der Alarmanlage und das Öffnen der Tür hatte ich in der Stunde vor der Abfahrt wie ein Mantra in Dauerschleife aufgesagt.

»Bin jetzt an der Alarmanlage. Roger«

»Du gehst uns auf den Wecker mit deinem Roger«, beschwerte sich Emma, »hast du die Kombination im Kopf?«

Ich hätte sie erwürgen können. Ja, ich hatte sie im Kopf gehabt. Exakt bis zu dem Zeitpunkt, als sie mich danach fragte.

Emma schien meine Gedanken schon wieder zu lesen. Auf diese Entfernung war es definitiv spooky. »Sechs – acht – zwei – neun – eins – acht. Hat u es?« Emma klang abgehackt.

Ich gab die Ziffern über die Tastatur ein, als ich Dennis‘ Stimme hörte.

»F age, Herm a n. Ast u die unkge äte au gela en?«

»Wie aufgeladen? Da sind doch Batterien drin?«

»D ss si d Akk s, die m ss an aufl d n.« Die Verbindung

riss ab. Das rote Lämpchen auf dem Display verriet mir, weshalb.

Das Summen des Türöffners hatte ich überhört. Allerdings nahm ich einen schwachen Lichtschein zwischen dem Rahmen und der schweren Holztür wahr. Ich huschte durch den Spalt und schloss die Tür so leise wie möglich. Ich fand mich in einer opulenten Halle wieder. Steinboden. Marmor oder Travertin. Kein Mobiliar. Selbst mein Atmen hallte von den Wänden wieder. Rechter Hand eine Weltkarte. Mit schwarze Platten oder Fliesen in die Wand eingelassen. Mit weißen Ornamenten waren verschiedene Punkt auf der Karte markiert. Zwanzig mochten es sein, vielleicht zwei Dutzend. Sie leuchteten fast in dem schummrigen Licht. Vor mir befand sich eine schnörkellose Treppe. Ebenfalls aus Stein. Geschätzt vier bis fünf Meter breit. Die wuchtigen Geländer wurden gehalten von dorischen Säulen, typisch für die klassizistische Architektur. Links führte eine Metallschiene nach oben. Von dort kam auch das wenige Licht, begleitet von Musik. Oper. Ich glaubte, Don Giovanni zu hören. Auftritt des Komturs, der aus dem Jenseits zurückkehrt, um sich seinem Mörder zu stellen. Düster. Gewaltig. Niederschmetternd. Und doch so faszinierend. Andächtig schlich ich die Treppe hinauf. Im Ohr das Terzett, an dessen Ende der namengebende Antiheld von der Erde verschlungen wird. Stufe für Stufe ging ich im Geiste die Handlung durch. Anders als die Musik ist sie banal. Lebemann mit Diener verführt junge Schönheit, der Vater erwischt sie, fordert Lebemann zum Duell. Lebemann gewinnt. Lebemann hurt sich weiter durchs Leben, es kommt zu Spannungen, Verletzungen, Racheschwüren.

Die gewaltige Musik trieb mich voran, verzauberte mich, die triviale Handlung verdrängte derweil das, was ich gleich tun musste: einem Menschen das Leben nehmen. Am Ende der Treppe angekommen, wandte ich mich nach links, der Musik zu. Blieb am Sitz des Treppenlifts hängen. Ich schlich einen dunklen Flur entlang. An dessen Ende wieder ein schwacher Lichtschein. Außer mir und meinem Opfer schien niemand im Haus zu sein. Hinter der hohen, weißen Tür musste er sitzen. Arglos und schutzlos. Ich blieb an der Tür stehen. Wollte uns beide nicht des Genusses berauben, diese finstere Arie zu Ende zu hören. Zwei Minuten, vielleicht noch eine.

Leporello, Don Giovannis Diener versteckt sich vor der erschreckenden Gestalt des Komturs.

Die Musik pulsiert dramatisch.

Don Giovanni reicht dem Komtur die Hand. Er spürt die Kälte des Todes.

Die Musik schwillt an.

Statt das Versprechen abzugeben, künftig ein besseres Leben zu führen, verhöhnt Don Giovanni den Mann, den er getötet hat, als alten Narren.

Die Streicher spielen sich in rasanten Arpeggios geisterhaft von oben nach unten. Schließlich das Tutti. Das ganze Orchester. Großer Opernchor. Die Unterwelt öffnet sich, verschlingt Don Giovanni unter Donnern. Finale. Drei mächtige Moll-Akkorde.

Dann Stille.

Ich lehnte benommen an der Wand neben der Tür. Ich hatte Tränen in den Augen.

»Kommen Sie ruhig herein, Herr König.«

Ich zuckte zusammen. Rieb mir mit den Handschuhen die Tränen aus den Augen, was nicht leicht war mit der Sturmhaube auf dem Kopf. Vorsichtig schob ich die Tür auf. Gerade so weit, dass ich hindurchpasste.

»Nicht so schüchtern, Herr König, treten Sie näher, nehmen Sie Platz. Ich habe eine hervorragende Flasche Pinot Noir geöffnet. Ein zweites Glas müssten Sie sich jedoch aus dem Schrank dort holen.« Er zeigte auf eine Kommode im Louis-seize-Stil. »Ich wusste ja nicht genau, wann Sie kommen würden. Oder ob. Und bitte nehmen Sie doch diese alberne Vermummung vom Kopf. Und ziehen Sie die Handschuhe aus. Es ist doch viel zu warm dafür.«

Der alte Mann im Rollstuhl sah mich freundlich an. Ich zog die Sturmhaube ab, hielt sie mit beiden Händen schüchtern vor dem Bauch. Der Raum war groß. Eher ein Salon. Aber spartanisch eingerichtet. An den Wänden deckenhohe Bücherregale. Die Boards fast alle leer. Auf dem Boden ein farbenfroher Perser auf dem alten Parkett. Farblich darauf abgestimmt eine Récamiere in kräftigem Weinrot, ein runder Tisch mit aufwendigen Einlegearbeiten und natürlich mein ... *Gastgeber* war vielleicht das falsche Wort. Aber er gab sich so. Fahl im Gesicht, das blaue Hemd, das er trug, hing an ihm wie auf einem Kleiderbügel. Haut und Knochen. Über den Beinen eine Wolldecke.

Er lächelte mir versöhnlich zu, als ich mich langsam auf ihn zubewegte. »Woher wissen Sie, wer ich bin?« Ich setzte mich vorsichtig auf den Rand der Récamiere.

»Bitte nehmen Sie sich ein Glas, Herr König, ich möchte an meinem letzten Abend auf Erden nicht alleine trinken.«

Der Mann wusste nicht nur, wer ich war, sondern auch, warum ich hier war. Ich stand noch einmal auf, schlich an den reich verzierten französischen Schrank und nahm ein Glas heraus.

»Ich weiß, was Sie jetzt denken.« Der Alte klatschte sich mit seinen dürren Händen übermütig auf die Oberschenkel. »Sie denken bestimmt, hier ist irgendwo eine Kamera versteckt.«

Ich setzte mich wieder, schenkte mir, ohne zu fragen, von dem Wein ein.

»Zum Wohl, Herr König«, prostete mir mein Gegenüber zu.

»Zum Wohl, Herr von Eberlein.« Ich erwiderte.

»Ach, lassen Sie die Förmlichkeiten. Ich habe dieses ganze Adelsgetue immer schon gehasst. Nennen Sie mich Heinz Rudolf. Bitte.«

Ich war ... ja, was fühlte ich eigentlich in diesem Moment? Es war eine seltsame Mischung aus Fassungslosigkeit, Belustigung und Angst. Ich kann heute nicht einmal mehr sagen, welches der Gefühle überwog. Ich sah mich jedenfalls nicht imstande, meinen Plan umzusetzen. Zumal der Schwarzburgunder tatsächlich eine Offenbarung war. Ein Wein reicher Leute.

»Für einen, der gekommen ist, um mich auf die andere Seite hinüberzubringen, machen Sie einen sehr zurückhaltenden Eindruck.« Er kicherte. »Wie hat Ihnen die Musik gefallen? Schaurig-schön, oder? Die Aufnahme ist von 1986. Berliner Philharmoniker, Karajan.« Er zog eine

Fernbedienung unter der Wolldecke hervor. Die Stereoanlage dazu stand auf einer antiken Anrichte.

»Ja«, begann ich zu reden, »wie Sie sagen, schaurigschön. Warum gerade Don Giovanni an Ihrem letzten Tag auf Erden? Haben Sie auch den Vater Ihrer Geliebten getötet?«

Von Eberlein wurde nachdenklich. »Die einzige Geliebte in meinem Leben war das Geld. Und ja, dafür habe ich viele Leben geopfert. Natürlich nicht persönlich, das könnte ich nie. Aber Sie wissen sicher, dass ich keinen besonders guten Ruf habe.«

»Ja«, bestätigte ich, »ich habe davon gehört. Aber ich würde schon ganz gerne wissen, was hier gespielt wird. Warum haben Sie mich erwartet, warum wurde dafür meine Tochter entführt und warum scheinen Sie sich regelrecht darauf zu freuen, dass ich Sie …« Ich druckste herum. »Na ja, Sie wissen schon, dass ich Sie für immer schlafen lege?«

»Das haben Sie schön gesagt. *Schlafen legen*. Das hat so etwas Versöhnliches. Wer Schlafen geht, wacht wieder auf, erlebt einen neuen Tag.« Er nahm einen Schluck Wein. Seine Hände zitterten. »Glauben Sie an Gott, Herr König?«

Ich nickte.

»Dann glauben Sie auch an eine Auferstehung nach dem Tod, an das Himmelreich und all das?«

»Ich hoffe darauf«, gab ich ehrlich zu.

Von Eberlein oder Heinz Rudolf, wie ich ihn nennen sollte, lächelte. »Mir persönlich wären ja die zweiundsiebzig Jungfrauen lieber, auf die die Muslime hinarbeiten.« Er zwinkerte mir mit einem seiner tiefliegenden, von Falten umrahmten Augen zu. »Aber auch daran kann ich nicht glauben. Ich habe es sogar mit dem Buddhismus versucht. Musste aber feststellen, dass niemand weiter entfernt ist von der inneren Ruhe als ich. Vielleicht finde ich diese Ruhe ja, wenn Sie mich schlafen legen. Wie möchten Sie es machen?«

»Bitte was?«

»Ich sehe keine Waffe. Oder haben Sie so eine kleine Pistole, die in diese Tasche an Ihrem Gürtel passt?«

»Wenn Sie schon alles wissen oder vorgeben, alles zu wissen, dann sollten Sie auch wissen, dass ich nur hier bin, um meine Tochter freizubekommen.«

»Jaja, das weiß ich, und Sie werden Ihre Tochter sehr bald wieder in den Armen halten. Ich versichere Ihnen auch, es geht ihr gut.« Er hob beschwichtigend die Hände.

Ich begann zu verstehen. »Soll das etwa heißen, dass Sie meine Tochter entführt haben?«

»Ich bitte Sie, Hermann. Ich darf doch Hermann sagen? Sehe ich so aus, als könnte ich jemanden entführen? Nein, meine Tochter hat das getan. Törichtes Kind.«

Ich verstand die Welt nicht mehr. »Aber – was – Olga ...?«, stammelte ich.

»Olga ist meine Adoptivtochter. Ich habe sie 2005 adoptiert, nachdem ihre Eltern bei dem Massaker von Andishan ums Leben gekommen waren. Der dreizehnte Mai 2005. Der Tag, an dem ich beschloss, mein Leben zu ändern. Die Niederschlagung des Aufstandes in Usbekistan ist zwar nie so populär gewesen wie das Tianmen-Massaker, forderte aber fast genauso viele Menschenleben. Ich habe mit dem damaligen Präsidenten gute Geschäfte gemacht und war oder bin nicht unschuldig an den Gesetzen, die zum Aufruhr führten.« Eine Träne rann über seine Wange. Er schluckte vernehmbar. »Ich musste das Abschlachten mit eigenen Augen sehen, um zu begreifen, was für ein widerwärtiger Mensch ich war.« Von Eberlein nahm einen Schluck Wein. »Nach dem Massaker bin ich in eines der Heime gegangen, in denen die verwaisten Kinder der Opfer aufgenommen wurden. Dort habe ich die zehnjährige Olga gefunden. So klein und verletzt an der Seele. Ich habe noch einmal meine Beziehungen zum Diktator genutzt und das Kind außer Landes gebracht.«

Die Geschichte berührte mich, den Zusammenhang verstand ich jedoch nicht.

»Lassen Sie mich zu Ende erzählen, Hermann. Bitte. Es folgten bessere Jahre. Olga entwickelte sich zu einer wunderbaren und zudem schönen jungen Frau, ich liebte sie wie mein eigenes Kind. Leibliche Kinder waren mir nie vergönnt gewesen.«

»Liebte? Heißt das ...«

»Vor drei Jahren haben wir uns zerstritten. Sie hat unsinnig viel Geld ausgegeben, hat sich in Clubs herumgetrieben, damit angegeben, wie reich sie sei. Mir war das zuwider. Also habe ich ihr den Geldhahn zugedreht. Um sie zur Besinnung zu bringen. Das fand Olga nicht amüsant. Sie verliebte sich in einen meiner Mitarbeiter, einen Mann fürs Grobe, wenn Sie wissen, was ich meine.«

Ich wusste, was er meinte, und musste spontan an die Spelunke denken.

»Jedenfalls war sie diesem Damian Spiros regelrecht verfallen.«

»Sagten Sie, Spiros?« Ich sprang erregt auf.

»Ja.« Von Eberlein sah mich überrascht an. »Kennen Sie ihn?«

»Kennen ist zu viel gesagt, wir hatten eine tiefergehende Begegnung.«

»Um es zu Ende zu bringen, dieser Spiros hat mit allen möglichen Leuten riskante und vor allem illegale Geschäfte abgewickelt. Und dabei war er auch noch schlecht und hat alles verloren. Selbst mich hat er ausgenommen wie eine Weihnachtsgans.«

»Aber Sie sind doch ...«, begann ich auf der Suche nach dem richtigen Wort, »stinkreich?«

»Das war ich mal, mein guter Hermann. Sehen Sie sich um. Sieht das nach Reichtum aus?«

Ich sah mich um. Was auf den ersten Blick den Hauch des Mondänen hatte, war bei genauerem Hinsehen nicht mehr als ein Haufen Restposten nach einem Ausverkauf. Die leeren Bücherregale, die renovierungsbedürftige Kommode, der abgewetzte Teppich und die schlecht gepolsterte Chaiselongue, auf der ich saß.

»Das Haus ist auch schon verpfändet. Zu meinem Glück hat sich noch kein Käufer gefunden, so lange kann ich noch hier wohnen.« Er versuchte, Wein nachzuschenken. Ich übernahm das für ihn.

»Nachdem Spiros auch mich um mein Geld gebracht hatte, hat er Olga auf Raubzüge geschickt, während er selbst immer in Bewegung in einem Wohnmobil hauste. Das ist der Teil, den Sie kennen dürften. Damian wurde wohl immer brutaler und sie flüchtete sich in die Arme eines Siegfried ... ach, der Nachname fällt mir nicht mehr ein, den Sie, mein lieber Hermann, angeblich erschlagen haben.« Von Eberlein atmete schwer. Die Erzählung strengte ihn sichtlich an. Ich wurde rot im Gesicht. Glaube ich wenigstens. Zumindest glühte ich. Vor Scham.

»Olga ist ein bisschen böse auf Sie. Können Sie das verstehen?«

Ich antwortete mit einem verschämten Nicken. Fühlte mich schuldig.

»Olga hat bei mir Hilfe gesucht. Und ich möchte ihr helfen«, fuhr mein Gegenüber fort, »aber dazu muss ich sterben.«

Ich verschluckte mich an meinem Wein.

»Ich bin nicht verrückt, Hermann. Das passt alles ganz gut zusammen, ich hätte mir längst selbst das Leben genommen, aber dann bekommt Olga nicht die Lebensversicherung, die ich zu ihren Gunsten abgeschlossen habe. Die zahlt ausnahmslos bei Mord. Niedrige Beiträge, hohe Auszahlung.«

»Warum in Gottes Namen wollen Sie nicht mehr leben? Wegen des Rollstuhls? Oder weil Sie kein Geld mehr haben?«

»Da war er wieder, Gott.« Er lacht bitter auf. »Nein, nicht deswegen. Ich leide an Muskelschwund. Die Kraft verlässt mich immer schneller. Allein mit Ihnen hier Wein zu trinken, ist für mich fast wie Gewichtheben. Außerdem kann ich mir die Pflege nicht mehr leisten, also werde ich bald in einem dieser fürchterlichen Heime landen, wo sie dir Tabletten geben, damit du nicht störst. Nein, nein, Hermann, es wird höchste Zeit, dass ich gehe. Also, wie machen wir es?«

»Wenn ich nicht tue, was Olga und Sie von mir verlangen, glauben Sie, Olga tut Susanne wirklich etwas an?«

»Nein, sicher nicht«, antworte von Eberlein nachdrücklich. »Eigentlich sollte Olga den Job übernehmen, wegen dem Sie hier sind.« Er lachte herzhaft auf. »Stattdessen hat sie Sie engagiert.«

Und ich hatte wiederum versucht, jemand anders zu engagieren, der statt meiner jetzt hier säße. Oder vermutlich nicht, wen ich an Ronnys nicht vorhandene Referenzen dachte.

»Ich habe einen ganz besonderen Likör dabei.« Ich bekam einen trockenen Mund beim Sprechen. »Schmeckt angeblich sehr gut, ist aber ziemlich endgültig.«

»Endgültig gefällt mir«, bekam ich als Antwort. »Aber es muss wie ein Mord aussehen. Versprechen Sie mir das?«

Ich versprach es. »Haben Sie noch etwas zu trinken im Haus? Wasser vielleicht? Sie werden viel Durst bekommen nach der Einnahme.«

Er deutete auf eine Kiste Wein. »Meine letzte Stunde möchte ich nicht mit Wasser vergeuden.« Er sah versonnen zum Fenster. Der Regen prasselte jetzt wieder stärker dagegen. »Bleibst du bei mir, bis es vorbei ist? Ich möchte nicht alleine sein.«

»Natürlich bleibe ich bei dir.« Es schnürte mir den Hals zu, als ich das Fläschchen und die Spritzen aus dem Bauchbeutel holte und alles auf den Tisch legte. Dann holte ich Wein.

Wie aus dem Nichts erklang die Ouvertüre aus Don Giovanni. Heinz Rudolf legte die Fernbedienung auf den

Tisch und zog unter der Wolldecke ein Handy hervor. »Es ist so weit, mein Schatz. Ich liebe dich.«

***

Dennis' Stimme krächzte aus dem Funkgerät. Emma und er waren wohl näher an das Haus gefahren, um mit geringerer Leistung senden zu können. »Hermann, alles klar? Wir haben Susanne. Sie ist aus dem Wohnmobil gestiegen. Es geht ihr gut.«

Ich funkte zurück. »Ja, alles klar. Gebt mir zwei Stunden. Bitte.«

Nach zwei Flaschen Wein und einer kurzen manischen Phase war Heinz Rudolf friedlich eingeschlafen. Ich hörte *Don Giovanni* noch zu Ende. Dann nahm ich sein Telefon.

»Ist da die Polizei? König, mein Name, Hermann Thaddäus König. Ich möchte einen Mord melden.«

57 Ungefähr 730 Tage später – Lothar

Baron Heinz Rudolf Freiherr von Eberleins Beisetzung war die vorletzte Bestattung, die von unserem Institut ausgerichtet wurde. Intim. Nur Olga, Emma, Susanne und Dennis hatten daran teilgenommen. Verwandte hatte der arme reiche Mann nicht mehr gehabt. Ich bekam keinen Hafturlaub. Man empfindet es seitens der Justiz wohl als unschicklich, den Mörder zur Beerdigung seines Opfers zu lassen. Ich bedaure das heute noch. War ich doch als Feind gekommen und als Freund gegangen. Hoffe ich jedenfalls. Heinz Rudolfs Grab kann ich auch nicht besuchen, wie Sie sich denken können.

Die Idee, mich selbst zu stellen, war mir in letzter Sekunde gekommen, gleich nachdem ich ihm den Inhalt der drei Spritzen zusätzlich injiziert hatte. Er lebte zwar noch, spürte aber nichts mehr. Ich hatte ihm schließlich versprochen, es wie einen Mord aussehen zu lassen. Das war übrigens gar nicht so leicht gewesen. Ich musste lernen, dass sich die Polizei nicht einfach mit einem Geständnis zufriedengibt. Es war lästig, aber ich erzählte schlussendlich eine absolut hanebüchene Geschichte. Im Grunde die Geschichte, die Sie gerade gelesen haben. Hie und da mag ich ein paar Details hinzugefügt oder weggelassen haben. Aber das sind nur Petitessen. In Summe gestand ich alles, was es zu gestehen gab. Dass ich Siegfried Jörgensen erschlagen, Elvira von Pößneck vergiftet, Maria Duarte per Stromschlag erledigt und dadurch auch Karl von Pößneck fahrlässig getötet, Hansjürgen Kreimes die Kellertreppe meines Hauses hinuntergestoßen und Damian Spiros überfahren hatte. Am Ende nahmen sie mir auch den Mord an von Eberlein ab. Die Versicherung musste Olga einen stattlichen Betrag auszahlen. Die versuchte fahrlässige Tötung von Kitty – Sie wissen schon, die Katze der Hartmanns, die ich beinah lebendig bestattet hätte – fand übrigens bei der Anklageverlesung vor dem Landgericht keine Berücksichtigung. Manfred Rademacher dagegen behielt ich für mich. Mein Freund gehörte mir, und ich sehe hier bis heute keine zu sühnende Tat.

Mir persönlich tat es gut, endlich Ruhe zu haben. Ich wollte einfach, dass es aufhört. Die vorläufigen Konsequenzen waren mir erst einmal egal. In meinem tiefsten Inneren wusste ich, dass irgendwo wieder eine Tür aufgehen würde. Meine Verurteilung als Serienmörder mit Plem-Plem-Faktor – im Fachchinesisch irgendwas mit Schizophrenie und Paranoia – war die erste einer Reihe von Türen. Sie führte mich in die forensische Abteilung des psychiatrischen Landeskrankenhauses. Was erfreulich war. Die Fluchtquote dort ist anerkanntermaßen hoch.

Ich heiße jetzt übrigens Lothar Jessen, bin nur noch sechzig Jahre alt, Jude und tot. Der neue Name hat sich durch Tür Nummer zwei ergeben. Mein Zimmernachbar in der Psychiatrie, der echte Lothar Jessen, hielt sich für irgendeine Mischung aus Cäsar, Stalin und Klaus Kinski. Unangenehmer Mensch. Von Vorteil war sein Äußeres, das meinem nicht unähnlich war. Nach knapp vier Monaten hätten wir glatt als Zwillinge durchgehen können. Ich trug das wenige Haar jetzt schulterlang und wirr und hatte einen stattlichen Bart. Ein paar Kilo abzuspecken war angesichts der lausigen Krankenhausküche das geringste Problem gewesen.

Während meiner Metamorphose hatte Emma sich rechtschaffenes pharmazeutisches Wissen angeeignet. Sie hatte herausgefunden, dass eine ganz bestimmte Menge unseres Lieblingslikörs das System so weit herunterfahren konnte, dass ein schlechter Arzt einen durchaus für tot halten würde.

Alles Weitere haben wir streng nach Alexandre Dumas umgesetzt. *Der Graf von Monte Christo*, ein wunderbares Buch. Die Identität mit meinem Zellennachbarn zu tauschen (ich bevorzuge ja den Begriff Zimmer), war überraschend einfach gewesen. Dennis' wirklich ausgezeichnete IT-Kenntnisse hatten die Grundlage hierfür gelegt. Sich ins System der Klinikverwaltung zu hacken stellte offenbar keine Herausforderung dar, Zellen- und ID-Nummern zu wechseln, ebenfalls nicht. Als vorteilhaft erwies sich ausnahmsweise der akute Pflegenotstand. Überbelastung, ständige Fluktuation, schlechte Koordination – kurz und gut, binnen einer Woche war ich Lothar Jessen, mein bekloppter Nachbar.

Dann kam der schwierige Teil. Die Kapsel, die Emma extra für mich hergestellt hatte, ins Krankenhaus und vor allem in meine Zelle, also Zimmer, zu schmuggeln, war dabei gar nicht so schwierig. Problematischer war es hingegen, dafür zu sorgen, dass mein lebloser Körper nicht in einem der Kühlschränke der Krankenhausgruft landen, sondern zeitnah den Weg auf die andere Seite der Mauern finden würde. Die zündende Idee dazu kam von Susanne. Mich per Hack in den Akten zu einem Menschen jüdischen Glaubens zu machen, war nicht mehr als eine Fingerübung für Dennis gewesen. Er ergänzte die Angaben noch um den Hinweis, dass im Falle meines Ablebens aufgrund der religiösen Besonderheiten eine schnelle Beisetzung vonnöten sei. So weit war das faktisch auch richtig. Dass er ergänzte, dass der Tod letztlich nur durch einen ganz bestimmten Arzt festgestellt werden dürfe, war dagegen Humbug. Aber Unwissenheit ist bisweilen ein hilfreicher Gefährte. Der Arzt war übrigens, Sie ahnen es sicher schon, Dieter Schober. Hinweise auf Akten, die wir in der Bank gefunden hatten, hatten uns seine uneingeschränkte Mitarbeit an unserem Komplott nachhaltig gesichert. Inklusive Totenschein. Die benötigten Ausweispapiere gab es erfreulich günstig im Internet zu kaufen. Geliefert wurde frei Haus per DHL. Eine Beerdigung bekam ich im Übrigen auch. Nichts Aufwendiges. Das Paket *Schlichte Trauer*. Natürlich im engsten Kreis. Ich war auch dabei. Susanne und Dennis gingen danach direkt zum Standesamt. Artan Kurti hatte seinen Widerstand aufgegeben.

Es war die definitiv letzte Beisetzung von König-Bestattungen. Lars von Bindeling übernahm den größten Teil des Betriebsbesitzes. Natürlich zu einem Schleuderpreis.

Nun gut, Geld war ab sofort nicht mehr wirklich das Problem. Olga war bestens versorgt, Susanne und Dennis bauten sich eine eigene lukrative Existenz mit einer Internetfirma auf. Auch dank eines großzügigen Investments von Papa Kurti. Ein klein wenig hatte die Mitgift auch mit den Bankunterlagen zu tun. Die beiden leben jetzt in meinem Haus. Mit Hades. Der hatte doch tatsächlich noch zwei wunderschöne Jahre. Gestern ist er gestorben, wie mir Susanne per E-Mail mitgeteilt hat. Ich vermisse den alten Haudegen. Kaum zu fassen.

Tja, bleiben noch Emma und ich. Uns geht es hervorragend. Dank des hohlen Bäumchens von Siggi. Ich weiß, es interessiert Sie brennend, wie viel sich denn auf dem Sparbuch befand. Aber über Geld spricht man nicht. Und wer es trotzdem tut, hat meist keines. Dank unserer kleinen Aktensammlung war es, nebenbei bemerkt, kein Problem, das Geld schrittweise in bar zu erhalten.

Wir leben jetzt in der Karibik. Karl Kalkbrenner hatte uns hierzu inspiriert. Sie erinnern sich? Der Ingelreiner, über den Klaus Maria Dechant einen Roman geschrieben hat. *Mordseier*. Klingelt es? Dieser Kalkbrenner ist ja auch in die Gegend hier geflüchtet. Ich möchte aber nicht zu viel verraten. Vielleicht möchten Sie das Buch ja noch lesen.

Wir vermissen fast nichts. Vielleicht das *La Fontana* und natürlich meine Tochter. Zweimal im Jahr schafft sie es, mit Dennis einen Urlaub hier zu verbringen. Was wir so gar nicht vermissen, ist die Sauna im Keller.

Während ich zum Ende meiner Aufzeichnungen komme, erinnere ich mich an den Anfang. Sie wissen noch? *Praktisch denken, Särge schenken* und dieser Unfug. Letztendlich habe ich aber recht behalten. Ein wenig zumindest.

Ich fuhr zwar fort, starb jedoch am Ort.

Nehmt Euch nicht so ernst!

Nachwort und Dankesworte

Genieße dein Leben, nimm dich selbst nicht so ernst, du kommst eh nicht lebend hier raus! So oder so ähnlich lautet ein Sinnspruch, der in den sozialen Netzwerken gerne Anthony Hopkins zugeschrieben wird. Ob tatsächlich er diesen Aphorismus prägte, ob er ihn selbst an andere Stelle entliehen oder überhaupt schon einmal davon gehört hat, weiß ich freilich nicht. Zu seiner oskarprämierten Hauptrolle als Hannibal Lecter passt es jedenfalls wie ein schwerer Rotwein zu einem Burgunderbraten, um das passende Bild zu wählen. Vor allem aber ist dieses Bonmot durch und durch von Wahrheit geprägt. Auch wenn die meisten Menschen alles Erdenkliche tun, um das Leben irgendwie in die Länge zu ziehen, so führen auch Unmengen von Omega-3-Fettsäuren, ein abstinentes Leben und selbst das noch so harte Schinden auf Fahrrädern und Laufbändern unweigerlich zum Tod. Später vielleicht und gesünder. Aber *gesund leben ist eben doch nur eine langsamere Form des Sterbens*, wie es in einer buddhistischen Weisheit heißt.

Warum schreibe ich das? Keine Sorge, ich möchte Ihnen auf keinen Fall Ihren Speiseplan oder Ihr Fitnessprogramm madig machen. Aber ich fordere Sie auf, Spaß dabei zu haben, denn das Leben ist zu kurz, um Dinge zu tun, die einem keine Freude bereiten.

Als Krimiautor verfolgt mich der Tod praktisch von morgens bis abends. Der Arbeitsalltag ist geprägt von Fragen wie *Wer wird denn heute sterben, und vor allem auf welche Weise?* Das geht so weit, dass unsereins auf der jährlichen Zusammenkunft der Krimiautorenvereinigung *SYNDIKAT* im Rahmen eines der größten deutschen Krimifestivals, der *CRIMINALE,* sogar Seminare besucht, in denen man lernt, den Banker, die Schwiegermutter, den Vermieter oder den Bankraubkomplizen möglichst geräusch- und rückstandslos zu beseitigen. Ich selbst habe 2022 ein Giftseminar besucht. Daher auch meine ausgeprägte Liebe zur Tollkirsche, über die ich hier ja mehrfach schrieb.

Und auch, wenn es hier so launig daherkommt, und da kann ich nur für mich sprechen, mein persönliches Verhältnis zum Tod hat sich durch die immerwährende Auseinandersetzung mit ihm bemerkenswert verändert. Keine Sorge, ich fiebere dem Ableben jetzt nicht entgegen. Aber der Tod hat für mich viel von seinem Schrecken verloren. Die dem zunehmenden Alter geschuldete Erkenntnis, dass vor mir noch weitaus weniger Tage liegen als hinter mir, hilft mir dabei, ihm zunehmend gelassener entgegenzusehen. Denn zwei Dinge im Leben sind sicher: Der Tod und die Steuer. Ist nicht von mir, sondern stammt aus dem grandiosen Film *Rendezvous mit Joe Black.* Die Gewissheit, dass es ein Ende gibt, hat im Hinblick auf die jährliche Steuererklärung sogar etwas Versöhnliches, meine ich. Und noch mal erträglicher wird es, wenn man das Dahinscheiden in Raten, das mit der Geburt beginnt, mit einer Portion Humor erträgt und sich selbst dabei nicht so ernst nimmt.

Ich wollte Ihnen das eigentlich nur erzählen, damit sie wissen, warum ich diese rabenschwarze Satire geschrieben habe. Weil es mir Freude bereitet hat. Ihnen hoffentlich auch, zumindest haben Sie bis hierher durchgehalten. Wenn Ihnen die Geschichte gefallen hat, lassen Sie es die Welt gerne wissen, wenn nicht, bitte ich um beharrliches Schweigen.

Nicht schweigen sollte man, wenn es darum geht, Danke zu sagen. Das Schreiben eines Romans erfordert nicht nur viel Zeit und Unmengen an Kaffee, Tee und bisweilen auch Wein, es braucht dazu auch Menschen, die einen in dieser Zeit ertragen, kritisieren, loben, motivieren und mit Rat und Tat zur Seite stehen.

Zuvorderst natürlich meine wunderbare Frau Diana. Erste Lektorin, Muse, Freundin, Geliebte! Wer es mit mir tagtäglich aushält, verdient mindestens die Erwähnung an erster Stelle. Dicht gefolgt von den besten Freunden, die man haben kann. Rosita und Wolfgang Scheidt, seit über zwanzig Jahren fest an unserer Seite, zwei Felsen in der Brandung. Eine dicke Umarmung geht an Matthias Spieß, best Buddy und enger Vertrauter, dessen Großzügigkeit uns in der schwierigen Coronazeit mehr als einmal den Rücken freigehalten hat. Und wenn wir gerade bei Vertrauten sind: Matthias Aicher, Kollege und die coolste Sau im Land. Er weiß, wie ich das meine. Ein Freund fürs Leben. #Pommesgabel. Marvin Roth und seine liebe Frau Conny, die durch die Arbeit nicht nur an diesem Buch zu besten Freunden wurden, ebenso wie Kai Bliesener und Jo Schuttwolf, zwei, mit denen man sogar ein Buch gemeinsam schreiben kann (siehe die Programmvorschau).

Nicht vergessen darf ich die Kolleginnen und Kollegen Franziska Franz, Nina George, Dieter Aurass, Sandra Regnier, Jürgen Ehlers, Sandra Thoms u.v.m., denen ich für unvergessliche Buchmessen-, CRIMINALE- und Podcasterlebnisse danke. Und natürlich Klaus-Peter Wolf, einem meiner ersten Testleser und kollegialen Fürsprecher.

Dank auch an neue Freunde, Ann-Katrin und Heiko, die mir so viel Motivation für kommende Projekte geben. Mille Grazie an Giusi und Andrea für viele unvergessliche Stunden beim besten Italiener der Welt und die Möglichkeit zur Premierenlesung im *La Fontana di Capri*.

Ein dicker Dank an meine Lieblingsbuchhändlerin Genevieve Gansler in Hockenheim, die schon Bücher bestellt hat, bevor sie gedruckt waren. Und weil wir gerade in Hockenheim sind. Big hug an Josef Zahs (Z-Design Zahs) für den großartigen Cartoon auf dem Cover und an Birgit Böckli, liebe Kollegin und Lektorin.

Für die fachliche Beratung zu diesem Buch danke ich Manuela Rasch vom Bestattungsinstitut Günther sowie Peter Wilhelms Bestatterweblog.

Ein großes Dankeschön an die Verwertungsgesellschaft (VG) Wort, deren Stipendium im Rahmen der Kampagne Neustart Kultur maßgeblich zur Realisierung dieses Projektes beigetragen hat.

Last but not least möchte ich Ihnen danken, verehrte Leserin, verehrter Leser. Nur durch Sie wird das alles hier erst lebendig.

Herzlichst Ihr und Euer
Til Petersen alias Klaus Maria Dechant

Neuerscheinungen 2023

PROJEKT GOLIATH

Terrorthriller von Matthias Bürgel, gelesen von Klaus Maria Dechant.

Ein führender IS-Terrorist, dessen Ziel es ist, einen globalen Islamischen Staat zu etablieren, gelangt in den Besitz eines todbringenden Erregers. Damit infizierte IS-Kämpfer tragen die todbringende Krankheit, unerkannt in der Masse des Flüchtlingsstroms, nach Europa.
Eine Pandemie ungeahnten Ausmaßes bedroht die Menschheit.

Als Hörbuch im Stream und als MP-3-CD.
QR-Code scannen und reinhören.